DEUSES CAÍDOS

GABRIEL TENNYSON

Copyright © 2018 by Gabriel Tennyson

Grafia atualizada segundo o Acordo Ortográfico da Língua Portuguesa de 1990, que entrou em vigor no Brasil em 2009.

Capa e projeto gráfico
Tamires Cordeiro

Ilustração de capa
Rafael Sarmento

Preparação
Ana Kronemberger

Revisão
Érica Borges Correa
Renato Potenza Rodrigues

Os personagens e as situações desta obra são reais apenas no universo da ficção; não se referem a pessoas e fatos concretos, e não emitem opinião sobre eles.

Dados Internacionais de Catalogação na Publicação (CIP)
(Câmara Brasileira do Livro, SP, Brasil)

Tennyson, Gabriel
    Deuses caídos / Gabriel Tennyson. – 1ª ed. – Rio de
Janeiro: Suma, 2018.

    ISBN 978-85-5651-064-8

    1. Ficção brasileira. I. Título.

18-14123   CDD-869.3

Índice para catálogo sistemático:
1. Ficção : Literatura brasileira 869.3

[2018]
Todos os direitos desta edição reservados à
EDITORA SCHWARCZ S.A.
Praça Floriano, 19, sala 3001 – Cinelândia
20031-050 – Rio de Janeiro – RJ
Telefone: (21) 3993-7510
www.companhiadasletras.com.br
www.blogdacompanhia.com.br
facebook.com/editorasuma
instagram.com/editorasuma
twitter.com/Suma_BR

Em memória de Christiano Santos,
que se uniu à Força cedo demais

PRÓLOGO

DEZESSEIS ANOS ATRÁS

Antes de ser violentado por três homens em uma cela em Bangu 1, César foi um dedicado professor. Mas isso foi em outra vida, quando não carregava a acusação pelo estupro de uma criança.

Seu inferno não veio com fogo ou enxofre, mas no gosto azedo dos detentos, nas surras diárias que lhe custaram os dentes, nas tentativas de voltar à carreira, apesar da ficha criminal. Após cumprir pena, César conquistou o sonho de liberdade para dormir no cimento áspero das calçadas da Vila Mimosa.

O funk tocando nos cortiços da rua Ceará animava ninfetas e velhas prostitutas que disputavam os solitários no frio da madrugada. O lugar fedia a urina e decadência; os paralelepípedos untados pela garoa refletiam as luzes vermelhas dos prostíbulos.

Com o cérebro enevoado pela fumaça de crack, César não conseguia decidir o que era pior: o frio cristalizado nos ossos ou a queimação no estômago. A última vez que viu comida, ela apodrecia em uma oferenda de encruzilhada.

Não suportaria outro jantar à luz de velas.

Parou ao lado de uma lixeira. O cesto laranja da Comlurb oferecia poucas esperanças de conseguir uma refeição.

Constrangido por ter que se alimentar de restos, César conferiu se o vaivém de clientes pela rua havia cessado. Um grupo de motoqueiros bêbados negociava sexo para aliviar o tesão antes de voltarem às esposas.

Respirou fundo, tentando encher o peito de dignidade, mas só encontrou o vazio da fome. Começou a revirar latinhas de alumínio, panfletos de bordéis, garrafas de plástico, mas não achou nada comestível — nem mesmo um salgadinho orbitado por varejeiras. Conforme o desespero crescia, os dedos aumentavam a velocidade, dando-lhe o aspecto de um animal que desenterrava ossos.

Sentiu um beliscão embaixo da unha — um pedaço de vidro cravara-se no sabugo. Puxou o caco e praguejou; a raiva veio em uma onda febril e ele chutou a lixeira com tanta força que quase quebrou os dedos.

E chorou.

Chorou por causa dos altruístas da Zona Sul, que preferiam alimentar cães de rua em vez de lhe oferecer um prato de comida. Chorou ao perceber que não era mais uma *pessoa*, mas uma mão estendida a sentir o toque frio das moedas. Chorou porque a última vez que abraçou a filha, ela estava gelada na mesa do Instituto Médico Legal.

Permitiu que os soluços o estremecessem por alguns minutos, depois recuperou o orgulho e limpou uma pérola verde no nariz. Esfregou os olhos, desembaçando a paisagem; a noite sussurrava no lixo arrastado pelo vento e nos gemidos de frio dos indigentes aninhados na calçada. Um bar na esquina tocava sucessos dos anos 1970.

Fugindo das agulhadas da chuva, César voltou à marquise que chamava de lar. Encostou-se ao lado da caixa de geladeira onde dormia e mamou a cachaça roubada em uma encruzilhada. A bebida descongelou a circulação nos pés descalços.

Cada gole trazia recordações que mesmo um coma alcoólico não apagaria.

Lembrou-se de quando viu a foto da filha na delegacia. Ela foi encontrada inchada, boiando no rio Guandu, com sinais de violação. Ignorando doze anos de casamento, a ex-esposa o acusou pelo estupro e assassinato da menina, embora a Justiça não tivesse encontrado provas que o incriminassem. Precisou sair escoltado pela polícia até a delegacia antes que fosse linchado por vizinhos. Pessoas que costumavam frequentar os churrascos em seu quintal estavam dispostas a matá-lo sem presunção de inocência.

Ao sair da cadeia e chegar às ruas da cidade, César descobriu que o Cristo Redentor não estendia os braços a ex-condenados. Sem conseguir emprego, precisou viver de furtos até arrumar uma vaga no tráfico. Em pouco tempo, começou a cheirar mais do que ganhava. O dono da boca de fumo o expulsou da favela com um porrete. Estaria morto se não fosse os apelos de uma vizinha pentecostal; ela implorou ao sangue de Jesus para que não o matassem.

Quando alguém faz dívidas com o Comando, o nome fica sujo — de sangue.

Ocultando as cicatrizes das surras, a barba lhe dava a aparência de um profeta apocalíptico. Todos os dias, imaginava o instante em que se atiraria na frente de um carro, mas o pavor de sobreviver e enfrentar a vida aleijado...

Um vento frio invadiu a caixa de geladeira e arrepiou sua nuca.

Os ouvidos estalaram em uma súbita mudança de pressão, como se estivesse subindo a serra. Interrompeu o gargalo a caminho da boca. Prestou atenção.

Ouviu um matraquear, como ossos sendo triturados na boca de um zumbi.

— *Má qui* merda é essa? — falou sozinho. — Quem tá aí?

A resposta foi um ruído de dentes mastigando cartilagem.

Desconfiado da própria embriaguez, se levantou. Afastou o saco de lixo usado como cortina na entrada do abrigo, cerrou os olhos e tentou adaptá-los à tênue luz do poste espalhada no interior da caixa.

Havia uma *coisa* entre os jornais que serviam de cama, algo que o fez estremecer e duvidar da própria sanidade.

Era uma coluna vertebral humana.

Ela arqueava os anéis para cima e para baixo, como uma grande lagarta albina.

O medo acertou César na boca do estômago e o jogou na calçada.

Em grande velocidade, filamentos brotaram daquela espinha e começaram a recriar um esqueleto. O crepitar das calcificações misturou-se ao borbulhar da medula que preenchia os ossos. Nervos, veias e artérias se alastraram feito trepadeiras, enquanto na caixa torácica, órgãos inflaram para bombear sangue e enzimas — tudo nascido a olho nu —, revelando que a natureza gestava uma abominação dentro de um útero invisível.

César se arrastava no pavimento, sem tirar os olhos do fantasma que se arrastava para fora do papelão.

A protoforma engatinhava com braços gelatinosos. Fibras musculares revestiam a aberração que cintilava o rubor de um sistema vascular. No tórax, elevações de gordura se transformaram em seios.

César sentiu horror e asco ao ver o calor das vísceras fumegando no relento. Havia cheiro ácido de bile, placas de tecido adiposo que escorriam sobre os músculos. O crânio cobriu-se de carne viva, desenhando um rosto tão detalhado quanto uma gravura em um livro de anatomia.

Encarando César com o rosto sem pele, a coisa sussurrou:

— *Con...se...guimos...*

A voz torturada não ecoou como o lamento de um espírito; parecia tão real quanto as canções no bar da esquina.

Em pânico, César correu em direção à rotatória na praça do batalhão. Atravessou a avenida sem olhar para o trânsito.

A última coisa que sentiu foi o para-choque de um carro morder suas costelas.

O ganir de borracha contra o asfalto anunciou a fuga do motorista.

Uma jiboia de intestinos saía de César e pulsava no ritmo de um coração que só conhecia mágoa. A trezentos metros, no instante em que a morte veio buscar

César, a mulher na caixa renasceu como uma fênix de carne, ossos e pele morena. Ela saiu do útero invisível, mas não estava sozinha.

Uma morte, duas vidas. Uma troca justa.

Afinal, a mulher estava grávida.

TERÇA-FEIRA

1

Além das iniciais no nome, Judas Cipriano compartilhava a santidade com Jesus Cristo. O nazareno era filho de Deus e repudiava o comércio da fé; o outro prostituía milagres ao Vaticano e fazia questão de ser um filho da puta.

Os sermões sobre pecado e inferno jamais lhe perturbaram o sono. Desde criança, Cipriano convivia com os demônios de carne e osso que inspiravam pesadelos. Nas fábulas do mundo real, sabia que João e Maria terminariam cozidos nas próprias vísceras, Voldemort esfolaria o bebê Potter em um ritual taumatúrgico, e lobisomens — indiferentes ao chapéu vermelho da vítima — urinariam na presa para marcar território antes de estripá-la.

Mas, apesar de ter sido criado por pais que fariam qualquer monstro parecer inofensivo, Cipriano suava frio aquela noite.

E, pela terceira vez, o pânico o levou à privada do boteco.

Deveria viver momentos de paz naquela posição: calças arriadas, olhos nos garranchos da porta, cérebro e intestinos trabalhando para atingir o nirvana... No entanto, intoxicar-se com o metano das tripas não conseguia acalmá-lo dessa vez; estava ciente da multidão lá fora. Enfrentá-la seria mais terrível que exorcizar o próprio Satã.

Uma ironia e tanto para quem estava prestes a desafiar os poderes abissais.

Deixou o vaso em quarentena e lavou-se na pia, tentando reativar a circulação no rosto. Nos fundos do espelho, caricaturas de comediantes sorriam na parede.

Cipriano tirou do bolso uma garrafinha transparente — uma dose de cachaça que usava como chaveiro —, curvou a corrente e bateu as chaves três vezes no vidro.

Boiando no licor rubro, uma criatura embrionária, tão vermelha quanto uma hemorragia, ameaçou abrir as pálpebras. Dois chifres retráteis saíram da testa.

— Acorda, Capenga! — Cipriano deu outra batida no vidro. — Hora de trabalhar.

A aguardente de sangue agitou-se quando o cramunhão abriu quatro olhos incandescentes. Parecia um feto gestado em um útero demoníaco.

— Lá vem o desavexado acordando esse amaldiçoado — disse o diabrete em uma voz esganiçada. — Se quiser que eu encontre magia, vai ter que beber a cachaça da taumaturgia. — O corpo atrofiado culminava em um rosto hediondamente humano.

— Tenta outra, Capenga. — Cipriano deu uma risada irônica; sabia muito bem as consequências de beber daquele líquido. — Temos trabalho. Quero que fique quieto, boca fechada. Se comporte e vai voltar a dormir quando tudo acabar.

— Égua! — protestou Capenga. — Eu tava mangando de tu, vice?

— Eu falei pra ficar quieto!

— Tá bom, homi. Só trabalho, sem pitaco. — Capenga segurou uma das agulhas que nascia na ponta de seus dedos, desencaixou a unha de metal e puxou. De uma câmara no sabugo veio uma linha que se esticava como um fio dental.

O cramunhão costurou os lábios para cumprir a ordem de seu mestre.

— Isso aí, garoto — Cipriano assentiu, satisfeito, e devolveu a garrafa ao bolso. Em seguida, pegou o celular para conferir o aplicativo da Sociedade de São Tomé.

Visualizou duas fotos no arquivo. A mais antiga mostrava um jovem gordo, desleixado, feliz com a aparência de cama desarrumada. A outra trazia um filhote da classe média que compensava a deficiência de testosterona com maquiagem, sobretudo de couro e uma cara de mau pouco convincente. A palidez de quem se bronzeava em lâmpadas de escritório denunciava o nerd escondido sob a aparência trevosa. Como se não bastasse, o garoto trazia no braço um daqueles livros genéricos sobre satanismo.

Apesar dos setenta quilos a menos e o demônio extra na alma, eram a mesma pessoa.

— Da próxima vez, fique só nos RPGs de vampiro, moleque — Cipriano murmurou ao encarar a fotografia.

O pirralho, filho de um político que distribuía doações à Igreja, se envolveu com bruxaria, dessas que se encontrava em fascículos na banca de jornal. Seus novos amigos invocavam Lúcifer em festinhas de cemitério para impressionar meninas tão espertas quanto paquidermes.

Só que dessa vez se meteram com algo real.

No meio de tantas baboseiras esotéricas, encontraram uma conjuração babilônica, material de um antigo culto a Astarth, demônio do primeiro círculo, Senhor da Vaidade.

Cipriano não fazia ideia de como o texto foi parar naquela publicação, mas não fazia diferença — a merda estava feita e ele precisava dar a descarga.

Respirou fundo, colocou os óculos de sol e saiu para o corredor de serviço.

Os cabos de som deslizavam pelas paredes e convergiam para as cortinas no final dos bastidores. Uma névoa de carne acebolada saía da cozinha, trazendo o chiado das frigideiras e os gritos de Aracaju — um cozinheiro cabra-arretado, que usava a peixeira para cortar frango e ameaçar clientes caloteiros.

No final do corredor, o homem que anunciava os artistas interceptou Cipriano a caminho do palco. O apresentador seria quase uma réplica de Sérgio Mallandro, não fosse pela cabeça calva, tão brilhante quanto os olhos de um viciado em pornografia.

— Vai lá, parceiro! — O careca lhe entregou um refrigerante. — Tamo junto!

— Ele fez uma mesura canastrona que combinava com o terno laranja, cujo tom berrante faria um oftalmologista desistir da profissão.

Cipriano assentiu e hesitou por um instante; o som de risadas indicava casa cheia. Fazendo o sinal da cruz, ajeitou o microfone na camiseta e atravessou as cortinas.

— Eu parei de acreditar em Deus assim que minha máquina de lavar quebrou — disse Cipriano à plateia, assim que pisou no palco. — Se você é dona de casa, sabe que cueca de homem é motivo pra divórcio! — Um grupo de trintonas em uma mesa riu. — Agora vejam se não tô certo: se Deus é onisciente, por que achou que colocar pentelhos na bunda de Adão seria uma boa ideia? — Ele bebeu um gole de refrigerante e apontou para um senhor que sofria convulsões na pança. — Deus podia ter incluído um dispositivo autolimpante, não é, amigo? Tenho certeza de que na hora de lavar suas cuecas, a patroa não ia precisar fazer testes de Rorschach!

Houve um silêncio constrangedor. Na imobilidade do salão, fantasmas de nicotina pairavam à meia-luz, refletindo o neon verde que emoldurava a cristaleira atrás do balcão. Os garçons — um exército de jeans e camiseta preta — deslizavam entre mesas de ferro, carregando tábuas de filé e cerveja artesanal.

Tá, eu sei, essa foi ruim, pensou. *Multidão eclética, difícil de agradar.*

Somente a Lapa reuniria um público tão dissonante em uma noite de terça--feira: góticas tão enfeitadas quanto árvores de Natal, hipsters hipnotizados pelos celulares, quarentões metidos a pegadores de balada, progressistas de coque samurai, marombeiros esculpidos por açaí e esteroides, executivos na andropausa que jogavam seu charme de galã de elevador para as secretárias...

— Muita gente com quem converso não acredita na teoria da evolução e rejeita nosso parentesco com os primatas. — Cipriano colocou uma das mãos no bolso do jeans surrado. — O estranho é elas acharem que faz mais sentido vir de uma estátua de barro!

Dessa vez, foram risadas hesitantes. Havia acertado alguns nervos criacionistas. *Acho que é melhor bater em um Deus sem fiéis.*

— Antes do surgimento da ciência, a galera ouvia um trovão no céu e pensava na maior tranquilidade: "Não fica bolado, isso aí é Thor peidando o carneiro que sacrifiquei sexta-feira passada".

Um garoto com camiseta de super-herói borrifou cerveja no copo.

Olhando sobre os óculos espelhados, Cipriano procurou ameaças no público. A cicatriz que dividia o lábio superior era um lembrete de sua mãe sobre o fanatismo religioso. Embora não fosse covarde, algum fundamentalista poderia lhe arremessar uma garrafa, encorajado por seu porte atlético de frequentador de pastelaria.

Cipriano não possuía nada de especial: um metro e oitenta distribuídos em uma musculatura de pedreiro em fim de carreira. Barriga de girino, gestada com caldo de cana e pastel. A tez cor de argila, típica do carioca que não conseguia fugir do sol. Mantinha os cabelos grisalhos em um corte que imitava um astro de rock amadurecido. E, claro, as inseparáveis luvas de couro preto: um artifício para evitar a curiosidade que suas mãos despertavam.

— Vamos lá, gente! Jogar homossexuais no inferno é meio cruel, não acham? — Ele colocou a mão no ouvido como se esperasse resposta do público LGBT. — Deus queimou Sodoma e Gomorra só porque o povo de lá era meio assanhadinho. — Cipriano coçou a barba cerrada. — Mas incesto? Ora, incesto pode! Vocês se lembram de Ló? O cara que viu a esposa virar estátua de sal? O sujeito foi salvo pelo Senhor, bebeu umas cachaças e depois sapecou as próprias filhas!

Encostadas no bar, bebendo shots de vodca, quatro travestis ovacionaram. Três tão lindas quanto modelos, enquanto a última lembrava vagamente o Pedro de Lara.

Cipriano deu outro passeio no palanque, pensando se alguém entrara no bar a fim de assisti-lo, ou se tinham sido atraídos pela variedade de cervejas.

Estava prestes a desistir da busca quando localizou o alvo.

Jogando sinuca nos fundos do salão, o menino da foto.

O mesmo casaco preto, cabelo comprido e seboso. As roupas largas indicavam uma magreza doentia; o esqueleto criava ângulos nos ombros, a calça Saruel afivelava uma cintura de criança.

— Uma das coisas engraçadas no catolicismo é a quantidade de santos. — Cipriano sorriu, mirando o garoto. — Praticamente um para cada dia do ano. Santo Antônio de Categeró, Nossa Senhora da Cabeça. — Ele começou a descer a escada do palco. — Aí, você aí, amigo! — Apontou para o rapaz. — Sabe que porra é um Categeró?

O menino continuou de costas, mas parou de jogar sinuca. Colocou o taco encostado, pegou um copo de refrigerante e despejou três sachês de açúcar.

— Sabiam que no satanismo também existem padroeiros? — Cipriano colocou a mão no bolso; o amuleto escondido na calça vibrou quando se aproximou do menino. — Asmodeus, Senhor da Luxúria; Belzebu, Mestre da Gula; Astarth, o Carnesão...

Ao ouvir o último nome, o garoto empertigou-se, então pegou o copo de refrigerante e bebeu o melado em um gole só, como alguém tomando uma pinga antes de brigar em um saloon de faroeste.

Cipriano retirou o celular do bolso e começou a ler as informações do aplicativo em voz alta:

— Astarth, Senhor da Vaidade, vulgo Carnesão ou cirurgião de almas. Aqui diz que gosta muito de doces. — Ele olhou o copo de refrigerante vazio na borda da mesa de sinuca. — Adora jogos e enigmas... hum, sintomas de possessão: anorexia sem causas orgânicas identificáveis, obsessão por cirurgias plásticas, bulimia e blá-blá-blá...

As luzes no bar começaram a diminuir.

— O que faria um demônio da vaidade no apocalipse? — Cipriano provocou, enquanto memorizava a disposição das bolas na mesa de bilhar. — Invocaria um exército de modelos bulímicas para vomitar nos arcanjos?

A plateia parou de rir.

As vozes do salão diminuíram até cair na quietude. Foi um silêncio súbito, que trazia a morbidez da noite que antecedeu a criação.

Ao redor, o público ficou tão estático quanto uma pintura. A fumaça de cigarro interrompeu a fluidez em nível molecular. Uma garrafa derramava cerveja em um copo que jamais se encheu.

— Cronocinese? — Cipriano questionou a suspensão do tempo. — Você é tão previsível, Astarth. Seu patrão costuma ser mais discreto.

Em resposta, o Carnesão contestou a anatomia do hospedeiro; mãos deslizavam sob a pele e operavam em uma cirurgia que dava novos contornos à face do menino.

— Sua mãe mandou lembranças, Cipriano — disse o rapaz, a voz tão gutural quanto um disco de vinil em rotação lenta. — Todas as manhãs nós arrancamos a pele dela e costuramos à noite, para começar tudo de novo. — Com a cartilagem estalando, o demônio reconfigurou o rosto do garoto; por entre mechas de cabelo ensebado, Cipriano reconheceu as feições da mulher que o colocou no mundo. — Ela grita como uma porca — completou Astarth em uma gargalhada.

— Esse caô não vai colar comigo. — Cipriano tentou acender um cigarro, mas as mãos tremeram. — Minha mãe jamais usaria essas porras de calça Saruel. — Ele puxou uma cadeira e sentou-se, procurando não pensar nas terríveis memórias da infância.

O garoto abriu as pálpebras, revelando quatro íris — duas em cada globo ocular. Se os olhos eram janelas da alma, aquele corpo estava sendo habitado por uma dupla.

— Eu deveria ter te amamentado — disse Astarth em uma réplica perfeita da voz de Salomé Cipriano. O demônio abriu o casaco e, apesar da magreza anoréxica, mostrou mamas flácidas. Além da ginecomastia causada pela dieta, dobras de pele cascateavam no estômago. — Quer mamar? — Astarth sorriu de maneira lasciva. — Vem pra mamãe, vem! — Os mamilos pingavam leite.

Ainda se esquivando das lembranças que a mãe evocava, Cipriano desviou o olhar para uma das colunas espelhadas no salão. Sem querer, notou o reflexo do obsessor dentro do menino e fez um acréscimo ao seu catálogo de visões nefastas.

Astarth, *o verdadeiro* Astarth, tinha a robustez definida pelo esforço de martelar ossos, cortar cartilagens e remendar nervos. O avental de açougueiro e a máscara hospitalar feitos de pele humana cobriam o corpo tomado por queloides, cicatrizes e suturas infeccionadas. Nos braços musculosos brotavam membros atrofiados; galhos que se ramificavam em uma árvore de carne. Esses apêndices culminavam em mãozinhas de bebê, que seguravam ferramentas para cirurgia plástica cobertas por tufos de cabelo e gordura de lipoaspirações.

— Olha — disse Cipriano, que passava giz no taco, imaginando os experimentos estéticos que transformaram Astarth naquele mapa de cicatrizes —, normalmente não estou nem aí para as pessoas que você possui. Pro seu azar, o moleque em que você encostou é filho de um bacana. Você pode abandonar ele ou podemos fazer toda aquela cena de xingamentos em aramaico. E aí, o que vai ser? — Testou a tacada, fingindo que acertaria uma bola.

— Vejo muitas deformidades na sua alma — disse Astarth. — Posso extirpar o medo de você, Cipriano. Colocar um enxerto de ego ou um implante de autoconfiança. — O demônio sorriu. — Tem pólipos de loucura na sua mente. Acho que é hereditário, não é?

— Você sabe que se me tocar vai causar uma segunda guerra celestial. Não pode possuir um santo, mesmo um pau no cu como eu.

Astarth sabia que Cipriano tinha razão. Nem mesmo deuses de outros panteões tinham permissão para tocar nos intercessores e avatares dos rivais. A política no plano espiritual era tão complexa quanto na Terra.

— A menos que eu te dê autorização, claro. — Cipriano olhou o jogo de sinuca. — Que tal uma aposta? — Ele indicou uma esfera vermelha na beira da caçapa. Atrás, encostada nela, havia uma preta. A bola branca encontrava-se no meio da mesa. — Se eu encaçapar a bola preta sem tirar a vermelha da boca, você deixa o garoto e volta pro inferno — desafiou Cipriano. — Se eu perder, leva minha alma. Já é?

— Você está armando... — Astarth semicerrou os olhos. — Não vai usar magia?

— Não. — Cipriano cruzou os dedos na frente do demônio. — Palavra de honra.

— Nenhum tipo de poder? — Astarth não conseguia conter a ansiedade. Esfregava as mãos. Um demônio que conquistasse a alma de um santo seria promovido por Lúcifer em carne e osso.

— Não vou usar a Trapaça, se é isso que você quer saber.

— Fechado. — Astarth desnudou os dentes podres.

Cipriano pegou o bastão de sinuca, passou giz e simulou a tacada na bola branca. Astarth rodeava a mesa na tentativa de inspecionar algum truque.

O taco ia e voltava... ia e voltava... ia e voltava.

— Bola preta sem tirar a vermelha da boca, lembra! — Cipriano reforçou.

O comediante foi até o outro lado do feltro verde, pegou a bola vermelha, colocou nos lábios e cerrou os dentes na esfera, como um cachorro brincando com o dono.

— MAS QUE MERDA É ESSA? — Astarth vociferou.

Cipriano reposicionou o taco, bateu na bola branca e encaçapou a preta. Então cuspiu a esfera vermelha na mesa e disse, sorrindo:

— Bola preta sem tirar a vermelha da boca. Sem magia, sem usar a Trapaça.

Com um grito que fez a cristaleira no balcão vibrar, o Carnesão avançou para Cipriano, mas, quando tentou atacar, descobriu que não conseguia.

Seus membros tinham sido amarrados por uma força invisível.

Amarrados pelo pacto.

— "Ao negociar a alma de um humano, o contrato precisa ser cumprido à risca" — citou Cipriano.

— Mas isso é trapaça! — Astarth teve as juntas dos cotovelos arqueadas para trás.

— Eu disse que não ia usar a Trapaça, não falei nada quanto a *outros* tipos de trapaça. Não usei nenhum poder canônico, portanto nossa barganha continua válida. Mete o pé e deixa o garoto em paz.

O piso de madeira se desfolhou e uma luz alaranjada saiu dos frisos.

— Não, *não*! — gritou Astarth. — *Seu filho da puta!*

O grito de Astarth foi sobrepujado quando o chão se abriu, deixando escapar milhões de vozes; gritos dos mais variados idiomas, que imploravam perdão e alívio das torturas eternas.

— Tchau! — Cipriano acenou para Astarth. — Mande um beijo a Lúcifer por mim.

— *Eu vou desfigurar sua alma, Cipriano!* — O rosto do garoto desfez as torções. — *Vou mandar te estuprar mil vezes ao lado da sua mãe!* — Os dentes do menino começaram a clarear.

— Olha — Cipriano sorriu —, conhecendo a doida da minha mamãe, acho que ela tá de cintaralho enrabando todo mundo no inferno.

Um vácuo quente começou a soprar da abertura dimensional, até que a essência invisível do demônio foi sugada, deixando o eco de um grito para trás.

— *Nãããão...*

O pavimento cicatrizou. O único vestígio de que ali houvera um portal eram as tábuas chamuscadas e um leve odor de enxofre.

O movimento na casa retornou subitamente. Risadas, talheres batendo em cerâmica — o mundo saiu da prisão, comemorando a liberdade com o falatório de uma multidão alheia ao sobrenatural.

— Que lugar é esse? — perguntou o rapaz, livre da possessão. — Onde eu tô?

Cipriano pegou o rosto choroso do menino nas mãos.

— Você andou envolvido com drogas pesadas. — Ele colocou cinquenta reais no bolso do nerd. — Toma: pega um táxi, volta pra casa e aceita Jesus... Ou só fuma um baseado, sei lá. — Cipriano arriou os óculos de John Lennon e encarou o menino. — Para de andar com aqueles pela-sacos. Esquece essa porra de satanismo e continua só no RPG, beleza?

O menino assentiu, meio desnorteado. Evitando os olhares do público, o antigo hospedeiro de Astarth retirou-se para o anonimato.

Cipriano voltou ao palco e retomou as piadas como se nada tivesse acontecido.

A apresentação durou quarenta minutos e terminou em aplausos piedosos. Ele agradeceu e foi comer. Esperava o pagamento nos fundos do bar, lambuzando-se em uma bandeja de frango a passarinho, quando foi interrompido.

— Comédia stand-up? — perguntou um homem com sotaque espanhol. — Quando sugeri que você se infiltrasse no bar, pensei em algo mais discreto.

Cipriano ergueu os olhos para o velho conhecido. Um moreno alto, que segurava uma maleta, vestido com terno e gravata pretos. A barba e os cabelos longos lhe davam um ar quase transcendental, traído somente pelos olhos: cabeças de prego cinzentas que poderiam atravessar a carne e paralisar os nervos até do mais estoico messias.

Com um sorrisinho jocoso, Cipriano limpou as luvas e o cumprimentou.

— Pode me chamar de cético, mas acho muita coincidência você aparecer na mesma noite em que liberto o filho de um político. — Cipriano mordeu um frango.

Sondando o ambiente, o espanhol murmurou:

— Digamos que uma revista com um ritual para Astarth foi enviada *acidentalmente* àquele menino.

— Arriscou a alma de um inocente só pra conseguir um favor?

— O Vaticano está precisando de uma ajuda do pai dele, mas eu gostaria de falar sobre isso em um lugar mais reservado.

— Vamos lá pra casa. — Cipriano levantou-se da cadeira. — É aqui pertinho.

O espanhol assentiu e eles saíram na tempestade. Relâmpagos folheavam os prédios em prata derretida, enquanto as ruas sangravam pelos bueiros. Sob o guarda-chuva, o espanhol transpirava a autoconfiança de quem usava o porte para intimidar. Pivetes o evitavam instintivamente, reconhecendo um predador, não uma presa.

Cipriano achou que os marginais *sentiam* que seu amigo não era um gringo qualquer, pois estavam diante de ninguém menos que Tomás de Torquemada.

Um homem que deveria estar morto desde a Inquisição Espanhola.

2

Há sete anos, um poltergeist assombrava o lar de Júlia Abdemi. Os vizinhos jamais desconfiariam do fenômeno em uma rua tão calma do Méier; a casa não parecia assombrada — nenhuma gárgula vigiava as telhas de cerâmica, nem teias cresciam nas janelas coloniais pintadas de branco. Era um imóvel de cor azul-bebê, pé-direito alto, sombreado pela goiabeira que se erguia no canteiro. Se casas fossem pessoas, aquela seria a vovó simpática que distribuía doces no dia de Cosme e Damião.

Contudo, sempre que chegava da rua, após um dia encarando monitores na delegacia, Júlia encontrava sinais do espírito brincalhão: copos fora de lugar, pegadas de lama na varanda, papel higiênico entupindo o vaso, um estojo de maquiagem aberto. Às vezes, tarde da noite, sentia a vibração no assoalho quando o fantasma se movia furtivamente até a sala para assistir à Netflix.

O poltergeist tinha vários esconderijos, mas ficava parte do tempo no quintal, entre os anões de jardim de uma coleção de *Star Wars*; Júlia detestava Branca de Neve e preferia uma réplica do Chewbacca tomando conta das hortaliças. Parada na calçada, segurando as chaves, ela abriu o portão e flagrou o poltergeist em ato criminoso: a terra preta da horta tinha sido convertida em uma pista de enduro para carrinhos Hot Wheels. O fantasminha de pele café a encarava de olhos esbugalhados, pá de plástico na mão, pijama do Pokémon manchado de lama.

— *Mariana!* — Júlia gritou à filha. — Você destruiu meu pé de alface!

— Fui eu não! — a pirralha respondeu, meio esbaforida, arremessando a arma do crime com a discrição de uma catapulta. — Já tava assim quando vim da escola. — A pá de plástico bateu no muro chapiscado com um ruidoso *poc*.

— Ah é? — Júlia encarou a pá no chão e sorriu no limite entre a raiva e a vontade de gargalhar. — Então foi quem? A dona Antônia?

— Sei não, só sei que num fui eu. — Mariana coçou os cachinhos afro. Um torrão de barro estava preso acima da orelha. — Ah, lembrei: foi o *guaxixim*.

— Guaxinim... sei. — Júlia fechou o portão e aferrolhou.

— É... — A menina se desviou da expressão severa da mãe. — O *guaxixim* falava. O amigo dele era uma árvore. — Mariana encarava as mudas de alface como se estivesse concentrada em algum pensamento filosófico.

— Mariana, o que falei sobre mentir?

— É verdade, mãe!

— E cadê o guaxinim? — Júlia abriu os braços e olhou ao redor.

— Gente grande num pode ver ele porque ele é tipo Papai Noel.

— Mariana, a gente viu esse filme ontem! — Júlia se controlava para não rir. — Para de inventar história de guaxinim invisível!

— Mas *você* disse que adulto não via amigo imaginário! — retrucou a menina.

Pega em uma contradição por uma pirralha de sete anos, Júlia pensou.

— Por favor, mãe, não me bota de castigo! — Mariana implorou de mãos unidas, uma santinha em uma pintura católica. — Na moral!

A policial guardou a chave no bolso do jeans rasgado, coçou os olhos, respirou fundo e sentenciou:

— Vai ficar de castigo. — Júlia agachou-se de braços abertos. — A menos que dê um ataque ninja! — Ela mostrou os dentes brancos, incapaz de se aborrecer com a pestinha.

A garota correu e pulou. Júlia a abraçou, girando a filha, enchendo-a de beijos. Então devolveu a menina ao chão e foram juntas à varanda. Pelo vidro estriado na porta de entrada, viram a luz da TV. Ao abrir a porta, a policial planejava cair no sofá e trocar memes pelo WhatsApp, sem fazer nada significativo, mas descobriu que o poltergeist evoluíra em sua capacidade de gerar caos doméstico.

Mariana havia desmontado o Playstation e o ar-condicionado portátil.

— *Caralho!* — a mãe sussurrou em tom ríspido, temendo acordar dona Antônia, a empregada que roncava no sofá. — Já falei pra não fazer isso na frente de estranhos! — A babá dormia em frente à novela das nove. A coroa metálica em um dente captava o brilho azulado da TV.

Em silêncio, Júlia imaginou o que aconteceu: Mariana sentada no piso de taco, livre de supervisão enquanto a empregada roncava como um trio elétrico, reorganizando circuitos sem precisar tocá-los. Como um prestidigitador, a menina gesticulava, enquanto componentes eletrônicos derretiam e se solidificavam em novos formatos na placa-mãe do console. Se dona Antônia tivesse testemunhado o evento, nem estaria dormindo — teria pedido demissão e corrido à igreja para chamar o pastor.

— Dona Antônia não é estranha, é a babá — rebateu Mariana. — Eu até melhorei o celular dela, olha! — A menina correu e pegou o telefone na mesa. Quando ligou o aparelho, as funções na tela inicial projetaram-se em um holograma em 3-D.

— Ai meu deus! — Júlia arregalou os olhos cinzentos, cor de prata oxidada. — Desfaz isso antes que ela acorde! Se ela te pega fazendo isso, vai chamar o pastor dela pra te exorcizar!

— Exorcizar? — perguntou Mariana.

— É tipo expulsar o demônio das pessoas. — Júlia começou a recolher as peças espalhadas no chão. — Anda, me ajuda a catar aqui!

— Que nem aquele filme, *O exorcista*?

— Ei! — A mãe a olhou enfezada. — Você não tem idade pra ver esse filme!

— Vi no YouTube, só um pouquinho, juro! Você também não me deixa fazer nada.

— Eu deixo você amarrar os sapatos e ir ao banheiro. E já é muito!

— Nossa, que mãe legal. Posso até fazer cocô sem permissão.

— Não me responde! — Júlia sussurrou. — Por que desmontou o ar-condicionado?

— O video game ficou quentão, o jogo travava toda hora — respondeu Mariana. — Usei o gás pra esfriar.

— E deu certo?

— Uhum. — Mariana assentiu.

A mãe não escondeu o orgulho. Mariana nem sabia o que era um cooler de ventilação ou pasta térmica, e mesmo assim criara um sistema de resfriamento para o video game. Já demonstrava habilidades especiais, talentos que deveriam ficar ocultos, principalmente do governo. Tendo crescido na elite da Zona Sul, sendo a única aluna negra em uma das escolas mais caras da cidade, Júlia sabia que as pessoas odiavam o diferente, ainda mais se esse diferente se destacasse. No ginásio, a pele de ébano e as íris mercuriais lhe renderam a inveja das patricinhas, que a apelidaram de "gata preta de macumba". As notas altas só pioraram a situação.

— Vixe mainha! — O sotaque nordestino de Antônia arrancou a policial das lembranças. — Desculpa, dona Júlia, sentei pra ver a novela e bateu leseira — completou a empregada, que se levantava do sofá, o rosto branco marcado pela costura do assento. — O que essa diaba aprontou? — Antônia olhou as peças do video game no chão.

— Tá tudo bem, dona Antônia — Júlia a tranquilizou. — E, pelo amor de Deus, para de me chamar de dona! — Ela se levantou e estalou a coluna, inclinando-se para trás. — Mariana quebrou seu celular, vou comprar outro amanhã. — Júlia guardou o aparelho em uma gaveta antes que a empregada testemunhasse as funções holográficas criadas pela filha.

— Oxê, quebrou, foi? Como vou falar com meus moleques? — A empregada pegou o Playstation aberto e repousou em cima da mesa.

— Pode usar o fixo à vontade. — Mãe e filha trocaram olhares. — Dona Antônia, amanhã acerto o pagamento, tá? Posso te pedir um favor?

— Claro!

— Dá uma olhada na Mariana pra eu tomar banho?

— Dô, sim! — Antônia apertou o rabo de cavalo que caía até a cintura; o penteado evangélico era sua marca registrada. — Vá tirar essa moleza do corpo, vá! Vou preparar uma sopinha bem ligeira pra gente.

— Sopa? — Mariana fez cara de quem ia beber vômito.

— E você tá lá merecendo escolher, menina? — repreendeu Antônia. — Sorte que tua mainha é muderna. — O dedo em riste fez a pirralha recuar. Antônia, que normalmente tinha aquele ar de vovó de contos de fadas, ficou vermelha. — No meu tempo, criança respondona levava vara de goiabeira na bunda!

— Dona Antônia, não começa... — disse Júlia, sem esconder o cansaço na voz. — Bota Mariana pra arrumar o quintal antes da janta.

— Ah, mãe!

— Ah mãe nada! — retorquiu Júlia. — Desarrumou, vai ter que arrumar. E se ficar de birra, mando dona Antônia pegar a vara de goiabeira!

Mariana levou a ameaça a sério. Arregalou os olhos e correu ao quintal.

Júlia deixou a filha aos cuidados da babá e despiu-se no banheiro. Tirou os ornamentos de pano dos dreads e prendeu os cabelos, deixando à mostra os lados raspados da cabeça. A ducha desceu em uma cascata entre as tatuagens de Bezerra da Silva e Nina Simone que se encaravam em suas omoplatas.

A água vaporizou as tensões do dia, depois Júlia saiu do banho, se deitou nua e ficou navegando na internet pelo celular.

Nos *trending topics* do Twitter encontrou menções ao Apóstolo Teodomiro Santana, um pastor acusado de colocar os bens em nome da igreja para sonegar impostos. Famoso pela pregação da cura gay, o nome do evangelista criou um duelo entre conservadores e progressistas.

Júlia ia partir em busca de outro tópico, mas recebeu uma mensagem inbox pelo Facebook. Era de um grupo de hackers que frequentava. Alguns ativistas usavam a página para compartilhar arquivos do WikiLeaks e denunciar pedofilia na deep web.

Acho que isso não é fake, dizia a mensagem. Abaixo, um link.

Júlia clicou e foi redirecionada ao YouTube. O canal se chamava Dia do Julgamento e, apesar de jamais ter ouvido falar nele, tinha quase meio milhão de inscritos.

Júlia apertou o play.

Na tela, uma imagem em preto e branco exibia um homem sentado em uma cama imunda. O vídeo — uma *live* gravada no dia anterior — mostrava a decadência de um cativeiro. Júlia demorou a reconhecer o protagonista do filme e ficou chocada.

O Apóstolo Santana costumava ser uma figura sorridente, mas o homem na tela alternava entre gargalhadas histéricas e choro, como se tivesse dupla personalidade. Era difícil reconhecê-lo; não se assemelhava em nada ao calmo pastor da TV. Ele estava em pânico. Veias estufavam no pescoço, as narinas dilatavam. Entretanto, houve um detalhe que fez uma mão gelada alisar a nuca de Júlia.

Alguém costurara os olhos do pastor.

Vendado com a própria carne, Santana balbuciava:

— *Jesus, Jesus, alguém me ajuda!* — Ele virava a cabeça de um lado para outro como se estivesse desorientado, procurando a câmera. — *Algué...*

A imagem de Santana desapareceu em um corte cheio de estática.

A tela ficou branca e depois entrou em uma contagem regressiva. Entre um número e outro, flashes de ilustrações religiosas se alternavam com fotografias de torturas. Os frames se intercalavam em tamanha velocidade que Júlia não compreendia o significado, embora causassem tanto desconforto quanto uma fita amaldiçoada em um filme de terror japonês.

Júlia cerrou os olhos, imaginando que se tratava de um daqueles vídeos de *creepy pasta*, mas o que veio a seguir torceu suas tripas em um nó.

De cabeça para baixo, uma estátua de Jesus Cristo crucificado apareceu em close. O rosto em preto e branco, desfigurado pelo martírio. A iluminação saturada nos olhos causava um efeito grotesco, animando a imagem com uma espécie de vida maligna.

A boca de Cristo se mexeu como em um personagem de South Park. Uma colagem de maxilar que nada tinha de cômica naquela situação.

— *Eu não vim para trazer a paz, mas para trazer a espada* — disse o Cristo.

Cada palavra veio de uma voz diferente, como um dial de rádio sintonizando fragmentos de várias estações para formar uma sentença complexa. Aquela confusão atonal atingiu as obturações de Júlia e espalhou-se em uma onda que colocou seus pelos em prontidão.

— *Há dois mil anos, Deus enviou seu filho e vocês o rejeitaram. Cuspiram em sua face, o açoitaram, escolheram Barrabás.*

Em uma frequência um pouco mais baixa, Júlia discerniu uma algaravia de vozes sobrepostas, um coro de almas torturadas no inferno: homens e crianças chorando, mulheres que gritavam como se estivessem dando à luz sem anestesia. Cada som carregava tanta dor, que ela imaginou um campo de suplício, onde milhares de demônios revolviam os nervos expostos de suas vítimas.

— *O que o messias conseguiu com seu sacrifício? Apenas escárnio. Ele não tinha a coragem necessária para fazer o que precisava ser feito... mas eu tenho.*

No meio dos gritos subliminares, ecoava algo parecido como uma oração em um idioma estranho. Para Júlia, lembrava alguma língua do Oriente Médio, ou hebraico.

— *Este será o primeiro dos profetas a ser julgado. Um homem que teve todas as chances de servir ao Deus de Abraão, mas preferiu enriquecer, usar a crença de seus fiéis para viver em luxo e apostasia. O Deus do dilúvio, o Deus que fez chover fogo em Sodoma e Gomorra, merece apóstolos melhores. Merece um filho melhor, um messias que não esteja disposto a oferecer a outra face. Mas vou deixar que vocês sejam o Pôncio Pilatos de Teodomiro Santana. Na antiga Roma, o imperador tinha o poder de conceder misericórdia aos escravos que seriam devorados pelos leões na arena. Polegar para cima, o gladiador vivia. Polegar para baixo, o gladiador morria. Decidam.*

A tela se converteu em uma muralha de estática e a *live* foi encerrada. Júlia levou alguns segundos para entender a analogia, mas assim que se recuperou do choque, percebeu a referência. O ícone de *gostei* no YouTube era uma mão com polegar para cima. *Não gostei* representava o polegar para baixo.

O sequestrador de Santana estava deixando a internet julgá-lo?

— Isso não pode ser sério — Júlia murmurou. Esse tipo de coisa não acontecia no mundo real, apenas em filmes como *Jogos mortais*. Por via das dúvidas, se inscreveu no canal e ativou as notificações no telefone.

Mais por curiosidade do que pela urgência, Júlia decidiu investigar a origem do vídeo. Não ligou o laptop nem usou o celular; só fechou as pálpebras e respirou fundo.

Sentiu os músculos relaxarem, então um arrepio subiu pelas costas e instalou-se no cérebro, causando um formigamento.

Quando abriu os olhos novamente, eles estavam negros de lado a lado. Códigos binários deslizavam nas retinas como dados na tela de um computador.

3

Enquanto Júlia investigava em seu quarto, Judas Cipriano cruzava os Arcos da Lapa ao lado de um espanhol de seiscentos anos. A tempestade diminuiu para uma garoa irritante, do tipo que caía na noite em que o pai de Cipriano chupou um cano e ejaculou uma bala nos miolos. Era tão dominado pela esposa que deixou um mínimo de sujeira para não irritá-la; apenas um tampão de couro cabeludo e um borrifo que narrava o suicídio em uma pintura expressionista.

O filho, por outro lado, cultivou o hábito de enfurecer a mãe viciada em limpeza, cujo esporte favorito consistia em arremessar os gatos que cagavam fora da caixa de areia. Sua adolescência — marcada por surras que mais pareciam tentativas de homicídio — se passou em um quarto poeirento, com lençóis manchados pelo ranho de noites em choro, quando não conseguia dormir por causa da dor. Em seu reino particular, Cipriano fez questão de viver em um chiqueiro, uma rebelião contra a rainha. Talvez isso explicasse o motivo pelo qual *ainda* vivia em uma espelunca cercada por lixo.

— Tem certeza de que é por aqui? — Torquemada olhou a escadaria Selarón sem disfarçar a surpresa, encarando um grupo que dividia um baseado. — Você poderia morar em um palacete, ser o maior Papa da Igreja... um messias.

— De novo esse papo, Tomás? — Cipriano acendeu um cigarro. — Eu não pedi a Trapaça, nunca tive escolha. Além do mais, o último cara que pegou o emprego de messias terminou pendurado em uma cruz. — Ele deu um tapa de leve nas costas do espanhol e disse: — Vamos, é lá em cima.

— Olhe este lugar! — exclamou Torquemada. — Por que se contenta com tão pouco? — Subiram degraus onde hippies idosos tocavam canções de Raul Seixas. — Você vive como um monge franciscano. — À direita, passaram por sambistas de raiz que não se incomodavam com o funk berrando nos celulares da juventude.

Cipriano amava aquele bairro. Desde criança, sentia-se à vontade em meio aos rejeitados. Cresceu em um sítio em Mauá, próximo a uma vila de pescadores que tirava o sustento da lama preta do mangue. Ali, em frente à baía em tons de caldo de cana, chupando casca de siri, conheceu o primeiro amor; Jocasta — uma ruiva de garganta proeminente que descabaçou quase todos os meninos da região.

Anos mais tarde, Cipriano entendeu que a escolha de morar na Lapa — uma zona de meretrício famosa pelas travestis — refletia a nostalgia dos momentos de felicidade em uma infância brutal. Foi nas carícias de uma pessoa estigmatizada que se tornou um homem, que compreendeu que não precisava viver de acordo com sua família psicótica.

— Pra você é só um emprego, não é? — Torquemada questionou.

— Garis e bombeiros usam uniformes. — A voz de Cipriano saiu em um pigarro. — Eu não sou melhor do que eles. Se a ordenação não fosse uma exigência para o cargo, não teria entrado nessa. Celibato nunca foi pra mim...

— Você e suas preferências sexuais pouco ortodoxas — reprovou Torquemada, que, apesar da idade secular, demonstrava o fôlego de um menino.

— Preferências sexuais pouco ortodoxas? — Cipriano gargalhou como um cão tuberculoso. — Acho que nunca me chamaram de veado com tanta educação!

— Precisa ser tão vulgar? — Torquemada chegou ao topo da escada e virou em uma rua acima dos arcos do bondinho. Os postes tingiam as calçadas em uma luz cor de urina, enquanto na linha do horizonte, onde o asfalto inclinava-se em uma ladeira, a cidade abria-se em uma constelação de lâmpadas nos morros da Zona Sul.

— Não se preocupe. — Cipriano veio logo atrás, respirando com dificuldade. — Eu sempre rezo trinta pai-nossos depois de ganhar um boquete.

Entraram em um prédio antigo, descamado por décadas de chuva e sol. A vizinhança — composta por traficantes e drogados em estado terminal — decorara as paredes com pichações que declaravam a superioridade do amor: CHUPO PAU POR 50 REAL... GOZEI NA CARA DA MARICLEIDE... Pararam na cobertura — se é que podiam considerar aquela espelunca uma cobertura — e Cipriano abriu a porta.

O apartamento mostrava uma decoração em harmonia com o morador: cinzeiros que transbordavam guimbas, livros profanos empilhados sobre os móveis, copos com resquícios de café, uma caixa de sapatos com fitas de pornô-exorcismo, restos de pizza colonizados por vermes, rolinhos de meia endurecidos...

— Senta aí. — Cipriano ofereceu lugar em um sofá de estofamento eviscerado. — Eu te daria algo pra comer, mas você sabe... — Ele pendurou o chaveiro de Capenga em um gancho atrás da porta. — Ainda tenho aquele problema com fogões. Quer que eu peça uma pizza? — A soleira fora marcada por símbolos de proteção mágica entalhados na madeira.

— Não, obrigado.

— A casa é sua. — Cipriano despediu-se e foi trocar de roupa.

Com ar sério, Torquemada sentou-se, imaginando se sairia dali infectado por algum tipo de bacilo mutante. Pigarreou ao abrir a maleta.

A valise continha um laptop, um pen drive e um envelope grosso. Iniciou o computador, mas no lugar da apresentação do Windows, surgiram as iniciais S.S.T. Torquemada digitou a senha e entrou em uma sessão secreta que só poderia ser acessada por uma sequência de movimentos específicos no cursor do mouse.

Cipriano voltou do quarto de samba-canção e os inseparáveis óculos escuros. O corpo era ornado por cicatrizes e as costas tatuadas com um Homem Bode — símbolo de sua família. Sentou-se de pernas abertas na poltrona, revelando a parte mais geriátrica de sua anatomia.

Torquemada sacudiu a cabeça diante daquele horror e fitou-lhe duramente.

— Que foi? — Cipriano parecia surpreso, como se mostrar o saco fosse uma honra que concedesse aos visitantes.

Torquemada respirou fundo e preferiu ir direto ao assunto:

— A razão da visita é uma urgência. Tenho trabalho pra você. Trabalho *de verdade*, não aquela moleza lá no bar.

Cipriano pegou duas garrafas de cerveja na geladeira e voltou à poltrona.

— Conhece o Apóstolo Santana? — Torquemada virou o laptop para o anfitrião.

— E quem não conhece? — Cipriano bebeu um gole de cerveja. Todo mundo se lembrava do pastor; ele vivia brigando com empresas que demonstravam simpatia pelos direitos homossexuais. Havia mais citações ao movimento LGBT do que ao nome de Jesus em seus tweets.

Com o computador ligado a uma rede 4G criptografada, Torquemada abriu a página inicial do YouTube.

— Esse vídeo foi postado há vinte e quatro horas. O canal já tem meio milhão de inscritos, e não vai demorar muito para isso chegar à imprensa. Recebemos o link através de um e-mail direcionado a *você*.

— A mim? — Cipriano arqueou as sobrancelhas. — E o que dizia?

— Não havia mensagem, apenas o link.

— Sabem a origem? Algum suspeito? — Cipriano bocejou; quando se recebia constantes ameaças de inimigos que podiam roubar sua alma, pouca coisa conseguia lhe incomodar.

— Tentamos rastrear o e-mail — disse Torquemada. — Não sabemos como o autor conseguiu o endereço da Sociedade de São Tomé, mas tem a ver com o caso Santana.

— Desde quando investigar pastores safados faz parte do meu trabalho?

— Acho que deveria assistir antes de tirar conclusões. — O espanhol deu dois cliques na tela e aumentou a imagem na página do canal.

— Bem, vamos ver essa merda. — Cipriano acendeu um cigarro e clicou no play.

O vídeo começou em uma *live* postada no dia anterior.

— Recebemos o link ontem — explicou Torquemada. — A exibição foi em modo evento e permite transmitir vídeos editados como se fosse ao vivo.

Cipriano assistiu à imagem de Santana de olhos costurados, implorando ajuda. Embora não simpatizasse com homofóbicos, sentiu pena.

Veio a abertura da imagem do Cristo invertido. Ouviu a pregação cuidadosamente. Quando a filmagem terminou, percebeu que o número de dislikes estava aumentando a cada segundo.

— A internet tá votan... — Cipriano não conseguiu concluir a frase.

Na página inicial do canal, surgiu um novo vídeo, um streaming em que a imagem da estátua de Cristo aparecia em tempo real.

O messias de cerâmica abriu os lábios e sentenciou ao vivo:

— *Os fiéis decidiram. Eu lavo minhas mãos.* — As muitas vozes do interlocutor se mesclavam aos gritos do que parecia um áudio enviado pelo próprio Satã. Os lamentos formavam um coral de agonia, uma canção de torturados que ressonava na medula de Cipriano.

— Peraí — Torquemada inclinou-se para a frente —, isso é ao vivo?

O Apóstolo Santana surgiu sentado em uma cama. Transpirando feito uma garrafa de refrigerante, ele encarava o próprio punho, que, lentamente, aproximava-se do rosto.

Então, sem razão aparente, ele mordeu o pulso com uma dentada vigorosa.

O sangue de Santana escorreu pela ferida, mas isso não o impediu de dar uma segunda e depois uma terceira mordida. Nauseado, Cipriano o viu mastigar a carne até chegar às veias. Devido à força empregada na mandíbula, um dos incisivos do pastor lascou contra o osso do pulso. Lágrimas escorriam, enquanto o apóstolo arrebentava os últimos tendões, como um menino partindo uma linha de pipa entre os dentes.

— Sangue de Bafomé! — Cipriano murmurou. — Essa porra é de verdade!

Torquemada ignorou o comentário; também estava vidrado na imagem. Testemunhavam um crime em andamento.

A mão de Santana desconectou-se do cotó e caiu em um ponto cego da câmera. Ele pegou o membro cortado como se fosse um brinquedo. Gotas do tamanho de moedas de um real pingavam nos lençóis imundos. O pastor subiu na cama e molhou os dedos na hemorragia. Tendões e pedaços de carne inchada saltavam do corte. A ponta do osso era uma farpa branca e irregular, roída nas bordas.

Com o indicador molhado no sangue que vertia do pulso, Santana desenhou símbolos acima da cabeceira da cama. Cipriano lembrou-se de uma passagem bíblica, quando Deus materializou uma mão para escrever uma advertência ao rei Belsazar.

Ao terminar a inscrição, o apóstolo desceu do colchão. Um rastro preto e líquido o seguiu até o canto do aposento, onde ele ficou de costas para a câmera, mexendo em alguma coisa. Quando se virou, Santana tinha um ferro de passar na mão, um daqueles modelos antigos, aquecidos em brasa.

— Cara, não faz isso! Não fa... — Cipriano levantou-se do sofá em um sobressalto.

Mas o pastor pressionou a chapa quente no cotó.

Apesar da imagem e áudio ruins, eles viram a carne cauterizar; ruído de gordura quente em frigideira. Bolhas de tecido empolaram as margens do ferimento.

A tela se fechou em estática.

Ao perceber que a filmagem não retornaria, Cipriano foi encarar as luzes da cidade pela janela. A chuva tinha cessado. Com a respiração pesada no peito, os dedos trêmulos no isqueiro, acendeu outro cigarro.

A força de vontade necessária para quebrar o pulso a mordidas era inimaginável. Se uma tendinite já provocava sofrimento, qual seria a dor ao mastigar tendões até puí-los feito náilon? Cipriano esfregou as mãos, se lembrando de agonias antigas, que iam muito além daquelas que suas luvas ocultavam.

Santana sofreu inanição? A fome seria suficiente para levar alguém a morder a própria carne? Provavelmente sim, todavia, existiam outras partes macias a serem devoradas, e certamente métodos não tão dolorosos. O vídeo enfatizava a mutilação, não significava que o pastor havia comido outros pedaços do corpo.

— O.k., agora você chamou minha atenção. — Cipriano baforou fumaça no vidro. — Confesso que tô curioso pra caralho, mas não vi nada na minha especialidade.

— Há outros detalhes. — O espanhol colocou o envelope de papel pardo e o pen drive sobre a mesa.

A noite chorou contra a vidraça, desabando uma nova tempestade. O Rio de Janeiro se transformou em uma aquarela de matizes negras e prateadas.

— Como o quê? Preciso de algo mais sólido para trabalhar — Cipriano justificou-se, enquanto saía da janela e terminava a cerveja. — Um homem se mutilando não tem necessariamente nada de paranormal. Já vi coisas incríveis em pacientes psiquiátricos. Isso é caso para a polícia comum, não pra mim.

— Você não notou nada de interessante no áudio? Nas vozes? — Torquemada entrelaçou os dedos à frente do rosto. — Tem uma frase no meio de toda aquela gritaria. A cadência sugere algum tipo de litania ou citação. Pode ser até mesmo uma conjuração satânica.

Cipriano se sentou novamente e clicou no play. Assistiram ao vídeo outra vez. Após a mutilação, Santana mostrava um sorriso insano, como se estivesse possuído. As bochechas esticadas revelavam uma caricatura, o tipo de alegria no rosto de um lunático antes de entrar em um cinema empunhando uma metralhadora.

O pastor afastou-se da tela e escreveu na parede acima da cama. Depois, com o ferro quente na mão, virou-se para a câmera, nu. Apesar do áudio abafado, Cipriano ouviu um sussurro no microfone da câmera. A voz não veio de Santana, que continuava sorridente; veio do cinegrafista daquele curta-metragem.

— Pare aí — Torquemada interrompeu. — Volte o vídeo para o primeiro minuto e aumente o volume.

Cipriano retornou na vinheta com o Cristo de cabeça para baixo. Em meio ao discurso do sequestrador, a mesma frase foi repetida entre os gritos dos amaldiçoados; uma espécie de citação em algum idioma familiar.

— Essa frase aí se repete várias vezes — comentou Cipriano. — Essa distorção de vozes pode ter sido feita no computador.

— Os peritos limparam o áudio da gravação e disseram que não se trata de efeito especial. — O espanhol pausou o laptop. — As vogais aspiradas lembram hebraico antigo, mas é alguma língua morta, segundo os linguistas de Roma.

— E o que é aquela da parede? — Cipriano apontou para a inscrição que Santana fez com sangue acima da cama. A imagem não estava nítida. As letras pareciam incompletas, embora a grafia lembrasse algum alfabeto do Oriente Médio.

— Vou enviar ao Vaticano, mas acho que também não vão conseguir traduzir — Torquemada explicou. — Por isso vim te procurar. Acha que pode falar com a meretriz?

— Jezebel? — Cipriano sentiu a velha empolgação crescer. — Com certeza!

— Eu deixei uma cópia de vídeo, do áudio e o briefing da missão. — Torquemada apontou para o pen drive e o envelope sobre a mesa. — Eles querem você no caso justamente por seus contatos incomuns. Se tiver alguém que pode descobrir alguma coisa fora dos canais convencionais, é você.

— E como vai ser quando o caso chegar à polícia?

— A cúpula já antecipou isso. O caso é de sequestro, tortura e possivelmente assassinato, então não está na alçada dos federais. Essa investigação vai para a Civil. — Torquemada inclinou-se. — Especificamente para o delegado Silveira.

— Vocês pensaram em tudo mesmo, né? — Cipriano esmagou o cigarro no chão. Conhecia Silveira de longa data.

O espanhol ficou de pé, olhando a marca de cinzas no carpete.

— Achamos que ter um conhecido no caso facilitaria as coisas. — Ele guardou o computador na maleta. — Vou cobrar aquele favor político e colocar você como colaborador nas investigações.

— E como devo proceder?

— Se realmente tiver algo nesse caso, e o pessoal da cúpula acha que *tem*, sua missão é a de praxe: impedir que a verdade chegue aos jornais. — Torquemada fechou a valise. — Não queremos que as pessoas fiquem desconfiadas de que o mundo esconde um porão cheio de bichos-papões. Silveira é sólido, tem palavra. Se ele farejar alguma coisa estranha, vai manter segredo, se você pedir.

— Tô cagando pro Silveira. É o resto da equipe que vai foder tudo! — afirmou Cipriano. — Santana não vai passar batido na imprensa. Vai ter pressão dos fiéis para que resolvam o caso. Aposto que o secretário de segurança vai montar uma força-tarefa. Algum policial vai dar com a língua nos dentes para os tabloides.

— Você não vai trabalhar sozinho. — Torquemada sorriu. — Fará a investigação com a inspetora Júlia Abdemi.

— Uma agente nossa?

— Ainda não, mas espero que se torne. E conto com você para isso.

— Como assim?

— Quero que apresente para ela o mundo sobrenatural. Sem choques, lentamente — explicou Torquemada. — Precisamos de alguém como ela na equipe.

— O que ela tem de especial?

— Leia o dossiê e vai descobrir. — Torquemada girou o corpo e saiu do apartamento sem despedidas. Seus passos ecoaram nas escadas até silenciarem.

Cipriano terminou a segunda cerveja enquanto baixava o vídeo para o celular. Foi pausando nas imagens que apareciam entre os números da contagem regressiva, antes da vinheta com o Cristo. As ilustrações pertenciam a *A divina comédia*, de Dante. Cada desenho retratava um dos tormentos nos nove círculos do inferno. Os outros eram fotografias da deep web que mostravam gente torturada.

Cipriano largou o telefone e abriu o envelope na mesa. Leu os detalhes do trabalho. O documento incluía a ficha pessoal de todos os policiais da equipe do delegado Silveira. A maioria era composta de jovens concurseiros, formados em direito. Perfis inteligentes, alguns violentos, outros tão corruptos que, só de bater os olhos na fotografia, Cipriano já sentia um impulso de verificar a carteira.

Em meio à profusão de rostos, viu uma mulher na faixa dos quarenta anos: Júlia Abdemi — o nome estava marcado em vermelho. Trabalhava no setor de informática. Devia ficar encalhada na frente de um monitor e jamais ter puxado uma arma, desde o treinamento na academia.

Cipriano sorriu.

Leu o relatório sobre a família da investigadora e compreendeu sua escolha para o caso. Assim como ele, Júlia jamais seria possuída, caso o torturador de Santana fosse algum demônio. As altas notas no uso de armas, a facilidade para artes marciais, as habilidades com máquinas — estava tudo ali na ficha, sem que ela soubesse a origem de seus talentos. Em uma primeira olhada, pareciam dons sem qualquer ligação, mas era tudo explicado por sua árvore genealógica.

Cipriano levantou-se do sofá e foi ao quarto tirar a poeira do uniforme. Encarou a roupa preta no cabide. Há tempos não olhava para o uniforme de trabalho. A instituição lhe deixava trabalhar em tom informal a maior parte do tempo, mas em missões oficiais exigia que seu poder fosse ostentado.

Vestiu a camiseta de gola eclesiástica e jogou uma jaqueta de couro por cima.

Olhou para o relógio na parede: dez e sete. Àquela hora, o clube deveria estar fervilhando com seus tarados habituais, e sabia que o horário não seria problema, pois Jezebel jamais dormia. Não conseguiria, mesmo que quisesse.

Naquela noite, ele não sairia para exorcizar demônios, mas para encontrar uma tradutora especializada em idiomas antigos.

Alguém que testemunhara a queda da Torre de Babel.

4

A fúria da tempestade indicava uma noite em que cientistas loucos invocariam relâmpagos para dar à luz os mortos. Uma noite ideal para que Judas Cipriano localizasse a alcova do inferno.

Chicotes de fogo açoitavam as nuvens, irradiando os edifícios na avenida Presidente Vargas com uma fosforescência azul. Caminhando ao lado da grade que cercava o Campo de Santana — onde mendigos e viciados dormiam nas sombras das árvores — Cipriano virou em uma rua escura, eclipsada por mangueiras.

Ele parou na esquina de uma encruzilhada, sob a luz de um poste em curto--circuito. Às suas costas, a torre da Central do Brasil empalava o horizonte tempestuoso, como o mastro de um navio desafiando a tormenta.

Apoiando o guarda-chuva entre o queixo e o ombro, Cipriano revirou os bolsos: pegou uma vela, um maço de cigarros e uma calcinha que guardou de uma de suas travestis favoritas. Colocou os três objetos na sombra da mangueira.

A cinquenta metros, um grupo de cachaceiros pagava bebidas para drogadas em uma birosca. Distraídos com risadas e álcool, negociavam boquetes sem prestar atenção ao ritual que o exorcista estava iniciando.

Cipriano olhou para os dois lados. Ao verificar que o grupo não representava ameaça, arremessou algumas pedras contra o poste; a lâmpada estourou com um estampido e mergulhou a esquina em penumbra.

Ele agachou-se de cócoras, com o isqueiro em uma das mãos. Cantando uma litania no idioma iorubá, acendeu a vela. Bateu palmas três vezes, enquanto dava uma tragada profunda no cigarro, e soltou a fumaça esperando que velhos hábitos pudessem despertar a atenção das entidades.

Cipriano abriu a calcinha no chão, verificando a direção do vento; o cheiro de sexo atrairia espíritos promíscuos da mesma forma que sangue atraía tubarões.

Esperou dois minutos...

Então o cramunhão em seu bolso começou a se debater na garrafa.

Um arrepio acariciou Cipriano do couro cabeludo à base da espinha.

Sem apagar as chamas no vento úmido, a vela tremulou projetando sombras que dançavam na calçada irregular. Uma brisa percorreu a rua e com ela vieram gargalhadas; risos arrepiantes que somente sensitivos e animais conseguiriam ouvir.

A frequência do som era tão baixa e sinistra que revelava a regressão espiritual das almas que perambulavam pela região. Embora Cipriano já tivesse lidado com eguns, jamais deixava de sentir um calafrio na boca do estômago.

Nunca era um espetáculo bonito de se ver.

No bar da esquina, as sombras de bêbados se agitaram, revelando os parasitas espirituais que compartilhavam de seus cigarros e cervejas. Incapaz de resistir aos próprios vícios, uma das sombras se desprendeu do hospedeiro e veio rastejando pela rua no movimento de um cardume que deslizava sob o asfalto. A massa de trevas parou na esquina, ao lado de Cipriano, e ergueu-se em uma espiral.

A erva daninha que brotava no cimento rachado começou a ressecar. Ratos e baratas saíram dos bueiros, fugindo de um predador que não devorava carne, mas energia vital. Trevas pulsantes ganhavam volume conforme drenavam a vida ao redor.

Um tentáculo de escuridão partiu da espiral e capturou um gato nos galhos da mangueira. O bichano tentou livrar-se da constrição, mas era tarde; uma agulha de sombras penetrou em sua pelugem e sugou os nutrientes. O gato murchou como uma fruta desidratada, até ficar tão atrofiado que os dentes se soltaram da boca.

E foi quando a convulsão de trevas tomou forma física.

Convertendo a própria noite em carne, o egun que se materializou era tão desprovido de luz que considerá-lo um mero espírito obsessor seria imprudência.

— O que você quer, Cipriano? — disse o egun, arreganhando dentes pretos, fossilizados em alcatrão. — O que quer de mim, seu arrombado? — A mandíbula trincada distorcia a voz em um rosnado bestial.

— Onde está o clube essa noite? — Cipriano soltou anéis de nicotina que provocaram um brilho nos olhos vermelhos do espírito. — E não tenta me enrolar, seu puto! Sei que conhece todos os inferninhos da cidade.

O egun lambeu os lábios com uma língua saburrosa e saiu das trevas, permitindo que o padre testemunhasse sua danação. Apesar de já ter visto coisas inomináveis, Cipriano quase entrou em pânico ao ver aquela *coisa* se aproximando da vela acesa.

Apoiado nos cotovelos, o egun arrastava-se feito um verme devido aos pés inchados pela cirrose. Úlceras causadas pelo uso de heroína revelavam braços necrosados, com veias e trechos da musculatura visíveis. A pele se tornara uma couraça venérea, onde pústulas brilhavam no calor das chamas.

Cipriano deu um passo atrás quando o egun chegou perto. Mesmo com todas as doenças que a entidade sofria, nada superava a parte superior do corpo em termos de repugnância...

Ombros, nuca e cabeça emendavam-se em uma espécie de prepúcio, que circundava o rosto com uma echarpe de pele vincada. A face vermelha — descarnada por uma sífilis terminal emergia de dentro daquele apêndice, como uma fimose. Aquele egun deveria ter levado uma vida em torno de drogas e sexo, pois sua essência ectoplásmica refletia essas paixões.

— Primeiro o cigarro! — rosnou o egun, soltando um hálito capaz de exterminar bactérias. Ele estendeu a mão cheia de verrugas. — Me dá o cigarro. Quero o cigarro, agora!

Cipriano inclinou-se, tentando não vomitar com as feridas naquele rosto rubro. Catou a calcinha e o maço no chão, então prendeu o fôlego para não inalar o bafo sepulcral do espírito, e soprou a fumaça bem nos lábios do egun.

— Ahhh, agora sim! — A criatura absorveu a nicotina em suas escaras, abrindo um sorriso tão preto quanto feijões. — Mais... mais... por favor! — O alívio rapidamente se transformou num rosnado de ódio. — *Quero mais!* — A cabeça descarnada entrava e saía do prepúcio no pescoço.

— Chega! Onde tá o clube?

O egun gritou para os céus; um ruído nem humano nem animal, mas que misturava os dois reinos. Os braços envergaram em um ângulo impossível, estalando as juntas dos cotovelos.

Tentando disfarçar o próprio horror, Cipriano mostrou a calcinha para o egun com a delicadeza de uma stripper prometendo um show particular.

— Me fala o que eu quero saber e isso é seu. — Cipriano sacudiu a lingerie. — Onde posso achar Jezebel?

Ao sentir o cheiro da calcinha, o egun tentou tomá-la das mãos de Cipriano, mas o padre recuou para uma faixa de luz que vinha do poste no outro lado da rua. A entidade hesitou em segui-lo; não podia manter a forma longe das sombras por muito tempo, embora ansiasse por iluminação mais do que qualquer coisa.

— Ô, tarado! — Cipriano sorriu, deixando a calcinha e o cigarro à mostra. — Me fala logo o que eu quero saber e te entrego a oferenda!

— Volta! — o egun implorou, a voz angustiada. — Eu falo! — Ele contraiu-se nas trevas e os carvões em seus olhos brilharam; olhos ausentes de humanidade, olhos além de qualquer redenção.

Cipriano não saiu do lugar. Deu uma baforada tentadora, atraindo o olhar do egun, que se agitou feito um rato diante de uma armadilha carregada de queijo.

— Então, vai falar ou não? — Cipriano acendeu o isqueiro, deixando a chama bem próxima à calcinha. — Não tenho a noite inteira. — O fogo começou a chamuscar o bordado da lingerie.

— Vargem Grande! — gritou o egun em um tom choroso, quase digno de pena. — Ela tá em Vargem Grande essa noite! — Ele estendeu a mão, implorando a recompensa.

Cipriano sabia que as festas de Jezebel jamais aconteciam duas noites seguidas no mesmo lugar, entretanto, ela mantinha uma série de locais específicos para garantir a privacidade dos clientes. Já conhecia o endereço.

— Toma! — Cipriano jogou a lingerie e o maço de cigarros na direção do egun. — Divirta-se. — O maço quicou na calçada, espalhando o conteúdo na sarjeta.

O egun arrastou-se e pegou a calcinha. Os dedos ansiosos levaram o tecido ao rosto e ele o lambeu, tentando sentir o gosto da antiga dona do objeto.

Com uma mistura de piedade e repulsa, Cipriano foi embora deixando o egun afundar no próprio desespero. Ao chegar à avenida Presidente Vargas, telefonou para seu taxista — um velho reclamão chamado Virgílio — que já estava acostumado com aquelas corridas misteriosas, tarde da noite.

O motorista chegou em vinte minutos. Era um homem esquelético, sem queixo, que parecia ter saído da mesma fôrma que Noel Rosa. O hálito estava tão alcoolizado que Cipriano imaginava se Virgílio trabalhava como cuspidor de fogo nas horas vagas.

Eles pegaram a avenida Brasil e depois a Linha Amarela em direção à Barra da Tijuca. Cipriano fazia questão de viajar com Virgílio; se divertia em escutar suas teorias da conspiração. O taxista acreditava que os mosquitos da dengue tinham sido projetados em laboratório para matar os pobres. Em sua cabeça delirante, uma ordem secreta planejava implantar o comunismo em escala planetária, ainda que os membros dessa cabala fossem capitalistas famosos.

Uma hora mais tarde — depois de um longo monólogo sobre como o flúor era usado para deixar a arcada dentária identificável por scanners via satélite —, eles chegaram a Vargem Grande. Percorriam uma estrada de terra, cercada nos dois lados por uma floresta escura. O bairro ainda não havia sido totalmente dilacerado pelas garras do progresso, de forma que parte da vegetação original permanecia.

E, com ela, os horrores ofuscados pela civilização.

Paralelo à estrada, o nevoeiro ocultava ciprestes que dividiam a paisagem com cipós e grossas amendoeiras. Raízes emergiam da lama no acostamento, tentando agarrar as nuvens com dedos de madeira retorcida.

Cipriano sentia-se atraído para lugares assim da mesma forma que não resistia a travestis e esfirras de pastelaria chinesa. Era mão de vaca para quase tudo, exceto quando se tratava de entrar naquele mundo. A rotina frequentemente o entediava e adorava andar por trás do ilusório véu de segurança erguido pelo homem.

A estrada lamacenta tinha impressões de pneus, demonstrando que nem a tempestade conseguia afastar os pervertidos. Mesmo em uma terça à noite, o clube deveria estar cheio de ricaços, e também algumas celebridades da TV.

Pegou a lanterna, o guarda-chuva e pagou ao taxista.

— Pode me deixar aqui.

Virgílio agradeceu e fez o retorno. Cipriano prosseguiu a pé.

O padre *sabia* que estava sendo vigiado. Capenga, o cramunhão de garrafa, detectava magia em toda a floresta. As margens da vegetação agitavam-se com a presença dos filhos de Jezebel; pesadelos de carne e espírito, nem físicos nem etéreos, incapazes de resistir à própria natureza.

O exorcista captava olhos cintilando nas sombras, olhos famintos por estuprá-lo.

Não estava com medo. Eles não ousariam atacar um exorcista da Sociedade de São Tomé. O passado mostrava que as represálias de Roma seriam implacáveis.

A Sociedade de São Tomé, agência da qual Cipriano fazia parte, era uma versão moderna da Inquisição e mantinha a pureza de seu propósito: impedir que as criaturas da noite se proliferassem para além do tolerável. Desde que Torquemada assumira a liderança da organização, a população sobrenatural fora reduzida para garantir a supremacia da raça humana. A referência ao apóstolo que só acreditava no que via ironizava o ceticismo do mundo moderno. A civilização nem desconfiava dos monstros que ainda vicejavam nas regiões remotas. E o Vaticano preferia que continuasse assim.

Por mais contraditório que fosse para um inquisidor, Cipriano simpatizava com os monstros. Como poderia se interessar por humanos falando de política e futebol, quando conhecia criaturas que voavam ou se transformavam em névoa? Seres que viram a aurora dos tempos e relatavam maravilhas que a ciência jamais poderia reproduzir? Era uma competição injusta. Depois de andar em um Porsche, ninguém queria um fusquinha.

Cipriano chegou a uma clareira que servia de estacionamento. Carros importados formavam um semicírculo. Além daquela sessão, uma passarela de madeira podre levava ao interior de um charco. Seguiu por ela, afastando os cipós do caminho.

Depois de trinta minutos, alcançou um velho cemitério pagão, cheio de sepulturas e mausoléus em ruínas que emergiam entre moitas de capim-navalha. Uma amendoeira ofuscava a luz dos relâmpagos, espalhando tentáculos de sombra. O muro que cercava o local estava desabado ao redor do perímetro.

A região era um segredo que viera com a fundação do Império. Desde dom Pedro, o acesso limitava-se à casta mais alta da sociedade. Poucos participavam daquele clube; os que entravam no bosque sem convite eram violentados e dilacerados — não necessariamente nessa ordem — pelas crianças nas matas. A vizinhança mantinha o folclore vivo, afastando-se da necrópole.

Cipriano aproximou-se de um mausoléu de granito branco com duas telas de azulejos barrocos nas paredes. Pintadas à mão, as ilustrações no ladrilho retratavam monstruosidades faloformes penetrando jovens donzelas. Alguns desenhos eram mais perturbadores que outros, como, por exemplo, a figura de uma mulher parindo uma ninhada de fetos abissais. Os artistas sincretizaram as pinturas, acrescentando uma cena em que santas católicas eram sodomizadas por sátiros.

Cipriano parou em frente à porta da catacumba: uma chapa de ferro ornamentada com um demônio em alto-relevo — um familiar homem com cabeça de bode.

— Narciso? — O jesuíta olhou em volta e sussurrou: — Tu tá aí, parceiro?

Houve um instante de silêncio.

Então uma forma humanoide saiu de *dentro* da lateral do mausoléu, como se a rocha fosse líquida.

— Se tu tá procurando um coroinha prá fudê, devia pegá um avião pro Vaticano — disse a imponente sombra, que balançava os braços em um andar de malandro.

Cipriano apontou a lanterna para o interlocutor.

Com uma camiseta branca esticada no tórax musculoso, Narciso veio na direção do padre gingando o corpo tatuado com pichações.

Como seus irmãos europeus, Narciso era um gárgula — uma entidade urbana, manifestada pela consciência de uma cidade. Sua aparência refletia as características do Rio de Janeiro, sua mãe-metrópole. A bermuda jeans e as sandálias estavam em harmonia com a pele de concreto. Os cabelos eram tranças *afro*, mas, no lugar dos fios, grossos vergalhões nasciam na testa e convergiam rentes até a nuca.

Apesar da forma humana, os olhos de vidro fumê lhe garantiam o aspecto de um golem.

— Se tu tivé a fim de treta, é melhó tu voltá outro dia, tá ligado? — ameaçou o gárgula. — A casa hoje tá cheia de playboyzim.

— Preciso que Jezebel traduza uma parada pra mim. — Cipriano mostrou o celular. — Pode pedir pra ela me receber? — O padre sabia que gárgulas nasciam para guarnecer edifícios; Narciso faria de tudo para proteger o local e sua proprietária.

— Sem celular, chefia. — Narciso avançou. A testa do padre batia no peito do gárgula. — A casa num deixa nada que filma ou grava, tu já sabe como a banda toca.

— Eu insisto. Quebra essa pra mim, Narciso.

— Parceiro, a parada é a seguinte: se tu tivé a fim de pegá uma novinha, trepá com um difunto, qualquer perversão que cês humanos curte, tô aqui pra ajudá, mas celular num rola, véio. Vai tê que deixá o bagulho na portaria.

As gírias de Narciso divertiam Cipriano. Tudo indicava que a personalidade dos gárgulas se moldava pelos medos dos cidadãos que viviam nas cidades. Na Idade Média, quando a Igreja alimentava a plebe com superstições, os gárgulas se materializavam como monstros góticos, irracionais. Mas Narciso era fruto da sociedade carioca, que via o perigo no malandro de periferia e na autoridade truculenta.

— Se você me ajudar, eu te apresento uma amiga solteira. — Cipriano deu um sorriso de vendedor ambulante. — Ela é uma estátua grega cheia de gesso pra você apalpar. — Ele inclinou a cabeça como se observasse um objeto curioso entre as pernas de Narciso. — Aliás, vocês gárgulas fazem sexo? Tu tem pau ou é liso que nem a Barbie?

— Véi, de boa, ficar de pombagirice não vai ajudar, tá ligado? — Narciso encurtou a distância, tentando intimidá-lo com o tamanho.

Cipriano agradeceu a aproximação, dizendo:

— Então, vai ter que ser do jeito difícil...

Em um movimento rápido, o padre soltou a lanterna e agarrou a face do gárgula; o rosto de Narciso começou a fumegar. Ele caiu de joelhos, gritando. Os braços arquearam-se, submissos à oração em latim entoada por Cipriano. Parecia um encosto exorcizado em um culto pentecostal.

Com a fúria vincada nas rugas da testa, Cipriano interrompeu o ritual e rosnou:

— Se eu tiver que te esconjurar *agora*, no final você vai estar tão vivo quanto aquele entulho! — Ele apontou o guarda-chuva para o muro tombado. — Gosta desse mundo, Narciso? Quer continuar nele, ou prefere virar material de construção?

— *Puta que pariu!* — O gárgula cerrava os dentes de ladrilho. — Tá bom! Tá bom! Foi mal, *porra!*

Cipriano largou o monstro, que tombou de cotovelos no lamaçal.

Emburrado, Narciso levantou-se devagar. Os malares de andaime ondularam sob a carne de concreto, contendo a ira da humilhação. Ele deu três batidas no portão do mausoléu e disse:

— Bruno vai te levar. — Então se afastou, imergindo nos escombros do muro do cemitério, tão facilmente quanto um fantasma.

O padre olhou a escada de pedra que descia em espiral ao subterrâneo e ouviu o deslizar de pés. A respiração de Bruno ecoava no túnel, um arfar selvagem, cheio de depravação.

Cipriano afastou-se, pois já conhecia o morador da catacumba.

Das sombras do mausoléu, uma criatura que há muito abandonara a humanidade veio em direção ao exorcista.

5

A criatura que Cipriano viu subir as escadas confirmava que a depravação humana desconhecia limites. Corrompido pela luxúria do clube, Bruno, o recepcionista, era uma paródia reduzida aos instintos sexuais. Trancafiado em uma camisa de força, usando fraldas, tudo nele remetia a sadomasoquismo: as pálpebras grampeadas à testa esbugalhavam um par de olhos de brinquedo.

Ele havia arrancado os originais fazia muito tempo.

Com os dentes cerrados em uma mordaça de bondage, Bruno agitava-se quase em stop motion, dando a impressão de que jamais fora um homem, mas uma criatura mitológica saída de um filme em preto e branco. Vergões de açoite e queimaduras de cigarro formavam uma topografia de cicatrizes na cabeça raspada.

Bruno virou-se de costas para Cipriano, rangendo articulações que pareciam tão artificiais quanto as engrenagens em um boneco de corda. Não passava de um fantoche de carne, cuja alma pertencia à criatura milenar que administrava o prostíbulo. Estava oferecendo que Cipriano agarrasse sua coleira. O padre pegou na corrente, deixando-se levar pelo lacaio de Jezebel. Desceram as escadas e chegaram a um corredor pintado de vermelho. As paredes exibiam pinturas que retratavam orgias históricas: famosos poetas que se penduravam em ganchos; reis e rainhas que se beijavam em banheiras de sangue; o imperador Calígula cercado por gladiadores eretos.

No fim do túnel, cruzaram uma porta que desembocava em um salão estroboscópico: luzes vermelhas explodiam nas sombras, música eletrônica vibrava nos ossos de Cipriano. Em meio à profusão de raios laser, notou que não era apenas uma pista de dança, mas uma arena que atendia aos prazeres mais excêntricos. Gemidos que enalteciam o lado mais sórdido da sexualidade.

Assim que entrou, Cipriano foi golpeado com uma visão aterradora. Em uma sessão VIP, cercada por paredes de vidro, um sátiro regia sua orquestra de perversão entre os humanos. O fauno tinha uma pelugem negra e pele grossa, com aspecto de árvore queimada. Os chifres se encaracolavam nas têmporas, terminando sua espiral à frente do rosto, curvados próximos aos lábios leporinos.

O sátiro soprava a ponta oca de sua galhada com a suavidade de um trompetista. Dos furos ao longo dos chifres, partia uma melodia que libertava homens e mulheres das limitações impostas pela natureza; seus corpos perdiam a coesão anatômica para se unificar em uma massa biológica na qual se fundiam todos os sexos. Naquela orgia de carne em mutação, línguas brotavam de poros que se rasgavam, homens se convertiam em mulheres, bocas se abriam em lugares impossíveis de serem alcançados — uma comunhão que amplificava o prazer através de magia.

Uma senhora saiu da forja orgânica e se recompôs lentamente. Enquanto ossos e músculos se solidificavam, ela encaixou-se no sátiro para cavalgar. As joias e os seios murchos balançavam no ritmo atroz e arrancavam sorrisos da criatura. Ela agarrava-se aos chifres dele para aumentar a força do próprio empalamento.

Por todos os lados, Cipriano testemunhou escatologias tão absurdas que nem conseguia compreender. Olhou para cima e achou a dona do clube.

Sentada no camarote, entre dois enormes falos de pedra, em frente à área VIP, Jezebel tomava champanhe. Usava um longo vestido preto, acompanhado por um lenço de seda que circundava o rosto. A tez pálida, ligeiramente translúcida, contrastava com os olhos negros, onde íris amarelas brilhavam como sóis em um par de galáxias gêmeas. A cafetina assistia ao espetáculo com visível tédio.

Com mãos trêmulas, Cipriano cortou a multidão. Foi bolinado por pessoas tão estranhas que fariam cantores de black metal parecerem testemunhas de Jeová. No mínimo, a gola eclesiástica provocava ideias para fetiches tenebrosos. Temendo que os frequentadores percebessem que ele era um padre de verdade, e não um fetichista, esquivou-se daqueles olhares vazios.

Bruno o conduziu por uma escada ao lado do palco, que dava a volta no salão por trás da parede e terminava no camarote. Jezebel — uma súcubo que antecedia o dilúvio de Noé — permaneceu indiferente à presença de Cipriano, enquanto ele sentava-se ao seu lado.

Em um exame minucioso, Cipriano notou que a silhueta fantasmagórica de Jezebel projetava homem e mulher sobrepostos em transparência, e, como uma imagem tridimensional, se alternavam conforme o ângulo da luz. As feições andróginas se diluíam, se misturando em uma carne feita de ilusões. Às vezes, as maçãs do rosto pareciam másculas, e instantes depois se tornavam femininas. Havia uma poesia cruel em sua beleza: o ápice da feiura masculina e a volúpia apoteótica de uma musa.

Apaixonado pela dona, Bruno gemeu por um afago. A súcubo pegou um brinquedinho — um pênis de madeira, cuja metade inferior era um crucifixo com um nazareno excitado — e jogou na multidão. Ele desceu as escadas freneticamente, ganindo de felicidade, rumo ao bacanal na pista de dança.

Sem falar nada, Jezebel retirou-se do camarote, indicando com um olhar que o padre deveria acompanhá-la. Cipriano a seguiu e chegaram a um escritório de decoração duvidosa. A mulher sentou-se atrás de uma mesa de mogno.

— Andei sabendo que mandou Astarth de volta. — Jezebel exibiu um sorriso tão branco e falso quanto uma bijuteria de pérolas. — É verdade que anda fazendo stand-up ateísta? — Era a voz mais sexy que Cipriano já ouvira. O tom musical parecia ecoar além da realidade. — Senta aí e me conta, por favor. — Ela ofereceu uma poltrona de encosto alto, estampada com ilustrações do *Kama Sutra*.

— Foi só um blefe para me aproximar de Astarth — disse o padre ao se acomodar. — Quer disfarce melhor para um agente da Inquisição do que um militante ateu? Além do mais, você sabe que gosto de irritar o Vaticano. Tradição de família.

Cipriano olhou a pintura que tomava quase toda a parede dos fundos: uma sátira da *Santa ceia*, onde os apóstolos tinham sido substituídos por estrelas pornô.

— Eu pagaria para ver um padre fazendo piadas com a Bíblia. — Jezebel sorriu maliciosamente. — *Aqui* daria um show e tanto.

— Alguma coisa me diz que não seria suficiente para entreter seus clientes.

— Ah! Aquilo? — disse a súcubo, referindo-se à orgia na área VIP. — Não se surpreenda; uma parte considerável dos sócios frequenta a missa. Sabe como é: fornicar durante a semana e pedir perdão no domingo. — Ela serviu-se de outra taça de champanhe.

À direita, encostada na parede, havia uma estante com urnas de vidro cheias de olhos que flutuavam em conservante.

Oferendas dos amantes de Jezebel.

Cipriano sabia que dois daqueles olhos pertenciam a Bruno.

Ao ter a melhor trepada de suas vidas, os clientes de Jezebel se cegavam para jamais macular a experiência desejando outra mulher. Ali estavam as almas daqueles que pagaram o preço mais alto por uma noite de prazer com a prostituta da Babilônia. Homens de tamanha vulgaridade que não ficariam satisfeitos nem nos mais sofisticados bordéis da Tailândia. Passariam o resto dos dias relembrando o orgasmo proporcionado por Jezebel, com os corpos automatizados pelos caprichos de sua dona.

— Aceita um drinque? — indagou a anfitriã.

— Não, tô de boa. — O jesuíta colocou o celular na mesa. — Preciso que traduza isso pra mim.

Jezebel deslizou o telefone elegantemente e clicou para assistir ao vídeo de automutilação. Um sorriso desenhou-se no rosto dela e Cipriano percebeu que ela descia as unhas manicuradas em direção ao ventre.

— Jezebel, isso não é pornô! Será que pode deixar a siririca pra depois?

— Desculpe. — Ela se recompôs com uma expressão provocante. — Não estou surpresa que os especialistas do Vaticano mandaram você vir aqui. A inscrição na parede não pode ser percebida totalmente na terceira dimensão. É preciso enxergar em planos superiores para compreender as letras.

— Seja mais clara.

— Está no idioma celestial. Apenas anjos e demônios podem ler.

— Quê? — Cipriano inclinou-se na poltrona. — E o que diz?

— "Em Cafarnaum, o primeiro fariseu jaz julgado e condenado, assim disse o Filho do Senhor" — ela respondeu. — A frase é repetida três vezes no vídeo.

— Nunca ouvi falar desse versículo.

— É porque ele não existe — disse Jezebel. — Nem mesmo nos cânones do inferno.

— Tem certeza? — Cipriano massageou as têmporas, antevendo a dor de cabeça que a investigação poderia causar.

— Eu falo todas as línguas inventadas pelo homem e até por coisas que *não* são homens.

— Na tua opinião, Santana poderia estar possuído? As vozes no vídeo parecem pertencer a alguma legião.

— Aquele pastor? — Jezebel estalou a língua em deboche. — Duvido! Ele chegou a vir aqui umas duas vezes. Gostava de...

— Tá, tá, tá, sem detalhes, o.k.? — Cipriano abanou os braços em protesto. Estava se sentindo ligeiramente tonto, como se estivesse ficando bêbado.

— Tudo bem. — Jezebel acariciou a garganta delicada, tentando atrair os olhos do exorcista para o decote. — Uma alma corrupta como a de Santana seria dilacerada rapidamente. Uma falange de demônios só escolheria alguém virtuoso, com bastante pureza a ser destruída. Possuir Santana é chutar cachorro morto.

— Foi o que pensei. — Cipriano coçou os olhos, tentando não encarar os seios da súcubo. — No vídeo, parece que a voz veio de outra pessoa.

— Ou de outra *coisa* — insinuou a prostituta. — Já pensou em consultar o *Necronomicon*?

— Não sei se Gi Jong ainda tá puto comigo. — O padre acendeu um cigarro, incapaz de conter um sorriso no canto da boca. — Caguei no pau com ele.

Jezebel tinha ouvido falar do incidente com o *Necronomicon*, um livro encadernado em pele humana, capaz de responder perguntas sobre ocultismo. As páginas em branco alimentavam-se com a energia vital do consultor e revelavam as informações em uma marca d'água escrita em sangue. Na última vez que foi consultar o alfarrábio, Cipriano tentara usar sangue de porco para sabotar o ritual.

O *Necronomicon* reagiu invocando um demônio, e Gi Jong — o chinês proprietário do livro — teve que fechar um portal dentro de seu antiquário.

— Não consigo entender por que Gi Jong gosta tanto de você — disse Jezebel.

— Não é amizade, é negócio. — O exorcista soltou a fumaça, observando os anéis com uma euforia repentina. — Minha família é cliente dele há muito tempo.

— Mais alguma coisa que você queira saber? — Jezebel bebericou o champanhe.

— Santana andava com algum dos seus amigos? — Cipriano inclinou-se para a frente, tentando diminuir a tonteira. — Me refiro aos sobrenaturais.

— Não. — Jezebel repousou o copo na mesa. — Ele veio em uma noite em que minhas crianças não estavam realizando nenhuma performance. Achou que era um clube *sado*.

— Quem convidou?

— Silas. — Jezebel apontou para um dos olhos na estante. — Mas acho que ele não vai poder te ajudar.

— Aconteceu alguma coisa fora do comum quando ele esteve aqui? Uma briga? Uma criatura mágica irritada com o fato de ele ser pastor?

— Não que eu saiba. — Jezebel descruzou as pernas perfeitas. — Santana ficou muito assustado com o que viu e foi embora rápido. — Ela levantou-se com um movimento de sensualidade felina. — Então, encerramos? Tenho que receber alguns clientes.

— Tenho mais uma pergunta.

— Faça.

— Você cospe ou engole? — Cipriano abanou as mãos a frente do rosto e sorriu debochadamente. — Tô de sacanagem, deixa prá lá. Posso ficar *tentado* a descobrir.

— Mas sacanagem é tudo o que eu tenho a oferecer, meu querido. — Jezebel deu um sorriso devastador, do tipo que uma musa ofereceria ao seu poeta favorito.

— Me escravizar seria ótimo pra sua reputação, né, Jezebel?

— Não seria a primeira vez que você é tocado pelas trevas, não é?

Cipriano não disse nada. O silêncio era resposta suficiente.

A meretriz etérea empinou-se com graça e deslizou *através* da mesa, deixando o rastro úmido da própria excitação no tampo de mogno. Cipriano tentou ocultar o desejo, mas foi traído ao apertar os braços da poltrona. O cigarro caiu no chão, espalhando grãos de fogo.

— Já imaginou, padre? — Jezebel umedeceu os lábios com uma língua negra e bifurcada. — Já bateu uma punheta pensando em como seria meter o pau em mim?

Obviamente, Cipriano imaginava tudo isso naquele exato momento. Os pensamentos fluíam para a cabeça de baixo, mas se deixasse o pássaro em suas calças voar, seus olhos se juntariam aos de Bruno na coleção de Jezebel.

— Aposto que nunca comeu uma pompoarista... — Ela colocou a unha preta nos lábios de Cipriano e deslizou o dedo até a pelve dele. — Ela é macia, apertada. Já fodeu uma súcubo, padre? É como foder uma freira... — Com a mão fantasmagórica, Jezebel agarrou os testículos de Cipriano através da calça, dedilhando o períneo do exorcista com a suave maestria de um pianista virtuoso.

O toque era frio, mas nem por isso menos excitante.

Cipriano encolheu-se na cadeira. Sua virilha contraía. O contato com a carne insubstancial de Jezebel era mais potente que um coquetel de Viagra. Tentou concentrar-se no fluxo sanguíneo em seus tímpanos. O coração ressonava até as pernas.

Cipriano fechou os olhos, tentando uma oração de exorcismo, mas os feromônios sobrenaturais da súcubo confundiam o raciocínio; só agora havia percebido que Jezebel estava lhe envenenando desde o início da conversa.

— Prometo deixar você gozar na minha boca... — Jezebel montou no colo dele, arqueando as costas para trás, e apoiou as mãos nos joelhos de Cipriano. O quadril começou a ondular sobre o colo trêmulo.

Cipriano pensou em usar a Trapaça para repeli-la, mas acabaria tão fraco que não conseguiria fugir dos filhos-pesadelo de Jezebel.

— Me fode... — A súplica era irresistível.

Instintivamente, Jezebel adaptou sua anatomia maleável às preferências de Cipriano, aumentando o volume dos seios para emoldurá-los sob o tecido.

— Deixo você meter onde quiser... — Ela se curvou para a frente, abraçando o pescoço dele. A língua bífida de Jezebel lambeu os lábios de Cipriano e deixou um fio de saliva entre as bocas. A prostituta sugou aquela linha brilhante, atraindo a respiração do padre com um chupão. — Onde você gosta, padre? — O hálito dela rescindia ao aroma cítrico do champanhe. — Quer me pegar por trás? — Era uma respiração glacial, mas que provocava febre em Cipriano. — Ou, se preferir, posso meter em você também...

De repente, o jesuíta sentiu os contornos do corpo dela se reconfigurando. Excitado, Cipriano empurrou a meretriz com toda sua força de vontade. Jezebel sorria, orgulhosa do volume que metamorfoseara entre as pernas. Uma parte íntima de Cipriano *queria* trepar com a súcubo ali mesmo; isso o deixou mais assustado do que enfrentar o torturador de Santana.

— Passa teu zap, Jezebel — pediu, com o tesão queimando as faces. — Se eu encontrar novos versículos, vou te enviar para tradução, já é?

Ela passou o número e Cipriano dirigiu-se à porta apressadamente.

Enquanto caminhava pelo clube, ele esquivava o olhar das orgias. Os feromônios de Jezebel entranharam em sua pele, a saliva dela o intoxicou com tamanho desejo que sentia o pênis pulsando feito um alien prestes a romper suas calças.

Tinha que sair antes que fosse dominado pelo afrodisíaco na corrente sanguínea.

Suando frio, Cipriano saiu do clube com a cueca pegajosa. Procurou o celular no bolso, discando o número de Virgílio às pressas. Precisava acalmar o monstro entre as virilhas; depois de quase perder a alma para Jezebel, faria valer o restante da noite com as travestis da Lapa.

Enquanto aguardava o táxi, tentou se distrair imaginando que tipo de entidade torturara o Apóstolo Santana. O criminoso era fluente no idioma angelical e falava com dezenas de vozes diferentes. Será que Jezebel estava enganada? Seria o próprio Legião ou outra falange de anjos caídos? Nesse caso, por que atacar um pastor corrupto, se Santana prestava um belo serviço aos senhores do inferno?

Cipriano jamais ouvira falar de demônios que postavam vídeos na internet. A maioria dos abissais tinha sérios problemas com tecnologia. De qualquer forma, teria que esperar a polícia encontrar o cativeiro do pastor para iniciar a investigação.

Naquela noite, Cipriano precisava resolver um caso terminal de paudurência.

6

Por volta da meia-noite, com medo de sair dos sonhos para um mundo de pesadelos, Verônica Posse acordou na cama e manteve os olhos fechados. Esperava que a percussão da chuva no telhado a fizesse voltar ao sono, mas não conseguiu alívio naquela noite. Olhou para o mesmo ponto do teto, pois o corpo esquálido estava tão frágil que não conseguia mudar de posição sem ajuda.

Nem sempre ela foi prisioneira da anorexia. Um dia — não tão longínquo para outros, mas uma eternidade para ela — foi uma mulher vaidosa e bem-sucedida. Naquele tempo, a elite a cortejava com frequência, não apenas para ouvir profecias, mas por seu carisma hipnótico. Havia jantado com presidentes e artistas, frequentara os melhores restaurantes da alta sociedade. Hoje, a vida se resumia a mergulhar em lembranças dolorosas.

Viveu apaixonadamente aquela felicidade plástica ao casar-se com Henrique Escatena, o maior empresário artístico do país. Famoso pelas lindas mulheres com as quais desfilava, o nome de Henrique era rotina nas colunas de fofocas.

Contudo, ele não passava de um farsante.

Verônica descobriu isso ao surpreendê-lo com dois jovens musculosos em sua cama. Ver os corpos suados deslizando por seu marido era intolerável, mas o que a tirou do sério foi a lascívia nos lençóis que compraram juntos, na lua de mel.

O divórcio virou um escândalo e o conto de fadas tornou-se uma história de terror. Sem Henrique para promover as reuniões na tenda espírita Cafarnaum, Verônica ficou desleixada.

Um jornalista acabou descobrindo a farsa das cirurgias mediúnicas.

A polícia interditou Cafarnaum e levou Verônica algemada sob a luz das câmeras. Embora tivesse ficado menos de um dia na cadeia, foi crucificada pela mídia. Respondendo ao processo em liberdade, assistia na tv a ingratidão dos artistas que ajudou. Não importava se as curas eram psicossomáticas; sem o circo montado pela médium, muitos deles continuariam enfermos.

Conforme a Tenda Cafarnaum e sua reputação apodreciam, Verônica refugiou-se em uma mansão velha, no Alto da Boa Vista, onde as câmeras dos fotógrafos não podiam registrar sua decadência. Por muitos anos, não precisou se preocupar com dinheiro, graças ao divórcio milionário e aos investimentos em fazendas de gado.

Pelo menos Henrique lhe garantiu uma boa vida, e lhe deu filhos maravilhosos. Dois garotos lindos e inteligentes.

Que agora estavam mortos.

Nenhum médico conseguiu explicar a causa. Disseram que eles sofreram de morte súbita, que seus corações simplesmente pararam de bater. Mas Verônica sabia a verdade.

Eles tinham sido assassinados pelo anjo da máscara de ferro.

Verônica alucinava sobre essa entidade há seis meses e as visões jamais ocorriam quando ela estava sob efeito de calmantes, pelo contrário; era sempre quando estava lúcida. Durante as visitas do anjo, sua enfermeira, Tatiana, dormia imperturbável na quitinete do jardim.

O anjo viera várias noites para dizer a Verônica que roubaria a alma de seus filhos, como Deus fizera com os primogênitos do Egito, e que seria o responsável por limpar suas contas no banco, por matar os bois nas fazendas.

Profecias ou não, as palavras dele sempre se concretizavam.

Ela estava na miséria, o imposto de renda atrasado. Tivera que reduzir as visitas de Tatiana, sua enfermeira, por falta de pagamento. Em seis meses, tudo desabou, como em uma provação divina.

No fundo, Verônica sabia que merecia; destruíra a vida de muitas famílias, dando falsas esperanças a pais cujos filhos sofriam de doenças incuráveis. Alguns venderam tudo o que tinham para custear seus tratamentos espirituais. Mas, embora jamais tivesse acreditado em espíritos, Verônica confiava na cura através da mente, e que a autoconfiança ajudava aleijados a largar suas muletas. Tudo o que os enfermos precisavam era de um pouco de folclore para ajudar na sugestão hipnótica.

Ironicamente, ela não conseguia dar um fim ao próprio sofrimento.

Com uma ansiedade perversa, Verônica *desejava* a morte, apesar de lhe faltar coragem para o suicídio. O organismo rejeitava os alimentos, mas ela insistia em *viver*. Não acreditava nas doutrinas que pregara, contudo, sempre cabia a incerteza: será que existia o *outro lado*? Um lugar pior do que esta Terra de miséria e privações?

O mundo real se tornara um lugar assustador. Não fazia sentido participar dele. Verônica vivia dopada por antidepressivos, isolada em uma crisálida alucinógena, revivendo uma versão ficcional da época mais feliz de sua vida, quando o casamento com Henrique havia dado certo. Em seus delírios, eles viajavam em cruzeiros luxuosos; faziam amor com a vista da torre Eiffel em uma janela; passeavam de balsa pelos canais de Veneza; brincavam com os filhos que jamais tinham morrido de algum mal súbito... Tudo perfeito, idealizado por lembranças de filmes românticos. Uma existência imaculada, preenchida pelas canções de sua adolescência.

No entanto, parte do cérebro registrava fragmentos do mundo real. Às vezes, percebia Tatiana entrando no quarto, ouvia sua voz pedindo para que abrisse os lábios para uma colherada de sopa. Quando o médico a visitava em casa, Verônica sentia o toque no corpo esquelético. Ele fazia inúmeras perguntas, sem obter respostas. O doutor e a enfermeira eram menos substanciais do que o filme em que ela decidiu viver. O som do talher, o tilintar no prato de comida, o toque do papel higiênico quando lhe limpavam — tudo ecoava de uma dimensão distante.

Mas foi justamente essa parte lúcida e traidora do cérebro que fez Verônica notar o barulho de cerâmica se quebrando no jardim.

Já ouvira aquele som inúmeras vezes nos últimos meses.

E só podia significar uma coisa: o anjo da máscara de ferro tinha chegado.

A primeira coisa que atingiu Verônica foi o cheiro. Um cheiro de carne podre, seguido pelo zumbido de insetos. Aquela combinação de odores e ruídos lhe arrancou dos delírios e a trouxe de volta ao corpo esquelético, aprisionado nos lençóis.

Apesar de jamais tê-lo encarado nos olhos, Verônica reconheceu o cartão de visitas do monstro. A malevolência da entidade era tão palpável que antecedia sua presença física; ele irradiava uma escuridão interior da mesma maneira que uma lâmpada projetava claridade.

Um enxame de insetos veio da varanda e ficou orbitando ao redor da médium. Um deles pousou nos lençóis e Verônica sentiu um calafrio primitivo.

Jamais vira um inseto como aquele. O tronco e a cabeça eram iguais aos de um gafanhoto, mas a parte inferior pertencia a um escorpião. O exoesqueleto negro tinha manchas púrpuras que mudavam de tonalidade conforme a incidência da luz. O espécime era muito maior que um louva-deus, quase do tamanho de uma ratazana. O ferrão curvo, ameaçador, continuava úmido, gotejando a peçonha escura. Os olhos multifacetados a encaravam com uma frieza predatória.

O inseto afundou o ferrão em sua perna.

Verônica gritou, mais pela repulsa do que pela dor. O veneno queimava, apesar de frio. Sentiu o líquido incendiar suas veias e depois um entorpecimento agradável. Permaneceu consciente, mas já não se sentia no controle do próprio corpo.

Mãos que jamais fariam qualquer gesto de bondade.

Verônica não conseguia gritar. Como em sonhos, estava dominada, aprisionada no próprio corpo, agonizando no silêncio de cordas vocais que não a obedeciam.

— A toxina vai agir rápido — disse a entidade naquele coro gregoriano demoníaco que formava sua voz.

Uma mão monstruosa tocou o ombro de Verônica; garras envoltas em uma manopla de ferro lhe acariciaram a pele com delicadeza.

— Você prometeu cura, mas entregou enfermidade. Tirou a prosperidade de pais desesperados e seus filhos foram presenteados à morte. Por isso o Senhor te devolverá sua porção em dobro — disse o anjo da máscara de ferro.

Verônica reconheceu a última parte da citação, mas estava distorcida; uma corruptela do versículo em que Deus devolvia tudo o que Jó tinha perdido. Ela tentou compreender o que o anjo queria dizer, mas antes que chegasse a qualquer conclusão, ouviu os passos da criatura dando a volta na cama.

A luz de um relâmpago derramou-se, revelando o rosto da entidade.

Verônica viu um horror que não poderia ser classificado nem mesmo com o vocabulário mais eloquente, pois não estava na mente humana produzir imagens tão inomináveis. Ela perdeu o controle dos intestinos. Não conseguia nem *entender* o que se manifestava diante de seus olhos.

A entidade recuou seu rosto de pesadelo para as sombras, emitindo um ranger metálico e o estalar de ossos que se quebravam. Riu baixinho, com milhares de vozes. Caminhou até o computador em frente à cama e o ligou. Dedos enormes fizeram uma busca no teclado, e a câmera começou a filmagem. O anjo retornou à cabeceira e entregou a Verônica um pedaço de cerâmica tão afiado quanto uma navalha — um fragmento de um dos vasos de planta no jardim. Escravizada pela catatonia, ela aceitou o presente.

O espírito de Verônica debatia-se e chorava enquanto o corpo permanecia obediente aos caprichos do algoz.

Então o rosto dela encheu-se de escaras; fendas se abriram como flores... e coçavam, *queimavam* — precisava se aliviar ou acabaria enlouquecendo.

— Sua fé em si mesma te condenou, mulher — sentenciou a entidade.

A criatura explicou o que Verônica precisava fazer. Sem conseguir resistir, dominada pelos sussurros do anjo, ela obedeceu.

Com o pedaço de telha, Verônica começou a coçar o rosto com tanta força que pedaços de sua carne caíam nos lençóis.

QUARTA-FEIRA

7

Se Júlia fosse um orixá, ia preferir oferendas de tecnologia em vez do tradicional frango com farofa. Uma internet móvel de alta velocidade, por exemplo, viria a calhar naquele instante. O celular no suporte ao lado do volante não conseguia localizar o endereço do cativeiro onde encontraram o corpo de Santana.

Ela passara a última noite projetando a mente na internet e agora tentava vencer o sono com as reportagens policiais transmitidas no rádio. Acabou desligando as notícias; não tinha estômago para ouvir o caos dessa nova Idade das Trevas. Encaixou um pen drive no aparelho e iniciou a abertura do *Cabuloso Cast*, um programa sobre literatura pelo qual acompanhava as novidades em ficção científica.

Sempre gostou de tramas que extraíssem racionalidade do absurdo. Pelo menos na leitura encontrava sentido no mundo, acendia uma luz em relação aos misteriosos poderes que nasceram com ela. Júlia tinha certa dificuldade em acreditar em divindades e via seus dons psíquicos como um vestígio da evolução darwiniana.

Por anos a fio investigou casos de paranormalidade — qualquer evidência para confirmar que não era a única —, contudo, jamais encontrou qualquer informação concreta. Lera a respeito de telecinese, telepatia, mas nada como uma ligação mental com máquinas.

— Você é uma ciberpata — disse ela ao retrovisor. — Grande merda falar com computadores. Se eu entrasse na escola do professor Xavier, ia sofrer bullying.

Desde criança, Júlia era boa em cálculos e códigos. A monografia na faculdade foi um algoritmo que usava a matemática dos jogos de búzios para fazer previsões de lucros. No ginásio, esses dons despertaram o amor nos professores e ódio nas alunas, sobretudo em Débora — a loiraça-belzebu da turma 1103 — que passara cinquenta minutos da aula inaugural fazendo um desenho dela. A ilustração chegou nas mãos de Júlia na hora do recreio.

A caricatura mostrava Júlia morta em um alguidar de umbanda. Enfurecida, ela percorreu o pátio e foi tirar satisfações. Cercada pelas amigas, a garota mascava um chiclete tutti-frutti. Ela não se recordava do diálogo, mas se lembrava da goma estalando na boca de Débora, o tique-taque de uma bomba-relógio prestes a explodir em confusão. Os alunos se aglomeraram ao redor e, em algum momento, elas gritaram, trocaram ofensas.

Até que a menina oxigenada lhe estapeou o rosto.

Júlia viu a multidão gargalhar; o desenho racista, o escárnio no sorriso de Débora... tudo aquilo deixou sua cara pegando fogo, queimando mais pela humilhação do que pelo tapa em si. Entretanto, uma raiva gélida a impediu de revidar.

Vingança era um prato que se comia frio, marinado em sadismo.

Nas semanas seguintes, Júlia ia ao banheiro e jogava um absorvente em cada sanitário. Em pouco tempo, as privadas vomitaram o conteúdo dos canos. Como só havia aquele toalete feminino, a direção da escola não pôde interditar.

Ela aguardou a hora da revanche com a paciência de um Buda.

Então, Débora foi ao banheiro durante uma prova de português. Júlia contou trinta segundos e partiu logo atrás. Enquanto a loira retocava o batom, elas se encararam através do espelho. As privadas entupidas cheiravam tão mal que causavam ânsia de vômito. Vestida em uma máscara de arrogância, Débora completou a maquiagem e passou de nariz empinado por Júlia, chapinhando nas poças do chão.

Júlia a agarrou pelos cabelos com tanta força que quase rasgou seu couro cabeludo. Enrolou os fios na mão e torceu o braço a ponto de ouvir o cotovelo estalar. Jamais havia brigado, no entanto *sabia* calcular os movimentos da inimiga com precisão, sabia quais articulações torcer, e os nervos mais sensíveis. Esse conhecimento instintivo chegou junto de um calafrio deslizando pela coluna.

Ignorando os gritos da loira, Júlia enfiou o belo rostinho de sua nêmese em um dos vasos. Deixou que ela se afogasse um pouco. Assistiu a água borbulhar, os espasmos de Débora diminuírem... Só encontrou satisfação quando a garota perdeu a consciência.

Débora retornou à sala aos prantos, tossindo água de privada.

O boato espalhou-se e Júlia ganhou fama de psicopata. A gata preta de macumba tornou-se Juju Camburão, sinônimo de encre...

O celular apitou, indicando o retorno da internet. Ela olhou o GPS e se localizou. Seu Fiat Palio cortava a garoa na estrada municipal de Piabetá, região serrana do Rio. O caminho, margeado por campos e sítios, se intercalava com hectares desabitados. Vez ou outra avistava um transeunte pedalando no acostamento. Havia uma notificação do delegado Silveira no WhatsApp, mas ela não parou para verificar.

Júlia não entendia a razão pela qual Silveira a colocara em campo. Ele foi evasivo, dizendo que alguém do alto escalão exigiu a participação dela no caso. O *por quê* e o *quem*, ela nem imaginava; ela era só mais um nome na folha de pagamento do estado, ninguém importante.

Voltou a conferir o GPS. No horizonte nublado, avistou alguns carros das polícias Civil e Militar no acostamento. Diminuiu a velocidade e conferiu o endereço do local do crime: era ali, uma imensa chácara tomada de vegetação daninha. A casa estava em ruínas, mas ainda era possível reconhecer a glória barroca por trás da decadência. A construção devia ter sido erguida na época do Império, pois, apesar das infiltrações, as paredes grossas permaneciam de pé.

A imprensa enxameava o local como moscas ao redor de merda. Helicópteros de emissoras de TV circulavam nos céus, registrando imagens para saciar as fomes estranhas de seus telespectadores. As mãos de Júlia começaram a suar. A última coisa que desejava era a cara estampada em algum programa policial. Estacionou o automóvel próximo às viaturas; as sirenes reluziam em silêncio.

Dezenas de jornalistas acotovelavam-se ao redor do portão da chácara, onde o delegado Silveira dava uma entrevista coletiva. Normalmente, os chefes das divisões de homicídio ansiavam pelos holofotes em busca de carreira política, mas Silveira fazia o gênero da velha escola. Com dezenas de gravadores e microfones enfiados em sua cara, ele tentava ser o mais profissional possível.

Júlia sabia o que se passava na mente dele: Silveira não via pessoas, via urubus em cima do cadáver, que bicariam até arrancar o último pedaço de carne da vítima.

Ela saiu do carro e imediatamente vários olhares se voltaram em sua direção. Alguns eram de curiosidade, outros — como o dos repórteres — eram vorazes, buscando detalhes mórbidos para tingir as matérias com sangue. Alguns policiais velhos e cansados fitavam-na com um desejo disfarçado, apesar de ela não ser nenhuma passista de escola de samba; havia algo no fetiche de policial.

Trancou o carro, segurando o colete da polícia sob o braço. Tentava aplacar o frio com uma jaqueta jeans. O revólver .38 pesava na cintura. Como não atuava em campo, não fizera questão de substituir a arma por uma das pistolas calibre .40.

Júlia abriu caminho, afastando câmeras, e foi proteger-se atrás de Silveira, que falava aos microfones:

— O secretário de segurança autorizou a criação de uma força-tarefa entre a polícia militar e a civil para investigar o crime com máxima eficiência. O Apóstolo Santana era um proeminente membro da comunidade carioca e merece todo o nosso respeito. — O delegado elogiou o "apóstolo" mal disfarçando o gosto acre que aquelas palavras deixavam na língua. — No devido tempo, a imprensa terá todos os detalhes. Por enquanto, não podemos passar nenhuma informação sob o risco de prejudicar as investigações. Isso é tudo, pessoal.

Vozes exasperadas choveram em Silveira.

— Como está o corpo?

— Qual é a linha de investigação atual?

— Foi tortura, sequestro ou homicídio?

— Delegado, o que tem a dizer para acalmar os fiéis do Apóstolo Santana?

Ignorando as aves de rapina, Silveira deu as costas e entrou na chácara. Júlia o seguiu, olhando por cima do ombro enquanto os policiais militares empurravam os jornalistas e fechavam os portões.

— Seu atraso deu tempo pra essa corja chegar aqui — bufou o delegado. — O governador recebia dinheiro de campanha do apóstolo. Se eu não resolver essa merda, vai ter um pau grosso atolado no meu rabo, Júlia!

Silveira tinha uma dualidade conveniente: usava um vocabulário oficial para tratar os repórteres e outro com os subordinados. O fato de tê-la chamado pelo primeiro nome indicava que não considerava Júlia uma investigadora *de verdade*. Era apenas a "moça da informática" atuando como figurante em todo aquele drama.

— Eu falei sete da manhã! Sabe que horas são? — ele perguntou.

— O cadáver não vai fugir. — Júlia transpareceu o mau humor da noite insone.

Cosme Silveira, um daqueles machões que coçavam o saco em público e ensinavam o filho a orgulhar-se dos peidos, tinha feições que reproduziam essa rispidez; se Júlia fosse cristã, diria que o delegado foi esculpido em granito e vigas de ferro, em vez de barro. As sobrancelhas hirsutas pareciam uma cauda de esquilo em cima dos olhos, cabelos cortados em estilo militar e um bigode — um chumaço amarelado pela nicotina — cobria a parte superior dos lábios.

— Vem comigo. — O delegado puxou um cigarro do bolso do paletó. — E vê se coloca essa porra de colete!

Júlia acatou e vestiu o colete. Silveira tomou a dianteira, avisando aos policiais para se reunirem em frente à porta da casa.

O terreno subia em um caminho de paralelepípedos que culminava na casa barroca. A tinta branca se desprendia feito pele morta depois da praia e tijolos deitados revelavam-se por baixo do cimento, indicando a antiguidade da engenharia. As janelas estavam com a madeira empenada devido à umidade da floresta que se elevava no barranco atrás da propriedade.

Júlia subiu pela trilha de pedra. Alguns policiais conversavam e fumavam espalhados pelo quintal. Se estivesse assistindo a um filme americano, eles teriam copos de café e donuts nas mãos.

Ao chegar à porta da varanda, o delegado começou a falar:

— A situação é a seguinte: o apóstolo foi assassinado de um jeito cruel pra caralho. Existe alguma coisa ritualística na cena do crime. Essa merda vai ser um banquete pros gafanhotos da mídia. — Ele deu uma tragada no cigarro. — O primeiro filho da puta que eu pegar passando informações para os jornais vai ser exonerado sem dó nem piedade. É melhor chorar a mãe de vocês do que a minha, fui claro?

Os policiais assentiram. Júlia pensou em falar, mas desistiu. Silveira, que já era uma panela de pressão, estava visivelmente mais estressado do que o habitual.

— A perícia tá lá dentro. — Silveira olhou para a porta. — Assim que liberarem, só quero que fique a Júlia, o Sobral e o Lacerda. O restante vai ter outras tarefas. — Ele esmagou o cigarro no chão e começou a designar funções: — Dutra, Marreiro: quero vocês interrogando a vizinhança em um raio de dois quilômetros. Procurem qualquer coisa. Muitos sítios na estrada têm câmeras, alguém deve ter visto o pastor pelo menos uma vez. Aluízio e Marques: vão lá para o centro de Piabetá, Santo Aleixo e Magé. Procurem pessoas influentes, o prefeito, vereadores. Santana vivia contribuindo para campanhas políticas. Quero saber se algum deles teve contato com o apóstolo. Sapoia, Inácio: entrevistem pessoas do alto escalão da Igreja. Vejam se ele tinha algum inimigo declarado, algum bispo insatisfeito querendo passar a perna, ou até mesmo um pastor de outra denominação. Esses crentes famosos disputam fiéis como se fossem clientes.

Júlia levantou a mão.

— Fala — disse o delegado.

— Eu tô enferrujada com homicí...

— Júlia — interrompeu Silveira. — Eu não sei que porra tu arrumou, mas o secretário de segurança quer *você* na investigação. Manda quem pode e obedece quem tem juízo. Mas relaxa que um padre amigo meu vai te ajudar.

— Um padre? — perguntou Júlia.

— Padre Cipriano já me ajudou antes. É especialista em crimes ligados a ocultismo. Ele é meio maluco, mas é gente boa.

Um homem negro e corpulento, com luvas de látex, saiu da casa e cochichou no ouvido do delegado. Silveira balançou a cabeça e disse:

— Bem, vamos lá, circulando todo mundo! Tragam alguma coisa!

Os policiais foram em direção ao portão para cumprir as designações.

— Sobral, fica aqui na porta — Silveira ordenou. — Lacerda, de vez em quando dá um rolé ao redor da casa pra ver se algum fotógrafo espertinho vai pular o muro. — Silveira entregou um par de luvas para Júlia, sem desviar os olhos de Lacerda. — Se pegar algum curioso, *pelo amor de Deus* lembra que a imprensa tá aí fora! Pega leve, não esculacha. Não é para tirar jornalista daqui na base da porrada!

Silveira massageou as têmporas, suspirando. Então olhou para a Júlia e perguntou:

— E aí? Tá pronta?

— Vai adiantar dizer que não? — Júlia sentia-se tão preparada quanto Zack Snyder para dirigir *Batman vs. Superman*.

— Então vamos lá. — Silveira entrou na casa.

Ela acompanhou o delegado, cruzando diversos cômodos vazios, até que ele parou em frente à porta do que parecia ser uma suíte, dizendo:

— Primeiro as damas.

A primeira coisa que Júlia sentiu foi a decomposição. O perfume da morte entrou pelo nariz e desceu ao estômago, transformando os intestinos em serpentes que se entrelaçaram ao café da manhã.

Peritos formavam um círculo ao redor do cadáver. Alguns tiravam fotos, outros a cumprimentaram com olhares sem brilho. Já conhecia aquelas expressões: eram as mesmas de policiais de carreira, cuja podridão do trabalho já havia secado todas as lágrimas. Quando se atuava na divisão de homicídios, o contato com a sordidez transformava o semblante em uma escultura de pedra, ou pior: desenvolvia um cinismo tão agudo que a barbárie virava motivo de piada. No entanto, os peritos não agiam com a naturalidade de sempre. Júlia não notou sarcasmo ou qualquer válvula de escape anedótica. Havia até um médico-legista deslocado do IML, que realizava exames preliminares no corpo. Aquilo foi suficiente para compreender que não estava diante de um crime padrão.

Ela se aproximou, imaginando um corpo pálido devido ao sangramento da amputação, mas quando os peritos se afastaram, concluiu que nada do que tinha visto antes poderia se comparar ao que seus olhos testemunhavam.

Agora Júlia entendia por que o delegado tinha chamado um especialista em ocultismo.

8

Júlia estava diante de um ritual tão grotesco que se sentiu em uma história sobre cultistas invocando monstros tentaculares de alguma galáxia distante.

Meio metro acima da cama de casal, pendurado por um anzol que lhe atravessava o céu da boca, o cadáver de Teodomiro Santana enrijecia em uma rede de pesca. A face azul gritava em silêncio. O pulso cauterizado. A pele tão dilacerada pelos fios da trama que podia ver camadas de gordura nos cortes que chegavam aos ossos.

Atrás, na parede da cabeceira, havia uma inscrição feita com sangue e um símbolo desenhado em barro. A ilustração, obviamente feita a dedo, mostrava um triângulo invertido sobre as letras vermelhas que pertenciam a um alfabeto desconhecido.

Júlia não sabia o significado e nem tinha condições de descobrir. Estava chocada, lutando contra a náusea. O conjunto da cena remetia a alguma coisa que vira antes, mas que lhe escapava como um peixe que desaparece nas ondulações de um lago.

Olhando o fio que ligava o anzol ao gancho no teto, perguntou:

— Que tipo de linha suporta tanto peso? — Ela apontou para o náilon que saía dos lábios de Santana.

— Acho que veio daqui. — Um dos peritos pegou uma sacola adesiva para coleta de provas. Havia um carretel com o logo de uma empresa. — Achamos no mato lá fora.

— Quem encontrou o corpo? — perguntou Júlia.

— Denúncia anônima — respondeu Silveira. — A ligação veio de um orelhão lá na Leopoldina. Interrogamos uns cracudos pra saber se viram algum suspeito, mas se alguém viu alguma coisa, tava tão chapado que não lembra.

— Todo mundo tem celular hoje em dia — Júlia comentou. — Quem denunciou quer se manter anônimo, pode ser o próprio assassino.

— Eu sei, mas ninguém viu nada, vou fazer o quê? — disse Silveira

— Não tinha câmeras de segurança de alguma loja, nada?

— Os policiais não viram nada do tipo. — O delegado deu de ombros.

Júlia decidiu averiguar a possibilidade da câmera depois. Se havia aprendido alguma coisa na polícia, era que alguns colegas não estavam nem aí para as vítimas; só queriam receber o cheque no fim do mês e garantir um emprego estável.

Voltou a olhar o corpo. Símbolos de ocultismo, um cadáver mutilado por linha de pesca... O assassino enfatizou sua mensagem ao usar Santana como um evangelho de carne. Júlia passara a noite rastreando o vídeo de tortura. A origem do upload foi perda de tempo; o autor da postagem usara um programa para clonar diversos ips de computadores fora do país. Levaria uma eternidade para averiguar cada máquina e uma tonelada de burocracia pedindo ajuda de agências policiais internacionais.

E ele provavelmente usara também um programa robô capaz de criar contas falsas para aumentar as próprias visualizações e aparecer na página inicial do YouTube. O autor da filmagem queria ter seu "trabalho" reconhecido. Nessa nova Idade das Trevas, psicopatas usavam a internet para divulgar suas obras.

— Quando encontramos o corpo, a porta e a janela do quarto estavam aferrolhadas *por dentro* — Silveira comentou. — Esse caso vai arrebentar com minha úlcera de vez.

— Por dentro? — Júlia franziu a testa. — Temos alguma outra informação?

— Mandei descobrir quem é o dono do sítio lá na prefeitura de Piabetá. — Silveira apontou o triângulo desenhado com barro. — Vou mandar o Sobral na papiloscopia ver as digitais. As letras já sabemos que foi o próprio Santana quem fez.

Júlia olhou para o canto e viu um montículo de barro sobre uma poltrona velha. Devia ter uns duzentos quilos de argila no assento; lama de sobra para desenhar um triângulo como aquele na parede.

Os peritos espalhavam polímero pastoso e luminol nas paredes, em busca de outras impressões digitais e marcas ocultas de sangue.

— Conhece essas letras? — Silveira perguntou a Júlia.

— Não. Mas me parece alguma coisa do Oriente Médio...

— Eu conheço. — Uma voz atrás deles interrompeu a inspetora.

Júlia e Silveira viraram-se.

Um padre entrava na suíte. O sujeito parecia uma mistura de Ziraldo com o ator Billy Bob Thornton: grisalho, usando jaqueta de motoqueiro puída nas mangas, luvas pretas de couro, camisa eclesiástica. Os óculos de sol e os cabelos desgrenhados davam-lhe a aparência de um astro do rock que morreria por overdose aos cinquenta anos.

Silveira abriu os braços como só amigos de longa data faziam.

— Caralho, quanto tempo não te vejo!

— Fala aí, filho da puta. — O padre retribuiu o gesto com tapinhas nas costas. — Senti saudade de você, seu escroto.

Júlia sorriu diante de tamanha demonstração de carinho. *Homens!*

O delegado virou-se para a equipe, coçando o nariz, e disse:

— Gente, esse é o padre Cipriano, um antigo colaborador.

O padre estendeu a mão para Júlia.

— A inscrição na parede é hebraico antigo — mentiu ele. — "Em Cafarnaum, o primeiro fariseu jaz julgado e condenado, assim disse o Filho do Senhor". É um versículo que não existe na Bíblia nem em livros apócrifos, mas faz referência a Cafarnaum, uma cidade visitada por Cristo.

— É o nome do sítio — disse Silveira.

— Tô ligado. — Cipriano encarou o amigo.

— O assassino é um fanático religioso — afirmou Júlia, tentando disfarçar o asco; o padre fedia a prostíbulo. — Um pastor que fale hebraico se encaixaria no perfil, certo? Significa que existe a possibilidade de ser uma rixa entre denominações.

— Muito cedo pra afirmar. — Cipriano estudava o cadáver com interesse. — Tá vendo esse triângulo invertido na parede? Existem diversos significados dentro das tradições místicas abraâmicas. — O exorcista inclinou-se sobre o cadáver e explicou: — Judeus, cristãos e muçulmanos também possuem vertentes dentro do ocultismo. Pode ser referência à cabala hebraica, à tarica islâmica ou ao cristianismo gnóstico. Precisaria pesquisar melhor para dar uma opinião concreta.

— O que tem essa cidade de Cafarnaum? — Júlia indagou.

— "Mas para que não os escandalizemos, vai ao mar e joga o anzol e tira o primeiro peixe que nele cair; abrindo-lhe a boca, encontrarás um estáter. Toma-o e dá-o a eles por mim e por ti" — citou Cipriano. — Fica em Mateus, capítulo 17, versículo 27. Jesus ia entrar na cidade de Cafarnaum, mas foi impedido por cobradores de impostos que perguntaram se não iria pagar o tributo. Jesus mandou um dos apóstolos pescar na praia e retirou uma moeda da boca de um peixe.

— Um milagre?

— Isso — confirmou o padre.

Cipriano imaginava que o assassino estava tentando restabelecer os valores do antigo testamento. O vídeo mencionava que "Deus merecia um messias melhor". O criminoso parecia insatisfeito com a ideologia de Cristo em dar a outra face. E por que ele direcionara o e-mail enviado à Sociedade de São Tomé ao seu nome? Será que sabia sobre a Trapaça? Será que conhecia os antigos planos de Torquemada para sua carreira?

Cipriano rodeou a cama e fingiu que brincava com as chaves no bolso da jaqueta. Enquanto tilintava o molho, segurava a garrafinha de Capenga, que aquecia os chifres ao detectar energias paranormais.

Ficou bem ao lado de Santana, esperando...

Capenga agitou-se dentro da garrafa de aguardente. O detector era bastante sensível às reminiscências mágicas. Presenças angelicais deixavam impressões por sete dias. Forças demoníacas, por seis. Era uma matemática peculiar da numerologia bíblica: sete, o número divino, seis, o de Satã. Cipriano não queria tomar uma decisão precipitada, mas tudo indicava que o assassino tinha sangue celestial. Bastava saber se era um caído ou um anjo.

— Posso olhar isso? — perguntou o padre, apontando a pilha de barro.

Júlia saiu do caminho.

No bolso de Cipriano, Capenga aumentou a vibração dos chifres.

O padre agachou-se perto da argila e olhou a inscrição feita com barro na parede. Estava a mais de dois metros e meio de altura. Alto o bastante para a possibilidade que acabara de imaginar.

— Alguém pode me emprestar uma caneta? — indagou o padre.

Um dos peritos lhe entregou uma esferográfica.

Com a caneta, Cipriano começou a cavar o barro em busca de um papel, um pedaço de folha com alguma letra cabalística desenhada.

— Que porra tá acontecendo aqui? — perguntou Silveira. O bigode do delegado se eriçou de espanto. Em sua carreira, imaginava ter visto de tudo, mas sempre descobria uma surpresa.

— Golem — Cipriano respondeu.

— Hã? — Júlia e Silveira se entreolharam.

Cipriano observou atentamente o barro. Imaginou que Júlia e Silveira mandariam um laboratório analisar o material, mas achava que não encontrariam nada. Acostumado a lidar com o impossível, o padre não teve dificuldade em imaginar a origem daquela lama.

— Golem — disse Cipriano. — Um humanoide de barro invocado por magia. Para controlar um é necessário colar um papel com uma palavra cabalística de comando em sua testa.

— Tá falando sério? — Júlia riu, lembrando-se dos RPGs on-line que jogava no celular com Mariana. Golens davam muitos pontos de experiência. — É essa sua ideia?

— Não tô dizendo que um golem veio aqui no sentido literal. — O exorcista removeu mais terra. — Estamos lidando com um maníaco religioso. Ele pode acreditar em magia cabalística. Não podemos descartar nada. O golem contém uma simbologia à queda do homem, uma crítica à imperfeição de Adão, o primogênito nascido do barro.

Cipriano nunca ouvira sobre arcanjos e demônios que pudessem conjurar golens, mas sabia que magos judeus podiam. Capenga não reagia especificamente às emanações de um determinado tipo de magia, portanto precisava cobrir todas as possibilidades, incluindo invocações elementais. Tinha notado que a chácara ficava em uma área de mata fechada, exceto pelo barranco na parte traseira, onde havia barro exatamente daquela cor. O ponto de origem da conjuração do golem devia ser a floresta. Cipriano tomou a nota mental de ir até lá quando a polícia já tivesse saído.

Discretamente, o padre pegou um torrão de barro e escondeu no bolso.

Com o celular, Júlia tirou uma foto do carretel da linha de pesca, depois foi investigar o banheiro anexo ao quarto. A decoração era displicente: ladrilhos imundos, pia amarelada, o vaso sem descarga com borrões de gordura que emanavam cheiro de fossa. Ela tocou o bocal da pia, tentando detectar alguma umidade.

Molhada.

Alguém usara a bica recentemente, havia não mais que algumas horas. Abriu-a. O encanamento rangeu, como se uma monstruosidade despertasse atrás das paredes.

— Silveira! — Júlia chamou.

— Oi?

— Vem dar uma olhada nisso aqui.

Silveira e Cipriano seguiram a voz de Júlia até o cubículo. A água da bica caía cristalina, girando em um redemoinho.

— O que foi? — inquiriu o padre.

— Essa casa é antiga — disse Júlia.

— E daí? — Silveira quis saber.

— Eu dei uma olhada nas paredes lá fora. — Júlia apontou o local de onde vinha o ruído. — Em alguns pontos do reboco, vi que os tijolos foram rejuntados com argamassa de areia de praia. Casas antigas eram feitas assim, com areia e óleo de baleia.

Cipriano entendeu onde ela queria chegar. O encanamento das construções da época colonial era de ferro. Se a pia estivesse parada há muito tempo, deveria conter ferrugem misturada na água, mas não havia. O assassino estivera ali há pouco tempo. A percepção de Júlia deixou o padre um tanto apreensivo. Não esperava tamanha perspicácia de uma inspetora sem experiência de campo.

67

— É verdade — afirmou Cipriano. — Olha o corpo. Percebe a cor nos vasos sanguíneos?

— Rigor mortis ainda em andamento — disse Silveira.

— Exatamente. — Cipriano se aproximou e arqueou as pernas do cadáver com um pouco de dificuldade, por causa da rede. — Vê? As pernas ainda estão moles. — Ele agarrou o braço do pastor através dos fios da rede de pesca e confirmou a rigidez. Depois, tentou fechar a mandíbula do morto, sem sucesso. — Endurecimento da cabeça, mandíbula e região cervical. Sem alterações da cintura para baixo.

— Ele tá morto há cerca de quatro ou cinco horas, mas disso a gente já sabia pelo vídeo ao vivo — concluiu Silveira. — Aonde você quer chegar?

— Negativo; a *live* foi por volta das onze horas — explicou Cipriano. — Significa que Santana só morreu de madrugada. Ele não foi executado logo após a exibição. Por que o assassino não matou ele em seguida, se já tinha feito seu show?

— Ele tem razão — se intrometeu o legista. — O sangue confirma. Os coágulos nas feridas estão pastosos, o que significa que a circulação sanguínea do apóstolo parou faz pouco tempo.

— Mas e o fedor? — Júlia questionou. — Se o cadáver só tá morto há quatro ou cinco horas não era pra ele estar fedendo desse jeito, né?

— Vem da boca — o legista explicou. — A vítima não evacuava.

O padre e o delegado se entreolharam.

— Como assim ele não evacuava? — Júlia se aproximou do cadáver.

O legista cortou a parte de trás da rede com um alicate, liberando o traseiro flácido de Santana. Então abriu as nádegas do cadáver e mostrou algo que eles jamais esqueceriam.

O esfíncter do pastor fora cauterizado.

— Puta que o pariu! — Silveira arregalou os olhos.

O legista reposicionou o cadáver, dando sua contribuição:

— Se existia algum resto de alimento sólido no estômago, a saída obstruída acumulou os gases no intestino. Meu palpite é que ele recebeu alimentação por sonda. — O homem subiu na cama, abriu a boca do morto e iluminou a garganta com uma lanterna. — Vê o inchaço no esôfago? Alguém enfiou um tubo de alimentação aqui.

— Os gases da decomposição encontraram uma rota alternativa pela boca — acrescentou Cipriano.

O legista assentiu.

O exorcista estava cada vez mais espantado com o nível de brutalidade do assassino. O desgraçado prendera o pastor e o obrigara a engolir alguma coisa. A cauterização do esfíncter significava que o assassino se certificara de que o objeto ficaria no estômago da vítima.

A passagem do peixe em Cafarnaum.

Cipriano tinha quase certeza de que encontrariam uma moeda no estômago de Santana. O pastor colocara seus bens em nome da igreja para sonegar impostos, e o assassino fazia um paralelo nítido com o milagre de Jesus, quando foi cobrado na entrada da cidade.

— O assassino está parodiando o versículo de Mateus — disse Cipriano.

— Como sabe disso? — Júlia perguntou.

— A cena do crime tem um significado metafórico. Santana foi *pescado*. A citação a Cafarnaum não é à toa. Em vida, o pastor sonegava tributos. O assassino obrigou ele a pagar, ao contrário de Jesus, que pagou por livre e espontânea vontade. No vídeo, ele cita que o messias era tolerante demais com os pecadores.

— Faz sentido — concordou Júlia. — Assassinos em série gostam de se exibir, de correr riscos. Ele tá deixando pistas de propósito, mas tem algo que não encaixa.

— O quê? — Cipriano baixou os óculos escuros.

— A mão decepada.

— Outra perversão da Bíblia. No antigo testamento, Deus materializa uma mão e escreve uma mensagem ao rei Belsazar. Uma ameaça dizendo que ele havia sido pesado, medido e considerado inadequado.

— O assassino julgou Santana como se fosse Deus — concluiu Júlia.

— Ou acha que é um escolhido do Senhor para realizar a tarefa.

Júlia finalmente se lembrou de onde tirara a familiaridade com a cena de crime.

— Parece aquele filme, *Seven*.

— Vai ter que explicar melhor. — Cipriano sorriu. — Meu conhecimento de clássicos só vai até *Karatê Kid*.

— Um filme com Brad Pitt e Morgan Freeman. Tem uma parte em que um serial killer religioso arranca a mão de uma vítima para plantar digitais. Ele matava baseado nos pecados capitais.

Cipriano assentiu. O assassino estava virando o pecado contra o pecador.

As peças se encaixavam, mas ainda não tiraria conclusões. Enquanto debatiam o crime, a manhã de inverno arrefecera e a garoa engrossara, desafiando o conforto dos repórteres lá fora. As horas passaram rapidamente.

Júlia e Cipriano conversaram com Silveira sobre as minúcias do assassinato. Os três se encaminharam para a saída vigiada por Sobral, enquanto os bombeiros removiam o cadáver. Santana jamais evangelizaria novamente; estava lacrado em uma lona preta, deslizando sobre a maca em direção ao rabecão. Dali, o pastor levaria sua pregação de prosperidade aos mortos refrigerados no Instituto Médico Legal.

Cipriano, Júlia e Silveira chegaram à varanda e trocaram números de telefone. O delegado pediu a Sobral que fosse levar as digitais para a papiloscopia, e que só saísse de lá quando estivessem prontas.

— Tô indo pro Rio — disse Júlia. — Tá de carro, padre?

— Tô não. Se vamos resolver essa pica juntos, poderíamos fazer isso de estômago cheio — respondeu Cipriano. — Já tomou café?

— Já, mas eu te acompanho. — Júlia abriu a porta do carro.

— Conheço um café da manhã responsa ali em Caxias.

O chuvisco do início da manhã se converteu em uma tempestade que borbulhava a lama no solo. Eles entraram no carro e Júlia não notou o olhar de Cipriano para a floresta além das fronteiras da chácara.

O padre teria que voltar depois para conversar com uma entidade elemental.

9

Júlia teria escolhido um bistrô especializado em pão sem glúten, mas Cipriano conseguiu arrastá-la ao Sovaco do Bin Laden, um boteco na avenida Washington Luiz que reunia tiozões saudosos do regime militar. O padre não confiava em pessoas que bebiam café em copos de isopor, nem sentaria em bancos projetados por designers que nada entendiam de bundas humanas. Um bar só merecia sua presença se tivesse um cachaceiro de perna enfaixada reclamando do governo.

— Não dava pra ser um lugar limpo? — Júlia olhou a variedade de DNA na cadeira manchada de gordura. Na parede do fundo, um Osama Bin Laden pintado em um estilo parkinsoniano segurava dinamites sob a axila.

— Alta gastronomia também vai pra privada. — Cipriano acenou para o barman. — Fala aê, Siri! Tá com a mesma cara feliz de sempre, hein!

Siri, cujo olhar transmitia o humor de um soldado do Isis, o cumprimentou com indiferença enquanto passava o pano no balcão de azulejos portugueses.

— Aqui a comida é barata e sem frescura — explicou Cipriano, que, certa vez, em um jantar com autoridades do Vaticano, achou os talheres tão sofisticados que não sabia se era para comer ou fazer autópsia na lagosta. — Além do mais, Siri me deixa fumar. — O exorcista jogou um maço de cigarros na mesa.

Apesar do aviso de NÃO FUME, os clientes pareciam despreocupados com câncer; o desjejum era acompanhado de nicotina, cerveja e ovos coloridos havia tanto tempo na estufa que chocariam pintos a qualquer momento.

— Eu pensei que padres fossem... diferentes. — Júlia mirou o cigarro para-guaio na mesa, imaginando o sabor de quimioterapia.

— E como um padre deveria ser?

— Sei lá. Fumar não conta como suicídio? Não é pecado mortal?

— O celibato é estressante demais, nós precisamos de vícios. — Cipriano acendeu o isqueiro. — Mas não ligo muito para dogmas. Só caí nessa profissão para irritar meus pais. Pelo menos é o que psicólogos diriam.

— Então você é um padre que não queria ser padre. — Júlia abanou a fumaça. — Não acredita em milagres, no sobrenatural?

— Depende do que você chama de sobrenatural. — Cipriano estalou os dedos para o garçom e prosseguiu: — Um fantasma é menos natural porque a ciência não explica sua existência? Tudo o que existe no universo é natural, inclusive Deus. Por qual motivo teríamos leis matemáticas se não houvesse certa racionalidade na criação?

— Achei que acreditasse em cobras falantes e coisas do tipo. — Júlia passou o dedo pela mesa, conferindo se ia colar no metal.

— Eu tenho minhas divergências com a Igreja. — Cipriano deu de ombros e olhou para o garçom. Depois de fazer o pedido, concluiu: — Acho que as escrituras são apenas uma versão daquilo que o homem pensa sobre Deus. Temos essa mania de personalizar divindades.

— Eu acho que você tem um pezinho no ateísmo. — Júlia sorriu.

— Eu gostaria de dizer que Deus não existe — disse Cipriano. — Sem fanáticos religiosos, minha vida sexual seria mais fácil.

Júlia arregalou os olhos por um momento.

— Você é...?

— Cem por cento veado — disse Cipriano ao lembrar-se de Jezebel transmutando um pau tão grande que merecia o próprio CPF.

— Eu ia dizer homossexual.

— Não precisa dessa cerimônia, mas fala baixo — advertiu o padre. — Eu gosto da comida daqui. — Ele encarou os senhores no balcão; pareciam o tipo que acreditava em uma ditadura gay orquestrada por travestis fardadas com as cores do arco-íris, pilotando carros alegóricos que tocavam hinos de guerra da Lady Gaga.

— E como você concilia suas crenças com isso? — Júlia estava cada vez mais surpresa. Um jesuíta gay *assumido*, com pinta de astro do rock?

— Sabe quantas menções Cristo fez a nós? — Cipriano arriou os óculos escuros.

— Não.

— Exatamente. Você não sabe porque não existe nenhuma.

— Sério?

— Sério. — Cipriano deu uma tragada profunda. — Já que entrou na teologia, acho melhor procurar o dono do sítio Cafarnaum.

— Qual é sua opinião sobre o crime? — Júlia pegou o celular e mandou uma mensagem a Silveira, perguntando sobre a localização do proprietário.

Cipriano sabia que a policial estava sondando para ver se ele despejaria teorias esotéricas para explicar o caso. Deu um meio sorriso e comentou:

— Circunstâncias extraordinárias exigem explicações extraordinárias. A porta e as janelas do cativeiro de Santana estavam trancadas por dentro.

Júlia desviou os olhos do telefone para o padre, enquanto o Google buscava artigos sobre o sítio.

— Alguma teoria racional pra isso? — Cipriano esmagou a guimba sob o sapato.

Júlia parou por um instante. A cena brutal no quarto continuava fresca em sua mente. Visualizou a janela e porta trancadas com ferrolhos.

— Se o pastor se trancou no quarto temos um suicídio, não um assassinato.

— Seria a explicação mais plausível. Mas como ele conseguiria se içar naquele anzol? — indagou Cipriano. — Santana devia pesar o quê? Uns cento e vinte quilos? Quando alguém quer se matar, escreve uma carta e mete uma bala na cabeça. Ninguém faria uma cena tão teatral, a menos que o ato tivesse um significado. *Existe* um assassino que entrou e saiu dali, só não sei *como*.

— Tá sugerindo algo sobrenatural? — Júlia não escondeu o sarcasmo. — Não há nada que o diabo possa fazer que um filho da puta humano também não possa. Vi muita merda quando trabalhei em Belford Roxo. E, para ser honesta, sem querer desrespeitar suas crenças, sou agnóstica, eu diria que mais para ateia.

Cipriano riu, lembrando-se dos arquivos de Torquemada sobre Júlia.

— Qual é a graça? — Júlia olhou para o garçom trazendo pães na chapa, omeletes e dois cafés pingados.

— É meio irônico. — Cipriano pegou o pão e serviu-se em uma bela mordida. — Deixa pra lá, vamos focar no trabalho.

Júlia salivou ao ver a omelete no prato. Antes de morder, leu em voz alta as primeiras referências à propriedade Cafarnaum. Nos anos 1980, a chácara fora uma tenda de cura espiritual, liderada por Verônica Posse, uma médium que alegava receber o espírito de um médico alemão. Um jornalista flagrou a charlatã usando vísceras de galinha para simular a retirada do tumor de uma garota. Acreditando na remissão, a paciente morreu seis meses depois, quando a metástase atingiu seus ossos.

— Um pastor corrupto é assassinado em um sítio que pertenceu a uma médium vigarista. — Cipriano bebericou do copo e completou: — Não parece coincidência.

— Não, não parece. — Júlia provou o seu; delicioso como o café da vovó. — A ligação religiosa faria de Verônica uma possível vítima... ou uma suspeita.

— Estatisticamente, a probabilidade de uma mulher ser uma serial killer é bem remota, mas você já deve saber disso.

— Circunstâncias extraordinárias exigem explicações extraordinárias — ironizou Júlia, enquanto garfava a omelete.

— Tenta achar alguma conexão entre Santana e ela — sugeriu Cipriano. — Se Verônica foi processada por charlatanismo, deve ter ficha na polícia.

— A Civil tem parceria com o Detran para emitir identidades e atestados de residência. Posso achar o endereço dela no sistema. Aí fazemos uma visita, um interrogatório infor...

Júlia recebeu uma notificação no celular.

— Que foi? — Cipriano inclinou-se para a frente, tentando ver o telefone dela.

— Entra no YouTube *agora*.

Cipriano obedeceu. Na página inicial do aplicativo encontraram um streaming ao vivo com milhares de acessos.

O assassino de Santana havia começado outra *live*.

— *Merda*. — Cipriano clicou no play.

Protagonizado pela imagem de Cristo, o vídeo ecoava a mesma voz múltipla; a combinação de tons atingia os nervos com o incômodo de unhas arranhando um quadro-negro.

— *Antes de ser julgado por mim, o Apóstolo Santana enriqueceu com a miséria de seus fiéis* — disse a estátua. — *E o que Cristo fez para puni-lo? Nada. Santana continuou lucrando, enquanto pobres doavam parte de seu salário para que ele vivesse no luxo.*

No fundo do áudio, uma gritaria infernal soava em baixa frequência. O assassino criara uma estética de vídeos de creepypasta, talvez para atrair a juventude e espalhar sua palavra como a mais nova lenda urbana da internet.

Duas fotos surgiram ladeando a estátua de Cristo. À esquerda, um garoto de franjinha e sorriso desfalcado. À direita, uma garota nos seus vinte anos.

— *Vou contar pra vocês a história de Marlon e Lúcia.* — Com um movimento em frames, como se estivesse piscando, a estátua apontou para as duas fotografias que surgiram em transparência no canto da tela. — *Como muitos de vocês, eles oravam a Deus, confiavam em seu líder espiritual. Marlon era um garoto alegre, sempre ajudava nas sessões de cura da tenda espírita que frequentava. Lúcia distribuía sopa aos sem-teto e visitava orfanatos para contar histórias às crianças. Os dois acreditavam que a bondade seria recompensada, que os justos ajudavam a tornar o mundo melhor. Dois jovens fiéis a Deus com uma vida inteira pela frente. Marlon foi convidado a desenvolver talentos mediúnicos e virou braço direito de sua mentora.* — O Cristo invertido desapareceu e entrou uma imagem ao vivo.

Uma mulher nua, de magreza cadavérica, encarava o vazio diante da câmera em preto e branco. Por um instante, Cipriano e Júlia não entenderam as manchas negras no rosto da vítima, até perceberem que se tratava de sangue.

O padre e a policial estavam olhando para Verônica Posse.

A imagem do Cristo retornou:

— *Marlon foi apenas uma das vítimas dessa pervertida. Ele passou a usar álcool para abafar as vozes em sua cabeça, até que perdeu a batalha contra a psicose e se enforcou. Pelas regras do espiritismo, agora está no vale dos suicidas, agonizando.*

A imagem do Cristo foi substituída pela fotografia de um túmulo. A foto se fundiu com outra imagem, mostrando o sorriso de uma garota.

— *Lúcia orava pelos espíritos sem luz, curava pela imposição de mãos, mas não podia curar o próprio câncer de útero. Como uma boa kardecista, ela procurou a mesma médium, uma mulher que enriqueceu através de cirurgias espirituais.*

O Cristo deu lugar a uma foto de tela inteira. Verônica Posse, de vestes brancas, em meio a uma multidão humilde. Nos fundos, havia árvores e uma placa com as palavras TENDA ESPÍRITA CAFARNAUM.

Cipriano e Júlia reconheceram na hora: apesar de bem cuidado, na foto, era o mesmo sítio em que encontraram o corpo de Santana. Uma imagem dos anos 1980, quando Verônica dava conselhos espirituais em programas de TV.

A voz múltipla do assassino agora narrava em off:

— *A charlatã dizia receber o espírito de um médico estrangeiro. Lúcia confiou nela e permitiu que operassem seu câncer através da fé. Acreditando na remissão, a garota morreu seis meses depois, com dores tão lancinantes que implorou pela eutanásia. Sabe o que a médium falou, enquanto Lúcia agonizava?*

A foto da tenda espírita desapareceu. O Cristo aproximou seus olhos de madeira da câmera.

— *Que suicídio a levaria ao umbral, que Lúcia precisava aceitar o sofrimento. Imagino que os que estão me assistindo se apiedaram dessas pessoas. Então me respondam honestamente: se vocês, meros seres humanos, com todas as falhas de caráter, tiveram empatia por Lúcia e Marlon, por que Cristo se manteve imparcial? Você conseguiria ver o sofrimento deles quando tem poder para salvá-los? Por que o messias é indiferente com as iniquidades da charlatã?*

Júlia já sabia aonde a mensagem ia levar. Correu até o carro e ligou o laptop, conectando no sistema integrado da polícia. Pelo nome, localizou Verônica em um processo de charlatanismo, onde também havia um endereço. Em meio à gritaria dos torturados, o evangelho gutural do assassino continuava no viva voz do celular:

— *E se eu dissesse que hoje vocês terão o poder de vingar os injustiçados? Tudo o que precisam fazer é pedir. Escolham: a charlatã vive ou morre?*

A tela escureceu e ficou chiando.

Cipriano e Júlia olharam para o número de dislikes e saíram sem pagar a conta.

10

No Alto da Boa Vista, sirenes vermelhas reluziam nas árvores. Viaturas bloqueavam a via de mão dupla que subia a Floresta da Tijuca enquanto Júlia e Cipriano, apreensivos em meio à movimentação, ouviam instruções de Silveira, ao lado de agentes do Core, a equipe de operações especiais da Polícia Civil.

Um policial botava um colete à prova de balas no padre, conforme o delegado andava de um lado para outro, dando ordens e gesticulando:

— Cipriano e Júlia vão entrar atrás de vocês. — Silveira apontou para um inspetor que montava cavaletes de isolamento. — Interdita a porra toda, foda-se o trânsito.

Uma fileira de carros desenhava uma centopeia de aço na curvatura da estrada. As buzinas gritavam no ritmo de crianças brincando no pátio, embora a merenda daquele recreio despertasse fomes estranhas nos curiosos. Alguns motoristas miravam os celulares para transformar a tragédia em um compartilhamento de Facebook.

— Cadê o mandado? — berrou Silveira. — Burocracia de merda! — O delegado esperava o retorno do policial Dutra com a ordem de busca emitida por um juiz. Olhou para o engarrafamento e vociferou: — Vai alguém lá e diz que se continuarem buzinando vou levar metade pro xadrez por obstrução da justiça!

— O aríete tá aqui — disse um investigador, trazendo um porrete de metal negro, aparado por alças. Era tão pesado que o homem poderia ganhar uma hérnia.

— Não vou esperar o mandado, vamos entrar. — Silveira sacou a pistola e acenou para o atirador posicionado no terraço do prédio vizinho. A mira telescópica focava a varanda do casarão. Cravada no topo da colina, dentro de uma viela particular, a mansão de Verônica refletia o espírito da proprietária; cortinas cerradas impediam os holofotes da imprensa, a selva no jardim engolira um querubim de mármore que mijava em uma fonte rachada e, no beiral do telhado, gárgulas destruídas por chuva e vento afastavam os maus espíritos. Algumas não tinham cabeça, a outras faltavam as asas, mas todas tinham sofrido alguma mutilação.

Como a médium.

Tragando um cigarro, encarando o clima cinzento, Cipriano estremeceu ao lembrar-se da *live*. Verônica escavou feridas no rosto, algumas tão profundas que acolhiam sombras e formavam afluentes de sangue.

— Isso tá demorando demais — Júlia murmurou, trocando o peso do pé. — Silveira devia ter deixado a gente entrar sem a equipe.

Através do RG de Verônica, ela conseguira o endereço da médium no Detran antes que o Core chegasse. Mas era um tiro no escuro; não sabiam se o cativeiro ficava naquela casa. A polícia não conseguira triangular a origem do streaming pelo número da linha de telefone e não havia tempo para conseguir uma ordem judicial, obrigando a operadora de internet a revelar o IP do computador responsável pela exibição.

A médium podia estar bem longe, arrancando bifes do corpo. A mansão parecia um lugar tão bom quanto qualquer outro para iniciar a busca... se é que não tinham chegado para um enterro.

— Vamos lá, gente! — O grito de Silveira se destacou na falência das buzinas.

Com o silêncio tático de ninjas invadindo uma fortaleza, os agentes do Core tomaram as posições; o líder apontou o fuzil para o portão enferrujado. Um relâmpago rasgou o horizonte, misturando cheiro de ozônio ao perfume da floresta. Dois agentes trouxeram o aríete. A brisa e a vegetação cantavam um dueto nos ouvidos da equipe. A calmaria era tamanha que nem a vida selvagem na mata se movia.

Júlia apertou o botão do megafone. A microfonia interrompeu o mundo em um hiato. Os policiais seguravam as pistolas, tão imóveis quanto soldados em uma pausa de video game.

— Aqui é a inspetora Abdemi, da polícia — falou Júlia com uma voz metálica. — Você tá cercado. *Abre a porta!*

A mansão continuava tão quieta quanto as buzinas na estrada. Um trovão sacudiu as árvores, gotas de chuva se partiam no asfalto. Júlia prendeu os dreads e acenou para o agente do Core. Em sincronia perfeita, dois policiais pendularam o aríete; quando metal encontrou metal, os portões se abriram em um grito de ferrugem que abafou o ruído da chuva nas folhas do jardim. A equipe entrou em fila indiana e espalhou-se.

O jardim tinha uma garagem para seis carros e uma trilha de pedra se bifurcava entre a mansão e a quitinete do zelador. Júlia percebeu uma casinha de cachorro em um canto mais afastado. A placa — alertando sobre cão antissocial — colocou Júlia em prontidão. Ao lado do agente encapuzado, sacou o .38 e foi verificar.

O agente mirou a arma e abriu a porta da quitinete com a mão livre. As dobradiças rangeram. Júlia tateou por um interruptor na parede, mas a eletricidade havia sido cortada. A passagem dava em uma cozinha pequena.

Enquanto os outros policiais se espalhavam, Júlia retirou a lanterna do colete e vasculhou o local. O facho de luz animava as sombras dos objetos, criando garras que se esticavam pelas paredes.

O agente seguiu empunhando a arma. Júlia e Cipriano foram atrás. Cruzaram a porta da cozinha e viram um quarto de empregada vazio. Ao constatar que não havia ninguém, o agente girou nos calcanhares e saiu em direção à casa principal. No jardim, olhou para cima e viu que, diferente das janelas, a porta de correr na varanda estava escancarada. As cortinas gingavam em um pugilismo contra o vento.

— Que merda é aquela? — Cipriano apontou para uma faixa de terra entre dois canteiros. No meio de um vaso de planta estilhaçado, viu um buraco no chão, com uns dois metros de profundidade.

Cipriano aproximou-se da fenda e pisou em uma das raízes que despontavam da borda. O diâmetro era estreito demais para ser obra de uma pá. A menos que o assassino quisesse enterrar um cadáver de pé, a escavação não fazia sentido.

— Uma cova pra ocultar o corpo? — Júlia perguntou sem tirar os olhos do agente, que verificava a maçaneta da porta.

— Não foi cavado para alguém entrar. — Cipriano agachou-se à beira do buraco e sentiu Capenga aquecer os chifres. — Acho que foi cavado para alguém *sair*.

Encontrara barro no cativeiro de Santana e agora o amuleto no bolso detectava a mesma energia arcana. O exorcista não achava aquilo uma coincidência. Reforçou seu lembrete de voltar à floresta atrás do sítio Cafarnaum.

— Não começa a dar uma de *Arquivo X*, Cipriano — Júlia retorquiu. — Vamos nos focar em achar Verô...

O coração de Júlia galopou quando o agente do Core chutou a porta. O estrondo da fechadura cortou a quietude com a potência de uma bomba. O agente entrou, varrendo tudo com a lanterna, pistola apontada.

— Tá liberado! — gritou ele. — Pode vir.

Iluminada por lanternas, a sala revelou-se uma ode à opulência: piso de granito, lareira de mármore, estátuas e pinturas originais de artistas do século xx. Uma escada larga o suficiente para estacionar um carro levava ao segundo andar. Um elevador para cadeira de rodas ladeava os degraus com um trilho metálico. Apesar da riqueza, Cipriano percebeu uma burguesia decadente em cada móvel sem brilho, em cada estátua de bronze oxidado, em cada grão de poeira que revestia os espelhos nas paredes. Verônica não devia ter mais grana para sustentar a manutenção. Ou estava em tamanha depressão que apodrecia junto com seu mausoléu.

A equipe do Core se encontrou no meio da sala e fez uma inspeção rápida nos cômodos do primeiro andar: cozinha, banheiro, biblioteca, escritório, sala de ginástica. Todos os aposentos em perfeita ordem, sem sinais de luta ou arrombamento.

Sem sinais de *vida*.

O cramunhão de garrafa no bolso de Cipriano esquentava conforme o padre se aproximava da escada.

— Tem alguma merda lá em cima — disse ele. Seus instintos se aguçaram. O assassino podia ter visitado a casa principal há pouco tempo. Talvez ainda estivesse na mansão.

Subiram as escadas e chegaram ao segundo andar, onde foram atingidos pelo cheiro de fezes com a força de um murro. O estômago de Cipriano embrulhou. Havia outro odor, mais pungente, levemente metálico, que parecia vir do final do corredor.

Cheiro de sangue.

Ignorando o protocolo de segurança, Cipriano seguiu naquela direção e o cheiro aumentou a ponto de lhe causar ânsia de vômito. O segundo andar tinha um corredor longo com diversas portas de ambos os lados e, no fundo, uma soleira de tamanho incomum.

— Cipriano? — Júlia chamou com o dedo no gatilho.

— Tá vindo daqui. — O exorcista seguia impetuosamente em direção à porta maior.

— *Volta, caralho* — sussurrou o agente do Core em protesto.

Cipriano testou a maçaneta. O estalo da lingueta deixou uma fresta.

Com esperança de surpreender o assassino, o padre escancarou a porta e iluminou o quarto com a lanterna.

E toda sua coragem se converteu em choque.

Encostada na cabeceira da cama, completamente imóvel, vestida em sangue e merda, Verônica fitava o padre com olhos sem pálpebras. O sorriso já não tinha lábios. Seções de músculos tinham sido raspadas do rosto até chegar ao branco dos ossos.

Ainda paralisado, o exorcista notou a lasca de cerâmica ensanguentada em uma das mãos da médium; na outra, um pedaço de carne sangrenta. Cipriano pensou em chamar uma ambulância, mas não faria sentido; a mulher não podia estar viva — não depois de tamanha brutalidade.

Até que Verônica enfiou a telha na gengiva e aumentou o próprio sorriso.

11

Alguns místicos consideravam a meia-noite o horário do inferno, quando encruzilhadas que atravessavam a existência aproximavam mortos e vivos em um intercâmbio de sofrimento. Para Verônica Posse, essa hora foi 14h56, momento em que saiu da ambulância aos gritos, provocando desmaio no enfermeiro que a recebeu.

A catástrofe em seu rosto abrira vales na carne, cavernas nos ossos, matara raízes de nervos e irrompera em vulcões de sangue. O cirurgião buco-maxilar entrou correndo na operação que tentava salvar sua vida, mas as feridas já embalsamavam a pele de Verônica em uma crosta amarela e infecciosa. A cada berro, a carne se esticava e piorava a geografia em seu rosto.

Os ponteiros do relógio colhiam a vida da médium com a precisão de uma foice.

Há horas no corredor do hospital, sentindo os minutos com a lentidão de eras mesozoicas, Júlia e Cipriano tentavam entender que tipo de assassino seria capaz de convencer alguém a se mutilar. Ele acreditava que o criminoso havia usado narcóticos para diminuir a dor, mas pelos brados da médium o analgésico devia ter perdido o efeito e cobrava a dívida.

Ao seu lado, relembrando tudo com a clareza de uma tela de cinema, Júlia recordava o instante em que encontraram a médium. O filme não era preto e branco; era vermelho-vivo, com nuances de carne crua escurecendo em um processo de gangrena.

Ela fechou os olhos e assistiu Verônica arrancar pedaços do rosto com a facilidade de um ator retirando uma máscara de látex, os olhos dilatados na catatonia de um zumbi, embora Júlia soubesse que a mulher sofria, incapaz de resistir ao impulso autodestrutivo.

Diante da equipe paralisada do Core, reagindo ao próprio choque, Júlia correu à cama e segurou os braços de Verônica. Inclinada sobre o rosto descarnado da vítima, ficaram à distância de um beijo. O hálito quente da médium rescindia a noites insones e ao cheiro ferroso de sangue. Tão perto daquele horror, a nitidez da crueldade somou-se ao fedor e provocou uma convulsão em seu esôfago. Júlia correu ao banheiro. Enquanto as têmporas explodiam sob a pressão do vômito, lembrou-se do reverendo Santana quebrando os dentes no pulso.

Verônica sofrera o mesmo tipo de influência.

Exausta, olhos injetados, músculos tensos, Júlia precisava de uma noite de sono. O cérebro falhava em busca de uma explicação para os acontecimentos das últimas horas. Os vizinhos não ouviram nada? Verônica se retalhou em silêncio? Não conseguia compreender. As análises teriam que esperar a cirurgia, depois que ouvisse a opinião de um profissional a respeito dos ferimentos.

Olhando para os pacientes no corredor, Cipriano tentava não pensar no sofrimento de Verônica, mas era um exercício inútil; ela tivera a carne exposta em um ritual de religiosidade insana e invocava memórias sobre a cor do sangue, a textura dos músculos, a caligrafia de veias que verbalizava a vida. Melhor do que ninguém, ele sabia o quanto deuses apreciavam a corrupção do corpo, fosse para abençoar ou amaldiçoar.

À sua frente, no banco do outro lado do corredor, uma jovem oferecia o seio à filha. A cabeça desproporcional da criança indicava hidrocefalia e trouxe lembranças de crânios deformados, de corpos liquefeitos, das feições de sua mãe no hospedeiro de Astarth. Cipriano já não percebia os azulejos na parede, nem via a menina agarrada ao peito da mulher; via seus parentes em uma floresta, máscaras de bode no rosto, dançando nus ao redor da fogueira em homenagem a Bafomé, o deus caprino da fertilidade. Cipriano tinha apenas sete anos e observava um primo sorrir com os lábios leporinos como resultado de décadas de procriação consanguínea. O motivo da felicidade era a boca de tia Babilônia, entre as pernas do próprio filho.

Salomé, mãe de Cipriano, se derretia em uma orgia em que corpos se rearranjavam em uma quimera de muitas faces. Um sátiro orquestrava o ritual, em que familiares entrelaçavam o sistema nervoso para se reconfigurar em uma massa biológica que gemia e transpirava lubrificação sexual. Sob a pele, silhuetas humanas se mexiam e criavam nódulos pornográficos...

— O filho da puta armou tudo — disse Silveira, arrancando o padre das lembranças. — O safado sabia que a gente ia pra lá! — Ele estendeu o iPhone a Cipriano, que pegou o aparelho, e Júlia inclinou-se para ver.

O vídeo mostrava a gravação da *live*, o momento em que entraram no quarto de Verônica junto com o Core. No meio do rebuliço, não tiveram tempo de investigar a cena. A polícia científica ficara no local coletando evidências, tirando fotos, catalogando o sadismo para arquivar em uma nova coleção de atrocidades do século XXI.

81

— Merda! — Júlia coçou os olhos. — Vamos ter que voltar lá depois que a perícia terminar. Agora a imprensa vai descobrir nossos nomes e vai chover jornalista. — Ela enviou uma mensagem por WhatsApp a Mariana e pediu à filha que não falasse com nenhum estranho, sobretudo alguém se identificando como repórter.

— Já tem 324 mil visualizações e está se espalhando. — Cipriano massageou a nuca, preocupado. Um padre em uma cena de crime levantaria perguntas inconvenientes. Torquemada comeria seu fígado se algum detalhe paranormal vazasse nos tabloides. — Você tá cansada. Deixa que eu volto na casa da Verônica.

— Não. Trabalho é trabalho.

— Ainda não conseguiram localizar nenhum parente da vítima — disse Silveira. — A enfermeira que cuidava dela está em choque. Alguém quer um café?

Júlia e Cipriano negaram, enquanto devolviam o celular ao chefe.

— Qualquer coisa passa um zap. Tô no quiosque lá fora. — Silveira desapareceu na porta do saguão onde dois policiais faziam a segurança, fuzis cruzados no peito.

— Não podemos ficar aqui sem fazer porra nenhuma — resmungou Cipriano. — Você tirou a foto do carretel de anzol lá no cativeiro do Santana, não tirou? — O padre se levantou, procurando um sinal de internet mais forte. — Qual é o nome da empresa que fabricava? Talvez nos dê uma direção. Preciso ocupar minha cabeça.

— Deixa eu ver aqui. — Júlia olhou a fotografia no celular. — A marca é Biodome.

Cipriano fez a pesquisa. O Google localizou uma empresa especializada em patentes de metamateriais; substâncias cujas propriedades não podiam ser encontradas na natureza. O último projeto envolvia fibras de teia de aranha combinadas com uma proteína de leite de cabra. Um material tão resistente quanto titânio.

Lembrou-se de Santana pendurado na linha de pesca. Um fio capaz de suportar um pastor de cento e vinte quilos encaixava-se na descrição do produto. Mas se a fibra continuava em fase de desenvolvimento, então estava indisponível no mercado.

Isso significava que o assassino tinha acesso ao laboratório.

— Achei uma coisa interessante — disse Cipriano, explicando a descoberta à colega.

— Dá uma olhada no site da companhia — disse Júlia. — Tem nomes no institucional? Se o assassino for um funcionário ou conhecer alguém que trabalha lá, nossa lista de suspeitos vai diminuir consideravelmente.

Antes de verificar, Cipriano leu outro link: INCÊNDIO EM LABORATÓRIO EM DUQUE DE CAXIAS MATA TRINTA PESSOAS.

— Não acho que vai ser tão fácil — comentou Cipriano, com um sorriso que não tinha humor; estava mais para um esgar de fúria.

Júlia pegou o celular das mãos do padre.

Havia seis meses, a Biodome pegara fogo em circunstâncias misteriosas. Os trinta funcionários morreram intoxicados pela fumaça. A Polícia Civil de Duque de Caxias, junto ao Corpo de Bombeiros, investigou o caso, mas não concluiu o assunto. Não encontraram combustível que justificasse as chamas, nem sinal de pane elétrica na fiação. Ainda assim, o número de vítimas era alto demais — as portas de emergência deviam estar inacessíveis e nenhuma delas poderia se bloquear *sozinha*.

Obviamente se tratava de um incêndio criminoso.

E sem testemunhas.

— Como é possível incendiar um prédio sem material inflamável? — Cipriano coçou o queixo. — Tem caô nessa história. O cara mataria todo mundo no laboratório só para conseguir um carretel de anzol? Parece arriscado demais. Não faz sentido.

— E alguma coisa nesse caso faz? — Júlia encostou a nuca na parede fria.

— Você pode verificar isso com a Civil de Caixas?

— Posso tentar — respondeu Júlia. — Vou ver se consigo informações que não saíram na imprensa. Se o caso estiver aberto, deve ter detalhes sigilosos.

— Por que é que a Verônica enfiou uma telha na cara? — Ele sentia que havia algo de familiar naquele comportamento, mas a resposta lhe escapulia como gelo em uma colher. — As feridas no rosto... Nem todas foram feitas por ela. Algumas pareciam um tipo de urticária...

Cipriano foi interrompido pelo ruído da porta no centro cirúrgico.

Um dos médicos se aproximou sujo de sangue. A touca verde anunciava que viera direto da mesa de operações.

— Fizemos de tudo, mas ela não resistiu — disse o médico, sem rodeios. — Sabem dizer se ela tem algum parente próximo que possa ser avisado?

Júlia sentiu a decepção marretar seus ombros, como se já não soubesse a resposta. Queria sair dali, abandonar o caso, curtir uma boa noite de sono, mas havia um sentido de urgência que não lhe deixava fazer isso.

— A enfermeira que cuidava dela foi avisada — respondeu Cipriano. — Não conseguimos localizar ninguém da família.

— Doutor — chamou Júlia. — Já viu algo assim antes?

O médico encarou a dupla por um instante.

— Vamos a um local discreto.

O médico procurou uma saleta onde pudessem ter privacidade. Júlia notou que o cirurgião continuava com as luvas manchadas de sangue. O homem estava tão alarmado que se esquecera de tirá-las. A dupla o seguiu até um consultório mobiliado com escrivaninha, duas cadeiras e um mapa anatômico do olho humano, onde ele indicou as cadeiras com um gesto.

— Como Verônica chegou alterada, fizemos exames para descobrir se havia drogas no sangue dela. — Com as mãos trêmulas, o médico jogou as luvas em uma lixeira de plástico. — Detectamos barbitúricos. Eles reagiram com a anestesia e ela teve uma parada cardíaca. — O doutor andava de um lado para outro. — Tivemos que acordar ela, não tinha outro jeito! — A voz do homem desafinou três oitavas, em desespero.

— Vocês operaram ela sem anestesia? — Cipriano sentiu o ar refrigerado na sala ficar mais frio em seu estômago.

O médico mordeu o lábio como se pudesse mastigar a verdade e engoli-la.

— Administramos adrenalina e depois rocurônio para paralisar ela, mas isso não bloqueia a dor. — A frase saiu do cirurgião em um sussurro de culpa.

Júlia imaginou Verônica aprisionada no corpo, consciente do bisturi que rasgava sua pele, das pinças revirando nervos nus. Certa vez, viu um documentário sobre pacientes que se mantinham lúcidos durante a cirurgia; eles ouviam os médicos ao redor, suportavam cada ferramenta nas vísceras, sem conseguir gritar ou se mexer.

Se havia um inferno, deveria ser algo próximo dessa experiência.

— Peraí, doutor. — Júlia ergueu-se e segurou as mãos do cirurgião. — Cipriano, pega uma água pra ele. Calma, senta aqui um pouco. — Ela acomodou o médico em uma das cadeiras, enquanto o padre ia ao bebedouro.

Após Cipriano retornar com um copo descartável, eles se sentaram para conversar.

— Doutor? — insistiu Júlia.

O médico a encarou. As palavras lutavam em seus lábios, como se pronunciá-las fosse uma blasfêmia. A água vibrava como se um dinossauro estivesse pisando no corredor lá fora.

— Essa mulher esteve consciente enquanto se mutilava. — Os olhos do médico se encheram de lágrimas. — Merda, *merda!* Eu não sabia o que fazer.

A explicação do cirurgião acordou os cabelos no braço de Cipriano.

O assassino queria que Verônica fosse encontrada *viva.*

Durante meia hora, Júlia, Cipriano e o médico trocaram indagações. No final da discussão, decidiram que o cadáver permaneceria no hospital até que uma junta de peritos coletasse amostras do sangue de Verônica. Eles queriam saber qual substância específica agira no sistema nervoso para deixá-la tão sugestionável.

Depois de se despedir do médico e atualizar Silveira pelo celular, Júlia e Cipriano deram um pulo em um dos trailers em frente ao hospital. Um pouco de café ajudaria a digerir os acontecimentos do dia.

Júlia sentou-se em uma das cadeiras, dizendo:

— Você deveria comer alguma coisa, não encher os cornos de café.

Havia marcas escuras ao redor das pálpebras de Cipriano. Seu olhar estava distante. Ele não respondeu.

— E aí? — Júlia perguntou. — O que você acha disso tudo?

— Ele não é um homem... — respondeu o padre, fitando o vazio.

— Cipriano? — Júlia passou a mão em frente ao rosto do padre, mas ele não reagiu. — Tá me ouvindo?

Cipriano devolveu o olhar de Júlia.

— Talvez seja hora de você encarar o caso para além das possibilidades racionais. — Cipriano inclinou-se sobre a mesa. — Eu também não acreditaria se não tivesse ouvido do médico, mas acho que esse assassino não é uma pessoa. É uma... *coisa*. — Ele acendeu um cigarro.

Essa história estava começando a tornar-se estranha demais para Júlia.

— Certo, se esse assassino é algo sobrenatural, então o que ele é?

— Você vai achar maluquice. — Cipriano soltou fumaça pelo nariz.

— Deixa que eu decido isso. Manda ver.

— Segundo a Igreja, a humanidade compartilha esse mundo com... *coisas*. Lendas sobre vampiros, demônios e criaturas similares não são fundamentadas em superstições. O mito sempre se inicia a partir de uma verdade, mesmo que uma verdade distorcida.

Júlia não estava mais sorrindo. Ela não acreditava em Deus, menos ainda em demônios, fantasmas ou vampiros. Isso não era uma visão realista nem racional para solucionar crimes. Acreditar que havia um monstro — ou coisa parecida — matando charlatães era uma possibilidade não só digna de camisa de força, mas motivo de gargalhada em qualquer departamento de polícia. Concordava que os supostos talentos do assassino eram incomuns, mas não podia vê-lo como algo *mágico*.

— Eu até aceito que esse cara seja *diferente* — disse Júlia, tentando trazer Cipriano de volta à realidade. — Talvez seja um hipnotizador que conseguiu convencer Verônica a se mutilar. Posso até aceitar que ele tem algum poder psíquico, mas achar que é o capeta? Desculpa, não dá. — Júlia levantou-se, coçando os olhos ardidos. — Esse cara é apenas um homem. — As palavras dela carregavam

85

uma nota de dúvida. Diante do impossível, a reação automática era procurar alguma lógica.

— O.k., vamos levantar uma possibilidade científica — disse Cipriano. — O médico falou que ela tinha barbitúricos no sangue.

— Aonde você quer chegar?

— Não é teoria da conspiração, essa merda aconteceu de verdade: houve um projeto chamado MK Ultra nos Estados Unidos. A CIA usou drogas como LSD e barbitúricos em soldados. A versão oficial dizia que o estudo criava técnicas de interrogatório e tortura psicológica, mas no Vaticano tivemos acesso aos verdadeiros propósitos do projeto: criar máquinas de guerra sem capacidade de questionar ordens.

— E funcionou? — Júlia ergueu a sobrancelha — O que aconteceu aos soldados?

Lembrando-se de Santana devorando os pulsos e de Verônica retalhando o rosto, Cipriano arriou os óculos e encarou Júlia.

— Automutilação e suicídio.

12

No horizonte atrás do para-brisa, o crepúsculo estendia um tapete vermelho à chegada da noite. Dirigindo pela rua Conde de Bonfim, Júlia pensava na agonia de Verônica, na dor que deveria tê-la matado muito antes de o Core encontrá-la. A lembrança não saía de sua cabeça — ao contrário de Cipriano, que dormia no banco do carona, como se o horror das últimas horas fosse rotineiro.

Devido ao exotismo dos crimes, as teorias lançadas pelo padre começavam a penetrar na muralha de ceticismo de Júlia. Se ela podia se comunicar com máquinas, por que a existência do sobrenatural seria tão implausível? Psiquismo não era tão diferente de magia; talvez fosse o mesmo fenômeno explicado por uma ótica diferente.

Séculos atrás, uma paranormal seria acusada de bruxaria, mas Júlia sabia que seus dons nada tinham a ver com o demônio; se tratava de uma evolução, era uma sortuda que ganhou na loteria genética. O fato de sua filha manifestar habilidades parecidas só reforçava a crença de que seus poderes tinham uma causa cromossômica.

Mas e se Cipriano estivesse certo? Se existia alguém como ela, por que não algo mais estranho? Alguém com poder para reproduzir milagres bíblicos? Essas perguntas lhe fizeram companhia durante o engarrafamento, até que a noite forrou o horizonte com um lençol escuro. Oculta entre nuvens, a lua minguante abriu um olho preguiçoso para observá-los conforme a viatura subia o Alto da Boa Vista.

Iluminada por relâmpagos, a mansão de Verônica surgiu em uma curva, destoando do restante da cidade; um castelo vitoriano em meio à floresta tropical, como se Drácula pudesse sair da casa usando um par de Havaianas e um boné de aba reta.

— Isso é coisa de pobre — comentou Júlia ao reduzir a marcha para ganhar tração.

— Oi? — Cipriano acordou em um sobressalto.

— Essa casa... coisa de gente fodida que enriqueceu e precisa ostentar. Fala sério, gárgulas? Só faltava um jardim labiríntico com um minotauro no meio.

— Verônica fingia se comunicar com fantasmas. — Cipriano bocejou. — A mansão com cara de mal-assombrada devia ser uma estratégia de marketing pra retomar a carreira. Eu gosto.

O padre tinha muito em comum com a casa; embora vivesse entre pessoas normais, bebesse cerveja em seus copos, compartilhasse da mesma feijoada, sentia-se apartado do cenário. Um pária entre o mundo conhecido e dimensões ocultas. Alguém que tinha olhado para o abismo e mandado ele se foder antes que olhasse de volta.

— Você não é exatamente um padrão de qualidade — provocou Júlia.

— O que você quer dizer com isso?

— Nada, deixa pra lá.

Júlia manobrou para estacionar na calçada.

— Agora vai ter que falar.

— Cara, só você e Michael Jackson usam luvas no Rio de Janeiro. Parece um tiozão falido do rock.

A risada saiu mais alta do que Cipriano planejou; uma válvula de escape para relaxar os músculos tensos em sua nuca.

— Eu não uso por afetação. — Cipriano observou os dedos e quase revelou o verdadeiro motivo do acessório. — Eu tenho câncer de pele. As luvas escondem.

O constrangimento fez o rosto de Júlia desaparecer atrás dos olhos arregalados.

— Tô de sacanagem! — Foi a vez de o padre gargalhar. Um cachorro tuberculoso emitiria um som mais musical.

Ficaram rindo feito dois maconheiros, embora a única droga no sangue fosse a adrenalina de enfrentar um assassino capaz de reproduzir milagres. Nenhum deles verbalizou esse pensamento, mas a quebra da tensão aliviava as lembranças das últimas horas. Rir na cara da morte tornava a experiência um pouco mais tolerável.

— Chega de falar merda — disse Júlia. — Hora de trabalhar.

Em outra situação, Júlia teria rido da possibilidade de um crime violento ocorrer ali; o lugar era climático *demais*, tão teatral quanto um trem fantasma. Sua experiência dizia que os verdadeiros monstros não torturavam pessoas em castelos e jamais mostravam as presas; eles se disfarçavam de membros respeitáveis da comunidade, usavam terno e gravata, viviam uma rotina de escritório que sufocava a besta em seus corações. Agora, no entanto, as sombras da mansão pareciam hostis. Não havia calmaria naquela escuridão, mas um silêncio agitado, como se a poeira estivesse se contendo para não revelar criaturas inomináveis atrás de persianas.

Após estacionar, Júlia saiu da viatura e abriu a mala, de onde retirou luvas e sacolas plásticas de uma caixa de material hospitalar.

— Pra que isso? — indagou Cipriano, fechando a porta do carona.

— Não vamos contaminar a cena, né? — Ela olhou a fita de isolamento cruzada no portão da casa. — E vê se sossega esse pulmão. Nada de cigarros lá dentro. — Ela pegou duas lanternas e ofereceu uma ao parceiro.

Eles calçaram as luvas descartáveis e ensacaram os pés. Ligaram as lanternas e entraram. Minutos depois, estavam no jardim, encarando a cova misteriosa que tinham visto durante a invasão do Core.

De cócoras, apontando um facho de luz, Cipriano estudava as bordas da fenda. Retirou os óculos escuros e, pela primeira vez, Júlia fitou seus olhos em um ângulo reto.

O padre era tão vesgo que poderia atravessar a avenida Brasil sem olhar para os lados.

— Meu apelido na escola era tubarão-martelo — explicou Cipriano, apesar de a parceira não ter comentado.

— Você disse da outra vez que alguma coisa saiu da cova — respondeu Júlia, ainda tentando compreender se Cipriano olhava para ela ou para seus ombros. — O que você quis dizer com isso?

— As raízes. — Cipriano iluminou o fundo do buraco. — Estão voltadas para cima. A pressão veio de baixo. Também não vejo marcas de pá. Percebe?

Júlia notou a simetria, como se um pilar circular tivesse sido enterrado ali.

— Uma escavadeira manual poderia fazer isso? — Júlia se agachou também.

— Não com esse diâmetro e sem deixar sedimentos de terra. O barro está úmido, compactado. — Cipriano remexeu os cacos de cerâmica ao redor da cova. — Alguma coisa se ergueu daqui. Pressionou por baixo da terra e estourou esse vaso de planta. — Ele pegou uma lasca. — Foi com um desses que Verônica se retalhou.

Júlia varreu o perímetro com a luz. A polícia técnica havia colocado marcadores em pegadas que cessavam na calçada, sob a varanda do segundo andar.

— Olha isso. — Ela investigou uma das marcas. Uma haste de plástico fincada no solo, com um cartão colado na extremidade: evidência número dezoito.

— As pegadas começam na cova... — Cipriano direcionou a lanterna. A sola estava bem marcada na lama, como se o andarilho fosse muito, muito pesado. — E terminam ali. — Ele apontou uma faixa de concreto embaixo da sacada e se aproximou. — Não tem restos de barro no cimento. Esse cara não entrou na casa. Não pela porta da frente.

— Ele escalou?

— Olha as últimas pegadas. — Cipriano iluminou as que estavam próximas à calçada. — Estão mais fundas. Acho que ele aumentou a pressão no solo pra pular. — O padre se agachou, simulando um movimento de salto.

Júlia olhou para cima e comentou:

— A quatro metros? Esse cara não poderia fazer isso, a menos que fosse gigante.

— Olhou o tamanho das pegadas, Júlia? Esse cara calça uns cinquenta ou cinquenta e um. É enorme. E pelas marcas no chão, deve ser pesado também, muito músculo e pouca gordura.

— Ele pode ser gordo — contestou Júlia.

— Ele não teria como subir na varanda, se fosse. Não suportaria o próprio peso.

— Não sabemos se ele escalou. Ele pode ter dado a volta, entrado pelos fundos.

— O Core verificou as portas — retrucou Cipriano. — A da varanda estava aberta quando chegamos de tarde. Ele entrou por ali. — Ele indicou a vidraça corrediça acima.

— Esse cara teria que ser recordista de salto, o homem mais forte que já existiu.

Cipriano recolocou os óculos escuros e olhou para o alto.

— Eu não disse que era um homem.

Júlia voltou a reparar nas pegadas. Conforme se afastavam do buraco, ficavam mais definidas. As primeiras, além de menores, tinham uma forma oblonga, sem impressões da sola. Ao avançar em direção à calçada, adquiriam detalhes, profundidade, como se o assassino ganhasse peso, como se estivesse...

Crescendo?

Cipriano leu a dúvida no olhar da parceira e provocou:

— Vou te pedir para abrir a mente um pouquinho, tá? Vamos supor que o sobrenatural seja possível. O que essas pegadas sugerem?

— Que alguma coisa saiu da cova e foi crescendo — Júlia respondeu.

— Ou ganhando forma... se *solidificando*.

Júlia não gostou da maneira como ele induziu aquela conclusão, mas assentiu.

— Tá voltando à ideia do golem, né? — Ela jamais escreveria isso no relatório.

— Tudo bem, Cipriano. Vamos levar em consideração que esse cara tenha talentos especiais. Você tá dizendo que esse cara anima o barro e cria uma marionete assassina? Caralho, Cipriano! Como vou colocar isso em um relatório policial? Vou dizer que minha investigação saiu de um livro do Stephen King?

— No cativeiro de Santana achamos uma quantidade razoável de lama. — Cipriano olhou a sacada. — Se aqui também encontramos, significa que estamos no caminho certo.

— Um monte de barro não prova que o assassino é um golem. Só que o assassino colocou barro na cena do crime.

— É, não prova, mas pelo menos deixa claro que o barro tem algum significado simbólico, uma mensagem que ainda não conseguimos interpretar. — Cipriano foi em direção à entrada.

Júlia tirou a fita isolante da porta. A fechadura continuava destruída.

— Eles deixaram tudo aberto, sem nenhum policial tomando conta? — o padre questionou. — E se roubarem os móveis?

— Cipriano, já tentou fazer um B.O.? Você iria se surpreender com a má vontade de alguns policiais. Eles nem verificaram se tinham câmeras de trânsito onde fizeram a ligação anônima que nos deu a dica do Santana.

— E por que você ainda não foi lá?

— É que estive ocupada com uma médium fazendo cosplay de Doctor Rey. — Júlia não escondeu a acidez. — Vamos logo, quero acabar isso e voltar pra casa.

Entraram na sala. A luz das lanternas exorcizou as sombras, revelando manchas de grafite nos objetos e paredes. A papiloscopia já havia coletado as digitais.

A dupla subiu as escadas. Verônica, ao ser removida para a ambulância, tinha deixado um rastro de sangue que dividia os degraus. Entraram no quarto.

— Vamos até a cama. — Cipriano sentiu a vibração do chaveiro se intensificar em direção à cabeceira. — Tem alguma coisa aqui.

— Como é que você sabe?

— Vesgos enxergam no escu... — Cipriano apontou a lanterna para o assoalho e viu arranhões no chão, por baixo de rasgos no carpete. As marcas surgiam em retas, partindo dos pés da cama, sugerindo que o móvel já tinha sido arrastado e recolocado no lugar. — Ajuda aqui. — Cipriano puxou a cama para a frente, sem muito sucesso. Era um móvel antigo. — Me ajuda! Essa cama é de mil novecentos e foda-se.

Júlia prendeu a lanterna entre os dentes e ajudou. Assim que desencostaram a cabeceira da parede, perceberam algo no concreto.

Uma inscrição feita com barro. Um triângulo invertido encimava as letras.

— Achamos outro versículo — comentou Júlia.

Cipriano apontou o celular e bateu uma foto, depois começou a mexer no telefone.

— O que tá escrito? — Júlia perguntou.

— Não sei. — Cipriano selecionou o número de Jezebel.

— Mas você traduziu da outra vez.

— Eu só fingi que traduzi. — Cipriano enviou a imagem. — Uma amiga traduziu pra mim. Ou amigo, sei lá. Eu fico confuso com essa coisa de gênero fluido.

Júlia enrugou a testa.

— Deixa pra lá. Vamos verificar o resto enquanto não chega a tradução.

— Você acabou de passar uma foto de uma evidência de crime para uma civil. Isso é vazamento criminoso.

— Ela não é exatamente uma civil. — Cipriano coçou a barba cerrada no queixo.

— Ah, não? Em qual delegacia ela trabalha?

— Ela não é policial. É cafetina.

— O quê? — Júlia avançou dois passos e Cipriano achou que ia levar um tapa. O exorcista foi à escrivaninha em que ficava o laptop de Verônica. A luz revelou uma área limpa e quadrada no tampo empoeirado.

— A perícia levou o computador — disse Júlia. — Foi com ele que o assassino filmou a *live*.

Vasculharam o quarto procurando detalhes que tivessem deixado passar, até que chegou uma notificação de Jezebel no celular. A súcubo aproveitou a mensagem para mandar uma foto de seu pênis colossal. Ruborizado, Cipriano leu em voz alta:

— "A falsa profetisa prometeu cura, mas entregou enfermidade. Tirou a prosperidade de pais desesperados e presenteou os filhos deles à morte. Por isso o Senhor devolveu a porção dela em dobro." — O padre encarou Júlia.

— Outro versículo inventado? — Júlia afastou os dreads que caíam no rosto.

— Sim — Cipriano confirmou. — Agora entendi a execução de Verônica. A porção em dobro é uma referência ao livro de Jó. Um dia Satanás disse que Jó só era fiel a Deus porque tinha tudo o que precisava: grana, gado, uma família feliz.

— Já ouvi falar, mas ainda não peguei.

— Depois de tirar tudo de Jó, Lúcifer encheu o corpo dele de chagas. O coitado do Jó se coçava com um pedaço de telha e arrancava as cascas das feridas.

Júlia lembrou-se das horrendas escaras em Verônica, mas bloqueou a imagem para se focar na investigação. Cipriano escondia alguma coisa, podia sentir.

— Felizmente, Jó resistiu à tentação e por isso Deus lhe devolveu tudo em dobro. — Cipriano completou.

— Quem é essa tradutora, Cipriano? E que idioma é esse?

— Não é um idioma porque idiomas podem ser aprendidos e ensinados. É uma língua que não pode ser compreendida, não por nós humanos.

Revirando os olhos, Júlia disse:

— Você vai me dizer o que é ou vai continuar dando uma de Mestre dos Magos?

— Nós humanos não conseguimos entender porque nosso sistema sensorial só consegue perceber até três dimensões, assim como um verme não entende o conceito de profundidade, porque sua percepção é bidimensional. Essas letras são de dimensões superiores. Nossos olhos não conseguem captar a grafia por inteiro.

— Você tirou isso de onde? — Júlia conteve uma risada nascendo no fundo da garganta. Não havia humor, apenas uma tentativa desesperada de se agarrar à lógica.

— Acho que tá na hora de mais prática e menos teoria. — Cipriano tirou as chaves da jaqueta e jogou o chaveiro para Júlia. — Toma, pega aí.

Ela pegou o objeto e olhou; era uma garrafinha de motel com um líquido vermelho. Dentro do drinque, um boneco com chifres, unhas de agulha e a boca costurada. Parecia o tipo de souvenir que se encontraria na Feira de São Cristóvão.

— Um artesanato nordestino? — Júlia abriu a mão, exibindo o diabrete. — Que merda isso tem a ver com o assunto?

— O nome dele é Capenga. Ele reage na presença de magia.

Júlia começou a rir. Cipriano se aproximou.

— Essas chaves são de ferro frio e podem canalizar magia para o chaveiro. Aponta qualquer uma delas para a cabeceira da cama. — Ele indicou a inscrição na parede. Ainda rindo, Júlia obedeceu.

— Eu não acredito que tô te dando ouvidos. É simplesmente ridí...

Então o cramunhão abriu os olhos e incandesceu os chifres.

— Puta que pariu! — Júlia arremessou a garrafinha em um ato reflexo.

O chaveiro bateu na porta do armário e caiu no chão. Capenga se agitava com tanta força que Cipriano achou que o vidro ia trincar.

— Isso é movido à bateria! — Júlia continuava encarando o objeto como se fosse uma cobra peçonhenta. — Qual é o truque?

Intrigado, Cipriano aproximou-se da garrafa. Uma das chaves apontava para o closet. Capenga respondia com violência, como se quisesse se libertar.

A energia que detectara no quarto vinha de trás daquela porta.

— O que foi? — Júlia intuiu a preocupação nas rugas na testa de Cipriano. Alguma coisa surpreendera o padre em seu próprio abracadabra.

— Shhh! — Cipriano levou o indicador aos lábios.

Ele apertou a maçaneta, respirou fundo e abriu.

Era uma porta falsa que dava acesso ao toalete. Cipriano viu uma silhueta dentro do banheiro... Alguém caído no chão de mármore.

A luz da lanterna revelou um cadáver com o rosto aprisionado em uma máscara de ferro. Apêndices estranhos, que lembravam asas, nasciam nas costas do morto e se esparramavam em uma onda pastosa, tocando os dois extremos do aposento. Pernas e ombros se dissolviam em erosão.

Júlia e Cipriano levaram alguns segundos para entender que o cadáver jamais esteve vivo. E nem poderia.

Aquilo era uma escultura de barro.

QUINTA-FEIRA

13

— Isso estava no golem? — Torquemada olhou o elmo de ferro que Cipriano colocou no balcão. O atendente da padaria, sem disfarçar a curiosidade, pausou a faca que deslizava no pão francês para olhar a peça e fez o sinal da cruz.

— Tava. — Cipriano emborcou o capacete enferrujado e mostrou os restos de argila no interior. Alguns clientes observaram o engenho, mas logo voltaram a ler as atrocidades dos jornais. A morte de Verônica ocupava quase todas as manchetes. — O assassino deixou o golem *de propósito* dentro do banheiro. Acho que ele queria que eu encontrasse. Um desafio, manifestação de ego clássica em serial killer — disse Cipriano, se lembrando do e-mail direcionado com seu nome. — Com Verônica viva e mutilada, eu corri para o hospital e não tive tempo de investigar a cena da primeira vez.

— Parece um instrumento de autoflagelação. — Torquemada estudou o aspecto rústico do aparelho. Engrenagens e parafusos giravam lâminas na parte interna. O lado externo não tinha viseira, apenas arabescos e esporas que surgiam no topo e na altura dos malares.

— Estranho, né? — Cipriano bebericou o café. — Essa coisa tem partes móveis.

— Uma Dama de Ferro, só que mais requintada — disse Torquemada. Pequenas correntes que deslizavam nos frisos formavam os desenhos na superfície. Havia eixos giratórios em cada parte, como se o elmo fosse um quebra-cabeça tridimensional.

— Nunca vi um golem com partes metálicas — comentou Cipriano. — Ontem o elmo estava novinho, agora está oxidando. Quando eu e Júlia chegamos, o boneco tava se desfazendo, mas tinha vestígios de músculos, impressões digitais. Até onde sei, golens não são tão bem-feitos. Quem conjurou essa parada tem talentos especiais. Modelar minério bruto não é para qualquer um. Anjos e demônios podem conjurar espadas e armaduras de metal, mas não podem invocar golens. Alguma coisa não tá encaixando. Quem fez isso combinou magia judaica e magia angelical. Não é o tipo de talento que se vê em demônios e anjos. Parece coisa de alguém versado em ciências arcanas.

— Acha que está lidando com um mago?

— Talvez.

— Vou levar a peça ao laboratório da Sociedade de São Tomé. — Torquemada devolveu o elmo à bolsa de couro, fechou o zíper e passou a alça no ombro. — E como anda o recrutamento da Júlia? Ela já sabe sobre a própria família?

— É cedo. — Cipriano mordeu o pãozinho. — Mas mostrei o Capenga.

— O que ela achou do golem?

— Diz que é loucura, mas acho que falou da boca pra fora. Tá começando a ceder, passando pelo estágio de negação. — Cipriano passou um pen drive para Torquemada. — Aí estão os relatórios das últimas vinte e quatro horas. Fotos das cenas de crime etc.

— Qual é a linha de investigação que você vai adotar?

— Esse golem não parece a criatura clássica de barro invocada por um mago judeu. — Cipriano pegou um lenço no bolso da jaqueta e mostrou um pedaço de argila ao chefe. — Peguei essa amostra no cativeiro do Santana, na encolha. Pode ter magia elemental envolvida, algo mais sofisticado. Preciso tirar essa dúvida.

Cipriano despediu-se de Torquemada e se levantou, deixando vinte reais no balcão.

Era hora de voltar ao sítio Cafarnaum.

Após um longo e chuvoso percurso de táxi em que Virgílio explicou sua teoria sobre a farsa do aquecimento global, Cipriano chegou a Santo Aleixo, estrada municipal de Piabetá. Estacionaram em frente ao sítio Cafarnaum enquanto o homem concluía que socialistas fabianos de Wall Street planejavam implantar uma ditadura mundial para coletar impostos pela emissão de gás carbônico na respiração humana.

— Chegamos, chefia — disse Virgílio. — Não esquece de me arranjar aqueles arquivos do papa.

— Pode deixar. — Cipriano pagou com o cartão corporativo do Vaticano. — Só não conta que eu te entreguei, tá? Se a Opus Dei souber que te mostrei o esquema da arca de Noé, eles vão me matar. Não querem que ninguém saiba que a Nasa tá reproduzindo isso para salvar a gente do Apocalipse.

— Tá tranquilo. — Virgílio piscou. — Ninguém ia acreditar na verdade mesmo.

— Pois é. — Cipriano saiu do carro no meio da tempestade, tentando não rir.

Esperou o táxi seguir, depois olhou o sítio Cafarnaum. Fitas da polícia isolavam o portão, mas isso não seria um empecilho. Cipriano se aproximou, rasgou o lacre e entrou.

A melhor maneira de investigar um crime sobrenatural era através de magia. Com essa filosofia em mente, esgueirou-se até os fundos do sítio. Aquela seção da propriedade se elevava em um barranco de uns seis metros de altura. Não existia muro no trecho, apenas uma cerca de arame farpado que limitava a área no topo da elevação. A água barrenta da chuva cascateava entre rochas e árvores que se inclinavam com a fragilidade de alpinistas desesperados.

Cipriano subiu no teto da câmara de cimento onde ficava a bomba d'água, saltou para o barranco e agarrou-se às raízes. Estava escorregadio; décadas de pastel chinês protestaram em seus músculos de jogador de damas. Com dificuldade, avançou até o cume e saltou por cima da cerca.

A chuva estalava na vegetação. As roupas de Cipriano se converteram em uma malha de gelo. Ele limpou os óculos, tentando desborrar as lentes, e entrou na floresta. O lodaçal sugava os sapatos. Depois de uma breve caminhada, chegou a uma clareira. Não tinha ninguém por perto; havia discrição o suficiente para usar a Trapaça.

Cipriano sabia que os entes florestais não eram acessíveis como Jezebel e Narciso. Eram selvagens, intocados pela civilidade. Escondiam-se nas profundezas de sombras, onde olhos comuns não alcançavam. Séculos de desmatamento haviam tornado os elementais um tanto ariscos. Eles nutriam ódio pela presença do homem. Muitos antecediam as mais velhas árvores, e seu ressentimento permanecia virgem. Na concepção deles, *nós* éramos os invasores nascidos de um acidente evolutivo; parasitas que destruíam toda a beleza, incapazes de apreciar e sentir a mágica emanando do éter.

No início dos tempos, quando nações feéricas espalhavam-se pelo mundo, a magia era uma linguagem não escrita, e seu uso era tão natural quanto a fala. Não havia necessidade de rituais.

Mas o Ragnarok mudou esse paradigma.

Como escravos de suas respectivas religiões, os deuses entraram em guerra para disputar a fé dos povos. Sendo projeções de crenças que se manifestavam fora da realidade temporal, eles nasciam em dimensões em que passado, presente e futuro fluíam simultaneamente — era um clássico paradoxo do ovo e da galinha: os humanos criaram as divindades que os criaram antes daquilo que era conhecido como o tempo. Quanto maior o número de crentes, maior a capacidade de um deus em interferir no mundo físico. Muitas deidades tinham perdido sua influência na Terra porque seus cultos desapareceram, mas outras não deixaram isso acontecer.

Assim houve uma guerra entre feéricos protegendo seus cultos. Um conflito mágico que atingiu proporções cataclísmicas. No final, a atmosfera terrestre havia sido alterada pela magia, possibilitando condições ambientais para a evolução darwiniana.

Com a transformação da natureza, os deuses consideraram a magia perigosa demais para ser manipulada inconsequentemente. Eles a organizaram em um método e decidiram que os feéricos só iriam usá-la sob intenso estudo. A magia foi dividida em diferentes ciências — necromancia, ilusão, alquimia, quimerismo —, todas registradas nos *Evangelhos arcanos*. Cada povo feérico ficou incumbido de guardar um desses grimórios para manter a balança de poder político entre eles.

Em tais livros, os primeiros conjuradores humanos aprenderam que o universo foi criado com um código de runas, uma espécie de DNA cósmico que preestabelecia desde o movimento dos átomos até as órbitas solares. Ao compreender esses símbolos, os magos podiam formar anagramas com os cânones da criação e *editar* a realidade.

Cipriano não sabia se os *Evangelhos arcanos* eram literais ou alegóricos, todavia, sua mensagem resistira aos séculos, graças a ocultistas como são Cipriano, Aleister Crowley e Elena Blavatsky, pois o homem também desenvolvera meios inconscientes de interagir com a magia: monges o faziam entoando mantras, padres ao realizar a liturgia, umbandistas com oferendas e cânticos — rituais diferentes para transcender a imutabilidade do que era considerado *real*.

Essa era a causa das divergências entre Cipriano e a Igreja. Não havia uma forma única de transcendência; fé resumia-se a crer em uma verdade com tamanho fervor que a magia transformava essa crença em um catalisador de mudanças. Muitos milagres atribuídos a Deus e aos santos não passavam de feitiços conjurados inconscientemente pelos fiéis. O clero jamais admitira esse fato, e séculos mais tarde gerou o intolerante advento do cristianismo. Os feéricos passaram a se esconder das fogueiras inquisitórias. Alguns assumiram forma humana, esquecendo-se da verdadeira natureza. Outros se exilaram em dimensões paralelas, invisíveis aos olhos céticos.

Embora tivesse tanto conhecimento teológico quanto qualquer jesuíta, Cipriano jamais rezara uma missa. A gola eclesiástica era só um crachá da empresa em que trabalhava. A Igreja o acolhera por interesse na Trapaça e tentara transformá-lo em um papa, cujos milagres seriam divulgados para que a instituição recuperasse sua influência política. Torquemada bem que tentou dominar o espírito rebelde de Cipriano, mas chegou à conclusão de que um messias tarado por travestis não arrebanharia fiéis.

No dia em que Cipriano não pudesse mais usar a Trapaça, provavelmente iria trabalhar de camelô na rua Uruguaiana.

O exorcista retirou a jaqueta e a camisa. De peito nu, pegou um galho no chão e o mordeu com força. Fechou os olhos, juntou os pés e abriu os braços. Imaginou-se na órbita da Terra, captando mensagens como se fosse um satélite em forma de crucifixo... Então começou a ouvir sussurros; vozes em centenas de idiomas que oravam em nome de seu ancestral:

— *São Cipriano, derrube os meus inimigos...*

— *São Cipriano, conceda sua graça e cure meu filho...*

— *Aqui pago minha penitência, são Cipriano...*

Ao sentir um arrepio subir pela espinha, Cipriano cerrou os dentes no galho. Seu corpo alimentava-se com a fé roubada dos devotos e, como todo ladrão, sabia que haveria consequências...

Seu corpo ergueu-se no ar, levitando a centímetros do solo. Relâmpagos rasgaram as nuvens, anunciando a violação das leis divinas. Um arbusto incendiou-se ao lado. Um pequeno córrego, próximo aos seus pés, converteu-se em sangue — indícios da ira do Deus que governava aquele século, obrigado a obedecer a uma falha dogmática em sua própria Igreja.

Então, veio o primeiro stigmata.

Cipriano ouviu um zunido no ar e um vergão abriu-se em suas costas.

Mordeu o galho, quase desmaiando de dor. A pele queimava, expondo os nervos às agulhadas frias da chuva.

Outra chicotada; dessa vez, na altura do baço. Ele gritou, vendo faíscas na escuridão por trás dos olhos.

Um chicote fantasmagórico o açoitava com a fúria de um soldado romano.

As chagas de Cristo. O símbolo máximo da santidade.

Alguns golpes acertavam as árvores, arrancando lascas de madeira. Cipriano recebia a punição, enquanto lágrimas escorriam. Levou apenas quatro chibatadas, mas parecia que o tinham esfolado vivo. Quando o martírio terminou, ele caiu no chão. O arbusto ardente apagou-se. Não havia mais sangue no córrego.

A carne em suas costas regenerou-se, deixando novas cicatrizes. O único ferimento do qual jamais poderia se recuperar era a lançada de Cristo.

Receber o último estigma significava a morte.

Enjoado pela dor, Cipriano ergueu-se do lamaçal e deixou que a chuva limpasse o sangue na pele, então vestiu a camiseta e o casaco. Cuspiu no chão e misturou saliva à terra, depois pegou um punhado daquela lama e a levou aos olhos. Então, como um cego curado pelo cuspe de um messias, Cipriano passou a ver o que antes estava oculto.

E a floresta enviou a comitiva de recepção.

14

Galantes como uma guarda real, com a imponência de monólitos de ônix, duas criaturas tão escuras quanto ébano vieram em direção a Cipriano. Sua beleza não era afável como a de gatos, mas ameaçadora como a de uma pantera armando o salto sobre a presa.

Elas saíram de trás de um carvalho, caminhando com os braços em posição de flexão militar, pois não tinham pernas; a metade inferior do corpo afinava--se em uma cauda segmentada, curvada para o alto, que culminava em uma espora em formato de pinha. Os troncos musculosos tinham a consistência de carapaças de escaravelhos, cobertos por pinturas tribais feitas com tinta de pau-brasil.

As criaturas encararam Cipriano com olhos amarelos. As vastas cabeleiras — dreadlocks que chegavam à cintura — tinham enfeites de caniços de bambu. O maior deles, um macho, ficou em pé sobre a cauda, parecendo uma naja prestes a dar o bote.

Mas a criatura não atacou. Em vez disso, tirou um cachimbo do cinto de palha na cintura e mordeu o pito, estudando Cipriano com interesse. Quando ele acendeu o fumo e baforou, em vez de fumaça, a criatura soltou um torvelinho de folhas secas que espiralou no ar, como borboletas em revoada.

O padre manteve a cabeça curvada em respeito e temor. Embora jamais tivesse feito contato com aqueles seres, sabia exatamente o que eram.

Sacis.

A Sociedade de São Tomé dedicava um tópico àqueles faunos guerreiros. Seus ossos tinham a dureza de goiabeiras; a pele era um exoesqueleto impenetrável. O folclore transformara a cauda em uma perna saltitante e o cachimbo em um objeto comum, entretanto, Cipriano sabia que aquilo *também* era uma arma. Como na maioria das lendas originais, o horror infantilizado ao redor de fogueiras chegara a uma distorção da verdade.

— Ocê é diferenti — disse o saci macho em uma voz gutural. — Consegue ver nóis quando nóis num qué si mostrá pá voismicê. — Ele chupou o cachimbo e soltou uma baforada de moscas varejeiras. — Ocê num é como os zoutro. Tem *mandinga* no teu sangui.

O saci começou a debater com a companheira. O idioma não era composto por vocábulos, mas por risadas medonhas de significância atonal. Pela agitação da fêmea, Cipriano imaginou que ela queria matá-lo.

— Me dá um mutivo pra ieu num arrancá teu couro — disse o saci, cedendo aos desejos da parceira. — Tua rôpa — ele apontou para a gola eclesiástica — é rôpa de inimigo.

Os sacis tinham sofrido com a chegada dos jesuítas portugueses; muitos foram torturados ao lado de índios que não aceitavam a conversão. Cipriano não desejava que a conversa tomasse o rumo de rixas históricas, então explicou:

— Uma pessoa morreu ali no sítio. — Ele apontou para trás. — Um homem. E o que fez isso com ele não foi coisa mágica qui nêm ocês. — No desespero, o padre começou a imitar o sotaque dos sacis, tentando provocar identificação.

As criaturas gargalharam, e, mesmo sendo uma risada de humor, as vozes enregelaram Cipriano.

— Ocê tá falandu assim puquê? — perguntou a fêmea, transmitindo a violência no esgar das presas. — Tá mangando di nóis? — Os dentes cintilaram em brancura contrária à carne obsidiana. — Fala, homi branco! — Ela avançou, mas foi contida por um gesto do parceiro.

— N-n-não — gaguejou Cipriano. — Juro que só quero fazer umas perguntas.

O padre sabia que não poderia afastá-los usando o mesmo truque que usara com Narciso; elementais nativos não respondiam ao ritual romano. O sucesso da esconjuração dependia da crença do exorcizado. Mesmo um ateu poderia afastar um demônio com um crucifixo, desde que a entidade acreditasse no poder do amuleto. Os sacis compartilhavam da fé tupi-guarani. Apenas pajés conheciam os meios necessários para contê-los. Se resolvessem estripá-lo, Cipriano não teria a mínima chance.

— Por favor — implorou o jesuíta. — Alguma coisa que não é humana rondou o reino de vocês. Não é algo do mundo dos homens. Pode oferecer perigo à floresta.

Lentamente, Cipriano tirou da jaqueta a amostra de barro que havia encontrado no cativeiro de Santana. Tomando cuidado para que seus movimentos não fossem interpretados como ameaça, abriu o lenço.

— Encontrei magia elemental nisso aqui.

Tanto a fêmea quanto o macho mostraram interesse.

Com delicadeza, Cipriano soltou o lenço na relva. O saci desmontou de sua cauda e caminhou, colocando uma mão após a outra, com a espora em riste, preparada para reagir ao menor sinal de armadilha. A criatura equilibrou-se em uma mão só e pegou o pedaço de barro.

— Issu num é coisa feita pela mãe di nóis — explicou o saci. — Ocê vai tê qui pirguntá pá Mãe-Floresta. Ela tem ouvido e olho ni tudo que é galho e passarim.

O saci afastou-se de Cipriano, dando espaço para que ele pudesse se levantar.

— Vem cum nóis — disse o macho. — Ocê conseguiu uma audiência co'a rainha, homi branco. — Ele apagou o cachimbo, guardando-o no cinto de palha.

Desconfiado, o jesuíta ergueu-se, devagar. Estava imundo; lama e folhagens estampavam as roupas. Os sacis deram-lhe as costas e entraram na mata.

Cipriano apertou o passo para seguir os guerreiros. Enquanto se aprofundavam na imensidão verdejante, percebeu que toda a fauna mágica da floresta o observava, escondida atrás das moitas. Por fim, chegaram a um pórtico feito sob dois carvalhos curvados. Parado em frente à arcada havia uma criatura gigante, um humanoide de cor verde-musgo-doentio, todo deformado e pustulento, com fungos venenosos proliferados ao longo da espinha. A boca — localizada no abdome — era um rasgo vertical, cheio de presas. Algumas partes do corpo haviam crescido do avesso e exibiam órgãos de aspecto vegetal, que pulsavam no espaço entre as costelas.

Um mapinguari, Cipriano imaginou.

Os sacis falaram no idioma feérico e o monstro abriu passagem, encarando Cipriano com um olhar ciclópico, cheio de carrapichos que flutuavam no líquido ocular.

Eles entraram em uma clareira cercada por enormes amendoeiras, onde pássaros de centenas de espécies circulavam nas copas.

Cipriano viu a Dama da Floresta se aproximando com um ruído de galhos quebradiços. Saindo de trás de uma árvore, ela parecia uma versão vegetal de um fantasma em um filme japonês: os cabelos jogados no rosto eram cipós, mãos e pés feitos de raízes, as vestes formadas por um emaranhado de folhas podres e pedaços de madeira. Teias de aranha desciam da copa das árvores e conectavam--se aos braços e às pernas da entidade, como cordas em um títere.

Cipriano olhou para cima e viu que uma massa de milhares de aranhas controlava a dríade.

O avatar foi em direção ao exorcista. Ela caminhava com um andar brusco e anguloso, sendo manipulada pelas teias. A dríade era apenas um fantoche onde a floresta projetava sua consciência.

Cipriano se ajoelhou em silêncio, esperando autorização para falar.

Um novelo de lacraias caiu da cabeleira da dríade e esparramou-se no solo. As criaturas formaram uma tela de carne fervilhante. Em um movimento brusco, a dríade agachou-se de cócoras com os cotovelos curvados para o alto, como se estivesse bêbada e precisasse de dois amigos invisíveis para sustentá-la. Com um som de madeira estalando, ela afundou o dedo entre as lacraias e começou a desenhar. Conforme a dríade passava o dedo, os insetos abriam caminho para formar palavras no vácuo.

O que tu procura não tá aqui, a dríade escreveu.

Cipriano espantou-se. Como ela poderia saber o que ele procurava?

As lacraias desfizeram a frase anterior para formar uma nova:

Nada acontece em minhas matas sem que eu saiba.

Cipriano desembalou o torrão de barro do lenço e questionou:

— Isso veio da sua floresta?

É um pedaço da minha carne.

— Detectei magia neste pedaço de barro.

Não é elemental.

— Um golem foi invocado aqui. — Cipriano foi direto ao ponto. — Você viu o conjurador?

Ele estava longe, mas senti a presença.

Um golem invocado à distância? Cipriano conhecia os procedimentos para criar um constructo de barro, mas a criatura precisava dar uma ordem vocal. O assassino conseguia fazer isso sem estar presente? Como?

— Então ele é um mago.

Ele tem magia, mas não é feiticeiro.

— O que ele é, então? — perguntou Cipriano.

Uma névoa que entrou no barro.

Uma névoa dotada de inteligência? Cipriano ficou confuso. Vampiros podiam se converter em um nevoeiro senciente, mas não invocavam golens.

— Há quanto tempo sentiu essa presença?

Há três luas.

O apóstolo Santana estava desaparecido havia três dias.

Isso significava que o assassino viera à noite? A dríade afirmara que havia uma presença na névoa, que a criatura tinha magia no sangue. Suspeitas sobre um vampiro começaram a tomar forma.

Entretanto, vampiros não falavam o idioma celestial, nem criavam golens. E havia ainda o elmo de metal conjurado no constructo. O assassino aliava características de diversas espécies sobrenaturais, sem assumir uma definição por completo. Cipriano não conseguia encaixá-lo como um demônio, nem um anjo ou mesmo um vampiro. Será que era um dos mestiços de Hi-Brazil? Uma mutação mágica? Com que tipo de criatura estava lidando?

Não queria descer até a cidade subterrânea para descobrir. Os moradores de Hi-Brazil não encaravam a Inquisição Católica como um mero conflito do passado; as memórias das fogueiras não se apagavam facilmente.

Todavia, um dos líderes do submundo era justamente um vampiro.

Cipriano teria que descer, querendo ou não.

— Não tenho mais perguntas. Posso ir? — disse o exorcista.

A dríade assentiu com um aceno.

Cipriano levantou-se enquanto a entidade começava a desmoronar. Os cipós soltaram-se do crânio, como os cabelos de uma vítima de radiação. Os galhos que formavam braços e pernas estalaram, caindo na grama molhada.

Cipriano deu as costas e retornou aos limites do sítio, escoltado pelos sacis. Sem tirar os olhos dele, as criaturas começaram a regressar à floresta, deixando uma advertência:

— Si ocê aparecê di novo, num seremo misericordioso, homi branco. Num vorta nunca mais.

Cipriano agradeceu com um aceno.

Os guerreiros montaram nas caudas e desapareceram na vegetação.

De repente, duas escamas caíram dos olhos de Cipriano, como o apóstolo Paulo livrando-se da cegueira por um milagre de Jesus. A mata tornou-se comum, tão ordinária quanto qualquer outro bosque.

A conexão espiritual com a floresta havia sido rompida.

Cipriano telefonou para Virgílio, decidido a voltar à capital. Primeiro passaria em casa para se livrar das roupas enlameadas e conseguir um disfarce, pois a comunidade feérica carioca iria tentar matá-lo só de olhar a gola eclesiástica.

Mas conhecia um gárgula que poderia lhe oferecer salvo-conduto.

Só que, além de convencer Jezebel a liberar seu guarda-costas, Cipriano não podia descer em Hi-Brazil à luz do dia. A entrada ficava na linha do metrô, entre a Cinelândia e a Carioca. Àquela hora, a plataforma estaria lotada de civis.

A menos que conseguisse um meio de transporte alternativo.

E sabia exatamente onde conseguir um.

15

Júlia sonhou que um boneco de barro a estrangulava. O pesadelo intermitente a perseguiu nas várias vezes em que acordou durante a noite.

De manhã, no café com Mariana e dona Antônia, tentou se convencer de que tudo era armação. O assassino queria confundir os investigadores, criar uma aura de misticismo. Ele escreveu a mensagem na parede e esculpiu o boneco no banheiro.

Mas, embora a escultura fosse tosca, alguns detalhes impressionaram. Na noite anterior, ao iluminar uma das mãos do boneco, viu que a palma tinha linhas da vida, dedos com impressões digitais que se desfaziam em erosão.

Bom, nada que um artista de praia não conseguisse reproduzir com uma pá. Júlia se agarrava a essa possibilidade como um náufrago, pois a alternativa envolvia abrir mão de um mundo conhecido. Um mundo regido por leis naturais.

Ela sabia que Cipriano tinha uma visão oposta, quase metafísica, mas um golem? Achava demais até mesmo para quem acreditava em virgens grávidas. Não podia levar a investigação para o lado sobrenatural sem antes descartar o plausível. O envolvimento da Biodome e a presença de barbitúricos no sangue de Verônica apontavam para algo igualmente extraordinário, mas pelo menos envolvia ciência, alguma experiência de laboratório que dera muito errado.

Agora, atrás do volante, voltando da delegacia em Caxias que investigava o incêndio na Biodome, ela refletia que o caso revelava um mundo cada vez mais estranho.

O inspetor Demóstenes, designado para resolver o enigma, mostrara boa vontade em ajudá-la. Era um tipo clássico de policial de carreira; atolado em um monte de inquéritos, papéis que se empilhavam em uma escrivaninha, e um eterno mau hálito porque precisava engolir cafeína e sangue inocente há vinte e sete anos.

Demóstenes coletara o hard drive dos computadores responsáveis pelas câmeras de segurança da Biodome, mas não foi possível ler nenhum dado diretamente do disco rígido. A maior parte do equipamento ficara tão derretida que ele nem se deu ao trabalho de coletá-la dos escombros.

Mas Júlia sabia que podia ter mais sorte com aquelas sucatas. Sua ciberpatia poderia conversar com alguns dados mortos, juntá-los em um Frankenstein e ressuscitar alguma informação útil.

Contudo, a conversa com Demóstenes tornara cada vez mais bizarro o contexto daquele incêndio criminoso.

— Não encontramos nenhum combustível ou sinal de pane elétrica na fiação — disse o detetive, empurrando um bolo de fotografias para Júlia. — Quando chegamos no local, encontramos isso.

Ela estudou as fotos; no gramado ao redor do laboratório, centenas de pedras amarelas haviam afundado no chão, e algumas tinham criado crateras enormes.

— O que é isso?

— Pedras de enxofre. Os buracos indicam que caíram sobre o prédio. Estavam tão quentes que começaram o incêndio. O telhado do laboratório estava todo esburacado. — Demóstenes a encarou com seu olhar de pálpebras caídas que lhe conferia a aparência confiável de um cão são-bernardo.

— Caíram do céu? Tipo Sodoma e Gomorra? — Júlia inquiriu.

Demóstenes ajeitou a barriga por cima da calça e respondeu:

— É, eu fiz a mesma cara de espanto ao ver isso. Sabe, Júlia... Eu vou me aposentar em cinco meses. Não preciso desse tipo de dor de cabeça. Vi muita merda sem sentido nesse mundo e posso te garantir uma coisa: se existe um Deus, ele é um puta de um comediante.

Demóstenes se levantou e saiu para pegar café na máquina.

— Ano passado começou a circular um boato na internet de que uma bruxa estava sacrificando crianças em rituais satânicos. A coisa viralizou pelo Facebook. Divulgaram o retrato falado da tal bruxa — disse ele, bebendo o café e fazendo cara de quem ingeria petróleo. — Acontece que aquilo era um caô. Só que uma moça foi confundida com o tal retrato falado. Uma senhora evangélica. A multidão espancou a mulher até a morte. Tem vídeo no YouTube. — Demóstenes encarou Júlia. — Isso não foi em um vilarejo do Irã, foi logo ali em Lote 15. Eu fui lá investigar o que sobrou da mulher. Os linchadores não eram criminosos de carreira, eram gente comum que fazia churrasco com os vizinhos. — O detetive se sentou novamente. — Não faz mais sentido. Eu cansei dessa lama. Antigamente, um ladrão roubava porque queria dinheiro. Hoje eles queimam gente viva só por diversão. A polícia só existe para dar um significado à barbárie, mas a verdade é que não tem significado. Tudo o que eu quero é passar o resto dos dias que me restam sem me atolar nesse caos. Bater o cartão e tentar esquecer tudo o que já vi. Você é novinha, Júlia. Se aceita um conselho, digo com toda a sinceridade: mete o pé da divisão de homicídios.

— Eu já saí da homicídios — Júlia afirmou.

— E o que te fez sair? — Os olhos de Demóstenes brilharam de curiosidade.

Júlia lembrou-se de um caso em que a delegacia da infância e juventude pediu ajuda à divisão de homicídios. César Moreira, um professor de história acusado de abusar da própria filha. Como inspetora convidada para o inquérito, Júlia ficou obcecada com o caso, mas o sujeito terminou saindo da prisão por bom comportamento.

Assim que soube da soltura, Júlia descobriu que César vivia como mendigo, próximo à Vila Mimosa. Observou-o por um tempo, estudando sua rotina, tentando encontrar uma oportunidade de fazê-lo experimentar o próprio remédio.

De tocaia em uma noite chuvosa, Júlia viu César drogado, correndo feito um louco no meio da rua, como se tivesse visto uma assombração.

Passou com o carro por cima dele e fechou o caso.

— Foi apenas estresse — Júlia mentiu. — Nada específico.

— Tem coisas que jamais podem ser *desvistas*, não é? — Demóstenes deu uma piscadinha e tirou uma pasta da gaveta e colocou sobre a escrivaninha. Júlia abriu o arquivo e olhou a fotografia dos trinta mortos no incêndio. Todos carbonizados, a individualidade perdida em crostas de fuligem.

Ela deixou a delegacia sem imaginar que faria descobertas ainda piores. Dirigia de volta à capital, sem prestar atenção nas indústrias que margeavam a avenida Washington Luiz. O coração das fábricas pulsava em atividade invisível enquanto o asfalto deslizava sob os pneus do carro em uma infinita esteira rolante.

Jamais pensara que voltaria a se interessar por homicídios. Achou que o estômago sensível não aguentaria o trabalho, e, no entanto, sentia a velha adrenalina correndo nas veias. Poderia acostumar-se ao fedor dos cadáveres, desde que os desafios fossem estimulantes. No caso de Santana e de Verônica, os detalhes do crime aguçavam sua curiosidade.

Júlia pegou um engarrafamento quando estava chegando à Biodome. A empresa ficava em uma estrada secundária paralela à rodovia. Uma orquestra de buzinas desafinava em seus ouvidos. Um motorista colocou a cabeça para fora, xingando todo mundo sem ofender ninguém em particular: "Saí daí, pé de pato, muquirana do caralho!". Pelo vidro fechado, via a cara de buldogue do homem, as veias saltadas na testa, rosto vermelho, a boca de um cão rosnando.

Os olhos de Júlia ficaram negros, decorados por códigos digitais que subiam em colunas verdes. Encarou o Cara de Buldogue e pensou:

Block.

Como se a realidade fosse uma imensa rede social, viu o homem se transformar em uma silhueta de polígonos, incapaz de interagir com ela. Já não via sua face detestável nem ouvia os impropérios. Focou-se nos tímpanos, selecionando o som das buzinas.

Mute.

O barulho cessou. Escutava apenas o leve tamborilar da chuva no teto do carro, uma canção relaxante que diminuiu até um chuvisco.

Gostava daquela extensão misteriosa de seus poderes, como se o mundo fosse um programa de computador que pudesse ter as funções reprogramadas. Pena que não podia fazer isso na delegacia sem chamar atenção dos colegas. Seria uma benção ignorar Silveira.

Passou quase duas horas no engarrafamento até que chegou à estrada que levava à Biodome. Pela janela aberta, uma lufada de vento trouxe um fedor de ovo podre, um odor que amargava na língua. Conforme avançava, o cheiro ficava pior, a ponto de empestear todo o carro.

O caminho era ladeado por pinheiros e grades eletrificadas. Lá na frente, estacionou ao lado de um portão trancado por correntes e desceu do veículo. À esquerda, uma guarita vazia, o vidro blindado coberto de poeira. Uma cancela quebrada pendia no chão como o braço de um suicida na borda de uma banheira.

— Alô! — Júlia bateu palmas. — Tem alguém aí?

Nada.

O local parecia abandonado.

Aproximou-se e olhou através da cerca, mas não conseguiu enxergar muito longe. Uma curva desaparecia atrás do matagal que chegava à altura dos ombros. O edifício devia ficar assentado em recuo, muito depois da linha frontal do terreno.

Ela conferiu a foto da empresa na internet: o prédio era uma abstração de vidro e aço, cheia de ângulos que refletiam a modernidade das pesquisas realizadas ali. As fotos do interior mostravam a atmosfera antisséptica; paredes transparentes, pintura branca, móveis de plástico e cromo. Para além das divisórias de vidro no corredor, homens e mulheres de jaleco manipulavam microscópios, sequenciadores de genes e computadores — quase o anúncio de um filme de ficção científica.

Em frente ao portão, Júlia decidia se ia pedir um mandado ou invadir o terreno. Se tivesse algum guarda na propriedade, teria problemas para se explicar. Quando ia voltar ao carro para buscar o pé de cabra, ouviu o telefone — uma chamada de Mariana.

— Fala, codorninha. — Ela pegou a ferramenta na mala e dirigiu-se ao portão.

— Mãe? — Mariana parecia tensa.

— Oi.

— Posso pegar a boladona pra ir na escola amanhã?

Boladona significava uma jaqueta de couro que Júlia havia comprado na Itália, durante a viagem em que engravidou de Mariana.

— Pra quê? — Júlia observou a espessura do cadeado ao redor das correntes. — Cabem três de você nela.

— É que ela dá +5 de classe de armadura.

Desconfiada, Júlia trocou o peso de pé e indagou:

— E pra que precisa aumentar a classe de armadura? Vai lutar com dragões? — O silêncio foi ensurdecedor. — Mariana?

— Ah, mãe, é que tem um garoto na escola que diz que sou uma hipopótama.

— Falou com a dona Antônia sobre isso?

— Falei. A dona Antônia disse que o garoto era um cu.

Júlia imaginou um ânus com duas perninhas enfiadas em uma bermuda escolar.

— Ela falou isso para o menino? — Júlia encaixou o pé de cabra na corrente. Não conseguiu conter a risada; visualizou Antônia ruborizada, um metro e cinquenta de ira cearense em cima de um valentão anabolizado por Danoninho.

— Não, falou pro pai dele — explicou Mariana. — O pai do Rodrigo veio pegar ele de carro. Pô, mãe. Dona Antônia fez mó barraco.

— Tá, pode pegar a jaqueta. — Júlia achou que a empregada merecia um aumento. — Fala com a professora se ele te perturbar de novo.

— Já falei com a tia Norma, mas o Rodrigo sempre implica quando ela tá longe.

— Se ele fizer isso de novo, chuta o saco dele. — Júlia ia se arrepender de dizer isso, mas a Juju Camburão dos tempos de colégio ainda existia em seu coração. — Agora deixa eu ir que a mãe tá trabalhando, tá?

— Tá. Beijo.

— Ah, Mariana!

— Oi, mãe?

— Não adiciona ninguém no Facebook.

— Tá bom.

Ela desligou e guardou o celular na bolsa. Não queria que jornalistas descobrissem onde morava; fariam qualquer coisa para conseguir uma entrevista sobre a investigação. Júlia não gostava que a filha andasse nas redes sociais, mas não adiantaria proibi-la; ela poderia criar uma conta fake ou usar a de uma coleguinha de escola. Júlia preferia um jogo aberto em que tinha todas as senhas da menina.

Voltou a forçar o cadeado com a ferramenta. Estava mais difícil do que imaginara.

Ela ergueu a barra de ferro e golpeou a corrente. Se a intenção era ser furtiva, já tinha perdido o elemento surpresa. Os filmes faziam com que aquilo parecesse fácil. Júlia ficou ensopada de suor, apesar do frio, e as mãos queimavam com o atrito da ferramenta; cada impacto ressonava por seus ossos e vibrava em suas obturações.

— ABRE, PORRA!

Ela levantou a ferramenta como se fosse um carrasco com um machado, e a desceu com tudo; no instante em que ia acertar a tranca, viu algo que só poderia ser uma ilusão de ótica.

Por uma fração de segundo, seus braços brilharam em tom de metal.

Ao receber o impacto, o cadeado não apenas cedeu: espatifou-se em seis partes, quase uma explosão sem pólvora.

Assustada, ela largou o pé de cabra e cambaleou, quase caindo na estradinha. As correntes deslizaram, o portão se escancarou e ganiu nas dobradiças. Um vento frio arrastou um saco plástico. A combinação de ilusão de ótica e solidão naquele lugar ermo a deixou arrepiada, envolta em uma atmosfera fantasmagórica.

Que merda foi essa?

Olhou para os próprios braços. A pele continuava negra, sem alterações. Mãos de carne e osso, unhas pintadas de preto. Os anéis de prata cintilavam.

Devia ter sido um reflexo do sol nas joias.

Pelo menos foi o que disse para se convencer, embora o dia estivesse nublado.

16

Os laboratórios da Biodome tinham queimado havia alguns meses, ou pelo menos era o que diziam as fitas amarelas da Defesa Civil, que isolavam a área para além do gramado queimado. Parte do prédio reduzira-se à carcaça carbonizada de um monstro gigante. O vento assobiava entre ossos de metal fundido, e janelas quebradas sorriam com dentes de vidro espelhado.

Em frente aos escombros, Júlia achou difícil dar ao incêndio uma explicação racional, sobretudo por um detalhe: as rochas amarelas que Demóstenes mostrara nas fotos continuavam lá. Fincadas no solo, rodeadas por crateras, como se tivessem caído do espaço. Exalavam cheiro de ovo podre e pareciam tão exóticas naquele ambiente que Júlia olhou ao redor em busca de um vulcão, mas só encontrou pinheirais no horizonte.

Como elas foram parar ali?

Júlia mirou as nuvens e lembrou-se de Sodoma e Gomorra. Nos filmes, sempre que diante do improvável, o ceticismo tomava conta dos personagens, mas ela aceitou rapidamente que algo estranho acontecera no local.

Uma chuva de pedras de enxofre? Meteoros?

A Biodome devia se envolver em experiências mais complexas do que fabricar linha de pesca para Cthulhus. As fotos do laboratório mostravam computadores quânticos do tamanho de geladeiras — catalogar genes exigia muito espaço de informação. Talvez conseguisse encontrar um disco rígido parcialmente intacto. Nenhum incêndio destruía tudo, sempre sobrava uma pista, uma esperança de resposta.

Ao contrário de em *Arquivo X*, a verdade estava lá dentro.

Entrou no prédio. Apesar da destruição, parte da estrutura continuava em pé. O primeiro andar estava entulhado de aparelhos tão derretidos que não conseguia diferenciá-los de sucata de uma guerra futurista. Goteiras escorriam das colunas nas paredes, empoçando o pavimento.

A chuva lá fora anunciou a chegada com o fulgor azulado de um relâmpago, iluminando teias de aranha. Naquele flash, sombras esticaram garras espectrais.

Júlia localizou câmeras de segurança destruídas e cabos que fluíam por baixo da estrutura de vergalhões aparentes. Uma empresa com tamanha tecnologia não usaria fitas vhs; algum computador deveria armazenar as imagens. Seguiu o fio da câmera e aprofundou-se nas ruínas. Passou por diversas salas sem função discernível. Os objetos dariam pistas, mas boa parte fora removida pelos bombeiros. Júlia viu pelo menos quatro meteoritos do tamanho de bolas de basquete que tinham atravessado os andares superiores, deixando buracos pelos quais se podia ver o céu riscado de eletricidade.

Ela encontrou uma escada que levava ao subsolo, olhou os cabos das câmeras que desciam a parede e seguiu. O subterrâneo permanecia tão destruído quanto os outros andares, embora não tivesse pedras de enxofre. O chão estava entulhado de detritos.

No porão, Júlia parou em frente a uma vitrine rachada pelo calor. Lá dentro, tudo preto de fuligem. Cadeiras chamuscadas, monitores espatifados. Aquela devia ter sido a sala de vigilância. Viu diversos computadores em estado irrecuperável, e alguns gabinetes enegrecidos pela fumaça que poderiam ter preservado alguma coisa do hd.

Subiu as escadas e retornou ao carro para pegar a lanterna e uma chave Phillips.

Quando desceu de novo ao porão, minutos depois, sentou-se e passou um tempo com a lanterna na boca, desparafusando gabinetes. Conforme progredia, se livrava de placas de vídeo, processadores, coolers de ventilação — tudo destruído. A manhã passou lentamente, enquanto separava cada disco rígido em uma linha. Juntou treze no total.

Ao terminar, Júlia pingava de suor e estava coberta de fuligem. As unhas esmaltadas destruídas pelo esforço de desenroscar parafusos. Um técnico jamais conseguiria fazer uma leitura daqueles discos, mas Júlia dispunha de recursos que nem Bill Gates seria capaz de inventar.

Sentada em posição de lótus, os hds alinhados à frente, ela entrou em sintonia com as máquinas, como um monge hi-tech projetando a alma em uma dimensão digital. Os olhos em transe psicografaram linhas de código nas retinas — mensagens de bits mortos no incêndio. O mundo ao redor quadriculou. A realidade perdeu definição, dando lugar a uma galáxia virtual estrelada por números que brilhavam na escuridão como sóis esmeralda.

O cérebro de Júlia transformou-se em um servidor que recebia e filtrava informações: mapas de genomas, uma lista de materiais de almoxarifado, fragmentos de filmagens com os funcionários circulando pelos corredores. Partes de um quebra-cabeça com muitas peças faltando. Estava prestes a desistir, quando encontrou um e-mail interessante.

Bom dia,

Estou enviando 14 amostras do fóssil. Lembre-se de manter sigilo. Apenas a equipe deve saber. O pacote será enviado diretamente ao seu escritório.

Cordialmente,
Dom Quaresma Adetto.

Júlia imaginou que o sobrenome Adetto tinha origem italiana, mas isso era um detalhe menor. O que chamou sua atenção foi o título na assinatura do texto. Dom.

A Igreja financiava alguma pesquisa? Fóssil? De quê? Para quê?

Curiosa, continuou vasculhando arquivos até esbarrar em algo que chamou sua atenção; uma pasta de vídeos das câmeras de segurança. Viu uma imagem em preto e branco, com a data no canto da tela indicando uma filmagem de dezesseis anos atrás. Polígonos quadriculavam o arquivo.

Uma mulher com roupa hospitalar, deitada em uma cama, lia a Bíblia. O vídeo não tinha áudio, mas Júlia percebeu que ela falava sozinha, como se estivesse rezando. Adiantou o filme, observando a rotina em câmera acelerada. Funcionários de jaleco entravam e saíam para levar comida à mulher. Médicos aferiam sua pressão, examinavam sua barriga com estetoscópios.

Em algum momento, a mulher sumiu, desapareceu, como se tivesse sido deletada.

A policial voltou ao ponto do sumiço, achando que tivesse perdido alguma cena. Olhou o cronômetro na tela, mas não encontrou lapso de tempo. A mulher não se levantou da cama e saiu; simplesmente desapareceu, evaporou no ar e deixou as roupas. Em um instante, estava deitada, murmurando uma oração; no outro, não existia mais.

Intrigada, Júlia aprofundou a ligação ciberpática e deixou de ser uma mera espectadora: o universo de dados ao redor encheu-se de polígonos e transformou-se no quarto em preto e branco. Agora estava ali, tão presente quanto a protagonista do filme.

A paciente tinha a região abdominal ovalada. Uma gravidez de quatro ou cinco meses.

Júlia se levantou do chão cinzento e se aproximou.

Sem querer, esbarrou a mão em uma massa de polígonos que se formou no caminho e gritou quando a carne encostou na zona de baixa resolução; ossos se quebrando em fraturas geométricas.

— *MERDA!* — Júlia caiu no chão, às lágrimas.

Músculos e dedos estavam quadriculados. Embora o corpo físico estivesse intacto no porão do laboratório, os nervos não compreendiam a diferença e enviavam impulsos de dor. Júlia arrastou-se para longe do trecho de imagem defeituoso. A mão recuperou a definição, como se estivesse renderizando a cura dos ferimentos.

Ela se ergueu com o sangue latejando nos tímpanos, contornou a zona quadriculada e chegou perto da mulher. Ela não estava orando.

Estava conversando com a criança na barriga.

Então, desapareceu de novo.

Júlia voltou a imagem, sem participar da reversão do tempo. Pausou alguns segundos antes de a mulher sumir e colocou o vídeo em câmera lenta.

A mulher na cama movia-se como o protagonista de um documentário onde insetos atacavam as presas em uma velocidade tão baixa que era possível discernir detalhes milimétricos. Ela fechou as pálpebras tão lentamente que pareciam pesadas como os portões de uma garagem.

Em seguida, a mulher começou a *descascar*.

A pele da paciente se desfiou em um novelo invisível; fiapos de carne sumiram, deixando que a musculatura aparecesse por baixo. Os cabelos escuros retrocederam aos folículos capilares, como uma plantação filmada até a maturidade, depois exibida em aceleração, de frente para trás.

Depois que a pele se desintegrou, o mesmo aconteceu aos músculos, que abriram fendas e revelaram o esqueleto. Os órgãos internos murcharam até desaparecer. No final, a mulher foi obliterada, restando apenas as roupas vazias sobre a cama.

Aquilo não era um desaparecimento.

Era uma desmaterialização.

Júlia sentiu a cabeça rodopiar e o pânico lhe envolver com tentáculos frios que apertavam o estômago. O coração batia nas costelas com o desespero de uma fera enjaulada. Hiperventilando, teve dificuldade em manter a conexão; queria correr, pedir demissão da polícia, voltar ao seu mundo de células evoluídas e teorias darwinianas.

Mas sabia que nada seria como antes; abrira uma janela para mistérios profundos, enigmas que seriam familiares a alguém como Cipriano.

Calma. Sua mente está dentro de um computador. Se você é possível, aquela mulher se desvanecendo molécula por molécula também é.

Uma pessoa desmaterializada estava mais para *Star Trek* do que *Harry Potter*. Aquele local era um laboratório, não uma escola de magia. Precisava se acalmar, encontrar uma explicação para o que acabara de ver... E se a Biodome fosse uma fachada para experimentos militares? Se estivessem combinando DNA para gerar pessoas paranormais ou criando equipamentos de invisibilidade? Júlia se lembrou de um filme antigo, *Projeto Filadélfia*. Supostamente baseado em fatos reais, retratava o teletransporte acidental de um porta-aviões americano durante a Segunda Guerra.

Acelerou a filmagem para minutos depois do desaparecimento da mulher. A sala foi tomada por pessoas vestidas com trajes anticontaminação. Não conseguia ver os rostos sob as máscaras, nem encontrou crachás de identificação. Eles procuraram a paciente embaixo da cama, dentro dos armários. Formaram um círculo, debateram e gesticularam. Alguns falaram em rádios, caminhando de um lado para outro. Um deles pegou a Bíblia aberta em cima da cama e chamou os outros.

Júlia pausou a filmagem e se aproximou. Ficou atrás do homem com o livro, como um papagaio de pirata, para acompanhar a leitura. O dedo emborrachado na luva apontava um capítulo em Atos.

"*E [o etíope] mandou parar o carro e ambos desceram à água, Filipe e o eunuco, e Filipe batizou-o. Quando saíram da água, um espírito do Senhor arrebatou Filipe e o eunuco não o viu mais; seguiu, pois, o seu caminho com alegria. Filipe, entretanto, foi transportado a Azoto. E partindo dali, foi anunciando a boa-nova a todas as cidades até que chegou a Cesareia...*"

Arrebatou?

O termo ficou girando na cabeça de Júlia. Não conhecia bem as escrituras, mas ouvira falar do arrebatamento, quando os escolhidos de Deus seriam levados fisicamente ao céu, durante o Apocalipse.

Filipe, entretanto, foi transportado a Azoto.

Transportado pelo quê? Um camelo, um barco? Por que o texto não dizia?

Embora não fosse uma especialista em teologia, Júlia tinha quase certeza de que aquele versículo significava um tipo de milagre muito específico.

Um milagre de teletransporte.

17

Dra. F. Érica, odontologia infantil.
"Porque nada é mais doce que o sorriso de uma criança."

Em uma situação normal, Cipriano teria gargalhado da ironia na porta do consultório. Esperava que Fernanda Érica estivesse no mesmo bom humor do slogan. Precisava do pó que só a dentista podia fabricar.

Espremido no banco de espera, folheando uma revista, o exorcista ignorava as crianças gritando e correndo naquela antessala decorada com personagens de desenhos animados, enquanto as mães debatiam o capítulo da novela. A coitada da recepcionista — prestes a sofrer um ataque de nervos — tentava recolher brinquedos no carpete verde-limão. Era uma senhora baixinha e rechonchuda, cujo rosto de gnomo estava desfigurado pela aflição.

Um menino loiro, com cabelo de anjinho e personalidade de demônio, aproximou-se de Cipriano. O garoto sorria com dentinhos de leite enquanto obrigava um Homem-Aranha de camelô a explorar a caverna em sua narina.

— Oi. — O tom seco de Cipriano indicava que estava tão disposto a conversar quanto um paciente em um exame de próstata.

— Quer? — O guri lhe ofereceu o Homem-Aranha com pernas de Wolverine e capa do Thor. — Minha mãe já mim deu o Bátima!

— Não, valeu. Mamãe tá te chamando.

Não satisfeito em asfixiar o super-herói na meleca, o garoto tentou torturá-lo com cera de ouvido, depois ameaçou subir nos joelhos de Cipriano, como se as pernas do padre fossem cavaletes de ginástica olímpica.

— Peraí, rapazinho! — Cipriano se desvencilhou delicadamente das mãozinhas gosmentas. *Cadê a mãe desse anticristo?* — O tio agora não pode brincar!

Com um tapa, o garoto derrubou a revista das mãos do padre. Cipriano agachou-se para pegá-la e teve que se esquivar de um chute do pestinha.

Estava prestes a gritar com o garoto quando foi salvo pelo gongo: a recepcionista chamou seu nome na lista. O padre entrou no consultório mais rápido do que o Flash, trancando a porta rapidamente.

Aliviado por estar longe da criança, disse:

— Fê, preciso de ajuda!

O lugar era decorado com fadas de pelúcia coloridas, todas nos mesmos tons de vermelho, azul e laranja do cabelo da dentista. A dra. Fernanda Érica usava um tomara que caia branco que ressaltava as asas de borboleta tatuadas nas costas.

— De novo? — As sardas no rosto de Érica queimaram de raiva. — Que merda você aprontou? — Ela retirou a máscara cirúrgica, revelando os dentes perfeitos.

— Preciso de arcadina. — Cipriano mexeu em um caubói de plástico em cima da bancada de fórmica. — Dá pra me arranjar?

— Por que não pediu pra alguém comprar em Hi-Brazil?

— É justamente pra isso que vim te procurar. — Cipriano deu puxões na gola eclesiástica. — Tenho que descer lá, mas não posso ser visto na linha do metrô.

Fê revirou os olhos e foi à bancada, abrindo uma das gavetas.

— Você sabe que eu só vendo pura. — Ela pegou uma lata de ferro estampada com desenhos de fada. — Há quanto tempo você não usa?

— Sei lá... — Cipriano foi para o janelão de alumínio e ficou olhando o formigamento de pessoas na avenida Rio Branco. — Faz tempo.

— O que é que você vai fazer em Hi-Brazil? — Fê abriu a lata e derramou uma centena de dentes de leite sobre uma toalha de papel, na bancada.

— Sequestraram e mataram um pastor evangélico e depois uma médium famosa. Tô investigando o caso.

— Sequestraram?

— É tipo quando te arrastam mais de cinco metros contra a sua vontade. — Cipriano passou o celular para a dentista. — Dá uma olhada e me diz tua opinião.

Érica pegou o aparelho e começou a assistir ao vídeo de tortura de Santana. Seu rosto foi da curiosidade ao horror em questão de segundos.

— Eca! — Ela lhe devolveu o telefone — A gengiva desse cara tava com escorbuto. — Érica voltou-se para os dentes na bancada e colocou um punhado na mão. — Deve ter doído um bocado. — A dentista enfiou os dentes de leite na boca e começou a mastigá-los com a naturalidade de quem masca amendoins.

— Porra, que nojo, Érica! — Cipriano virou o rosto para a janela. Nunca se acostumava com aquilo. A dentista nem disfarçava o êxtase quando pegava uma cárie; equivalia à gordura de picanha para um ser humano.

— Quem é o cara no vídeo? — perguntou Fê, enquanto mastigava tudo com um ruído crocante.

— Um pastor evangélico, Teodomiro Santana.

— Hum, acho que já vi na tv. A Receita Federal não tava na cola dele?

— Tava, mas já viu gente rica sendo presa neste país? — Cipriano saiu do janelão para inspecionar os instrumentos no carrinho de aço inox. — Alguém sequestrou o homem e fez justiça com as próprias mãos.

— E a Sociedade de São Tomé te colocou no caso? — Conforme triturava e engolia os dentes, a natureza de Érica começou a se revelar por baixo da ilusão: a pele sardenta adquiriu uma textura áspera, cheia de nódulos escuros, e o corpo encheu-se de cavidades. A carne grossa parecia a superfície de um casulo de marimbondos, embora a silhueta continuasse sensual.

— Torquemada acha que algum feérico matou o cara.

— Ele tá aqui no Rio? — Érica deu tapas no abdome para despertar as operárias em seu estômago. Um zunido de asas veio dos buracos em sua pele e Cipriano viu criaturinhas saírem voando das cavidades.

— O Vaticano mandou ele ficar de olho em mim. Desde o incidente com o *Necronomicon*, Roma tá querendo a minha cabeça. Tão tentando achar um motivo pra me expulsar.

— E se eles conseguirem? Já pensou no que vai fazer?

— Esse foi o único emprego que tive. De repente eu viro camelô, sei lá.

As criaturinhas da dentista batiam asas de borboleta ao redor de sua rainha. Cipriano imaginou os dentes descendo pela garganta de Érica e sendo coletados por suas operárias, enquanto os ácidos digestivos liquefaziam tudo.

— Você podia abrir uma igreja pentecostal! — Érica riu, mas já não tinha um sorriso perfeito: usava um aparelho odontológico que parecia uma armadilha de urso. Presas de ferro giravam como brocas, triturando os dentes de leite que ela comia. Faixas de metal saíam dos lábios e circundavam as mandíbulas para se fecharem na nuca. — Se você usasse a Trapaça em um púlpito, ficaria rico!

— Já levou uma chicotada no lombo? Dói pra caralho! Não dá pra usar a Trapaça toda vez que eu quero!

Cipriano encarou Érica, vendo os óculos da dentista se transformarem em espelhos bucais cravados nas órbitas, como moedas para o barqueiro do rio Estige. Os cabelos dela sumiram quando um fotóforo materializou-se; o disco de luz piscava com uma pálpebra mecânica no alto de sua cabeça. As tatuagens da dentista saltaram das omoplatas, e asas marrons, tão secas quanto pergaminhos, se desdobraram com um ruído de cartolina.

— Então foi por isso que você veio? O pó tem suas limitações, você sabe, né?

120

— Dá pra descolar um teletransporte, não dá? — Cipriano ficou hipnotizado pelo processo que ocorria no estômago de Érica: as operárias já haviam sugado os dentes liquefeitos e agora saíam pelos buracos no corpo da dentista. Tinham dobrado de tamanho e voavam com dificuldade.

— Dá, sim. Mas você não acha que já tá velho demais para abusar de magia?

— Tô correndo contra o tempo. Não posso dar mole no caso Santana. — Cipriano observou as operárias expelindo uma pasta colorida em cima da toalha de papel. As garras giravam, tecendo fios de seda a partir daquela massa. — Se eu fizer merda de novo, nem o espanhol vai conseguir me manter na organização.

Fê Érica inclinou-se sobre a bancada. Suas mãos tinham dedais no formato de ferramentas: broca de obturação, espelho, pinça, seringa carpule. Todas enferrujadas. Ela emitiu um som gorgolejante e o pescoço dilatou-se.

Cipriano virou o rosto no momento em que Érica vomitou uma enzima corrosiva. O refluxo bateu nos chumaços de seda, que começaram a se encolher e ressecar. Eles se contraíram até se transformarem em um mineral que cintilava os espectros do arco-íris.

— Já acabou? — perguntou Cipriano. — Posso olhar?

Obedecendo às ordens de sua rainha, as operárias picaram as pedras até elas se converterem em um pó cintilante.

— Vai com calma! — Érica advertiu. — Essa arcadina tá pura. Não é aquela porcaria que vendem em Hi-Brazil.

— Posso pedir qualquer coisa? — Cipriano inclinou-se sobre o pó colorido.

— Tá pensando que eu sou o gênio da lâmpada? Você sabe as regras: não pode desejar nada que envolva outras pessoas.

— Pode me arranjar um disfarce? — Cipriano fez um canudo com uma nota de dez reais.

Érica abriu um armário, onde pegou um boné e uma capa de chuva velha. Depois foi à bancada e apanhou um rolo de ataduras.

— Sério? Vai me vestir de múmia? — Cipriano aspirou uma carreira de pó.

O efeito foi quase imediato: o cansaço desapareceu, dando lugar a uma euforia infantil. Teve vontade de pegar os bonecos de pelúcia e brincar com eles. As cores da sala ficaram estranhas, mais acentuadas. O glamour percorria seu cérebro, arrancando memórias de quando ainda era garoto.

— Caralho! Tinha esquecido o barato que isso dá!

A arcadina, ou pó de fada, era um narcótico mágico que realizava os desejos mais profundos do usuário. A droga reagia diferente em cada espécie: vampiros costumavam usá-la para andar ao sol, górgonas para recuperar sua antiga beleza...

— Fica quieto e deixa de ser mal-agradecido — disse Érica enquanto enrolava a atadura do rosto do padre. — Vou deixar abertura nos olhos e na boca pra você respirar.

Como se fosse um biscoito mil folhas, a realidade ao redor de Cipriano foi perdendo as camadas: já não via as paredes do consultório; via a superfície de uma colmeia negra, cujas dimensões desafiavam a geometria da sala. As leis da matemática euclidiana não existiam ali e sentiu como se estivesse vendo a ilusão de uma casa de espelhos: minúscula por fora, infinita por dentro.

As paredes curvas formavam um vitral de polígonos orgânicos. Fadas entravam e saíam por janelas hexagonais, cujas persianas eram películas de seda preta.

Centenas de operárias vinham de fora, trazendo dentes que haviam sido coletados debaixo de travesseiros de crianças. Outras reuniam-se ao redor de porções de gosma colorida, do mesmo tipo que tinham extraído do estômago de Érica.

Cipriano notou que as fadas trabalhavam em um enxame organizado, esculpindo as porções de gosma até assumirem a forma de brinquedos. Não se tratava de carrinhos e bonecos artesanais; eram brinquedos complexos — video games, *action figures* — sendo moldados em uma matéria-prima limitada apenas pela imaginação.

Depois que concluíam as esculturas, as fadas uniam-se para carregar o brinquedo pelos céus, enquanto uma delas conduzia a comitiva. A fada-líder rastreava o dono do pedido através do dente; ela farejava o incisivo e seguia. Parava. Farejava de novo. Depois continuava pelos céus, invisível aos olhos do cidadão comum.

Aqueles dentes eram receptáculos de sonhos. Sonhos que energizavam molares e incisivos com o glamour da imaginação infantil.

Quando Érica terminou de prender as ataduras com esparadrapo, colocou o boné no exorcista. Cipriano vestiu a capa de chuva e olhou para um buraco no centro da colmeia. Quando se aproximou do poço, foi golpeado pelo hálito de milhões de dentes cariados.

— Que merda é essa? Fede pra cacete! — comentou, guardando o restante do pó de fada em uma trouxinha e colocando na carteira junto ao dinheiro.

— É o fosso das lágrimas — Érica explicou. — Algumas crianças pedem coisas impossíveis. — Ela segurou um dos dentes podres e mostrou a Cipriano. — Essa aqui queria a morte dos pais. Triste, né?

O padre percebeu que havia uma inscrição no idioma feérico talhada no dente.

— Que porra tá escrito aqui?

— É um código de catalogação. Sabemos o nome de cada criança, até daquelas cujo pedido não pudemos atender. — Érica apontou para as operárias. — Elas podem farejar glamour no dente para rastrear o dono. — Ela aproximou aquela coisa podre do rosto. — O dono desse aqui nasceu nos anos 1970. Já é adulto, não dá mais para rastrear ele.

— Vocês podem encontrar *qualquer pessoa* com isso?

— Não. O dente perde o glamour conforme a criança amadurece. Na adolescência o dente se torna inútil.

Érica sussurrou ordens no idioma feérico e uma das fadas levou o dente até Cipriano. A criaturinha tinha o formato de um feijão dotado com pernas e braços; a pele era de um amarelo doentio.

— Toma — disse Érica. — Esse aqui perdeu a validade, mas guardei pra você.

Enojado, Cipriano pegou o dente.

— O que você quer dizer com isso?

— Judas Cipriano, filho de Salomé e Barrabás Cipriano — falou Érica. — É o que diz aqui. — Ela apontou para os símbolos feéricos gravados no esmalte. — Umbigo pegou quando você tinha sete anos. — Érica olhou para a fada voando entre os dois. A criaturinha fez um balbucio úmido de satisfação.

— Mas eu nunca coloquei isso embaixo do travesseiro! — Cipriano afastou-se, sentindo uma pontada na cicatriz em seus lábios. Não fazia o gênero nostálgico, mas foi dominado por uma autopiedade desagradável, uma *coisa* que fechava sua garganta. Lembrou-se das batatas fritando no óleo... do martelo, da coroa de espinhos... do enorme crucifixo fincado no chão do estábulo...

— Não funciona assim. Todos os dentes vêm pra cá, com ou sem pedido. Minha função é arquivar desejos, inclusive os seus, Cipriano. Umbigo achou isso no chão da cozinha, na casa dos seus pais.

— Corta o papo furado! — O padre virou-se para Érica, irritado com aquela invasão de privacidade. — Tenho um compromisso e esqueci como faz. Dá para me explicar como uso a porra do glamour?

Érica sabia o que havia acontecido no celeiro. Desde criança, o maior desejo de Cipriano era ver os pais mortos, esquecidos, *enterrados*. Não podia culpá-lo por isso.

— Canalize sua vontade. Pense em algo que queira. Precisa ser algo objetivo, algo que não envolva ninguém além de você.

Cipriano imaginou a porta secreta no túnel do metrô. Só queria sair dali e resolver logo aquela porcaria de crime. *Precisava* sair daquela colmeia, ir para longe daquele dente e das malditas recordações que evocava.

— Merda, Narciso já deve estar me esperan...

Antes de completar a frase, Cipriano sentiu o mundo girar. Noções de norte ou sul desapareceram, pois ele já não existia dentro do espaço-tempo convencional.

Atendendo aos desejos do exorcista, a arcadina o teletransportou.

18

As cidades tinham vida, memória, personalidade, e ninguém entendia melhor o Rio de Janeiro do que Narciso. Em simbiose com a metrópole, o gárgula viajava por baixo dos trilhos do metrô à velocidade de um vírus percorrendo artérias. Em um estado insubstancial, atravessava toneladas de concreto, terra e pedras. Quando sua bússola instintiva o alertou da proximidade do ponto de destino, emergiu do solo e solidificou-se no túnel entre as estações Carioca e Cinelândia. A escuridão provocou uma reação automática nas estruturas urbanas que o constituíam: células fotossensíveis, alojadas atrás dos olhos, acenderam lâmpadas em suas órbitas, como postes em miniatura.

Viu uma silhueta nas trevas, uma sombra distraída que queimava o olho em brasa de um cigarro. Quando Narciso se aproximou em silêncio, notou que a figura usava capa de chuva, boné, óculos escuros e ataduras no rosto.

— O quê que tu qué comigo, filho da puta? — berrou o gárgula perto do sujeito.

A múmia sofreu a contração anal mais violenta de sua vida e soltou um grito ridiculamente agudo. O gárgula exibiu os dentes de azulejo em um sorriso.

— *Caralho!* Tá pensando que eu tenho vinte anos, porra! — Cipriano colocou a mão no peito. — Quase caguei meu coração!

— Que disfarce é esse, padreco? — Narciso começou a rir. — Tu é mó comédia.

— Queria que eu viesse aqui de batina? — Cipriano ajeitou o boné de campanha política, soprou a fumaça e deixou a nicotina acalmar os nervos. Levando em consideração que vários mestiços de Hi-Brazil cobriam as deformidades, o disfarce serviria aos propósitos.

— Jezebel falou pra eu te encontrá aqui. — Narciso vasculhou as paredes do túnel em busca de determinada reentrância na rocha, encontrou um botão oculto e apertou. — Qual é a treta? Dá logo o papo reto! — A pedra falsa deslocou-se para trás e para o lado, revelando uma passagem secreta.

— Preciso de uma moral sua. — Cipriano jogou o cigarro fora e acendeu outro. A mão tremia no isqueiro. — Tenho que falar com um cara do Concílio.

— É muita cara de pau me pedir alguma coisa depois de me tratar feito um encosto! — Narciso cruzou a porta e começou a descer.

— Não vai ser de graça. — Cipriano seguiu o gárgula e olhou o abismo ao lado da escadaria. Depois do corrimão de madeira tosca, podia ver, lá embaixo, um fosso de calcário onde existia Hi-Brazil, um dos últimos refúgios do povo mágico. Esculpida na rocha, a favela em forma de coliseu descia em espirais até o núcleo, onde o metano dos esgotos era convertido em eletricidade. Uma luz alaranjada nascia no fim da cratera.

— Cinco mil em notas de um galo, já é? — Narciso desceu na frente, iluminando os degraus irregulares com os olhos. Ratos guinchavam, criando sombras na rocha nua à esquerda.

— Desde quando você ficou tão mercenário? — Uma revoada de morcegos passou por eles e quase derrubou o exorcista. Cipriano sentiu o toque coriáceo das asas e arrepiou-se. — Posso conseguir dois e quinhentos.

— Num mete essa! O papa num tem cinco prata pá te arrumá? Num fode!

Ao descer a escadaria, chegaram às vielas que desapareciam nos veios de granito. Os becos fervilhavam de mestiços ainda mais grotescos, que ocultavam as deformidades com túnicas. Os barracos exibiam esculturas em alto-relevo sobre os reis anões que desembarcaram no Brasil com os vikings, quinhentos anos antes dos portugueses. As gravuras narravam as primeiras guerras míticas, quando sacis uniram-se aos índios para expulsar os anões das matas e bani-los aos subterrâneos.

— Desenrola aí, qual é a parada? — Narciso indagou.

— Conhece alguém aqui que invoca golens?

— Em Hi-Brazil? Nunca vi, mas o vampirão deve saber.

Originalmente, a cidadela foi construída pelos anões, mas eles a abandonaram e retornaram à Europa após a chegada da Inquisição. Agora, as ruínas abrigavam criaturas que não podiam passar despercebidas na sociedade dos homens.

Durante as comemorações carnavalescas, algumas fêmeas do povo mágico aproveitavam as multidões de fantasiados para fazer sexo com humanos. Os filhos do carnaval — como eram chamados os resultados dessas cópulas — eram párias que se escondiam nos porões da cidade. Diferentes de outros feéricos que se dividiam em centenas de raças, cada mestiço nascia único tanto na aparência quanto nos poderes.

Pelas ruas de Hi-Brazil, Cipriano podia ver algumas dessas criaturas. Passou por uma menina de pele púrpura, capaz de transpirar ácido. Na porta de um barraco, deitada em um papelão, uma prostituta impossivelmente obesa paria versões instantâneas dos clientes que a engravidavam. As crianças deformadas cresciam em questões de minutos e rodeavam a mãe para pedir esmola aos pedestres.

— Eu preciso falar com dom Sebastião — Cipriano explicou. — Consegue me levar até ele?

— Qual foi, padre? Perdeu a noção do perigo?

A cidade sustentava os habitantes com o tráfico de arcadina, o pó de fada. Outra parte do dinheiro vinha do Circo dos Condenados — o vale-tudo dos sobrenaturais. As lutas eram gravadas e vendidas em fitas VHS. Os compradores costumavam ser do mesmo tipo de ricaço que frequentava o prostíbulo de Jezebel. Caras que não se importavam em gastar muitos dígitos para impressionar as amantes.

Alguns cortiços exibiam letreiros toscos, oferecendo rinhas com filhotes de cérberos. Nas portas desses estabelecimentos, os seguranças eram mestiços de aparência tão assustadora que até Narciso evitava encará-los.

— Esse invocador de golens pode ser o vampiro. Preciso averiguar.

— E tu tá querendo que eu *xisnovie* o cara? — protestou Narciso.

Finalmente chegaram ao Circo dos Condenados, uma arena delimitada por um teatro de pedra. Nas arquibancadas, a multidão sedenta por sangue não tinha nenhum traço de humanidade, apenas asas, tentáculos, chifres e outros apêndices corporais.

— De um jeito ou de outro, vou chegar nele — disse Cipriano. — Você tem duas opções: na primeira, ganha uma grana e me ajuda a tirar um maníaco das ruas. Na segunda, o Vaticano fica sabendo que você não quer cooperar e te dá uma passagem só de ida ao além.

— Tu vai realmente meter essa bronca? Vai querê tirá essa braba cumigo?

— Narciso, se esse psicopata for o vampirão, ele matou um religioso famoso, chamou atenção pra cima de vocês. Se isso escapar do meu controle, em menos de dez anos vocês vão parar em laboratórios militares. Os cientistas vão dissecar vocês vivos, estudar, e depois vão usar gárgulas como você para decorar a *porra* da sala de estar. É isso que você quer?

Narciso ponderou. Era jovem, não tinha vivido a época das Cruzadas, como Jezebel, mas a súcubo lhe contara cada detalhe das crueldades a que os humanos sujeitaram o povo mágico.

— Num sei, tá me cheirando a caozada — disse o gárgula, desconfiado.

— Se você pensar direitinho, vai perceber que o X9 não é você, mas o assassino — afirmou Cipriano. — Ele tá colocando em risco tudo o que vocês construíram. Me ajuda a pegar o puto e vai estar fazendo um favor aos seus irmãos.

— Num adianta, padreco. Não sou cagoete. Se quiser acusar o vampirão, vai ter que falar isso na cara dele — disse Narciso ao tirar a camiseta. — Vou te botar de frente pro maluco, é o máximo que posso fazer. — As tochas ao redor da arena

126

iluminaram o gárgula, detalhando as pichações que o tatuavam. Os chapiscos no peito simulavam a pelugem de um tórax e nas costas trazia uma frase que podia ser encontrada nos viadutos da cidade: GENTILEZA GERA GENTILEZA.

— Tá fazendo striptease? — indagou Cipriano. — Não curto pau de pedra.

— Vou lutar, ué. — Narciso tirou as sandálias e ficou só de bermuda jeans.

O gárgula conduziu Cipriano até o camarote da arena, onde um dos membros do Concílio das Sombras assistia ao espetáculo. A organização existia há séculos, desde que selara um pacto de paz com a Inquisição Portuguesa. Ao redor da mesa, onze cadeiras vazias pertenciam aos outros membros — uma delas era de Jezebel; outra de Gi Jong, o amigo chinês de Cipriano.

Narciso aproximou-se e sussurrou no ouvido de dom Sebastião, fundador da cidade que atualmente chamavam de Rio de Janeiro: um vampiro de aspecto cadavérico, que bebia vinho tinto em uma taça de latão — tesouro histórico de alguma caravela. O monstro encarou Cipriano com duas bolhas de sangue inquietantes. Ele sacudia a cabeça, assentindo ao que o gárgula cochichava.

Narciso se despediu, passou pelo exorcista e murmurou:

— Agora é contigo.

O gárgula misturou-se à multidão e se dirigiu à arena.

O vampiro ergueu a unha retorcida e convidou o exorcista a se aproximar. O padre fez o sinal da cruz e arrancou uma expressão furiosa do anfitrião. Quando chegou perto, notou que baratas andavam pelos babados puídos da camisa do vampiro. O fedor da criatura superava o cheiro de um gato morto no asfalto quente.

— Dom Sebastião. — Cipriano debochou com uma mesura antiquada.

— Tens coragem em vir aqui — falou o morto-vivo em uma voz sepulcral. — Soube que enganaste Astarth. — As feições do vampiro estavam mais para Nosferatu do que para Drácula. Não havia nada de belo em um *morroi,* por mais que Hollywood tentasse romantizá-los em filmes sobre garotas virgens com tendências à necrofilia.

— Espero que não seja assim entre a gente. — Cipriano se inclinou para sentar em uma das cadeiras do Concílio. — Preciso de umas informações.

— Que irônico. — O vampiro arqueou as sobrancelhas em uma testa tão seca quanto um pergaminho. — Vocês da inquisição moderna, com todos os seus computadores e celulares, precisam deste velho para descobrir segredos. Não é todo dia que o infame Judas Cipriano implora por uma audiência comigo.

Cipriano retribuiu a provocação:

— Sabe, Tião, eu já meti umas estacas em alguns da sua espécie e sei que vampiros pegam ranço. Vocês jamais esquecem uma treta. Sei que você viu queimarem seus coleguinhas nas fogueiras da Inquisição, mas de boa? Não te culparia por estar puto. Apodrecer em vida porque Deus te amaldiçoou deve foder a cabeça de qualquer um. — Cipriano cutucou a própria têmpora. — Eu entenderia se um dia você despirocasse e saísse por aí matando a galera que venera o mesmo Jeová que te colocou nessa merda.

Dom Sebastião fechou a cara como se fosse possível tornar-se mais feio do que um cadáver em eterna decomposição.

— Não ter alma e viver com medo da cruz em uma época dominada por políticos evangélicos deve ser pedreira — disse Cipriano. — Se eu fosse imortal e estivesse condenado ao inferno, faria qualquer coisa para continuar no ar--condicionado. Vai que um deputado fundamentalista descobre que você existe e decide usar a polícia para exterminar os vampiros?

— Aonde quer chegar com essas ameaças? — inquiriu dom Sebastião.

— Um cristão com poder político e dinheiro seria uma ameaça à sua eternidade, né? Imagine se um pastor com contatos no governo resolvesse divulgar o que viu no clube de Jezebel? Imagine se ele soubesse dos sobrenaturais e resolvesse usar as forças armadas contra Hi-Brazil? Você, como membro do Concílio, teria que zelar pela segurança dos filhos da magia, fazer uma queima de arquivo, concorda?

— Sugiro que controle a extensão de tua língua.

— Você foi um dos cabeças da Sociedade Thule, dirigiu a divisão de ocultismo do Reich. — Cipriano ergueu os braços como se estivesse sendo assaltado. — Calma! Não estou julgando, apenas constatando um fato. Eu sei que você caçou rabinos para Hitler, que tentou encontrar o Golem de Praga. Seria muito absurdo concluir que achou o que procurava?

— Porque está interessado no ritual de Betzael? — Dom Sebastião cerrou os olhos. Como muitos sobrenaturais, ele havia participado da Segunda Guerra.

— Há alguns dias, um pastor pica das galáxias foi assassinado. Tinha barro pra caralho na cena do crime. O pastor foi numa das festas de Jezebel e não gostou muito do que viu. Não seria uma coincidência incrível se ele fosse assassinado por uma criatura que se transformasse em névoa e que fosse capaz de conjurar um golem?

Em um piscar de olhos, dom Sebastião tornou-se um borrão de velocidade e agarrou Cipriano. Ele jogou o padre sobre a mesa como se o homem fosse feito de isopor.

O exorcista só viu o vampiro quando este já estava em cima dele, as mãos ásperas imobilizando seus pulsos, os braços estirados sobre a madeira.

— Tu vens em meus domínios para *me acusar*? — vociferou dom Sebastião.

— Eu poderia rasgar tua garganta e ninguém viria reclamar o corpo. — O vampiro estava tão perto que poderia beijá-lo. Na língua saburrosa abriram-se fileiras de bocas minúsculas que sugavam o ar, como bebês ávidos pelo seio materno.

Tentando ignorar o túmulo no bafo da criatura, Cipriano sustentou o olhar.

— Cara, eu devo ter umas doenças venéreas que a ciência ainda nem descobriu! — Cipriano inclinou o pescoço e mostrou a garganta. — E meu sangue é beatificado, mas vai lá: tenta a sorte! Vai ser como beber ácido sulfúrico.

— Eu estava enganado. — O vampiro estreitou os olhos escarlates. — Não és corajoso, és suicida. — Ele farejou uma das artérias com a ansiedade de um sommelier que descobria um vinho de safra especial. — Basta uma ordem minha e os mestiços te queimariam na fogueira ou arrancariam tua pele começando pelas pernas.

— Pode até ser — disse Cipriano, agradecendo pelas ataduras no rosto. A saliva do vampiro pingava nas bandagens e fedia mais do que o chorume em um caminhão de lixo. — Só que eu te levaria junto.

— *Não estás em posição de fazer ameaças!* — gritou dom Sebastião.

— Ah, tô sim. — Cipriano sorriu por baixo da máscara. — Já reparou no jeito como você me imobilizou?

O vampiro levou alguns segundos para absorver as implicações da pergunta. Ao entender, arregalou os olhos, mas era tarde demais. Com os braços presos na horizontal, Cipriano tornara-se um amuleto vivo, uma cruz de carne e osso que começou a murmurar uma esconjuração em latim:

— *Iudica, Domine, nocentes me; expugna impugnantes me. Confundantur et revereantur quærentes animam meam. Avertantur retrorsum, et confundantur cogitantes mihi mala. Fiat tamquam pulvis ante faciem venti: et angelus Domini...*

Ao ouvir a oração de são Miguel Arcanjo, o vampiro sentiu as mãos queimarem e foi repelido por um golpe invisível. As costelas quase se quebraram sob o impacto de uma fé capaz de mover montanhas.

— Se vai nos matar, preciso que saiba de uma coisa. — Cipriano se levantou da mesa, mantendo os braços como um crucificado. — A santidade me garantiu o paraíso, mas e você, velho Tião? Quer passar a eternidade num lugar mais quente do que Bangu?

O vampiro caiu de joelhos. Quando tentou se erguer, Cipriano chegou perto, impedindo que a criatura se recuperasse. De quatro, dom Sebastião resistia à tortura, com cada célula entrando em convulsão. Sangue vazava pelos ouvidos e pela narina de morcego.

— Já ouviu falar da transmutação em Lanciano? — Cipriano indagou, sem dar trégua. — Quando o vinho se transformou no sangue de Cristo? — Ele encarou a taça em cima da mesa. — Acho que vou usar a Trapaça para reproduzir o mesmo milagre dentro de você. Vai te causar hemorroidas infernais, não acha?

— Por favor... — O vampiro sangrava pelos poros. — A dor...

— Preciso garantir que você vai cooperar. — Cipriano sentia o peso dos braços ainda erguidos, a pressão da gravidade aumentando a cada segundo. — Pega o celular no meu bolso esquerdo.

— Eu não consigo. — O vampiro tremia. O fraque escureceu com a hemorragia nos vasos capilares.

— PEGA A PORRA DO CELULAR! — gritou Cipriano. Não tinha tempo para brincadeiras. Além do mais, sentia-se ridículo de braços abertos, disfarçado de múmia.

O vampiro obedeceu, agonizando ao colocar a mão no bolso do impermeável. Cada centímetro mais perto de Cipriano aumentava a intensidade do sangramento e ele chegou a vomitar um jorro vermelho nos sapatos do exorcista.

— Agora entra no WhatsApp e seleciona Torquemada. Tá logo aí na tela inicial. — Seus ombros queimavam. — Coloca o telefone na minha cara e deixa o dedo no botão de áudio.

Pelo olhar perdido do vampiro, Cipriano intuiu que dom Sebastião não fazia ideia de como usar um celular, muito menos o que era um WhatsApp. Até as vestimentas do morto-vivo eram do século XVII.

— Passa o dedo na tela. Isso aí. Agora toca no ícone verde, o que tem o símbolo de um telefone — explicou Cipriano. — Clica no nome do Torquemada, já tá aí na cara do gol. Encontrou?

Sebastião confirmou com um gemido de sofrimento.

— No canto inferior direito você vai ver um círculo verde com o símbolo de um microfone. Deixa o dedo pressionado nele e coloca o celular perto da minha boca. Só tira o dedo quando eu acabar de falar.

Dom Sebastião obedeceu, mas levou uma eternidade para se levantar.

— Torquemada — disse o exorcista ao telefone, sem tirar os olhos do monstro —, se eu não entrar em contato em vinte e quatro horas é porque o Concílio das Sombras me matou. Se isso acontecer, envie um esquadrão da guarda suíça do Vaticano. Munição ultravioleta, kevlares com fibra de ferro frio, se possível uma mangueira de água benta. É para largar o dedo, passar o cerol em geral!

Sangue escorria das glândulas lacrimais do vampiro. O cérebro estava se liquefazendo juntamente com outros órgãos, que se degeneravam para remediar uma dívida jamais cobrada pelo tempo.

— Pode desligar — mandou Cipriano. — Entendeu a situação aqui?

O vampiro assentiu em um rosnado. Processos naturais que levariam décadas agiam em questão de minutos, expelindo células mortas por todos os orifícios do corpo.

— Põe o celular de volta no meu bolso. Se tentar qualquer gracinha, a Inquisição vai te levar pra pegar um bronze em Ipanema.

130

O vampiro devolveu o telefone conforme Cipriano arriava os braços, devagar.

Dom Sebastião cambaleou até o trono e desabou no assento, golfando sangue dentro do cálice. Cipriano deixou que o *morroi* se recuperasse e se sentou ao lado. Minutos depois, após restaurar um pouco do vigor, o vampiro olhou para a arena.

— Mossaba vai acabar com teu amigo. — Ele apontou a criatura que saía da porta levadiça para enfrentar Narciso. O sorriso vingativo de Sebastião tinha presas rejuntadas com tártaro, a dentição de um cachorro em um caso terminal de gengivite.

Cipriano seguiu o olhar do morto-vivo.

Em ângulos opostos da arena, o chão se abriu, trazendo à superfície dois *lobos fenri*. Os animais estavam com as quatro cabeças encoleiradas e as correntes esticavam o suficiente para garantir que os lutadores ficassem no centro. Narciso lutava com um saci capoeirista de bandana vermelha, que gingava como um dançarino de *street dance*, chicoteando a espora para aparar os socos do gárgula.

— Acho que já podemos ter uma conversa de cavalheiros. — Cipriano observava a luta em uma mistura de receio e fascínio. — O que fazia num sítio em Santo Aleixo? Não adianta me enrolar. Você foi visto como uma névoa, entrando num monte de barro e invocando um golem.

Na arena, Narciso avançou para cima de Mossaba, mas o saci o acertou no tórax. A espora desceu com a força de uma marretada, arrancando lascas de cimento. O gárgula caiu para trás e tornou-se insubstancial; afundou no concreto, integrando-se à estrutura da arena para depois reaparecer de pé, atrás do adversário. Contudo, o saci girou o corpo trezentos e sessenta graus e usou a cauda para derrubá-lo com uma rasteira.

— Se eu quisesse matar Santana, eu o chuparia até secar. Por que usaria um golem? — indagou dom Sebastião.

— Para incriminar outro tipo de criatura? Santana foi cliente do clube de Jezebel e ela não toleraria se um dos seus fregueses fosse assassinado por um sobrenatural. Como ela é parte do Concílio, você não poderia desafiar ela sem causar um incidente diplomático.

— Tu estás delirando! Essa conspiração não faria o menor sentido! Quer me usar de bode expiatório, Cipriano? O que houve? O Vaticano quer chutá-lo do caso e precisas colocar a culpa em alguém?

Ignorando o comentário, Cipriano jogou a isca:

— Vocês vampiros podem hipnotizar humanos. O que me garante que não sugestionou Santana e Verônica para que se mutilassem?

— Jezebel me contou sobre o idioma celestial na cena do crime. Eu não poderia falar essa língua e sabes disso.

Cipriano sabia que o assassino teria sangue celestial, talvez fosse um anjo ou um dos caídos. Todavia, precisava ameaçar Sebastião, fazê-lo acreditar que Torquemada autorizaria um ataque a Hi-Brazil para pressioná-lo a entregar um nome. As provocações tinham sido propositais, pois o exorcista precisava ser atacado *primeiro* a fim de justificar uma represália de Roma.

— Além do mais, invocar golens não está entre meus prodígios. — Dom Sebastião lambeu o sangue dos lábios com uma língua que empalidecera após quatro séculos sem higiene bucal. — Eu nunca consegui o pergaminho de Praga. O ritual de Betzael continua em poder dos judeus.

Cipriano voltou a olhar a luta; Narciso tinha se erguido, irritado com a torcida. Mossaba se vangloriava de costas. O gárgula aproveitou a oportunidade para uma golpe sorrateiro. Correu, as pernas de concreto socando o pavimento com a força de um pilão, e uniu as mãos em um golpe de cima para baixo, mas o saci continuava atento e esquivou-se, deixando-o passar em direção aos lobos. Incapaz de frear a investida, Narciso acertou um murro na boca escancarada de um dos animais. A mandíbula do lobo soltou-se do crânio e um jorro de sangue azulado sujou os braços do gárgula.

— Vai ter que fazer melhor do que isso, se quiser tirar seu cu da reta, Tião — disse Cipriano. — Eu quero um nome. Quem está com o pergaminho agora?

— Ele se perdeu no tempo, mas o ritual de Betzael foi passado de pai para filho. Eu conheço alguém que o transcreveu para o próprio grimório.

— Quem?

— É um velho rabino de Bucareste. — Dom Sebastião alisou o fraque manchado de sangue, tentando recuperar a dignidade. — Um rabino que enfrentou a Sociedade Thule. Foi um dos primeiros judeus a imigrar para o Rio de Janeiro no pós-guerra.

Dom Sebastião se segurou nos braços da cadeira e alterou a postura para a de um autêntico aristocrata. Cipriano não conseguia ocultar a tensão, mas as ataduras impediam que o vampiro visse o suor em sua testa.

— Mas duvido de que Gregório Zanfirescu seja o assassino — concluiu o vampiro.

— É o Zanfirescu? Aquele do sotaque gringo? — Cipriano se lembrava do homem na mídia, fazendo comentários sobre política internacional. Sua carreira acabou por causa de declarações polêmicas em que justificava o uso de tortura em civis palestinos suspeitos de colaborar com o Hamas.

Dom Sebastião confirmou. Os malares enrijecidos denunciavam que ainda não tinha superado a ira da humilhação de ser derrotado por um mortal.

— Como sabe que não foi ele? — questionou o padre.

— Há quanto tempo ocorreu esse crime?

— Tem uns três dias — respondeu Cipriano.

— Como eu imaginei. Não foi Zanfirescu.

— Para de fazer rodeios — rebateu Cipriano. Estava perdendo a paciência, embora soubesse que vampiros não sofriam de ansiedade; essa era uma característica de seres humanos conscientes da própria finitude. Para um imortal, minutos e dias fluíam em um rio indiferente aos calendários.

O sangue asgardiano do lobo ainda pingava lá embaixo, na arena, e continha a força de mil invernos. Os punhos de Narciso congelaram, tornando-se cristais quebradiços. Quando o gárgula tentou libertar as mãos uma da outra, elas espatifaram-se em dezenas de fragmentos.

Dom Sebastião encarou Cipriano com pálpebras rachadas, a pele solta como tinta em uma casa velha. Íris elípticas, que flutuavam em bolsões de sangue, lançaram um magnetismo predatório, um terror que conversava com o animal adormecido nos genes do padre. Sem esconder a satisfação no sorriso cariado, o vampiro respondeu:

— O rabino morreu de câncer há três meses.

O exorcista sentiu a frustração nos ossos. Se o único suspeito jazia a sete palmos, só sobrava a pista do triângulo pintado na cena do primeiro crime. Precisaria pesquisá-lo, e isso implicava em uma solução bem desconfortável.

Teria que consultar o *Necronomicon*.

— O rabino fazia parte de alguma cabala aqui no Rio? — indagou Cipriano, ainda nutrindo esperanças de evitar um encontro com o alfarrábio vivo.

— Não, mas sua esposa ainda vive. — O vampiro sorriu. — Deve ter quase cem anos de idade, tão velha quanto um *morroi*. Se chama Nicoleta Zanfirescu.

Pela combinação exótica, Cipriano intuiu que não seria difícil localizar o nome. Era uma possibilidade frágil, mas preferia fugir do *Necronomicon* enquanto pudesse.

A plateia lá embaixo uivou quando Mossaba, com um sorriso triunfante, começou a rodopiar a cauda negra. O ar deslocou-se em espiral acima de sua cabeça, atraindo cinturões de terra e pó para formar um redemoinho. Ele lançou a boleadeira de vento contra o oponente e Narciso foi erguido pelo tufão. Capturados pela força centrífuga, os grãos de terra giravam em tamanha velocidade que desbotaram algumas tatuagens do gárgula, como um jato de areia removendo pichações de um muro.

Narciso caiu atordoado e tentou se erguer em um dos joelhos. Mossaba levantou os braços em vitória. A multidão entrou em êxtase. Com os pés descalços no concreto nu, Narciso entrou em sintonia com a cidade; as mãos amputadas começaram a se regenerar. Falanges de vergalhão entrelaçados brotaram nos pulsos enquanto o saci se gabava. Dedos de ferro foram cobertos por cimento.

Notando que o inimigo ainda queria briga, o saci puxou o caule do cachimbo em sua cintura e soprou o dardo venenoso. Narciso deixou-se ser atingido, pois sua pele era dura demais para ser danificada. O gárgula pegou o espinho cravado superficialmente no peito e caminhou em direção ao saci.

No camarote, Cipriano se levantou, sem mais perguntas. Antes de sair, inclinou-se sobre o trono do vampiro e sussurrou no ouvido da criatura:

— Da próxima vez que tentar me sacanear, lembra de que nas minhas veias corre o sangue do cara que enganou Deus. E tem mais — disse Cipriano. — Narciso não teve nada a ver com a treta entre nós. Se eu souber que ele sofreu algum tipo de represália por parte do Concílio, eu vou ser medieval com a tua bunda.

Mossaba ainda girava a espora, mas o gárgula agarrou o rabo e, enrolando a cauda do saci no pulso, cravou o dardo em uma das divisões da carapaça negra. A toxina mágica transferiu-se para a corrente sanguínea do adversário. Os cabelos do saci adquiriram a consistência de capim, os olhos se converteram em amêndoas encaixadas nas órbitas.

Por fim, Mossaba caiu morto, transformado em uma estátua de madeira, enquanto Cipriano saía do camarote de peito estufado e misturava-se aos párias de Hi-Brazil.

Assim que virou em uma esquina e ficou longe do escrutínio de dom Sebastião, começou a tremer incontrolavelmente. Sem o anacronismo dos vampiros em relação às novas tecnologias, o blefe do WhatsApp jamais teria dado certo.

No subterrâneo não havia sinal de internet.

19

Ao embarcar na estação em Madureira, Cipriano viu o trem abrir a porta com seu característico ruído hidráulico e ouviu a voz de Freddie Mercury. Uma caveira de plástico, usando óculos escuros, dançava "I Want to Break Free". Os fios da marionete se enroscavam nos dedos de um passageiro com mais sorriso do que dentes. Ao som de Queen, surgiu o humor publicitário que faculdade nenhuma ensinaria aos alunos:

— Cigarro Gift, a vitamina G do seu pulmão! — bradou um ambulante que circulava no vagão com a suavidade da neblina. Um pouco mais alto, outra oferta: — Frango pronto na minha mão, cinco reais. No mercado o amigo vai pagar quinze.

O padre achou que o vendedor estivesse de sacanagem, mas viu uma pilha de caixas com aves marinadas em ervas. Na embalagem, o rosto de um finalista do *MasterChef* garantia a qualidade do produto. Cipriano tomou nota de passar um dia indo e voltando de Saracuruna à Central do Brasil para fazer as compras do mês.

Nicoleta Zanfirescu morava em Santa Cruz, a última estação de trem do Rio de Janeiro. Um lugar tão longínquo que ficava depois de um bairro chamado Paciência. Após hora e meia se divertindo naquele mercado itinerante, o exorcista chegou ao destino. Com o centro comercial abarrotado de camelôs e bares que vendiam cerveja litrão por oito reais, o ambiente fez Cipriano sentir-se em casa. Os filhos da Zona Sul, batendo palmas para o pôr do sol e comendo pipoca com pegador de plástico, lhe faziam perder a esperança na raça humana. Em Santa Cruz, sua fé se renovava ao descobrir que ainda existia gente sem frescura.

Depois de tomar uma van movida a funk, ele encontrou a vila em que Nicoleta morava; um cortiço que desafiava os maiores delírios de Oscar Niemeyer. Uma das casas era tão alta e estreita que parecia uma TV de plasma feita de alvenaria.

Ainda que o padre acreditasse em magia, não conseguia explicar aquele casebre equilibrado entre duas colunas.

Entrou no beco perfumado pelo aroma de feijão. Apesar de nuvens pesadas ocultarem o sol, os apitos das panelas indicavam que estava na hora do almoço. Nos varais, roupas balançavam como bandeirolas de festa junina. Alguns curiosos olhavam das janelas conforme o padre perguntava sobre o endereço. Um menino que brincava com o cachorro sussurrou que ficava na "casa da bruxa".

Felizmente, um nome tão incomum quanto Nicoleta não foi difícil de rastrear na internet. Cipriano pesquisou sobre a esposa de Zanfirescu e descobriu que ela usava a descendência de cigana romena para leitura de mãos e tirava o sustento disso.

Seu envolvimento com magia ficou evidente logo na soleira da porta: a madeira tinha runas de proteção que se misturavam aos entalhes ornamentais. Um ocultista inexperiente jamais teria notado; mesmo Capenga não reagiu.

A velha era muito boa em camuflar o sobrenatural.

Cipriano tocou a campainha em formato de gnomo. O adereço parecia deslocado naquela parede de tijolos nus. Ao lado, pintada em letras toscas, uma placa dizia:

LEITURA DE MÃOS. TRAGO SEU AMOR DE VOLTA EM SETE DIAS. MÃE NICOLETA CIGANA É AMARRAÇÃO GARANTIDA.

Cipriano sorriu. Uma maga judia usando o marketing do candomblé significava que aquele negócio de globalização talvez tivesse ido longe demais. Quando ia bater novamente, viu um espectro no vidro da portinhola de segurança. Ao abrir a porta, a cigana contrariou suas expectativas.

Cipriano esperava um maracujá de gaveta, no entanto, Nicoleta parecia ter saído de um romance cyberpunk; cabeça raspada, tatuagens, bermuda rasgada e uma camiseta dourada que — somada ao corte de cabelo — lhe conferia a aparência de um Oscar.

— Dona Nicoleta? — A surpresa na voz ficou flagrante. Dom Sebastião dissera que encontraria uma centenária, mas ela aparentava no máximo sessenta anos.

— É o cara do telefone? — Ela inspecionou o padre de cima a baixo, sem qualquer conotação sexual; era o escrutínio de um torturador do Dops avaliando um suspeito.

— Padre Cipriano. — Ele estendeu a mão, mas Nicoleta preferiu acender um cigarro de maconha do tamanho de um giz de cera.

— Entra aí. — Nicoleta tragou a erva com satisfação e abriu caminho.

Cipriano entrou em uma sala simples, com móveis de loja de departamento entulhados de parafernália new age. Intuiu que os cristais, incensos e estátuas hindus eram para tirar a atenção do livro na mesinha de centro. Pelo alfabeto hebraico na lombada, imaginou que aquele fosse o grimório da família.

— Eu e seu marido fomos amigos — mentiu Cipriano. — Voltei recentemente de Roma. Não sabia que ele tinha falecido.

— Eu tenho cara de otária? — interrompeu Nicoleta. — Meu marido nunca teve amigos na Sociedade de São Tomé. — Ela encostou-se à parede, sorvendo a erva do diabo com a confiança de quem não temia um inquisidor.

As sobrancelhas de Cipriano se arquearam, e não conseguiu disfarçar o espanto.

— Eu sei quem você é. — Nicoleta foi até o sofá e sentou-se, os cotovelos apoiados nos joelhos. A postura sugeria uma mulher que jogava no bicho e cuspia no chão. — Posso ser velha, mas sei usar a internet.

— Você tá bem conservada pra idade — ele comentou, sarcástico, ao se sentar sem permissão.

— Deve ser um milagre. — Nicoleta dirigiu um olhar desafiador à gola eclesiástica.

— Ou magia.

Cipriano notou que as tatuagens arcanas nos braços de Nicoleta disfarçavam cicatrizes. Ela percebeu para onde o padre olhava e explicou:

— Os Thule. Injetaram petróleo bruto em mim.

Cipriano sabia que ela se referia ao braço místico do Terceiro Reich. Alguns agentes da Gestapo eram doppelgängers que se disfarçavam de judeus para traí-los e levá-los aos campos de concentração. Os Thule chegaram a dispor de muitos desses prisioneiros para suas experiências com magia quimérica nas quais os combinavam com animais. Segundo alguns arquivos do Vaticano, Hitler queria desenvolver uma raça superior de guerreiros; soldados que pudessem se regenerar como lagartos ou que tivessem a pele tão dura quanto a de rinocerontes.

— Eu não estou no Google — respondeu Cipriano. — Ou você tá jogando verde ou usou meios ilegais para descobrir onde eu trabalho.

— Eu não fugi do Holocausto sendo burra. Tenho meus contatos. — Nicoleta se levantou. — Quer uma cerveja?

Cipriano assentiu. Enquanto ela foi à cozinha, Cipriano passeou pela sala, imaginando mil maneiras de Nicoleta ter obtido informações sobre ele. A mais provável era que ela tivesse conexões no Projeto Jericó, a unidade sobrenatural do serviço secreto israelense. A Sociedade Thule ainda existia e perseguia magos judeus pelo mundo. Nicoleta devia ter pedido proteção ao Mossad em algum momento da vida.

A maior parte dos países mantinha um quadro de operativos paranormais. Essas unidades ganharam força na Guerra Fria, quando, em decorrência de um vazamento, a mídia divulgara que a União Soviética estava tentando reproduzir poderes psíquicos em seus laboratórios. Obviamente o público achou que se tratava de uma conspiração maluca alimentada pela paranoia nuclear.

Nicoleta retornou com três latas e se sentou. Cipriano encarava os frascos na estante, procurando ingredientes de alquimia que justificassem a juventude da anfitriã.

— Pensei que você e Zanfirescu fossem ricos — comentou o exorcista.

— Depois que meu marido foi pra tv falar merda, acabaram as palestras e os convites para entrevistas. Greg morreu dando aula particular de hebraico para pastores evangélicos. — Nicoleta olhou com tristeza para a escrivaninha vazia ao lado da estante.

— É verdade que ele apoiava a tortura?

— Não me venha com esse maniqueísmo universitário. — Nicoleta trincou os dentes. — Ele nunca concordou com a tortura de inocentes. Não é preciso *se explodir* para ser um agente do Hamas. Líderes palestinos apoiam nosso expurgo abertamente. Eu *sei* o que é genocídio e não vou pedir desculpas por ser precavida.

Ela parou e respirou fundo.

— Quando escapei de Auschwitz, fugimos pra cá. Construímos uma vida aqui. Vimos o golpe militar, a marcha pela família, tudo igualzinho na Europa. — Nicoleta sugou o baseado. — Uma vez, na Cinelândia, quando eu fazia curso de datilografia, vi um milico arrebentando um estudante na porrada. — Ela encarou Cipriano nos olhos. — Eu já tinha visto aquele cara de farda. Como você sabe, não foram só os judeus que se espalharam pelo mundo. O filho da puta já tinha usado um uniforme da ss. Mudou de país, mudou de ideologia, mudou até de nome... — Nicoleta respirou fundo, os olhos aquosos de ira. — Eu segui ele. Durante dias observei a rotina dele. Devia ter informado as autoridades, mas preferi não esperar. Seduzi o filho da puta ali no Amarelinho, enquanto ele tomava chope com os colegas.

Nicoleta amassou a latinha e continuou:

— Não tive pressa, Cipriano. É impressionante que nos motéis ninguém se preocupa com gritos. Entrei lá acompanhada e saí sozinha sem nunca ser reconhecida. A única coisa que acharam no quarto foi uma poça de ácido na hidromassagem... e uma orelha daquele arrombado.

Cipriano concordou sem qualquer julgamento. Apesar de trabalhar para a Igreja, nunca gostou de oferecer a outra face. Era um versículo belo, mas no mundo real, quem dava a cara a tapa terminava com o rosto quente, marcado por cinco dedos.

— Eu não vim aqui debater política externa. Nem estou aqui para julgar como você deve se defender.

— E o que te trouxe aqui? — Nicoleta abriu outra latinha e bebeu um gole longo. — Tenho certeza de que não foi para uma leitura de mãos.

— Estamos investigando alguns assassinatos e tudo me leva a crer que um golem é o assassino, e sei que seu marido conhecia o ritual de Betzael. — Cipriano foi direto ao ponto, testando a reação de Nicoleta. Ela sorriu diante de tanta honestidade, mas não havia qualquer sinal de culpa em sua expressão.

— A última vez que Greg invocou o golem foi na guerra, para combater vampiros que faziam parte da Guarda de Ferro romena. Não dava para derrubar eles com estacas e alho fresco no meio do tiroteio. Eles também não respondiam a outros rituais judaicos.

— Tem certeza de que Zanfirescu não passou o conhecimento para alguém? — Cipriano se sentou no braço do sofá. — Um pupilo, talvez?

— Não que eu saiba, mas nos últimos meses de vida ele andava perturbado.

— Perturbado pelo quê? — Cipriano tirou um cigarro do bolso e esperou ver a reprovação no olhar da anfitriã. Como Nicoleta não se manifestou, ele acendeu.

— Ele não quis me contar. Não deu detalhes, mas vivia no celular falando com alguém. Um garoto.

Cipriano enrugou a testa. *Um garoto?*

— Uma vez eu atendi o telefone. Era a voz de um cara jovem. Não sei quem é ou o que queria com Greg, mas as conversas deles duravam horas. Meu marido sempre ia para a rua pra falar com ele.

— Ele nunca te contou nada?

— Com relação ao garoto? Não. Ele ficou bem estranho nessa época. Apesar de se dedicar à fé como nunca, me disse que queria ser cremado quando batesse as botas.

— Cremado? — Cipriano sabia que um rabino exigiria o uso de uma mortalha branca no caixão. A simplicidade do ritual significava que tanto ricos quanto pobres deveriam ser enterrados em igualdade. Cremação seria uma blasfêmia às suas crenças.

— Ele andava preocupado com o pós-vida. — Nicoleta se levantou, pegou o grimório e entregou ao padre. — Pensei que seria uma preocupação normal de alguém com câncer, mas tinha outra coisa.

Em silêncio, Cipriano percebeu que Nicoleta bebia com a ferocidade de um caminhoneiro. Conseguia imaginá-la em um boteco ao som de um pagode, na esquina. Ou talvez ela só estivesse nervosa de relembrar a doença do marido.

— Não era o destino da alma que preocupava ele, era o destino do corpo — disse ela. — Greg tinha medo de ser *profanado*.

Com o grimório nas mãos, Cipriano perguntou:

— Posso dar uma olhada?

— À vontade. — Nicoleta deu de ombros. — Mas vou cobrar a consulta. Cinquenta reais.

— Justo. — Ele puxou a carteira e deixou uma nota na mesa de centro.

— Gosta de moqueca de peixe? Vou fazer o almoço.

— Não precisa se incomodar. — Cipriano abriu o tomo, mas as páginas tinham receitas de pratos judaicos. — Ué? Acho que você me deu o livro errado.

— Ah, esqueci. — Nicoleta tocou as tatuagens nos braços com o indicador direito. Então *moveu* os símbolos arcanos em sua pele e os deslizou até o pulso como peças em um jogo de damas. Reconfigurando o alfabeto talhado em sua carne, Nicoleta montou uma palavra cabalística.

Nas páginas do livro, as fórmulas de pão ázimo responderam à conjuração. No lugar das receitas, surgiram textos em hebraico antigo, com desenhos esquemáticos de golens, orações de expulsão dos mortos, entre outros feitiços.

— É só precaução — ela explicou. — Somos poucos, Cipriano. Aqui é o Brasil; se descobrissem sobre gente como eu e você, seríamos queimados em pneus.

— Tudo bem. — Cipriano imaginou quais truques aquela bruxa teria se houvesse um confronto. — Tem certeza de que não tem um golem me vigiando lá da cozinha? — O exorcista sorriu.

— Relaxa. Minhas proteções são mais sutis. Não preciso de força bruta.

Ela o deixou sozinho na sala.

Cipriano passou quase uma hora folheando o grimório. As últimas pesquisas de Zanfirescu envolviam necromancia. As páginas tinham sido marcadas com tiras de seda. Todos os trechos sinalizavam rituais contra *dibuks* — espíritos obsessores — e orações para prevenir a corrupção de cadáveres.

O rabino queria ser cremado, contrariando seus dogmas, e estudava magia necromântica. Por que aquela esfera da magia? Qual era o motivo daquela obsessão?

Só havia um jeito de descobrir.

Cipriano refletiu por um tempo até Nicoleta voltar com uma caldeirada de peixe fumegante. O cheiro despertou a fome do padre. Ele acabou aceitando um prato — não queria ser grosseiro. E não era todo dia que fazia uma refeição decente. Sua inaptidão para culinária lhe garantia uma dieta tão nutritiva quanto mascar isopor.

— Você cumpriu o pedido de Gregório? — Cipriano quebrou o silêncio enquanto despejava farofa de dendê para aplacar seus genes nordestinos.

— Qual?

— A cremação.

— Claro que não — ela respondeu. — O câncer comprometeu muito da sanidade dele; a metástase atingiu o cérebro. Essa maluquice nem foi cogitada.

Cipriano pesou a informação. Havia uma chance de Gregório Zanfirescu ter usado necromancia para proteger seu corpo da profanação. Mas *quem* iria profaná-lo?

Cipriano não acreditava em coincidências, ainda mais quando o único mago na cidade capaz de invocar um golem também havia sido um líder clerical famoso na mídia — o tipo de alvo perfeito para o assassino de Santana e Verônica.

Não podia ser uma descoberta aleatória.

E se o garoto do telefone tivesse chantageado o rabino para lhe passar o ritual do golem de Praga? Se o menino fosse o maníaco que procurava, já havia demonstrado poder o suficiente para intimidar alguém como Zanfirescu.

Contudo, um garoto mortal jamais aprenderia o idioma celestial. As mensagens pintadas em barro nas cenas de crime só podiam ter sido feitas por um demônio ou um anjo.

A menos que o tal garoto estivesse possuído.

Cipriano se lembrou do confronto com Astarth no bar da Lapa, mas descartou a possibilidade de ser o mesmo hospedeiro; o Senhor da Vaidade fora expulso ao inferno noites atrás e os crimes continuaram depois dessa data.

Algumas peças não se encaixavam.

Ainda restava a esperança de descobrir informações sobre o triângulo invertido na parede. Aquilo era uma assinatura, um ideograma com centenas de significados dentro do ocultismo. Levaria semanas, talvez meses para encontrar o certo.

Cipriano estava ficando sem opções.

Quanto mais tempo investigando, mais gente morria.

Se o símbolo pertencesse a algum demônio que escapou do inferno, só existia uma maneira de descobrir a resposta exata. Estava evitando esse encontro por muitos motivos, mas chegou à conclusão de que não havia outra saída.

Teria que consultar o *Necronomicon*.

20

As estradas da vida terminavam ali, em um beco de azulejos amarelados pelos gases da morte. Sentada há horas no corredor do Instituto Médico Legal, Júlia esperava o resultado da autópsia de Santana enquanto repassava as descobertas na Biodome.

Sabia que magia não seria uma abordagem crível para um juiz. Como diria a Silveira que o assassino de Santana era um invocador de golens? Seria maluquice. Não podia perder o distintivo quando tinha uma filha para sustentar. Teria que buscar teorias igualmente extraordinárias, mas com alguma base científica.

Estava claro que tinham incendiado a Biodome para esconder alguma experiência.

Será que a morte dos cientistas fora acidental ou uma queima de arquivo perfeita? O que estavam escondendo naqueles laboratórios? Ou será que tinham aberto um portal que fez chover fogo e enxofre sobre o edifício? Como esse incidente se conectava à mulher desmaterializada? Ambos pareciam ocorrências bíblicas. Não foi assim que Deus destruiu Sodoma e Gomorra, com uma chuva flamejante? Apocalipse também citava o arrebatamento, pessoas que desapareciam no ar.

A única pista era a assinatura no e-mail.

Dom Quaresma Adetto.

Júlia não encontrou aquele nome no institucional da empresa e não havia indícios de que a Igreja fosse acionista da Biodome. Por que um líder católico estaria enviando um fóssil a um laboratório? Embora o e-mail não descrevesse nada ilegal, o conteúdo soava clandestino: "Lembre-se de manter sigilo. Apenas a equipe deve saber. O pacote será enviado diretamente ao seu escritório".

Ela puxou o celular para pesquisar o cardeal, mas primeiro verificou as notícias.

A imprensa apelidara o assassino de Santana e Verônica de "Pilatos". As redes sociais traziam comentários dos pseudointelectuais de internet, que variavam desde condolências hipócritas até o furioso sarcasmo de ateus radicais. Todos tinham um palpite, mas Júlia lia sem prestar muita atenção. Não tinha estômago para debates teológicos. Sempre imaginou que a vida fosse sem propósito, sem luz no fim do túnel ou punição ardente para os caras maus. Qualquer senso de justiça cósmica era uma ilusão criada para suportar o niilismo do mundo. No fim, a maior possibilidade era o nada imemorial da inexistência.

Mas depois do que havia testemunhado na Biodome, precisava rever seus conceitos.

E se nem todas as histórias da Bíblia fossem alegorias? Certa vez, assistira a um documentário que dava explicações racionais para a abertura do Mar Morto e para as dez pragas do Egito. Não estava admitindo um evento sobrenatural, apenas assumindo uma possibilidade extrema; a ocorrência de um fenômeno tão raro que jamais se repetiu ao longo da história.

Será que havia uma interpretação científica por trás dos mitos? Estariam os pesquisadores da Biodome usando a Bíblia como registro histórico para confirmar um caso de teletransporte espontâneo? Quem era a mulher no quarto? Por que a criança em seu ventre recebia tantos exames? O vídeo datava de dezesseis anos atrás; essa criança já devia ser um adolescente. Onde estaria?

No Google, não conseguiu rastrear informações sobre dom Quaresma Adetto. Entrou em sites católicos, no portal do Vaticano, em universidades religiosas. Nada. O sujeito não existia.

Ou estava usando um nome falso.

Sentindo uma pontada de dor de cabeça, Júlia encostou a nuca na parede fria. Precisava comer alguma coisa. Estava pensando em ir ao vendedor de salgados que ficava na porta do IML quando ouviu passos à esquerda.

No fim do corredor, um homem magricela, de jaleco branco, caminhava em sua direção. Era o legista Álvaro Praça. O nariz chegava antes dele e devia pesar uns vinte e cinco quilos. A calvície reluzia nas lâmpadas do necrotério. Júlia tinha feito amizade com ele de tanto trocar e-mails sobre relatórios de necrópsias.

— Já temos os resultados — anunciou Álvaro.

— E aí?

— Encontrei coisas interessantes, mas acho que você deveria ver com os próprios olhos.

— Alguma coisa incomum?

— Incomum? — O legista deu uma risada nervosa. — É esquisito pra cacete!

Ela seguiu Álvaro até chegarem ao morgue, onde duas pesadas chapas de metal os separavam do circo de cadáveres. O legista empurrou as portas e veio uma lufada gélida de formol. O salão retangular era revestido de azulejos amarelados pelo tempo. Mesas metálicas intercalavam carcaças anônimas.

— Aí está ele — disse o legista.

Santana estava nu sobre a mesa cromada. Uma sutura em Y cobria-lhe o tórax.

— O que você queria me mostrar? — perguntou Júlia.

O legista abriu a boca do cadáver, iluminou a garganta com uma lanterna e prosseguiu:

— Tem hematomas no esôfago. O assassino enfiou um tubo de alimentação na garganta. — Álvaro falava com uma tecnicalidade indiferente, como se a dor e a morte fossem banais em seu mundo de formol. — Achei cápsulas de vitaminas e antibióticos no estômago. Ele quis manter a vítima saudável, sem infecções. Possivelmente para que Santana não morresse com a amputação da mão.

— O que causou a morte? — Júlia aproximou-se do cadáver.

— Hemorragia causada pela obstrução no intestino. Já estava morto quando colocaram ele no gancho. O exame toxicológico encontrou diversas substâncias no organismo. Tinha uma forte dosagem de coagulante, isso reduziu o sangramento do pulso. Também tinha barbitúricos.

— Barbitúricos? — Júlia lembrou-se do exame de sangue em Verônica, de Cipriano falando de projetos secretos em que soldados se mutilavam.

— Examinei a pele e encontrei uma perfuração no pescoço.

— Injeção? — Júlia questionou.

Álvaro a encarou por um instante e respondeu:

— Na verdade está mais para a ferroada de um inseto. A incisão se curvou dentro da pele, mas não encontrei nenhum ferrão. Pela concentração de droga ao redor do furo, diria que injetou os barbitúricos na veia para anestesiar ele.

— Mas por que o assassino usaria anestesia pra torturar alguém?

— Ele deve ter usado para passar o tubo de alimentação sem que Santana vomitasse. — Álvaro apontou a mão decepada do cadáver. — Também diria que usou para diminuir a dor na hora de cauterizar os pulsos. Pela regularidade da queimadura, diria que ele fechou a carne com uma chapa quente.

— Deus do céu! — Júlia fez uma cara de nojo.

Agora já sabia que o assassino falava um idioma morto e entendia de química e, talvez, um pouco de medicina, já que conseguira manter Santana vivo sob forte agonia. Não estava diante de um maníaco qualquer. Era um sujeito inteligente, educado.

Aquela era a primeira vez que Júlia se envolvia em um crime tão elaborado. No setor de informações, a maior parte das investigações se dedicava a rastrear contas do tráfico. Nada tão romântico como nos filmes policiais. Nada de tiroteios com duas pistolas, ou perseguições em carros esportivos. Às vezes, o trabalho era tão emocionante quanto esperar na fila do Procon.

— A causa da obstrução no intestino veio disso aqui. — Álvaro colocou uma cesta de plástico em cima da mesa. — São de bronze, difíceis de digerir.

Júlia se viu diante de várias moedas antigas, embaladas unitariamente em ziplocs. Eram irregulares, com desenhos tão gastos que não conseguia identificá-los. Cada peça tinha uma fita adesiva com um código numérico. Os números estavam meio apagados.

— Ele fez o cara engolir uma a uma? — Júlia perguntou.

— Lembra quando eu disse que os resultados eram esquisitos? — Álvaro a fitou com relutância. Uma gota de suor nervoso desceu pela testa. — As moedas foram encontradas todas juntas, dentro de um saco maior.

— Isso é possível?

— Só se o assassino tivesse plantado a bolsa de moedas através de cirurgia, mas não encontrei nenhuma incisão ou cicatriz. Pela boca também seria impossível, mesmo com o tubo de alimentação. O diâmetro do esôfago é muito limitado.

— Você tá insinuando que isso *apareceu* dentro do corpo? — Júlia lembrou-se do teletransporte na Biodome e do milagre de Jesus em Cafarnaum, quando o messias mandou retirar a moeda da boca de um peixe. Parecia o mesmo fenômeno de desmaterialização e materialização.

— É o que parece. — Álvaro assentiu. A pálpebra dele tremia em um tique nervoso. — É improvável que os ácidos digestivos dissolvessem plástico em menos de vinte e quatro horas, mas pode acontecer. Mulas do tráfico rompem camisinhas cheias de cocaína no estômago, então acho que o assassino cauterizou o ânus da vítima como precaução. Ele não queria arriscar que o ziploc derretesse e as moedas saíssem nas fezes.

Então Santana *era* o peixe da passagem bíblica citada por Cipriano, como Júlia imaginava.

— Foi você que colocou esse adesivo? — Ela apontou para os algarismos nos adesivos.

— Não. Já estavam aí. Pela antiguidade deve ser algum tipo de catálogo.

— Essas moedas poderiam ter vindo de um museu ou coleção particular? — *Ou do relicário de uma igreja?*, se perguntou, pensando no cardeal Adetto.

— É possível.

— Preciso que me empreste uma dessas, Álvaro.

— Não posso fazer isso.

— Ninguém precisa saber — Júlia insistiu.

— Merda. Não me pede isso...

Júlia levou alguns minutos para convencer Álvaro. Assim que colocou uma das moedas na bolsa, o celular tocou uma notificação.

Ela pegou o aparelho e viu que se tratava de um aviso no YouTube.

O assassino havia começado uma nova *live*.

— Puta que pariu! — Júlia aumentou o volume do vídeo.

— O que houve?

— *Shhhh!*

Na tela, a contagem regressiva em preto e branco deu lugar ao Cristo inanimado.

— *Vocês se lembram de André Correia?* — A fotografia de um menino surgiu em transparência e ganhou solidez. — *Ele apareceu nos noticiários anos atrás. Ajudava nas missas, participava da renovação carismática em sua paróquia. Ele foi convidado para ser coroinha por um padre em ascensão na mídia.* — A foto do menino foi substituída por um recorte de jornal: a imagem do padre Ítalo Nogueira, um jesuíta que ficara famoso dos anos 1990. — *Padre Ítalo vendeu milhões de cópias de seu CD gospel, mas jamais recebeu um único centavo. Padre Ítalo não tinha interesse em dinheiro. Seu interesse era em crianças.*

"*André foi sodomizado dentro do confessionário. Precisou levar pontos no ânus para cicatrizar da violência, mas a indignidade deixou marcas bem mais profundas. O garoto foi aos superiores da Igreja... E ninguém acreditou nele. Os paroquianos disseram que André era um sodomita tentando macular a reputação do padre cantor. Para abafar as repercussões, o pedófilo foi afastado, jamais punido pela justiça dos homens, jamais punido pela justiça de Deus.*"

O Cristo afastou-se da câmera, mostrando sua agonia de madeira. A boca moveu-se em uma animação grotesca.

— *André morreu há dois anos. Foi encontrado em Manguinhos, na linha do trem. A causa da morte foi debilitação pelo uso de crack. Ele teve que se prostituir para sustentar o vício. O HIV destruiu seu sistema imunológico.*

"*Imagine esse menino tendo que lidar com o próprio estupro, recebendo o desprezo da igreja na qual confiou. Imagine esse menino ajoelhado aos pés do filho de Deus, implorando respostas e recebendo apenas o silêncio do messias. Imagine esse menino, abandonado por Cristo, tendo que reviver a humilhação, a violência sexual cada vez que vendia seu corpo em troca de uma pedra.*"

Júlia não esperou o vídeo acabar. Fechou a tela, o coração latejando nas têmporas, e apressou o passo rumo à saída, dizendo:

— Álvaro, faz um relatório detalhado e me manda por e-mail.

— Aonde você vai?

— Ainda não sei.

Tentou ligar para Cipriano, mas só dava caixa postal. A Igreja deveria saber em qual paróquia o padre Ítalo andava escondido. As fibras da ansiedade estavam se estendendo, prestes a romper.

— Merda, Cipriano, atende esse telefone! — Tentou novamente e continuou tocando. Ela correu pelo corredor, atravessou o saguão e saiu para uma tempestade repentina no estacionamento. Chegou ao carro e tirou as chaves do bolso, mas não conseguiu encaixar na porta. As mãos tremiam com a sensação de urgência.

Imaginou as vítimas daquele justiceiro presas em uma ampulheta, sem saber que o padre Ítalo Nogueira batia recorde de dislikes no canal do assassino.

21

Sem imaginar que tinha sido condenado no tribunal da internet, o padre Ítalo Nogueira chegou da feira ensopado pela chuva. Quem o visse fazendo compras nas barraquinhas de frutas, jamais diria que era um predador. Estava sempre sorrindo — um reflexo que desenvolveu para ocultar o lobo mau por trás da ovelha.

Após um banho, escovou os dentes e fitou-se no espelho: cabelos crespos, pele chocolate, íris cor de mel tão claras quanto um copo de uísque à luz da lareira. Com a musculatura esguia e aqueles olhos exóticos, poderia ter sido um modelo em Milão ou Paris.

Mas ele preferiu o sacerdócio.

A mãe de Ítalo orgulhava-se do filho celibatário que abrira mão das capas de revistas para servir ao movimento carismático da Igreja. Ironicamente, ele continuou na roda da fama, graças às altas vendagens de seu CD com músicas gospel.

Até descobrirem que gostava de meninos.

Meninos bem jovens.

Foi um verdadeiro escândalo, mas como as provas de abuso sexual foram circunstanciais, a Igreja apenas o afastou das funções para abafar o caso. Agora trabalhava na limpeza da paróquia, bem longe das câmeras. Só precisava varrer o templo, deixar que a sujeira fosse levada para debaixo do tapete.

Para Ítalo, a suspensão não chegava a ser um problema. Há muito tempo deixara de acreditar nos sacramentos da Igreja. Gostava da profissão porque facilitava seu acesso às crianças. Durante a maior parte da vida adulta, Ítalo sentira pesar por suas preferências. Hoje, não mais. Não escolheu aquele estranho apetite. Se havia um culpado, certamente era Deus, que o fizera assim.

Um tigre não se lamentava ao dilacerar a garganta de um cervo, então por que ele, um homem, deveria se martirizar? As escrituras estavam repletas de versículos que justificavam sua natureza. Ló cometera incesto com as filhas e nem por isso deixara de ser um homem abençoado.

Ítalo deixou o reflexo e foi se vestir. Apesar da beleza, ficava incomodado ao fitar-se por muito tempo. Havia coisas que um homem só podia fazer quando não se encarava no espelho.

Pegou um esfregão, vassoura e balde, colocou tudo no carro e saiu.

Chegou à igreja quinze minutos depois. Após subir a enorme escadaria, entrou pela porta de serviço na lateral do prédio e vestiu o macacão. Ia começar a faxina pelo templo, como fazia todos os dias, religiosamente.

Ítalo sempre desejou celebrar uma missa ali. A igreja da Penha era um dos poucos pontos turísticos da Zona Norte, uma das mais belas construções católicas do Brasil. A arquitetura nostálgica conservava o ar provinciano dos vilarejos do século passado. Na parede central do púlpito, a Virgem Santa fora pintada em um céu azul perfeito. Paralelas a Maria, duas convexidades com imagens de são José e são Sebastião. À esquerda, ladeando a escada do altar, um cristo de madeira sofria eternamente no calvário ao lamentar o peso do mundo em suas feridas.

Era uma obra de arte recompensadora após os trezentos e oitenta e dois degraus. Os fiéis subiam diariamente a escadaria da Penha para pagar promessas.

Ítalo começou a varrer o tapete. O silêncio foi quebrado pelo arrastar das cerdas de náilon. Cantarolava uma música gospel quando sentiu uma picada na nuca. Colocou a mão no pescoço e tateou o calombo. Não sentia dor, apenas uma leve dormência. Achando que se tratava de um mosquito, continuou o trabalho. Começou pela frente da igreja e foi se aproximando do altar.

Até que teve a concentração interrompida pelo choro de um bezerro. O som foi tão nítido que só poderia tê-lo imaginado. Ficou em silêncio, esperando. Nada. Tudo quieto como deveria estar. Ítalo voltou a varrer. O bezerro baliu novamente.

Ítalo sentiu um dedo frio lhe acariciar a espinha. Perscrutou ao redor, procurando a origem do barulho. Um choro. O som era verdadeiro, não restava dúvida. Talvez um efeito acústico provocado pelo teto abobadado do templo. Uma distorção sonora das dobradiças de alguma janela destrancada.

Choro.

O eco o confundia. Pairava no salão, propagando-se em todas as direções. Ele arqueou uma sobrancelha. Estava apreensivo, mas não assustado. Não havia o que temer. Assombrações não existiam, o próprio diabo não passava de uma alegoria para justificar a dualidade do homem.

Choro.

Notou que vinha do púlpito e deu dois passos, deixando o pé esquerdo no primeiro degrau. Ele estudou o ambiente à volta e teve um sobressalto. O som viera de muito perto, atrás do altar. Ele encarou a imagem de são José que segurava o menino Jesus. O bebê continuava silencioso, exatamente como a madeira na qual fora esculpido.

Estranho.

Tinha certeza de que o barulho viera dali. Será que havia um rato guinchando em algum lugar? A acústica poderia ter amplificado...

A estátua do menino Jesus sorriu.

Os pelos do braço de Ítalo se arrepiaram e o coração descompassou, cessando os batimentos por dois segundos.

Estava imaginando coisas, obviamente. Desde o escândalo de pedofilia sofria ataques de ansiedade.

Calma!

Esfregou os olhos e tornou a encarar o menino Jesus, percebendo que a imagem de são José também havia *mudado*. Um detalhe tão sutil que não conseguia identificar a natureza da transformação. Quando estava convencido de que tudo era uma alucinação, o impossível aconteceu: o menino Jesus inclinou a cabeça para o alto e chorou com a voz de um cordeiro sacrificado pelo mundo.

Ítalo perdeu o controle da bexiga e começou a tremer. A pressão sanguínea latejou nos ouvidos. Aquilo não podia ser real. Simplesmente não podia.

São José modificou a expressão serena do rosto; agora havia um sorriso maquiavélico no canto da boca. O sorriso de um pedófilo satisfeito em ter uma criança no colo. Ítalo iniciou um pai-nosso desesperado. Cambaleou para trás e foi tomado pelo terror de novas visões: a virgem pintada na parede encarava-o com lassidão, passando a língua úmida nos lábios. Ele tropeçou em um dos bancos e caiu sentado. Sua respiração estava tão acelerada que achou que as costelas enjaulavam uma fera em seu tórax.

Houve um barulho ensurdecedor e as janelas do templo implodiram, lançando uma chuva de vidro sobre ele; sentiu pequenos cortes e protegeu o rosto. Um caco se enterrou fundo em seu braço, mas havia tanta adrenalina nas veias que o ferimento pareceu um beliscão.

Com o coração explodindo no esterno, Ítalo procurou a saída para a sacristia, mas o poder profano que havia animado a estátua contaminara todo o templo: as velas votivas sangravam, vermes caíam da pia batismal em grandes novelos brilhantes e o nazareno crucificado tentava se libertar do calvário, com tendões artificiais que estufavam o relevo nos antebraços.

Mãe de Deus, me ajude!

O teto acima do púlpito arrebentou, ricocheteando escombros nas paredes. Reboco e vergalhões caíram sobre o altar. A poeira preencheu o salão, ocultando alguma coisa que descia do buraco no teto...

Uma coisa *grande*, que batia asas de envergadura pré-histórica.

Ítalo viu, mas não acreditou. Tentou gritar e descobriu que havia perdido a voz. Só podia estar alucinando. Mas a criatura não parecia uma alucinação. Vultos não podiam ser tão nítidos; aquela criatura não tremulava ou borrava. Era sólida, monstruosa, *real*.

O monstro pousou no chão e abriu caminho na névoa de reboco, revelando toda sua glória amaldiçoada. Naquele momento, Ítalo soube que o demônio jamais foi uma metáfora. Teve certeza de que estava diante de um general das hordas infernais. Um ser impossível, inacreditável... *Verdadeiro*.

O padre chorou. No fundo de seu coração, sabia que a criatura viera para levá-lo ao inferno, e negou desesperadamente.

Não é real! Não é real!

Ítalo lembrou-se da infância na casa da mãe, quando tinha medo da porta do armário entreaberta. Dona Rute o ensinou a dissipar o bicho-papão contando até três, sem tirar os olhos do monstro, pois, se os fechasse, poderia dar chance para o monstro se esconder e ele jamais saberia se tudo fora real ou imaginação. Aterrorizado, o padre começou a contar, como se ainda fosse aquele menino tentando desmaterializar o monstro que vivia no armário.

Um.

O demônio continuou avançando, cada vez mais palpável. Podia ouvir a respiração da criatura, grave como um trovão, ecoando no templo. Em meio à poeira, Ítalo viu um par de asas negras com penas encharcadas de sangue. O brilho da umidade era perfeito demais para ser fruto da imaginação. A pele cinza do monstro, cor de grafite, transpirava. Os poros exalavam um cheiro putrefato. Nenhuma alucinação poderia ser tão minimalista a ponto de ter odores corporais e veias saltadas nos músculos. No corpo inteiro, rostos em agonia brotavam como tumores conscientes. As muitas faces gritavam com vozes sobrepostas, como dezenas de rádios sintonizadas ao mesmo tempo. Gafanhotos com caudas de escorpião revoavam ao redor da entidade, com um zumbido que atingiu os nervos de Ítalo com a mesma intensidade de unhas arranhando lousa.

Dois.

O demônio carregava uma espada com lâmina de obsidiana na mão direita. O aço escuro, talhado com letras hebraicas, tinha o fio serrilhado. A ferrugem da arma encheu a mente de Ítalo com imagens de mutilações dolorosas. Na mão esquerda, uma manopla medieval que simulava uma garra draconiana, com dedos enormes e parafusos enferrujados nas juntas das falanges. Pés calçados com sandálias romanas estalavam no pavimento. Cada passo era um tique-taque na contagem regressiva para a danação.

Três.

De todos os detalhes surreais, a cabeça era o mais intrigante: selada em um elmo negro, sem abertura para os olhos ou boca, como se a criatura enxergasse através das almas que havia escravizado. O capacete — um intrincado conjunto de partes móveis encaixadas para formar um único mecanismo — tinha duas engrenagens, dando a ideia de orelhas, mas essa impressão desapareceu assim que começaram a girar.

O elmo começou a se reconfigurar enquanto as rodas dentadas giravam nos lados da cabeça. As seções deslizaram uma sobre a outra, em um quebra-cabeças tridimensional. Ítalo ouviu carne e ossos no interior do capacete sendo dilacerados para acompanhar os movimentos externos. O barulho das fraturas misturou-se ao matraquear das engrenagens, em uma cacofonia grotesca demais para ser apenas um delírio.

O demônio farejou o ar com o ruído de um porco.

— Sinto o cheiro de seus pecados, padre — disse a criatura com uma voz dissonante, cada palavra proferida por uma das almas fundidas ao seu corpo. — Por qual devo julgá-lo?

— *Jesus, Jesus, Jesus, Jesus* — murmurava Ítalo.

— Não — respondeu o demônio. — O nome é Samael.

O elmo se abriu, revelando uma aberração esculpida por pesadelos.

As duas minúsculas cabeças dentro do capacete — um homem e uma mulher anatomicamente obrigados a se encararem — eram hediondamente fetais. Os cabelos da fêmea convergiam para um rabo de cavalo na nuca do irmão.

— Qual pecado, padre? Hipocrisia? — indagou o demônio com sua identidade siamesa. — Ou prefere pedofilia?

O elmo selou-se e voltou a se reconfigurar. Ossos estalaram, depois a máscara se abriu novamente, exibindo o rosto de uma velha caquética. A boca da anciã era uma vagina na horizontal, repleta de dentes de leite. No lugar dos olhos, rostos de bebês recém-nascidos saíram das órbitas e falaram em uníssono:

— Por favor, padre, não faz isso! Tá doendo! Para! *Para!*

E começaram a chorar, lembrando as vítimas de Ítalo.

Samael gesticulou e uma força invisível atingiu o padre com a potência de um carro em alta velocidade. Ítalo foi arremessado no ar, chocando-se contra uma fileira de bancos. O impacto provocou um estalo nas vértebras e a dor espalhou-se em um leque. Ítalo tentou respirar e foi como engolir um punhado de agulhas. A garganta chiava. Procurou oxigênio, mas não havia. Faíscas negras dançavam em seu campo de visão. Relutou em desmaiar, rezando para que a dor em suas costas diminuísse.

Por um segundo, o medo do demônio foi substituído pelo pânico da tetraplegia. A ideia de ter partido a coluna o apavorou. O horror só se anuviou ao perceber que o corpo inteiro latejava. A agonia confirmava que os nervos permaneciam conectados ao cérebro. Lentamente, voltou a respirar. Segurou-se em um dos bancos e se levantou. As pernas tremiam, mal suportando o peso.

Samael ergueu a espada acima da cabeça e brandiu a arma para baixo, como uma garota dando largada em um racha automobilístico. Uma chuva de pedras flamejantes estourou o teto e caiu nos bancos. A madeira se incendiou como tochas e as chamas elevaram a temperatura. O incêndio alastrou-se em questão de segundos, lambendo o tapete e fechando as saídas.

Ítalo sentiu o sangue ferver; a pele parecia em brasa, como se os órgãos dentro dele estivessem cozinhando. Sentiu o gosto de fuligem queimar a garganta. Tossiu. Lágrimas embaçaram os olhos e ele cambaleou às cegas. O ar venenoso o convidava ao alívio da inconsciência.

Ele fraquejou e caiu de joelhos. Quando pretendia desistir, imaginou-se acordando no meio das chamas; pensou na agonia de ver a pele cheia de bolhas, a carne fritando na própria gordura corporal, os cabelos encrespados, fundidos ao couro cabeludo, as pálpebras coladas nas órbitas, o humor aquoso fervendo até estourar os olhos, os poros se fechando como breu derretido...

A possibilidade de uma morte tão dolorosa o fez recuperar as forças; se o demônio era real, então o inferno também seria.

Ele não estava preparado para ser imolado por toda a eternidade.

Deus! Me ajude, me ajude! Eu prometo, juro pelo coração de Nossa Senhora que jamais tocarei em uma criança! Eu me entrego às autoridades, me castro, se pedir, mas por favor, Deus, não me deixe ir para o inferno! Perdão, Pai, PERDÃO!

Em meio às chamas, com a silhueta de um barão dantesco recortada contra a luz, Samael gritou:

— VÁ E NÃO OLHE PARA TRÁS.

Sem compreender aquela chance de fuga, Ítalo começou a correr feito um bêbado, tropeçando nas próprias pernas. Caiu, levantou-se, tombou novamente, e dessa vez ergueu-se com dificuldade.

A saída do templo ficava a três metros. Só precisava dar mais alguns passos. Poderia atravessar aquelas labaredas. Estava disposto a se queimar na maçaneta da porta e aliviar-se na chuva. A dor momentânea seria melhor do que o suplício eterno.

Mas Ítalo cometeu o maior erro de sua vida: olhou por cima do ombro.

O pedófilo sentiu as pernas enrijecerem. Olhou para baixo e viu uma camada de rocha branca percorrer sua carne, subindo pelo corpo na velocidade de uma trepadeira que desafiava a natureza do tempo. Em questão de segundos, Ítalo foi envolto em uma escuridão profunda, como se uma venda lhe tapasse os olhos. O suor em seus lábios ficou insuportavelmente salgado, despertando uma sede tão intensa que poderia beber até vinagre.

Ainda consciente, respirava através de uma película porosa, mineral. Queria se mexer, mas não conseguia. O calor infernal das chamas começou a lhe cozinhar de dentro para fora, e só então ele compreendeu o que estava acontecendo.

Assim como a esposa de Ló ignorara o aviso de Deus, em Sodoma e Gomorra, Ítalo havia desobedecido à ordem expressa de uma força maior. E por isso Samael o transformou em uma estátua de sal.

22

Abafada pelo lamento da chuva, a cidade não tinha a agitação de uma metrópole em final de expediente. Um silêncio de expectativa a envolvia, uma quietude tão *tensa* quanto a vítima de assalto chocada com o cano da arma.

O único som que ocasionalmente rasgava a tempestade pertencia às sirenes e hélices da polícia. Viaturas faziam blitz nas principais avenidas da Penha, na tentativa de encontrar o assassino. Helicópteros varriam os céus naquele fim de tarde, mas Júlia e Cipriano sabiam que o psicopata não seria pego. Quem quer que fosse, podia matar a distância, enviando um arauto erguido do barro.

Encolhidos embaixo do guarda-chuva de Torquemada, ela e o padre esperavam a perícia liberar os escombros da igreja.

Usando uma capa impermeável, Júlia se aproximou do templo. Depois do que testemunhara nas últimas horas, começou a aceitar as teorias de Cipriano. Se existia o sobrenatural, então poderia existir um Deus comandando seu destino. Ela se sentia impotente diante desse pensamento. O cineasta que dirigia sua vida estava atrás das câmeras, tomando decisões sem consultá-la.

As revelações de Cipriano exigiam uma desconstrução radical de crenças, ou melhor, de descrenças. Não conseguia digeri-las com facilidade, embora fizessem sentido; um maluco usava um golem para matar líderes religiosos. Por isso não deixava digitais, fios de cabelo ou qualquer amostra de DNA na cena do crime. Júlia viu a marionete de barro derretendo na casa de Verônica e sua intuição acreditava no padre, mas o ceticismo brigava com essa certeza. O ceticismo era tão poderoso quanto a fé, na hora de rejeitar evidências.

Diante de tantos fenômenos, ela acabou afastando as emoções. O efeito causava uma sensação de *distância*, como se a situação fosse um filme de terror e ela estivesse a salvo do monstro na tela. A dúvida estava logo abaixo da superfície, gritando como uma garotinha presa em um lago congelado, mas as súplicas eram tão baixas que podia estar imaginando. No momento permanecia distraída, sem ouvir os sussurros entre Cipriano e um sujeito com a cara do Alan Moore.

— A esposa de Zanfirescu disse que ele andava com medo de ser profanado — disse Cipriano. — Ele recebia ligações de um garoto. Acho que esse moleque chantageou o rabino para conseguir o ritual de Betzael. Fez alguma ameaça.

— Mas concluímos que o golem não possui partes metálicas — Torquemada retrucou. — Como explica aquele elmo? A análise do laboratório confirmou uma combinação de minérios em estado bruto. Para forjar aquilo ele precisaria combinar feitiços elementais com magia judaica. Um mago jovem não teria tanta experiência.

— E você acha que se trata de um mago? Viu o que ele fez ao padre lá dentro? — Cipriano apontou a igreja da Penha. — Não acho que isso seja um empecilho para alguém com esse nível de poder. Talvez ele tenha matado dois coelhos com uma porrada só: conseguiu arrancar a fórmula do golem e matar o rabino de câncer. Todas as vítimas foram clérigos famosos e Zanfirescu se encaixa no perfil. — Cipriano acendeu um cigarro. — Deve ter algum agente do inferno na jogada. Ele possuiu alguém e agora tá brincando comigo. Nos vídeos, ele se autoproclama um novo messias. Se juntarmos isso ao e-mail que ele enviou à Sociedade de São Tomé, existe uma lógica. Essa entidade *sabe* sobre a Trapaça, *sabe* que você queria me transformar no salvador do catolicismo.

— Levando em consideração sua fama, você deve ter muitos inimigos no inferno — concordou Torquemada. — Mas como saber se realmente é um demônio?

— Demônios têm domínio sobre o fogo e o metal, e ainda podem conjurar as armaduras que usaram na batalha de Lúcifer. Não seria impossível imaginar o assassino usando o mesmo tipo de habilidade para construir um elmo como aquele. A igreja pegou fogo. Temos dois poderes que conectam o crime a um tipo de entidade específica.

— Anjos também conjuram armas flamejantes — sugeriu Torquemada. — Já parou para pensar nessa possibilidade? Um anjo caçando padres corruptos?

Cipriano *tinha* pensado, mas era um pouco aterradora. Um serafim tomando o corpo de um mortal violava regras diplomáticas que poderiam resultar em um segundo conflito celestial.

— Não podemos ficar aqui conjecturando — disse Cipriano. — Vou falar com o Gi Jong e tirar a dúvida sobre o símbolo.

— O *Necronomicon* não se esqueceu do que você fez.

Cipriano soprou uma lufada de nicotina.

— Acho que o cadáver do rabino vai nos dar outro versículo em barro, alguma nova pregação... uma pista.

— E Nicoleta te contou em qual cemitério está o corpo? — indagou Torquemada. — Como vai convencer Silveira a conseguir uma ordem de exumação? Tem ideia da dor de cabeça que isso causaria, se ela soubesse que estão violando o túmulo do marido? Rituais religiosos são *protegidos por lei*, Cipriano.

— Não pretendo pedir autorização. — Cipriano diminuiu a voz. — Os cemitérios fecham daqui a pouco e eu não tenho escolha, tenho? — Ele olhou para os céus como se o Senhor pudesse dar uma resposta. A tempestade minimizou o incêndio na igreja antes da chegada dos bombeiros, mas não o suficiente para evitar parte da destruição. As chamas extintas não tinham deixado muita coisa para investigar.

Às cinco e quarenta, o céu trazia uma mortalha de nuvens. Deus estava irado com sua criação e açoitava o mundo com chibatadas elétricas. O temporal não impediu a chegada dos repórteres. Uma legião de guarda-chuvas se aglomerava no local, parecendo uma colônia de cogumelos pretos. Havia câmeras e jornalistas em cada centímetro quadrado. Rostinhos joviais, embalados em capas amarelas, sorriam para as lentes, dando a primeira dose de tragédia aos telespectadores que voltavam do trabalho.

Em pouco mais de uma hora, a igreja passara de um patrimônio histórico a uma carcaça enegrecida. Resquícios de fumaça subiam aos céus, onde helicópteros da Polícia e do Corpo de Bombeiros vigiavam a área.

Uma fita separava a multidão da cena do crime. Havia mais de cinquenta policiais no local e a presença indesejada de Nelson Penaforte — secretário de Segurança do Estado —, que pretendia transformar Silveira em bode expiatório.

Apesar do barulho insistente da chuva, Cipriano ouvia a fúria do secretário vociferando na cara de Silveira. O sujeito lembrava um gnomo de terno e gravata, mas isso não o impedia de se comportar como um gigante.

— Quero que você dê proteção policial a todos os religiosos da mídia! Tira todos eles da capital! — berrava Penaforte. — Faça uma lista com todos os pregadores famosos, até os da internet!

Silveira aturava quieto. De vez em quando, esquivava o rosto do hálito de Nelson que, àquela hora, deveria ser tão agradável quanto cheirar cuecas.

— Pessoalmente, tô feliz com a morte do vagabundo — Nelson sussurrou e acendeu um cigarro. — Mas o arcebispo era amigo desse pedófilo. O governador não tem colhão para enfrentar a Igreja em ano de eleições, ele quer o voto dos católicos. — Nelson alisou a barriga atacada pela úlcera. — A igreja da Penha? Porra, Silveira! Como você me deixa acontecer uma merda dessas?

A única parte do templo que continuava íntegra era a parede frontal. A porta dupla estava com a madeira chamuscada. Lá dentro, em meio aos escombros calcinados, peritos do Corpo de Bombeiros coletavam materiais para análise.

— O pessoal da Civil já pode entrar! — gritou um dos bombeiros.

Torquemada se afastou enquanto Júlia e Cipriano se aproximavam. Assim que o padre entrou, o cramunhão ficou superaquecido em seu bolso. A magia vinha de tantas direções que ficava difícil discernir um foco de origem.

A poucos metros da porta da igreja, encontrava-se a vítima.

Padre Ítalo continuava de pé, olhando para trás com olhos cegos. O calor fervera o humor aquoso e estourara os globos oculares, que agora se encontravam murchos nas órbitas. As chamas não o atingiram diretamente, de forma que ele morrera *assado*. A pele caramelada pela gordura escaldante que vazara de bolhas lembrava um frango de padaria. A vítima brilhava, untada em óleo corporal. Os órgãos tinham cozinhado. O sangue nas veias devia ter ficado tão espesso quanto molho tártaro. A fumaça que saía do cadáver exalava um cheiro quase insuportável.

— Ele ficou parado até morrer? — indagou Júlia, tentando não vomitar com o odor de cabelo queimado. — Como alguém pode morrer assado, em pé?

— Da mesma maneira que alguém mutila o rosto ou arranca a mão a dentadas — respondeu Cipriano. — A mente tem mecanismos poderosos. Nos anos 1960, em um protesto em Saigon, um monge incendiou o próprio corpo e morreu em posição de lótus, sem emitir um único grito.

Júlia se lembrava dessa imagem em um CD do Rage Against the Machine. Uma das fotografias mais icônicas do século XX.

— Mas isso não explica aquela porra ali. — Júlia apontou o perímetro ao redor do corpo. O carpete estava perfeito, sem indícios de incêndio.

A área preservada formava um triângulo.

Cipriano se agachou perto do tapete e apontou uma pedra amarela do tamanho de uma laranja.

— Enxofre vulcânico. Devia estar quente.

— Como na Biodome — comentou Júlia, acompanhando o olhar do padre. — Eles criaram alguma merda que escapou daquele laboratório.

— Do que você tá falando?

Júlia ainda não tinha contado ao padre suas descobertas. Então revelou a ele o resultado toxicológico da autópsia de Santana, o e-mail de dom Quaresma Adetto, as pedras de enxofre e o vídeo da mulher grávida que se desmaterializou.

— Grávida? — Cipriano lembrou-se de Nicoleta falando que o chantagista do marido tinha a voz de um jovem. — Você disse que a filmagem foi feita há dezesseis anos. Se essa mulher teve a criança, hoje ele seria um adolescente. Descobriu o paradeiro dela?

— Não. E essa coisa criada na Biodome *não é* uma criança — disse Júlia. — É uma aberração. Acho que fugiu deles e depois voltou para destruir as evidências. — Ela olhou a pedra de enxofre e relutou em concluir a frase. Ainda não acreditava que estava seguindo essa teoria. — Fez chover fogo naquele lugar pra queima de arquivo.

Cipriano estava sorrindo.

— Qual é a graça?

— Chuva de fogo, experiências genéticas... Você tá começando a pensar fora da caixinha. — O padre começou a afastar alguns escombros. — Não precisa ficar puta comigo. Ninguém gosta de ter suas crenças abaladas, mas garanto que isso vai se tornar normal pra você daqui a pouco.

Júlia não entendeu o que o padre quis dizer com aquilo.

— O que dizia no e-mail? — Cipriano procurava a borda do carpete.

— Mencionava amostras de um fóssil, mas não dava detalhes.

A cabeça do padre dava milhões de voltas. O que a Igreja andara aprontando? Onde se encaixava um fóssil naquilo tudo? Sua teoria de possessão acabava de ir por água abaixo. Aquele garoto devia ser o assassino. Seria coincidência demais se não fosse. Devia ter acesso ao laboratório, por isso conseguiu o carretel de linha que a polícia encontrou no cativeiro de Santana. Podia controlar o fogo, invocar pedras de enxofre, conjurar golens. Será que a Biodome criara um paranormal?

Não fazia sentido. Capenga detectava magia em abundância, desfazendo a ideia de que os poderes do assassino tivessem origem na ciência. Habilidades psíquicas produzidas em laboratório não deixariam vestígios de energia sobrenatural. Verônica e Santana tinham sido hipnotizados com barbitúricos. Isso eliminava poderes telepáticos. Se o assassino fosse capaz de invadir mentes, não precisaria de drogas para induzir suicídio em suas vítimas.

— O cardeal Adetto não existe na internet — continuou Júlia. — Vai ver é um desses monges que nem acreditam em tecnologia.

— Não. Se ele mencionou um fóssil, pode ser um cientista do Vaticano. Tem muitos jesuítas envolvidos em pesquisa. Não somos ignorantes, Júlia. Há padres envolvidos com o projeto genoma e até alguns trabalhando no projeto Cern.

— Desculpe, não quis ofender.

— Deixa pra lá — disse Cipriano. — Se esse cardeal for realmente da Igreja, conheço alguém que pode localizar ele.

— Quem?

— O cara que tava comigo lá fora.

— Aquele barbudo?

— Melhor você nem saber quem é. Mas e o fenômeno do desaparecimento da mulher? Alguma teoria?

— Não sei. O especialista é você, o que me diz?

— Existem casos de arrebatamento na Bíblia. — Cipriano sorriu. — Pelo que você me contou, é similar a uma passagem dos Atos, quando o apóstolo Filipe se deslocou sessenta e cinco quilômetros até a cidade de Azoto. Sabe o que é um buraco de minhoca, né?

— Eu vi *Star Trek* na Netflix — falou Júlia.

— Então vamos imaginar que a Biodome criou um tipo de mutante com habilidades psíquicas. Suponhamos que seja essa criança que você viu na barriga da mulher... — Cipriano parou e acendeu outro cigarro. — Imagine que a criança possa realizar fenômenos como teletransporte ou materialização. Por que ela iria se preocupar em matar religiosos? Por que não está trancafiada em um laboratório militar, cheia de fios e monitores analisando sua atividade cerebral?

— Se sua teoria de teletransporte estiver correta — disse Júlia —, a mãe conseguiu fugir da Biodome. Deve ter se desmaterializado para fora do laboratório. Criou a criança em segredo e, quando ela cresceu, voltou para destruir as evidências do experimento.

— É o que eu faria, caso quisesse ter uma vida normal. Só que essa criança *não quer* uma vida normal, do contrário não estaria matando religiosos da mídia nem destruiria um laboratório com fogo e enxofre. Isso chama muita atenção. De qualquer forma, as habilidades psíquicas não explicam o ataque do golem. Eu já vi fenômenos paranormais o suficiente para saber que telecinese pode mover objetos, mas não pode materializar um constructo de argila. Dar vida à matéria inanimada é bem mais complexo do que entortar talheres ou empurrar bolinhas de pingue-pongue.

— E as pedras de enxofre? — questionou Júlia. — Vieram do céu, tipo em *Carrie, a estranha*?

— Ele precisaria transmutar moléculas de água no ar e formar esses minerais complexos. Isso é possível usando alquimia. Com psiquismo, seria improvável.

Cipriano havia estudado centenas de eventos psicocinéticos ao longo dos anos. Transubstancialização era um acontecimento raríssimo dentro da parapsicologia. O caso mais famoso ocorrera em 1574, no povoado de Lanciano: uma hóstia havia se transformado em carne, enquanto o vinho em um cálice fora convertido em sangue. Em 1970, os monges que guardavam aqueles objetos sujeitaram o material à análise clínica. Médicos comprovaram que a hóstia tinha características do tecido muscular cardíaco. No vinho, encontraram fósforo, magnésio e uma taxa de proteína compatível com sangue humano.

As pedras de enxofre poderiam ter origem em um fenômeno similar; moléculas capturadas no ar, aglutinadas e convertidas em minério incandescente. Ou teletransportadas de outro lugar.

Cipriano estudou o cadáver que morreu olhando para trás.

— "Então o Senhor fez chover enxofre e fogo, desde os céus, sobre Sodoma e Gomorra. E a mulher de Ló olhou para trás e ficou convertida em uma estátua de sal" — disse Cipriano. — Pedras de enxofre e um pervertido sexual que morreu paralisado.

Júlia não precisava ser um gênio da teologia para ligar os pontos. Sabia que Sodoma e Gomorra foram cidades destruídas por Deus devido às perversões sexuais.

— Os sodomitas estupravam crianças — explicou Cipriano. — Acho que rolou uma sugestão hipnótica que fez Ítalo acreditar que estava paralisado, como a esposa de Ló.

— A estátua de sal. — Júlia imaginou a agonia do pedófilo sentindo os olhos derretendo sob o calor da fornalha. — Temos o significado, temos o triângulo invertido. Só tá faltando o versículo.

— E acho que já sei onde tá. — Cipriano olhou para o triângulo de tapete sob a vítima. — Você tem uma faca aí?

Júlia pediu um canivete a um dos bombeiros e retornou, entregando ao exorcista.

Cipriano cortou o tapete vermelho no formato do triângulo e pediu para os bombeiros removerem o corpo. Eles o colocaram em um saco preto e levaram ao rabecão.

O exorcista soltou o tecido. Como suspeitava, encontrou outro versículo escrito em barro. As mesmas letras no idioma celestial.

— *Voilá.* — Cipriano puxou o celular e bateu uma foto para Jezebel. — O calor derreteria o barro da inscrição. Nosso assassino é egocêntrico demais, precisava garantir que sua mensagem estaria protegida, que seria encontrada.

— Tem mais coisa que não te contei. — Júlia puxou um objeto da bolsa. — O legista achou isso no estômago de Santana. — Ela passou a moeda ao padre.

— Isso é uma antiguidade. — Cipriano estudou o número de catálogo no objeto; parecia uma relíquia autêntica. — Conheço um antiquário lá no Centro. Essa moeda deve ser parte de uma coleção bem restrita. Se localizarmos os proprietários, teremos uma lista bem menor de suspeitos.

— Pode ficar. Tenho que fazer outra coisa mesmo. Vou averiguar o orelhão de onde ligaram para denunciar o cativeiro de Santana. Não acho que vai dar em nada, mas não custa tentar.

Eles ouviram passos atrás e Silveira se aproximou, falando:

— Precisamos conversar.

Ela e Cipriano seguiram o delegado até um local menos movimentado. Silveira olhou para os lados, verificando se havia algum jornalista por perto.

— O filho da puta do Penaforte tá na minha cola. Posso ser exonerado se não mostrar serviço.

— E o que vai fazer? — perguntou Júlia.

— Vou colocar escolta policial para todos os religiosos famosos. Vou deslocar metade da força-tarefa pra isso. — Silveira olhou para Júlia. — Isso deve distrair os jornalistas. Enquanto a imprensa fareja merda na direção errada, quero que me tragam alguma coisa. Estamos há dias nessa porra e não temos um único suspeito.

— Preciso do número do orelhão da denúncia do cativeiro. Endereço, hora e dia da ligação — pediu Júlia.

Silveira verificou seu bloquinho de notas e destacou a folha.

— Tá aí. Agora circulando. Me traz alguma merda.

Júlia e Cipriano saíram para reencontrar Torquemada. Enquanto desciam a escadaria da Penha, ela conferiu a repercussão do assassinato nas redes sociais. Havia um incêndio no Twitter e no Facebook. Não dava para subestimar o ódio da internet: hashtags pediam a morte de políticos corruptos e o bordão "bandido bom é bandido morto" ganhou proporções bíblicas, enquanto outros postavam textões sobre direitos humanos. Na corrente contrária, religiosos pediam para que deixassem seu *amém* nos comentários de um post sobre o padre Ítalo Nogueira.

No final das contas, as ovelhas sempre protegiam o lobo.

— Preciso que verifique um nome pra mim — disse Cipriano.

Torquemada olhou para Júlia.

— Relaxa, foi ela quem descobriu a informação — explicou o padre. — Encontramos um e-mail na Biodome. Um cardeal, dom Quaresma Adetto. Conhece?

Torquemada coçou a barba e olhou para o alto, pensando.

— Conheci alguém com esse nome, um arqueólogo do Vaticano. Posso verificar com a Sociedade de São Tomé. O que gostaria de saber?

— Tudo. O sujeito não existe no Google. Se ele é arqueólogo, deve ter se envolvido em pesquisas com fósseis. Deve ter alguma tese publicada, ou lecionar em alguma universidade. Se tiver qualquer material sobre genética, melhor ainda. Em quanto tempo consegue essa informação?

— Vai depender de Roma — disse Torquemada, puxando o celular para chamar um Uber. — Tenho quase certeza de que vi esse nome em alguma universidade católica. — O imortal franziu o cenho como se estivesse procurando um rosto entre os milhares de sacerdotes que conhecera ao longo dos séculos.

Quando chegaram ao fim da escadaria, Torquemada foi embora, e Júlia pegou a viatura. Cipriano aproveitou a carona para ir ao Centro, onde tinha um velho antiquário chinês para consultar.

Gi Jong estava no ramo de antiguidades há muito tempo e seus contatos ao redor do mundo facilitariam o rastreio daquela moeda. Embora aquele tipo de coleção não fosse a especialidade do chinês, não havia mercado ilegal que pudesse ser escondido de um traficante de armas mágicas.

23

As lendas diziam que o astrônomo Abdul Alhazred arrancara a própria pele e usara seu sangue para escrever os segredos do *Necronomicon*. Decidido a consultar o livro, Cipriano pediu que Júlia o deixasse na Cinelândia. O padre passou em uma loja de material hospitalar para comprar um frasco esterilizado e depois em um restaurante. Após subornar um garçom, conseguiu um pouco do material de que precisava.

A caminhada até o antiquário lhe daria tempo para pensar. Apesar das nuvens carregadas, a chuva diminuíra e uma brisa revigorante batia em seu rosto. O trajeto exibia o contraste arquitetônico do Centro — o vidro e o concreto dos arranha-céus representavam uma dicotomia em relação aos antigos edifícios do Império. Em frente à praça, a Biblioteca Nacional agigantava-se em toda a sua glória. Um leviatã neoclássico que engolia séculos e séculos de conhecimento.

Nas calçadas, pessoas formigavam movidas pelo estresse da hora do rush. Aos berros, vendedores ambulantes disputavam clientes na porta do Edifício Central, oferecendo jogos e softwares piratas. Cipriano desceu pela Carioca, chegou à avenida Passos e entrou no Saara, uma rua flanqueada por lojas de artesanato, onde o povo se espremia como se quisesse romper um átomo.

A noite chegou com o rufar de trovões e uma luz azul derramou-se pela cidade. Um temporal voltou a cair, mas Cipriano não se importou em comprar um guarda-chuva, pois já tinha chegado ao destino: uma loja de R$1,99.

Na calçada em frente ao estabelecimento, viu um chinês de cabelos arrepiados e sorriso expansivo. Vestia um jaleco azul-cobrador-de-ônibus, bermuda, meias até os joelhos e tênis falsificado. O suspensório que carregava na altura da barriga exibia um tabuleiro cheio de relógios, calculadoras e outras muambas *made in China*. Ninguém reparava que, apesar da chuva, o asiático permanecia seco. As gotas evaporavam em questões de segundo em sua pele.

— Olá, Cipriano — Gi Jong saudou o padre com um forte sotaque. — Veio comprar mercadorias? — O asiático sorriu com dentes grossos e encavalados.

— Não precisa fingir comigo, Jong. — Cipriano sorriu. — Quero ver o árabe.

O chinês entrou na loja e liberou os funcionários mais cedo. Enquanto Cipriano esperava sob a marquise e sorvia um cigarro, Gi Jong colocou as mercadorias para dentro e fechou as portas, então convidou o exorcista a entrar e depois trancou tudo.

— A chuva tá uma de-lí-cia! — Gi Jong colocou a mão na testa e revirou os olhos de um jeito afetado. — Ainda bem que posso sair do personagem com você. — O sotaque havia desaparecido.

O chinês sentou-se no sofá do escritório que ficava atrás de uma divisória, nos fundos da loja. Assim que Gi Jong se acomodou, Cipriano sentiu a temperatura aumentar. Em alguns minutos estaria fazendo mais de quarenta graus dentro do lugar. Jong passou a mão nos cabelos.

— Se quiser pode pegar uma bebida no frigobar, meu anjo.

— Tem saquê? — provocou o exorcista. Alguns chineses conservadores odiavam cultura japonesa, embora Jong não fosse um *chinês* no sentido tradicional da palavra.

— Aceito leite quente, se você me deixar mamar no seu gargalo — devolveu Jong.

— Fico lisonjeado, mas você sabe que não é minha praia. — Cipriano deu uma tragada no cigarro. — Quando você colocar um silicone e uma saia, a gente conversa.

O padre ligou o ventilador da escrivaninha; era um modelo antigo de ferro, daquelas relíquias que funcionavam em três níveis de velocidade: resfriado, gripe e pneumonia.

— Tem cerveja aí? — Cipriano foi até o frigobar no canto. — Quer uma?

— Passo, mas aceito umas moedinhas, por favor — respondeu Gi Jong. — Entra no meu covil e não faz nem uma oferenda? Cadê seus modos?

Cipriano havia se esquecido do protocolo. Procurou umas moedas no bolso.

Ele e o chinês trocavam relíquias mágicas esporadicamente. Jong era um colecionador por natureza e havia levado milhares de anos para montar o próprio acervo. Alguns objetos de sua coleção eram lendários — diziam que a arca da aliança de Moisés estava em seu poder.

O trato era simples: Jong podia traficar armas mágicas, desde que não fossem usadas em humanos. Enquanto a regra fosse mantida, Cipriano fazia vista grossa e recebia presentinhos. Capenga fora um dos vários subornos que aceitou.

Os verdadeiros fanáticos por artefatos místicos não se deixavam enganar pela aparência de Jong. As lojas de R$1,99 e a rede de pastelarias não passavam de fachadas, onde ele lavava dinheiro para comprar as *verdadeiras* mercadorias. Seu nome era temido entre os praticantes de ocultismo.

Cipriano voltou com a cerveja, resgatou umas moedas no bolso e jogou-as em um copo limpo, depois levou tudo ao sofá.

— Não tem prata ou ouro, não? — Jong encarou as moedas no copo.

— Hoje não, amigo. — Cipriano entregou-lhe o copo. O chinês aceitou.

— Que pobreza! O Vaticano tá tão na merda assim?

— Por falar em dinheiro, gostaria que localizasse o antigo dono desse aqui. — Cipriano puxou a moeda encontrada na barriga de Santana.

Gi Jong encarou a relíquia de bronze e disse:

— Isso é muito antigo. Achou onde?

— Na bunda de um cara — explicou Cipriano. — Estava no intestino dele.

— Já vi um monte de fetiche estranho, mas esse aí é novidade. — Jong pegou a relíquia e guardou no bolso. — Pode ser que demore um pouco pra achar, tá bom?

Cipriano assentiu e foi direto ao assunto:

— Tô em um caso complicado. Preciso olhar o *Necronomicon*.

— Só um minuto. — O chinês encarou as moedas de um real no fundo do copo.

Os olhos amendoados do contrabandista emanaram um fulgor verde-esmeralda e as moedas começaram a derreter sem afetar o vidro. Quando o metal se transformou em uma pasta borbulhante, Jong entornou a forja na garganta de uma só vez, depois repousou o copo na mesa de centro.

— Em troca vou querer as fitas de pornô-exorcismo. — Jong esfregou os dedos, como um vilão de histórias em quadrinhos prestes a colocar as mãos na arma do Juízo Final. — Tenho uma clientela que pagaria uma fortuna nisso.

Cipriano sorriu. As filmagens em seu poder mostravam exorcistas que tinham sido seduzidos por demônios. Alguns noviços da sociedade de São Tomé treparam com os hospedeiros de maneira tão perversa que deixariam Jezebel constrangida. As fitas vhs viraram uma lenda urbana na comunidade sobrenatural. Alguns deles pagariam qualquer preço para ver um inquisidor literalmente tomando no cu.

— Estão lá em casa em algum lugar — disse Cipriano. — Tem muito apartamento na bagunça onde eu moro, mas vou dar uma olhada. Então, combinado?

— Se eu não gostasse de você, jamais faríamos negócio. — Jong sustentou um olhar desaprovador. — Você trata relíquias como se fosse papel higiênico.

— É, eu sei. — Cipriano enxugou o suor na testa. — Mas chega de falar abobrinha. Tem alguma muamba nova aí?

Jong retirou o suspensório e repousou o tabuleiro em cima da mesinha, então enfileirou os objetos metodicamente. Cipriano tentava afrouxar a gola da camisa. Se não fosse embora rapidamente, sofreria uma desidratação.

Gi Jong assumiu a postura de um profissional; agarrou uma lanterna à pilha e fechou as mãos em cada extremidade do objeto, escondendo-o por completo.

— Ruína dos Colossos. — Ele afastou as mãos em direções opostas. Os dedos deslizaram ao longo da lanterna, revelando a lâmina de uma espada que parecia crescer no ar. — Foi forjada na Grécia antiga por sacerdotes de Hefesto. — Jong parou as mãos, uma no cabo e uma na ponta da arma, mostrando um item de beleza incrível. — Pode cortar rocha como se fosse papel.

Ele ofereceu a espada a Cipriano, em uma reverência.

— Porra, uma espada? — O exorcista pegou a arma. — Tem algo mais discreto?

— Aff! Falta colhões nos inquisidores de hoje! — Jong fingiu estar ofendido. — Você quer o quê? Feijões mágicos? Um sapatinho de cristal, meu bem?

— Alguma coisa que eu possa carregar na rua sem parecer um cosplayer.

— Tá bom! — O chinês puxou outro objeto: um canivete suíço. — Isso aqui é discreto pra você?

O canivete pulou das mãos do traficante e se abriu em um mecanismo em forma de aranha. As patas eram pinças, ferramentas e outros utilitários. O autômato correu pelo braço do sofá, apitando engrenagens e soltando vapor.

— Isso é um autômato para assassinato criado por anões noruegueses — explicou o chinês. — Tem várias utilidades, incluindo gazuas para arrombamento. Pode escalar paredes e obedece a comandos simples. Tem esporas com veneno...

— Não precisa ser *tão* discreto. — Cipriano inclinou-se para o tabuleiro. — Não tem nada mais letal? — Ele cutucou alguns itens. — Preciso derrubar um golem.

— Um golem? Por que não fala logo o que você quer?

— Quero poder de fogo. Mas, pensando bem, acho que vou querer esse canivete. — O padre abriu a mão e o autômato escalou por seu braço e parou na palma, retrocedendo ao formato de canivete. — Pode me emprestar por alguns dias? — Cipriano imaginou que o mecanismo de arrombamento poderia ser útil para invadir o esconderijo do assassino de Santana, se necessário.

— Se fizer um único arranhão nele, vai ter que pagar — advertiu Jong.

— Tá tranquilo.

— Vai querer mais alguma coisa?

— Ainda vou precisar da arma.

O chinês pegou um acendedor de fogão no formato de uma Glock em miniatura, encaixou o dedo mindinho no gatilho e girou a arma até ela se tornar um borrão. Como em um passe de mágica, o acendedor se converteu em um revólver. A arma era belíssima, com o entalhe de um dragão enroscado no cano brilhando à luz fria do escritório.

166

— Essa é Tiamat. — Jong entregou a pistola a Cipriano. — Foi forjada na Primeira Guerra Mundial com um fragmento da lança de São Jorge. — O traficante fez uma expressão séria. — Tem seis balas, e cada uma dispara um sopro de dragão diferente: gelo, vapor, ácido, fogo etc.

— É uma bela arma, mas não sou o Charles Bronson. — Cipriano empunhou o revólver, admirando o desenho, e devolveu.

Jong encheu as bochechas e arregalou os olhos, indicando que a paciência estava no fim. A temperatura na loja subiu dois graus.

— Última tentativa. — O chinês pegou uma caixa de veludo e abriu o estojo. Dentro, havia um mosquete de marfim, cheio de arabescos. O bocal simulava uma caveira com a mandíbula aberta. A empunhadura tinha ornamentos no formato de dedos esqueléticos e o gatilho parecia tão afiado quanto um bisturi.

— Engenharia bélica necromântica — explicou o chinês. — Feita na Renascença, esculpida com os ossos de uma bruxa irlandesa queimada na Inquisição. — Jong passou o objeto a Cipriano com delicadeza. — Tem uma banshee aprisionada. Não precisa de balas. A arma se alimenta de energia vital. — Jong apontou para o gatilho. — A lâmina cobra um tributo em sangue do atirador.

— E o que ela faz? — Cipriano sentiu a leveza do mosquete.

— Aponte para alguém e o tiro vai separar a carne dos ossos.

O padre gostou. Leve, pequena, fácil de esconder. Simplesmente perfeita.

— Vou ficar com ela. — Cipriano guardou-a no bolso da jaqueta. — Podemos acertar o escambo depois?

— Tudo bem, mas vou querer mais do que aquelas fitas de exorcismo. — Jong começou a guardar os itens de volta na bandeja. — Você fica me devendo um favor.

— Qual?

— Nada específico. — O chinês afivelou os suspensórios. — Apenas vai ficar me devendo uma. Cortesia entre profissionais. Pode ser, meu querido?

— Feito — concordou Cipriano e o chinês se levantou.

Eles foram aos fundos da loja, depois do balcão, e desceram uma escada. Gi Jong acendeu uma lâmpada nua no soquete do teto e iluminou um cofre. A porta redonda parecia uma caixa-forte, grande o suficiente para passar três homens. Gi Jong ficou de costas para o exorcista e digitou a senha em um painel digital.

Com um ruído pneumático, a porta se abriu, revelando um ambiente hermético, iluminado com lâmpadas frias, pavimento de mármore negro e paredes de titânio. No centro, em cima de um pedestal, um livro encapado em pele humana. Um rosto mumificado formava a ilustração da capa em alto-relevo e a encadernação na lombada não usava espiral, mas vértebras de uma coluna.

Cipriano entrou. O chinês fez uma reverência clichê budista

— Te vejo em alguns minutos — disse Gi Jong. Conforme a porta se fechava, as luzes do cofre estreitavam as sombras no chão. Cipriano ouviu a porta se trancar.

O exorcista deu um passo à frente, receoso. Ao lado do tomo no pedestal, encaixada em um suporte de vidro, havia uma adaga de osso entalhada com runas de magia. Cipriano pegou a faca, ponderando se continuaria a agir feito um imbecil.

Na última vez que tentara enganar o livro, tivera um bom motivo, contudo, nem houve tempo de argumentar — o alfarrábio conjurou uma entidade para matá-lo. Só escapou por causa da interferência de Gi Jong.

Se Cipriano usasse o próprio sangue, o *Necronomicon* teria acesso a tudo sobre ele, e queria evitar que seus segredos estivessem à disposição de inimigos.

Diziam que errar era humano e que persistir no erro era burrice.

Errar e se orgulhar da própria merda era ser Judas Cipriano.

Para alguém com garantias de ir para o céu, apertar o botão do foda-se era quase um direito constitucional.

As regras de uso do *Necronomicon* eram simples: cada vez que um mago usava o sangue para consulta, entregava ao livro todo seu conhecimento mágico. O tomo podia responder a milhares de perguntas sobre ocultismo.

Cipriano enfiou a mão no bolso da jaqueta e puxou um frasco vermelho, tirou a tampa e despejou o sangue de porco na boca mumificada na capa do *Necronomicon*.

O cramunhão de garrafa esquentou no bolso, alertando uma ameaça.

A encadernação feita a partir de um escalpo humano começou a se hidratar. Os olhos ressecados do livro ficaram úmidos; vasos sanguíneos irrigaram retinas que encararam Cipriano com ódio. O livro fora desafiado duas vezes pelo mesmo consultor.

— Calminha, fica de boa! — Cipriano se afastou. — Eu posso explicar!

As divisões no piso vomitaram um lodo que trazia toda a imundície dos esgotos: vermes, caramujos, ratazanas, baratas... e algo mais... Pedaços de fetos abortados em açougues clandestinos que conseguiam chorar, mesmo quando a mutilação tornava isso impossível. Enquanto a enchente alcançava os calcanhares de Cipriano, os natimortos subiam pela bainha da calça, tocando-o com dedinhos frios.

— Essa semana um demônio tentou roubar minha alma, um vampiro ameaçou me morder e uma súcubo quase comeu meu rabo — reclamou Cipriano. — Dá pra aliviar só essa vez?

A podridão borbulhou em frente ao *Necronomicon*.

Invocado pelo livro dos mortos, o cadáver de Abdul Alhazred — o árabe que encadernara o tomo com a própria carne — emergiu da lama, mirando Cipriano com olhos vazios e leitosos. Um zumbi sem pele, vestindo apenas a musculatura necrosada, cor de fígado cru. A barba composta por vermes fervilhava de vida independente.

Alhazred ergueu a mão e gesticulou como se quisesse esmagar uma mosca.

Atrás de Cipriano, uma força invisível o atingiu com a violência de uma granada. A onda de choque expulsou o ar de seus pulmões. O chão desapareceu sob os pés, mas ele não voou longe; ficou parado, levitando.

Sentiu os contornos de uma mão engaiolando sua cabeça, e dedos que o suspendiam pela jaqueta com a leveza de um boneco de pano. Tentou golpear o atacante com os calcanhares, mas a posição não favorecia a força dos chutes.

— Qual é, Alhazred? — A voz de Cipriano saiu fraca. — Isso é golpe baixo.

— A garganta ficou tão seca quanto uma tumba coberta de teias de aranha.

Cipriano foi girado de frente para a entrada do cofre e, em seguida, arremessado contra a porta de metal. A maçã do rosto chocou-se violentamente; o osso estalou, reverberando ondas de dor. Os dentes trincaram com tanta força que poderiam ter guilhotinado a língua se estivesse entre os lábios. Cipriano caiu nos tentáculos da inconsciência; as trevas tentavam envolvê-lo em uma noite que nascia dentro de seu crânio. Sabia que, se desmaiasse, seria um homem morto, e forçou-se a acordar, mesmo atraído pela escuridão que se alastrava no canto dos olhos.

Uma das mãos invisíveis de Alhazred o agarrou pela nuca e o padre recebeu outro golpe, desta vez no rim. O impacto sugou o pouco oxigênio que restava.

Alhazred forçou o rosto do exorcista contra o cofre, amassando suas feições no metal frio. Cipriano percebeu a proximidade do zumbi, mas não conseguia se virar para enxergá-lo. O hálito frio do agressor exalou um odor de túmulos abertos quando ele falou:

— O estigma não vai te salvar. Seu espírito foi tocado pelo Deus que governa este século, mas sua carne é frágil. Eu poderia arrancar sua espinha. Encadernar outra cópia do livro com a sua pele.

— Cara, não fala assim que eu fico de pau duro — provocou Cipriano, em uma tentativa de disfarçar o medo, mas o pânico desafinou a piada em duas oitavas.

Alhazred arremessou Cipriano para trás. Ao cair de cara no lodaçal, em meio aos fetos mortos, perto do *Necronomicon*, o exorcista engoliu um pouco da podridão. Ergueu-se, tossindo, ainda atordoado, enquanto Alhazred vinha em sua direção em um arrastar lento.

Assim que recuperou o fôlego, Cipriano deu a volta no pedestal e ergueu o braço sobre o livro.

— Ah, então é assim? — Cipriano arregaçou a manga da jaqueta. — Foda-se: você é um tomo maldito e meu sangue é beatificado. — Ele pegou a adaga e ameaçou talhar o pulso. — Vamos ver se as suas páginas vão gostar da minha sífilis e gonorreia. — Ele encostou a ponta da lâmina na veia tensionada. — Pronto para uma combustão espontânea?

O zumbi parou, os dentes cobertos de lodo trincados em um esgar de impotência.

— Entendeu o motivo do sangue de porco? — Cipriano aguardava o ataque.

— Eu tava te protegendo, mas você nem deixou eu me explicar!

Alhazred cerrou os olhos.

— Você é o número um na lista de livros profanos do Vaticano — argumentou o padre. — Acha que não sei tudo sobre as suas fraquezas? Que não sei o que aconteceria se um santo católico sangrasse nessas páginas?

Alhazred ameaçou se aproximar, mas Cipriano pressionou a ponta do punhal contra uma veia e advertiu:

— Alhazred, eu só quero informação, mas se você insistir, posso ficar curioso em saber os efeitos da energia vital divina alimentando um livro demoníaco!

Alhazred hesitou.

Então afundou no lodo lentamente e desapareceu no mar de imundície. Os fetos imergiram também, levando os caranguejos e ratos. O lodaçal retrocedeu às fendas do piso, sem deixar as roupas do padre molhadas. Em poucos segundos, a sala voltou ao aspecto futurista, o local mais improvável para uma manifestação fantasmagórica.

— Aleluia! — Cipriano ergueu as mãos como um fervoroso evangélico. — Puta que o pariu, Senhor! Eu tô velho demais pra essa porra.

O *Necronomicon* abriu sua capa.

Mãos invisíveis folhearam as páginas e abriram o tomo no meio. Na pele em branco surgiram letras de sangue como uma marca d'água vermelha.

O tributo está pago, mas a oferenda inadequada limitará a consulta. Escolha suas perguntas com sabedoria.

— Encontrei um símbolo de magia. Um triângulo invertido. Quero saber tudo, todas as interpretações, em todos os cultos. Dá pra ser?

Na folha, uma caligrafia perfeita formou o mesmo triângulo da cena do crime. Embaixo, havia um nome: *Samael, o anjo da morte.* O texto se completou com uma pintura do século I, que mostrava um arcanjo erguendo uma espada para destruir Sodoma e Gomorra.

Samael, Senhor dos Alastores (como era chamado por Zoroastro), é uma representação simbólica da salvação e condenação, uma metáfora para a dualidade de Deus, pois a fonte do mal é a própria sombra do criador. Segundo tradições gnósticas, foi o arcanjo responsável por levar a vingança divina à humanidade.

O triângulo que retrata a Santíssima Trindade aparece invertido no signo de Samael. Representa sua perfeição divina em queda, rumo ao mundo dos homens.

Outras vertentes apócrifas alegam que Samael foi expulso do paraíso junto com Lúcifer. A história revela um segundo grupo de anjos que foi banido da presença de Deus por se recusar a lutar contra Satanás. Enquanto Gabriel combatia a legião de traidores, Samael e seus subordinados preferiram a imparcialidade na batalha que deu origem aos demônios. Como punição, esse segundo grupo foi enviado à Terra em corpos mortais, com seus poderes limitados.

Anjos caídos, revoluções celestiais, encarnações — tudo um tanto espalhafatoso. Se Cipriano fosse um homem comum, gargalharia diante de toda aquela baboseira, mas sabia que as verdades do mundo podiam ser extraordinárias.

Esfregou os olhos quando nasceu uma nova gravura; mostrava um demônio de várias cabeças, cercado por insetos. Almas em agonia fundiam-se à carne da criatura, como tatuagens tridimensionais. Os pecadores gritavam a seus pés em uma cidade de rocha negra. Cipriano conhecia a pintura do seminário de teologia: *A canção dos torturados* fora pintada por uma das três crianças visitadas por Nossa Senhora, na cidade de Fátima, em Portugal, no ano de 1917 — uma ilustração profética do inferno que jamais chegou ao conhecimento do público. O segredo permanecia trancado a sete chaves na sede da Sociedade de São Tomé. Abaixo da imagem, um novo texto:

Samael é o justiceiro do abismo, aquele que pune os criminosos (tanto almas foragidas do inferno quanto os vivos). Suas supostas aparições no plano terrestre estão ligadas a crimes violentos. É representado de diversas formas, sendo a mais primitiva sua versão com dezenas de cabeças. Cada rosto representa um juiz, capaz de farejar um pecado específico. É chamado também de "a falange da potestade".

Segundo Jezebel, Cipriano podia estar perseguindo um agente do inferno e o assassino manipulava fogo e metal, poderes condizentes com um demônio. Mas as evidências na Biodome envolviam a criação de algum tipo de paranormal e o assassino não podia dominar mentes, do contrário não teria que usar barbitúricos nas vítimas. Por que ele usaria referências a Samael e os Alastores? Onde se encaixava o golem? Cipriano estava cada vez mais perdido. Quanto mais descobria sobre o maníaco, mais perguntas surgiam.

— Samael fugiu do inferno? — perguntou.

O livro continuou imóvel, sem folhear as páginas.

— Vou encarar isso como um não. — Cipriano acendeu um cigarro.

As mensagens na língua celestial condiziam com um anjo caído — infernais e celestes eram os únicos que sabiam o idioma. A leitura do *Necronomicon* mencionava anjos em corpos humanos.

— Golens podem desenvolver partes metálicas?

Não.

— É possível combinar magia judaica e magia celestial?

Esferas incompatíveis. Precisariam de uma linguagem em comum. Talvez com uma tradução usando o alfabeto dos Evangelhos Arcanos originais, mas não há garantias.

A dríade na floresta atrás do sítio Cafarnaum dissera que o assassino não era um mago. No entanto, ele deixava vestígios de magia, mesmo tendo sido criado através de algum experimento científico na Biodome. *Merda, Cipriano, pense, pense, faça perguntas relevantes! O que você é, seu filho da puta?*

— Há maneiras de se criar habilidades mágicas através de ciência?

Sim. A Sociedade Thule combinava magia quimérica e biotecnologia para criar soldados durante o domínio do Terceiro Reich.

Cipriano lembrou-se de que a Igreja tinha um histórico sujo com o nazismo. Alguns padres chegaram a vestir as fardas da ss, mas não havia nenhuma menção a um sacerdote católico enfiado nas heresias da Sociedade Thule.

— Existia alguém chamado dom Quaresma Adetto entre os Thule?

Desconheço esse nome. Última pergunta.

Cipriano ainda precisava descobrir em qual cemitério estava enterrado Gregório Zanfirescu. Não podia simplesmente telefonar para Nicoleta e pedir a informação. Ela sacaria suas intenções e não falaria nem sob tortura.

Cipriano fechou os olhos e remontou uma linha para o caso.

Dom Quaresma e a Biodome criaram uma aberração, uma criança com habilidades sobrenaturais, capaz de reproduzir milagres bíblicos. O menino fugiu e cresceu longe do laboratório. Chantageou o rabino Zanfirescu para aprender o ritual de Betzael. Em algum momento, o garoto voltou à empresa para matar os cientistas envolvidos na experiência. Depois começou a assassinar líderes religiosos, se proclamando um novo messias.

Fazia sentido, mas não lhe dava nenhuma indicação do paradeiro do assassino. Cipriano não sabia como rastreá-lo. Não tinha escolha senão verificar se o cadáver do rabino teria mais alguma pista.

— Em qual cemitério o rabino Gregório Zanfirescu foi enterrado?

Cemitério Israelita de Inhaúma. Achará o Rabino aos pés do gigante Filisteu.

— Valeu, Alhazred. Da próxima vez pergunta primeiro antes de atacar o consultor.

O livro se fechou, tornando-se apenas um tomo antigo e ressecado.

Cipriano afastou-se devagar, de costas, ainda achando que o *Necronomicon* poderia atacá-lo. Esperou alguns minutos, mas o alfarrábio não mostrou nenhuma reação. Sem tirar os olhos do livro, bateu na porta do cofre.

Gi Jong abriu a caixa-forte e sorriu.

— Você vende pá? — perguntou Cipriano, saindo às pressas.

— Sim, por quê?

— Vamos exumar um corpo. — Cipriano subiu as escadas e voltou à loja. Ao se sentar no sofá, ele tremia e pingava de suor.

— Alhazred não facilitou pra você, né? — disse Gi Jong, indo ao frigobar pegar outra cerveja enquanto Cipriano tentava se acalmar.

O padre tinha apostado alto naquela noite.

Ele não fazia a menor ideia se seu sangue realmente queimaria o *Necronomicon*.

24

Júlia foi ao Centro Integrado de Comando e Controle, na Cidade Nova. O bairro nada tinha de novo, uma vez que os imóveis no final da rua podiam estampar a capa de *Casa & Infiltração*. Destoando daquela Gothan City tupiniquim, o CICC surgia em um quadrado de cimento decorado com árvores tão espaçadas que deviam sofrer de fobia a florestas. À esquerda, erguia-se uma torre com as iniciais do projeto, que somada à fachada cilíndrica em vidro fumê dava ao edifício o charme de um purificador de água.

Dentro do prédio, telões mostravam os engarrafamentos da cidade em um mapa. Cada pontinho vermelho sinalizava uma área em risco por causa de enchente. O local cruzava informações entre diversos órgãos de segurança que distribuíam policiais estaduais, federais, rodoviários e militares — além de funcionários da defesa civil.

Júlia passou horas verificando as gravações de trânsito da CET-RIO, mas nenhuma mostrava o orelhão em frente à Leopoldina. Segundo um dos técnicos de plantão, aquela câmera precisava de manutenção. Conformada em ter que sair na chuva e visitar *in loco*, Júlia sentiu-se inútil diante dos monitores. Com seus mil olhos, a Cidade Maravilhosa continuava cega para um assassino paranormal.

Um psicopata tão poderoso quanto um vilão da Marvel explicaria muita coisa. As mortes eram fisicamente impossíveis. Santana tivera um saco de moedas materializado no intestino. Padre Ítalo ficara paralisado enquanto fritava. No caso de Verônica, barbitúricos eliminaram o instinto de autopreservação e tornaram sua mente sugestionável. Como o criminoso conseguia se aproximar das vítimas para injetar as drogas sem que elas lutassem? No IML, Álvaro encontrara uma incisão curva na pele do cadáver, algo mais próximo de um ferrão de inseto do que de uma agulha.

Mas por que alguém com tamanho poder precisa de drogas para hipnotismo?

O incêndio na igreja da Penha mostrava que o assassino tinha dons piroci-néticos. Santana fora encontrado no cativeiro trancado por dentro. Um golem poderia fechar o quarto, torturar o pastor e depois se desfazer em uma pilha de barro. Porém, o psicopata usava narcóticos para levar as vítimas ao suicídio.

Isso só podia significar que ele não controlava mentes. Não era um telepata.

Os últimos dias tinham sido tão absurdos que Júlia não se surpreenderia se o criminoso tivesse uma sonda alienígena enfiada no rabo, transmitindo ordens de marcianos. Sentia-se culpada por não dar mais atenção à filha. Talvez fosse melhor dar uma ligada para ver como estava Mariana.

Puxou o celular e encontrou uma mensagem de Cipriano, então clicou no WhatsApp e ouviu o áudio deixado pelo padre.

"Fala aí, Júlia. Mais tarde, quando estiver livre, me dá uma ligada. Quero que me encontre no Cemitério Israelita de Inhaúma. Descobri o significado do triângulo invertido. É o signo de Samael, um anjo caído que foi transformado em um demônio por se recusar a combater Lúcifer na Grande Rebelião. Essa entidade pode farejar pecadores para punir. Não sei se isso é só uma simbologia ou se o assassino se considera o próprio Samael. Talvez ele tenha esse nome e fez uma analogia. Acho pouco provável, mas é melhor do que nada."

O único Samael que Júlia conhecia era o chefão final do jogo *Silent Hill*. De qualquer forma, não custava arriscar na teoria do nome. Era um ponto de partida.

Ela guardou o celular, desceu ao estacionamento e pegou a viatura. Vestida em uma capa de chuva amarela, foi ao ponto de táxi em frente à Leopoldina. O orelhão continuava lá. Após confirmar o número, passou um tempo interrogando os motoristas aninhados sob a passarela.

— Moça, o que mais tem por aqui é gente suspeita. — Um taxista olhou para alguns mendigos amontoados na calçada. — Seria mais fácil se a senhora tivesse uma fotografia.

Júlia se aproximou de outro motorista, um tipo clássico que usava mullets e um bigodão para esconder o queixo retraído.

— Boa noite, madame. — O sujeito exalava álcool o suficiente para encher o tanque do carro com saliva. — Virgílio, ao seu dispor. Qual é a sua graça?

— Inspetora Abdemi. — Júlia mostrou a identificação para cortar qualquer tentativa de galanteio. — Você faz ponto aqui há muito tempo?

— Sim, senhora. No que posso ajudar?

— Você tava aqui na madrugada de terça para quarta-feira?

— Eu sou suspeito? Vai me algemar, doçura?

— Tô procurando um garoto com mais ou menos dezesseis anos que tenha usado esse orelhão na madrugada de quarta. — Júlia lembrou-se da filmagem na Biodome. Não sabia o sexo da criança, nem sua possível aparência, mas arriscou que Samael fosse o codinome de um garoto. Nos vídeos do YouTube, ele se referia a si mesmo com pronomes masculinos. — Ele devia estar nervoso, tentando esconder o rosto com um boné ou óculos escuros — Júlia completou. — Deve ter abafado a voz com um lenço durante a ligação.

— Não lembro, meu anjo — disse o taxista. — Eu não fico aqui o dia todo. É melhor conversar com os subversivos.

— Subversivos?

— É. Comunistas. — O taxista lançou um olhar aos miseráveis sob a marquise. — Esse pessoal aí quer viver às custas dos nossos impostos. São socialistas e nem sabem disso. Estão contribuindo para a agenda dos Illuminati. Eles querem implantar uma ditadura mundial, um Estado que vai controlar a vida dos cidadãos de bem através do chip da besta. Nunca ouviu falar disso?

Júlia nunca tinha ouvido e nem queria saber; mesmo em uma caçada a um assassino paranormal, havia limites para sua credulidade.

Ela estudou os coitados na calçada. A maioria dormia, alguns viviam em outra dimensão, enxergando através de olhos injetados. A possibilidade de lembrarem algum detalhe era mínima.

— O.k. Se conseguir se lembrar de alguma coisa... — Júlia pensou em entregar seu cartão ao taxista, mas mudou de ideia. — Quer saber, deixa pra lá. Obrigada pela atenção. — Ela se afastou e entrou na viatura.

Ficou ali parada, tentando perceber qualquer coisa que tivesse deixado escapar. No quarto de hora em que esteve ali, ninguém usou o telefone público. As pessoas transitavam ou esperavam a condução, sem desgrudar dos celulares. Hoje em dia, todo mundo tinha um smartphone e os orelhões estavam caindo na obsolescência.

Aquele tal de Samael estava familiarizado com tecnologia. Sabia editar vídeos e apagar seus rastros na internet. Fora esperto em usar o orelhão; poderia comprar um cartão telefônico em qualquer banca de jornal sem levantar suspeitas.

Por uma questão de probabilidade, Júlia imaginava que Samael morasse nas cercanias. Alguém decidido a fazer uma denúncia anônima escolheria um telefone público perto de casa. Júlia olhou a fila no ponto final dos ônibus. Os veículos amarelos que iam para o Leblon se encarreiravam em frente à estação da Leopoldina. Samael poderia ser qualquer um daqueles jovens hipsters, passando na roleta...

De repente, veio a epifania.

Com o coração batendo na goela, Júlia saiu da viatura. Viu o fiscal rodoviário sentado em uma cadeira em frente ao 460 São Cristóvão-Leblon, fazendo anotações em uma prancheta e depois se levantando para entrar no ônibus e conferir o número de passageiros no marcador da catraca, e então descendo para despachar o veículo.

Júlia aproximou-se do fiscal.

— Boa noite. — Ela mostrou a identificação. — Preciso verificar o ônibus.

— Alguma coisa errada, policial? — O homem arregalou os olhos.

— Nada de mais, só procedimento de rotina. Posso entrar no veículo?

O homem assentiu.

Júlia subiu no primeiro ônibus da fila. Embora tivessem vidro fumê, as janelas permitiam vista do ponto de táxi. Ela se virou e olhou acima do painel do motorista, procurando por uma cúpula negra de vidro. E encontrou.

Ela desceu e voltou a falar com o fiscal.

— Preciso do número e do horário de todos os carros que pararam exatamente *aqui* na quarta-feira de manhã. — Júlia apontou para o primeiro ônibus da fila. Quando esteve na roleta, pôde ver a parte traseira do veículo e também o orelhão através das janelas à direita. — Você tem tudo aí na sua prancheta, não tem?

— Tenho sim, senhora. — O fiscal fez uma expressão confusa, preocupada.

— Calma, não vou prender ninguém. — Ela deu um sorriso artificial de simpatia. — As câmeras do ônibus funcionam ou são apenas para intimidar os assaltantes?

— Funcionam sim, senhora.

— As imagens ficam gravadas no carro?

— Não. Vão todas direto lá pra empresa. Eu não entendo muito disso não, senhora. Melhor entrar no site da companhia e mandar um e-mail pro pessoal do T.I.

Ao ouvir que as câmeras transmitiam on-line, Júlia sentiu um alívio de triunfo.

Para alguém que mergulhava a mente na internet, conseguir as imagens seria fácil.

25

Ele havia nascido de uma virgem para recrucificar o filho de Deus, mas ninguém suspeitava que aquele jovem andando na rua rumasse para um destino messiânico.

Iluminado por artérias que pulsavam no coração da tempestade, Samael apartava uma briga entre o vento e o guarda-chuva. Ainda não tinha poder sobre o clima, portanto ficou ensopado da cabeça aos pés, como um Noé naufragado da arca.

Em uma crise de fúria, arremessou a sombrinha, imaginando se Thor e Zeus tinham superado as divergências com a intenção de irritá-lo. O guarda-chuva espatifou-se no vômito da sarjeta e navegou até ser engolido por uma das bocas da cidade.

— Isso é o melhor que vocês têm contra mim? — ele gritou aos céus no tom de bravata de um valentão de colégio. — Por que não me acertam um de seus raios, bando de merdas?

Um messias em ascensão causava inveja aos deuses caídos do passado, mas aborrecê-lo era o máximo que podiam fazer. Diferente dos rivais, Samael viera ao mundo em carne e osso e não precisava de avatares para interferir na realidade.

Tremendo de frio, protegeu-se no ponto de ônibus. Sentou no banco e abriu a bolsa da loja de conveniência vinte e quatro horas: biscoitos, achocolatado e barras de cereal. Pegou uma das barrinhas e mordiscou enquanto olhava a internet no celular.

O último vídeo tinha viralizado. Teóricos da conspiração criavam possibilidades sobre sua origem. Em geral, ninguém acreditava em sua divindade.

Ainda.

Os internautas tinham decidido pela morte do pedófilo, e a torcida pela punição de outros falsos profetas não seria ignorada. Fiel ao clamor do povo, ele certamente ouviria àquelas orações. Cada comentário no YouTube e no Facebook era uma prece, embora seus seguidores não tivessem consciência disso.

Nos tempos antigos, os deuses levavam séculos montando suas religiões, mas Samael era um messias moderno e sabia usar o poder das redes sociais para popularizar seu evangelho. O discurso de olho por olho, dente por dente continuava a fertilizar o coração dos homens. Sentia que a fé violenta de seus adoradores um dia o transformaria em uma nova deidade, mas não podia se empolgar a respeito disso na rua. Precisava manter a discrição, evitar o confronto com a polícia até que tomasse o lugar de Cristo. Embora pudesse se recuperar de ferimentos mais rápido do que um humano, ainda não era indestrutível.

Suas habilidades cresceriam a cada novo julgamento, alimentadas pela crença dos internautas. Fariam dele tão onipotente quanto o Criador, um dos elementos da trindade. Já dominava o fogo e criava vida do barro, mas ainda não conseguia controlar mentes, apenas influenciá-las com ajuda de narcóticos. Talvez essa fosse uma característica intrínseca aos deuses; eles podiam sussurrar nos ouvidos dos pecadores, mas jamais lhes tirar o livre-arbítrio.

Samael recolocou o celular no bolso e olhou em volta.

Àquela hora — quase meia-noite — a avenida parecia um cemitério. Ele evitava sair durante o dia para não chamar atenção. Supermercados estavam sempre lotados e ele preferia lojas de conveniência que aceitavam bitcoins. Criptomoedas não deixavam rastros na internet, nem mesmo com máquinas de débito. Além de tudo, tinha um rosto que causaria reverência aos mortais. Mesmo sob o capuz, poderia ser reconhecido e jamais esquecido.

Levantou-se e atravessou a rua. Ficou tentado a se *arrebatar*, como fizera há dezesseis anos, quando estava consciente no útero da mãe, mas achou que o ar fresco lhe faria bem; a noite rescindia ao ozônio dos relâmpagos e a metal aquecido.

Na outra calçada, o vento farfalhando nas árvores entoava uma canção de ninar para os mendigos sob a marquise. Atrás deles, a Estação Ferroviária da Leopoldina agigantava-se em um mausoléu cinzento, coberto de pichações, cujo relógio permanecia tão branco quanto o olho de um ciclope. Ao lado daquele patrimônio abandonado, a saída da Linha Vermelha — uma via suspensa em colunas — descia ao nível do solo.

Samael seguiu o muro em frente ao viaduto que servia de motel aos indigentes. Nas margens do valão que dividia a rua, preservativos gordurosos se misturavam à erva daninha no concreto. Entrou em uma viela ladeada por cortiços; as quitinetes esperavam a demolição da prefeitura servindo de abrigo aos párias. Seu esconderijo — um casarão de dois andares, estilo neoclássico — ficava em um matagal no final do beco.

Ansioso por receber o amor dos fiéis, Samael acelerou o passo, chapinhando em uma correnteza de lixo e água podre. Por cima do muro do esconderijo, a vegetação caía para o lado de fora. Encaixou as chaves e o portão se abriu com um ganido metálico. Lutou com o mato até a varanda, onde leões de pedra vigiavam em posição de esfinge.

Ele precisava ficar oculto até que sua divindade evoluísse; havia selado as janelas do primeiro andar com jornal e fita crepe. O reboco ferido desentranhava o esqueleto de vergalhões, enquanto querubins de gesso fugiam das trepadeiras na fachada. Gostava do aspecto assombrado do lugar. Ajudava a repelir invasores.

Entrou. A luz do poste atrás dele derramou-se no assoalho, banindo os ratos da sala. O piso de taco estalava os caibros do porão sob seus pés. Samael foi livrar-se das roupas molhadas, no segundo andar. Subiu os degraus e entrou no quarto, jogando as roupas sobre a cama. Um raio fraturou os céus, animando sombras nos *action figures* em sua estante.

Despido diante da janela, o fulgor piscava sua imagem no vidro: cabelos pretos e encaracolados, pele azeitonada e macia, olhos cinzentos, físico tão invejável quanto o de uma obra de Michelangelo. Uma anatomia perfeita para uma criatura perfeita.

Mas ele odiava o próprio reflexo, porque não causava temor.

Um messias respeitável precisava de uma aparência tão intimidadora quanto a do golem. Aquele constructo de barro fora inspirado em video games e animações; o elmo de ferro fora baseado em Pyramid Head, do jogo *Silent Hill*; a capacidade de adaptar as feições como uma metáfora para os pecados viera do *Multiface*, um dos inimigos do He-Man. Samael tinha toda a coleção de *Masters of the Universe*. Foi um dos primeiros brinquedos que ganhou de dom Quaresma Adetto, quando ainda era criança.

Mas, embora pudesse criar monstruosidades de argila, Samael ainda não podia mudar a própria aparência.

Nas paredes, ladeando os bonecos, havia uma série de pôsteres de filmes clássicos: *O bebê de Rosemary, O massacre da serra elétrica, Evil Dead, Anjos rebeldes* — obras-primas que o instruíram sobre a verdadeira natureza humana.

Mas de todos aqueles filmes, o favorito era *Seven: os sete crimes capitais*.

Samael o assistira dezenas de vezes e ainda se emocionava com aquela parábola sobre o pecado. Era impossível não sentir empatia pelo personagem de Kevin Spacey, um "assassino" com tamanha retidão de caráter que preferiu se sacrificar a continuar vivendo em um mundo ímpio. Os mortais jamais entenderiam o messianismo de Samael, assim como jamais entenderiam a mensagem redentora de *Seven*.

A iniquidade devia ser combatida com ferro e fogo. Em *Anjos rebeldes*, Christopher Walken lhe ensinara que humanos eram macacos. Samael leu que alguns adestradores de animais batiam nos chipanzés para ensiná-los; nada mais lógico do que maltratar também os mortais. Afinal, eram primatas, não eram? Se a dor adestrava os símios, também ensinaria ao homem.

Seu mentor, dom Quaresma Adetto, queria transformá-lo no farol que resgataria a Igreja medieval. Consciente de sua missão desde o útero, Samael percebia o mundo pelos olhos da mãe, enquanto a obrigavam a assistir a vídeos sobre tortura, guerra e todas as atrocidades que resultavam de uma humanidade sem um messias impiedoso. Ele aprendia tudo rapidamente, graças à herança em suas veias. Fora instruído em química, biologia, ocultismo, arte, medicina e até informática. Aos sete anos, já falava aramaico, grego e latim. O idioma celestial foi um bônus que nasceu com ele.

Mas, como todo messias, um dia Samael precisou seguir o próprio caminho para espalhar seu evangelho. Roubou as moedas raras do cardeal, converteu o dinheiro em bitcoins, pegou uma muda de roupas e começou a pregação.

Arquitetou o julgamento de cada falso profeta.

Tinha planejado a morte de onze fariseus e de Judas Cipriano — a mesma quantidade dos apóstolos de Jesus. Um de cada religião, para que a humanidade entendesse que Samael seria o único messias que uniria a Igreja. Quando ascendesse ao trono do paraíso e se sentasse ao lado do Pai, partiria em uma caçada aos outros panteões.

Ligou a TV para ver o que falavam dele e sentou-se na cama em posição de lótus, se tocando de forma inconsciente, pois odiava sexo.

Morte era a única coisa capaz de excitá-lo.

Não havia nada melhor do que ver a descrença nos olhos de um pecador no instante da morte. Não era a violência que satisfazia Samael, mas a expressão da vítima no momento do fim, sua ilusão de imortalidade destruída. Era algo especial, uma entrega maior do que qualquer ato de lascívia. Mesmo diante do algoz, os macacos o encaravam com um olhar clamante de misericórdia, um pedido de redenção tão inocente quanto o de uma criança. Naquele lampejo de autoconsciência dos falsos profetas, Samael notava arrependimento genuíno e sentia-se um verdadeiro Redentor.

Ele abandonou seus pensamentos e prestou atenção na TV. A Band News mostrava uma matéria com o delegado Silveira. Ao lado dele, a policial Júlia Abdemi — parceira de Judas Cipriano — respondia às perguntas dos repórteres. Samael sabia tudo sobre o padre; os arquivos da sociedade de São Tomé lhe haviam informado sobre a Trapaça. O exorcista seria seu único rival na guerra santa que estava por vir.

E o mundo só tinha espaço para um messias.

Um sorriso fino e belo se abriu no rosto de Samael. Um sorriso que mais parecia um corte de navalha. Aumentou o volume e escutou o delegado Silveira.

— A inspetora Abdemi conseguiu imagens do suspeito em uma câmera de ônibus. Se alguém tiver qualquer informação, ligue para o disque-denúncia. Enquanto isso, colocaremos todos os líderes religiosos da mídia sob proteção policial...

O sorriso de Samael desapareceu no instante em que viu um retrato falado na tela — uma montagem digital usando um software de reconhecimento facial.

Viu a si mesmo em uma montagem em 3-D.

— Não, não, *não!* — gritou, roído pelo pânico.

Começou a socar o colchão, mordeu o travesseiro, enrolou os dedos nos cabelos e puxou com tanta força que quase arrebentaram. O medo converteu-se em um rio de lava em suas veias.

Seu evangelho estava inacabado. Se não terminasse a pregação, a humanidade jamais se converteria. Seria impedido de sentar no trono ao lado de Deus e queimar os rebanhos de pecadores.

Rangendo os dentes, Samael correu ao computador e usou um dos quinze perfis falsos que mantinha no Facebook para fazer uma busca por Abdemi. Encontrou cinco pessoas com o mesmo sobrenome. Três eram de Angola, na África. Os outros dois perfis eram do Rio de Janeiro. Um deles estava sem foto, o outro mostrava uma criança. Quando ia clicar no perfil anônimo, notou que a menina estava abraçada a uma mulher.

Samael reconheceu as feições da mãe na garotinha.

Júlia e sua filha.

Entrou no perfil da menina e começou a vasculhar as fotos. As imagens mostravam Mariana em festas de aniversário, memes inúteis, vídeos de cachorros e gatinhos — nada que pudesse fornecer uma pista sobre sua localização. Até que encontrou uma foto de Júlia de mãos dadas com a garota, em frente a uma casa azul de janelas brancas. Nessa, Mariana usava um uniforme com o nome de uma instituição de ensino.

Samael colocou o nome do colégio na pesquisa do Google e descobriu que era uma creche particular no Méier, depois olhou outras fotografias no mesmo álbum. Viu várias fotos de Mariana em um jardim cheio de estátuas cabeçudas de *Star Wars*. Em uma delas, a menina abraçava um Chewbacca.

O imóvel azul continuava ao fundo.

Crianças naquela idade geralmente estudavam perto de casa. Ele copiou e colou a foto do Chewbacca na busca do Google, e encontrou anões de jardim de *Star Wars* em diversas lojas espalhadas pelo Brasil.

Uma delas ficava no Méier.

Abriu o Google Earth e digitou o nome da loja e, depois de fazer o mesmo com o endereço da escolinha, conseguiu delimitar uma área de busca de três quarteirões. Ampliou a imagem e foi lentamente procurando em uma a uma daquelas doze ruas. A maioria era tomada por prédios e condomínios. Olhou novamente a foto e viu árvores altas que se aglomeravam no horizonte, atrás da casa azul. Na rua Dias da Cruz não havia tanta vegetação; era uma avenida comercial repleta de galerias e condomínios.

Samael se perguntou que lugar teria tantas árvores naquela região.

O Jardim do Méier!

Usando aquela praça como referência, aumentou o mapa atrás do jardim e moveu o mouse com paciência... até que viu um quintal com linhas fluorescentes — uma vermelha e uma verde — em meio às árvores. A princípio, imaginou que fossem lâmpadas de led alimentadas por luz solar, mas quando aproximou a câmera viu duas estátuas viradas de frente uma para a outra.

Um Luke Skywalker em um duelo de sabres de luz com Darth Vader.

— Te peguei, sua vaca! — ele gritou.

Samael levantou-se e desceu as escadas com tanta pressa que quase caiu. Esbaforido, parou no meio da sala. Ao gesticular, usou sua força de vontade para mover a estante entulhada de livros e HQs. O móvel deslocou-se para o lado, revelando um alçapão no pavimento, e Samael destrancou o ferrolho.

Então desceu para sua igreja.

O cheiro de carniça se intensificava na adega subterrânea. Cinturões de moscas sibilavam atrás de uma cortina vermelha. Samael deslizou o cetim nos trilhos do teto e uma lâmpada nua iluminou o templo.

Ajoelhados ao redor de uma mesa baixa, inchados pelos gases da decomposição, com larvas abrindo caminho através da carne, doze apóstolos formavam a *sua* Santa Ceia. As mãos em prece, enroladas com arame farpado. Os joelhos tinham sido trespassados por hastes de ferro e parafusados ao solo para mantê-los em eterna vigília. Músculos rígidos esticavam as bocas em uma liturgia que jamais teria fim. As órbitas choravam vermes.

Era a sua congregação. Aqueles olhares ocos o veneravam.

Samael passou pelos fiéis lentamente, permitindo que o idolatrassem. Nu, subiu na mesa e aceitou as orações mudas dos apóstolos.

— Me amem! — sussurrou, inebriado pelo odor ferroso de vísceras. — *Me amem!*

Sua quintessência divina foi liberada para os cadáveres, que começaram a se mexer. Gemidos escapavam das bocas abertas em uma paródia de oração. Samael respirou fundo, fechou as pálpebras e exalou *fôlego de vida*.

Uma névoa etérea saiu dos lábios do garoto, como o ectoplasma liberado por um médium. Quando abriu os olhos outra vez, estavam brancos, virados dentro das órbitas. Agora ele projetava a mente dentro daquela neblina; um nevoeiro de pura percepção que se afastou do chão e o fez enxergar o próprio corpo. Continuou subindo, atravessou o pavimento do primeiro andar, depois o segundo, e escapou pelo teto. Flutuava acima da rua, enxergando uma pipa presa na antena do telhado.

Ao atingir as nuvens e ver o Rio de Janeiro como uma maquete iluminada, mentalizou a casa que viu no Google Earth e seguiu para o norte. Samael captava a textura da mesa do porão sob os pés, mas também sentia o ar frio nas nuvens. Enquanto apreciava o cheiro podre de sua Santa Ceia, inalava o aroma do asfalto molhado na rua. Enxergava os caibros de madeira no esconderijo e via os faróis dos carros nas avenidas.

Graças ao conhecimento que roubou de Zanfirescu, ele estava liberto das limitações carnais. A alma de Samael registrava o tato, o olfato e a audição em dois lugares simultaneamente. Não sabia como tal coisa era possível — apenas *existia* em diferentes pontos da cidade. Era tão simples quanto caminhar e mascar chiclete ao mesmo tempo.

Encontrou o endereço e caiu em câmera lenta sobre o terreno de Júlia Abdemi. A névoa penetrou o solo do jardim e ele ampliou seus sentidos para *dentro* da terra preta. Atravessou o Chewbacca de plástico, trespassou as raízes das plantas e foi imergindo cada vez mais fundo, até que cada pedrisco assumiu o tamanho de um estádio de futebol. Quando a visão atingiu escala microscópica, ele viu a engenharia que dava forma à argila, aquilo que os cientistas chamavam de estrutura molecular.

E como um deus criando seu próprio Adão, ele colocou o sopro de vida no barro e invocou o golem.

26

A Bíblia afirmava que os mortos nada ouviam, nada falavam, nada sentiam, mas Cipriano discordava disso na mesma intensidade com a qual desobedecia seus mandamentos.

Os finados contavam histórias para quem sabia ler nas entrelinhas. Um pombo raspado do pneu de um caminhão narrava o desespero do último voo. O sangue de uma adúltera em um motel dizia tudo sobre a covardia do corno. A morte recitava o silêncio com eloquência, despia os hipócritas de suas mentiras, murmurava segredos inconfessos no leito do hospital — mais do que isso; era democrática, apolítica, desprovida de ideologia na hora de bater o martelo. A prova de seu julgamento inclemente era que Gregório Zanfirescu, um poderoso mago judeu que enfrentara vampiros e nazistas na Romênia, recebeu o maior prêmio destinado aos heróis: um túmulo para esmaecer seus feitos e uma lápide que se apagaria no tempo.

Cipriano passara a tarde na loja de Gi Jong. Agora, prestes a violar a tumba do rabino, em frente ao Cemitério Israelita de Inhaúma — um bairro que se fosse localizado na Terra-Média substituiria Mordor —, Cipriano conversava com Júlia pelo celular enquanto o chinês vigiava uma rua tão sinistra que até os exus evitavam as encruzilhadas. A chuva golpeava os paralelepípedos.

— Descobriu a cara do Samael? — Cipriano berrava ao telefone, conforme a perplexidade se convertia em perguntas. — E como vamos localizar ele? A aparência não ajuda se ele não tiver um endereço, um registro policial. O quê? Sim, tô aqui no cemitério já... É uma longa história, prefiro te contar quando chegar aqui... Não, só dá pra ser pessoalmente. Quanto tempo? Tá. Vou te esperar aqui, beleza? Até mais!

O padre encerrou a ligação e mandou uma mensagem para Torquemada, cobrando informações sobre dom Quaresma Adetto. Talvez a Sociedade de São

Tomé tivesse arquivos do sujeito. Se esse cardeal existisse e não fosse uma identidade falsa, o inquisidor certamente descobriria alguma coisa.

Cipriano guardou o telefone e olhou as redondezas. O conjunto habitacional vizinho ao cemitério se enfileirava com a elegância de caixotes em um depósito. Os edifícios tinham sido pintados em um branco-consultório e antenas de TV a cabo floresciam das janelas de alumínio. Do outro lado, o Complexo do Alemão cintilava as luzes dos barracos, formando uma galáxia pontilhada de amarelo.

Ele e Gi Jong ficaram quarenta minutos jogando conversa fora, até que o chinês puxou o assunto:

— Tem certeza de que é a melhor maneira de contar a verdade pra sua parceira? — Apesar do temporal, o chinês continuava seco. A água evaporava a centímetros da pele, ondulando em uma aura de vapor. — E se tiver um golem esperando lá dentro?

— Melhor ainda. — Cipriano lutava com a tempestade que ameaçava roubar o guarda-chuva. — Uma imagem vale mais que mil palavras.

— Torquemada tá sabendo que você vai traumatizar a garota?

— Não. — Cipriano puxou um cigarro, mas não conseguiu acender. — Ele queria que eu apresentasse ela ao sobrenatural de levinho, mas que se foda. Quem guarda segredo é baú! — Desistiu de acender o isqueiro e pediu: — Dá uma ajuda aqui!

— O que essa menina tem que Torquemada quer? — O chinês tomou o cigarro das mãos de Cipriano e lambeu a ponta; a saliva chiou no tabaco e as brasas piscaram.

— O de sempre: sincretismo católico. Alguém como Júlia somaria forças à organização. — Cipriano pegou o cigarro de volta e tragou. — Ela é da família Abdemi.

— É... isso explica muita coisa.

Ao longo dos séculos, Gi Jong ouvira sobre membros do clã. Sabia que as habilidades dos Abdemi em se comunicar com mecanismos se adaptavam às descobertas tecnológicas da época em que viviam. No tempo das ferrovias, lera uma notícia sobre uma revolta escrava liderada por Nagô Abdemi. Os jornalistas não sabiam o que tinha acontecido em uma estrada de ferro do Triângulo Mineiro, contudo, Gi Jong imaginava que os soldados mutilados e os destroços do trem tivessem sido causados por um fenômeno: Nagô usara seus poderes para transformar a locomotiva em um exército de constructos que massacrou os agentes do Império. Podia visualizar o horror dos soldados ao verem os vagões se desmontando e assumindo a forma de autômatos que cuspiam fumaça pelas engrenagens, olhos queimando ódio em fornalhas, articulações movimentadas por pistões. Naquela manhã de 1870, os negros assinaram a própria alforria com o sangue de seus opressores.

— Torquemada me deu um dossiê — disse Cipriano. — O avô dela manipulava ondas de rádio, a avó podia conversar com os espíritos através da TV.

— Quais os poderes de Júlia?

— Ah, ela é tipo um smartphone de tênis.

— Ela sabe quem é o patriarca da família? — Gi Jong arqueou a sobrancelha.

— Acho que não. — Cipriano olhava a rua, com medo de que uma patrulha passasse por ali. Como explicaria o que estavam fazendo na porta do cemitério no meio de um dilúvio? Se pelos menos estivessem de branco, podiam passar por umbandistas pagando alguma obrigação, mas o exorcista vestia preto. Um policial que parasse os dois nem notaria a gola eclesiástica e ia confundi-los com satanistas invocando o diabo em um ritual de maconha e Black Metal.

— E como vai contar a ela? — perguntou Gi Jong.

— Do jeito mais fácil, ué: Júlia, você é uma...

Os faróis de um carro fatiaram a escuridão e interromperam Cipriano. As luzes varreram o muro do cemitério, criando um teatro de sombras no portão decorado com estrelas de Davi. O Palio estacionou em frente aos dois, arriou a janela, e Júlia acendeu a lâmpada na cabine, dizendo:

— Espero que você tenha um bom motivo pra me trazer aqui! — Ela saiu do automóvel usando uma capa de chuva amarela. — Que merda tá acontecendo? — Júlia encarava a pá ao lado do chinês e seus olhos se esbugalharam ao notar que o estranho não era atingido pela chuva. — Jesus! — exclamou ela, achando que se encontrava diante de uma assombração. Já ia recuar em fuga quando Cipriano gritou:

— Ele é meu amigo! — O exorcista subiu em um dos canteiros que ornava a calçada. A contenção de cimento ao redor das plantas diminuiu a distância ao topo do muro. O padre fechou o guarda-chuva. — Relaxa que ele não é fantasma.

— Prazer, Gi Jong. — O chinês estendeu a mão e exibiu o sorriso de vendedor de ônibus. — Sou amigo do Cipriano.

Júlia via as gotas se evaporarem antes de tocar no estranho. Depois da mulher se desmaterializando no vídeo da Biodome, da chuva de meteoros, de ver os próprios braços reluzindo feito metal, pensava que mais nada de anormal poderia surpreendê-la. Apertou a mão do asiático achando que fosse se desvanecer em uma alucinação, mas a carne de Jong era macia, real... e tão quente quanto um bule de café recém-coado.

— Ai, porra! — Júlia recolheu os dedos como se tivesse tocado uma panela de pressão, mas não se queimou. Na verdade, somente agora se dava conta de que não se lembrava de ter se queimado alguma vez na vida. Forçou a memória, mas não conseguiu se recordar de nenhum episódio.

Mais um mistério em um dia estranho.

Júlia olhou de soslaio para Cipriano e gritou:

— Aonde você vai?

O exorcista saltou em cima do muro e se agarrou no topo.

— Vamos exumar um cadáver — respondeu Cipriano, fazendo força para se içar. Com as habilidades acrobáticas de um semáforo, ele raspou os sapatos no muro, deixando indícios para ser incriminado como violador de túmulos.

A cena era ridícula: um homem grisalho, barrigudo feito um peixe de vala, com uma calça jeans apertada que dava a ele o ar de um cantor sertanejo testando uma nova técnica de vasectomia.

— Acho que o rabino é uma das vítimas! — Cipriano passou a perna para o outro lado do muro e ficou sentado, metade fora, metade dentro. — Não podemos ignorar um corpo. Silveira mataria a gente, Júlia.

O chinês pegou a pá e parou em frente ao portão, então olhou para cima e perguntou:

— Tá com aquele canivete ainda?

Cipriano mexeu nos bolsos e o pegou.

— Tô, por quê?

— Me empresta.

Gi Jong abriu as mãos. Cipriano jogou o autômato e o chinês o agarrou, sussurrando alguma coisa para o maquinário, como se fosse um bichinho de estimação. Então o chaveiro se abriu em seu formato aracnídeo, apitando as engrenagens, soltando vapor, e começou a escalar o portão até que sumiu do outro lado.

— Merda. — Cipriano se sentiu um idiota. — Tinha me esquecido dessa bosta.

— Se eu postar isso no Face, ninguém vai acreditar — disse Júlia. Estava invadindo um cemitério, perto da meia-noite, acompanhada de um padre doido e um chinês capaz de se esquivar da chuva como se fosse o Cascão. — Alguém aí pode me explicar por que tem um chinês seco nessa chuva? E que merda era aquela aranha metálica ali? — gritou acima do ruído da tempestade.

— Calma. — Cipriano saltou de volta. — Depois a gente senta em um boteco e te conto tudo. — A chuva tinha deixado o padre ensopado.

Do outro lado da chapa de metal, eles ouviram um clique; o cadeado caiu no chão com um tilintar e o portão se abriu empurrado pela ventania. O autômato veio andando, subiu a perna de Cipriano e entrou no bolso do jeans.

— Vamos. — Gi Jong passou a lanterna ao padre.

Eles entraram. O chinês foi na frente e Cipriano seguiu atrás, iluminando as avenidas da necrópole. Ao contrário do que o exorcista imaginava, a maior parte dos túmulos se constituía de retângulos de cimento com lápides negras em formato de arco. Algumas tumbas tinham gravuras em pedra de Moisés segurando a placa dos mandamentos, mas nada luxuoso.

Com apenas uma lanterna — e um padre que insistia em usar óculos de John Lennon no breu — procurar pela tumba do rabino equivalia a encontrar um banco com todos os caixas trabalhando. Cipriano iluminava o caminho e Gi Jong seguia pelo outro lado, aparentemente capacitado para enxergar no escuro.

— Como vamos achar a lápide? — indagou Júlia. — Tem uma porrada delas.

— Procura uma imagem ou estátua de Golias — respondeu Cipriano.

— Como você sabe disso?

— Joguei sangue de porco em um dicionário e ele me contou. — Cipriano varria as trevas, buscando uma imagem do gigante. Júlia o encarou sem fazer a menor ideia do que ele tinha dito. — Deixa essa parada quieta por enquanto. Como você conseguiu um retrato falado do Samael?

Júlia explicou sobre a câmera e sua viagem à empresa de ônibus, mas omitiu o detalhe em que hackeava os computadores com a mente.

— E como ele é? Ameaçador? — perguntou Cipriano.

— Pra ser sincera, ele parece um vocalista de *boyband* — disse Júlia. — Mas não podemos subestimar ele. Não esquece que Hannibal Lecter também é charmoso.

— Receberam alguma informação pelo disque-denúncia? — Cipriano jogou luz em um rato que o encarava com olhos de gotas de sangue. — Alguém viu ele na rua?

— Até agora nada. E você, novidades?

Quando ia responder, Cipriano recebeu uma notificação de Torquemada pelo celular. O ícone acusava um anexo no aplicativo da Sociedade de São Tomé.

— A novidade acabou de chegar. — Cipriano parou de caminhar e leu o e-mail.

Dom Quaresma Adetto, filho do aviador italiano Roberto Adetto e da aeromoça argentina Socorro Quaresma. Integrou a Ordem dos Jesuítas em 1978. Lecionou na França por vinte e três anos antes de se tornar curador da Universidade Católica de Belém, em Israel.

Coordenava o setor de museologia da faculdade e inspecionava escavações arqueológicas em uma região entre a Jordânia e Israel. Sua equipe encontrou moedas datando de mais de três mil anos em um sítio arqueológico às margens do Mar Morto. A descoberta lhe rendeu algum prestígio na comunidade cien-

tífica, uma vez que se trata do primeiro registro de comércio usando dinheiro e não escambo ou sacas de sal.

Trabalhou por poucos meses na universidade, catalogando objetos religiosos. Morreu há dezesseis anos, de câncer na próstata. O falecimento ocorreu antes da digitalização dos arquivos do Vaticano, portanto não há fotos disponíveis. Ainda não consegui localizar qualquer familiar na Europa. Estou trabalhando nisso.

Assim que encontrar mais alguma informação relevante, aviso.

Tomás de Torquemada

O texto deixava claro de onde tinham vindo as moedas, e Cipriano sentiu uma pulga atrás da orelha... Menções a escavações arqueológicas? Havia alguma conexão com o fóssil no e-mail da Biodome. O fato de o sujeito ter sumido há dezesseis anos — mesma época da filmagem da mulher grávida — não parecia coincidência.

O que esse cardeal tinha encontrado no Oriente Médio? Suspeitava que a resposta para os crimes estivesse ali. De alguma forma, Samael tivera acesso àquelas moedas; rastrear o trajeto das relíquias de Israel para o Brasil poderia dar alguma pista.

— O que diz aí? — perguntou Júlia.

Cipriano explicou e voltou à busca.

— Ele tá tentando descobrir o dono das moedas — disse, indicando Gi Jong com a cabeça. — Ele trabalha com relíquias, deve conseguir informações com colecionadores no mercado ilegal. Se essas moedas forem antiguidades, não devem ser muito difíceis de rastre...

— ACHEI! — gritou Gi Jong.

Cipriano apontou a lanterna na direção do chinês e viu duas estátuas de mármore negro. Uma enorme, outra pequena. Júlia e o exorcista foram até ele e ficaram em frente ao Golias enfurecido diante de um Davi que girava uma funda. O padre iluminou a lápide e leu o nome do ocupante: Grigore Zanfirescu.

— O nome não era Gregório? — perguntou Júlia.

— Ele deve ter adaptado quando chegou ao Brasil. — Cipriano se agachou para averiguar se o túmulo havia sido violado e ouviu os ratos arranhando do lado de dentro. — A laje tá meio fora de lugar ou é impressão minha?

— Tá sim — concordou Gi Jong.

Júlia sentiu um calafrio. Uma coisa era ver um cadáver em uma mesa de autópsia, encharcado de formol; outra era abrir uma cova à meia-noite em um cemitério. Embora não fosse supersticiosa, estava sendo afetada pela investigação.

— Samael deve ter deixado alguma pista para o próximo crime aqui dentro. — Cipriano bateu com o nó dos dedos na lateral do túmulo. — Jong, faça as honras.

O asiático se inclinou sobre a laje.

Por um instante, Júlia imaginou que o oriental ia concentrar seu chi e dar um golpe de kung-fu para explodir o concreto. Depois de vê-lo intocado pela chuva, não ficaria impressionada. Mas Gi Jong apenas encaixou os dedos entre a placa de cimento e o invólucro e ergueu a pedra que parecia tão leve quanto isopor; ele a removeu sem qualquer sinal de esforço. O cheiro de putrefação e flores mortas subiu, apesar de o caixão continuar selado sob camadas de terra.

Júlia encarou Cipriano com uma expressão que dizia: *que porra é esse cara?*

O padre deu de ombros e sorriu ao estilo Monalisa.

— Me dá. — Cipriano pegou a pá e começou a cavar a lama. A ferramenta queimava suas mãos com o peso do solo molhado. Ficaram quase uma hora se revezando na tarefa. Gi Jong reclamou que ia estragar as unhas, mas contribuiu. Embora fosse rotundo e baixinho, o chinês tinha um vigor que não podia ser natural.

— Fala sério, Cipriano — cochichou Júlia. — Esse cara é um daqueles monges shaolim, algum tipo de ninja que corre no ar?

— Você ficaria surpresa se soubesse.

Por fim, o asiático desnudou a tampa do caixão. Um hexagrama oxidado brilhou sob a luz dos relâmpagos, irradiando uma cor azul nas coroas de flores. Talhado na madeira encontraram outro triângulo e um versículo no idioma celestial. As partículas de barro entranhadas nas letras reanimaram o cramunhão no bolso de Cipriano. Ele e Gi Jong se entreolharam.

— O golem esteve aqui, como eu imaginei. — O exorcista bateu outra foto com o celular, mas como precisava de uma tradução urgente, ligou para Jezebel.

No terceiro toque, a súcubo atendeu.

— Não é uma boa hora. — A respiração ofegante sugeria que a prostituta estava atendendo um cliente.

— Foi mal, Jez. Te mandei uma foto pelo zap.

— Não dá pra esperar? — A voz de Jezebel deixava o padre prestes a furar aquele caixão com a lança entre suas pernas.

— Eu não te ligaria, se desse.

— Tá bom, espera um pouco.

Cipriano aguardou, ouvindo o esporro da música eletrônica no fundo. Escutou o clique de Jezebel pegando no telefone, então a súcubo disse:

— "Pelo veneno em tua língua, sois um sepulcro caiado que fede como Lázaro. A terra onde descansam os filhos de Davi te vomitará para que jamais maldigas as Terras dos apatriados." — Jezebel terminou de citar e disse: — A palavra terra foi citada duas vezes. Na primeira com minúscula e na segunda com maiúscula. Mais alguma coisa?

— Não. Valeu, Jez. — Cipriano desligou e contou a tradução para Júlia.

— Terra com minúscula... — Júlia coçou o queixo. — Acho que ele quis dizer no sentido de barro mesmo, não de um lugar.

— Uma referência ao cemitério israelita — confirmou Cipriano. — Aqui é onde descansam os filhos de Davi, os judeus. A outra Terra, com maiúscula, provavelmente é a Palestina. O rabino ajudou o Mossad a torturar colaboradores do Hamas. Segundo a esposa, ele estava sendo chantageado por Samael. Zanfirescu morreu de câncer.

— Vocês vão ficar debatendo ou resolver logo isso? — reclamou Gi Jong, revirando os olhos. — Já passa da meia-noite!

— Deixa eu abrir — disse Cipriano, que tirou a camiseta e enrolou no rosto para bloquear o cheiro. Notou que Júlia observava as cicatrizes de açoite. — Não, nem pergunta — respondeu o padre antes que ela questionasse, então pegou a pá e saltou na cova.

Ele encaixou a pá na lateral do caixão e foi soltando os pregos um por um. A madeira estalou e um bafo fétido escapuliu quando a tampa deixou uma pequena abertura. Pelo barulho de arranhões, havia uma festa de roedores lá dentro. Júlia e Gi Jong taparam o nariz.

Cipriano jogou a pá de lado e chutou a madeira, depois pegou a lanterna e iluminou o conteúdo, imaginando que Samael tivesse deixado ali uma nova pista, mas o que eles viram superava as piores ilustrações de Dante Alighieri.

Ao longo da existência, todos nós temos um momento que divide a vida entre o antes e depois.

Aquele foi o *depois* de Júlia.

Ali ela soube que nada seria igual, que os horrores do mundo físico nem se equiparavam à crueldade do lado espiritual. Na época em que trabalhou na Homicídios, viu um bebê queimado no micro-ondas por uma mãe drogada; viu informantes que foram esfolados vivos por traficantes; viu estupradores empalados em canos de ferro em brasa, mas nunca se deparou com um cadáver como aquele.

Ela teria suportado a carne preta, inchada pelos gases. Teria suportado as grutas cavadas pelos vermes. Teria suportado as pontas dos dedos descarnadas até o branco do osso, mas não podia suportar aqueles olhos de um azul límpido imersos em tamanho sofrimento.

Não aguentou ficar de pé quando percebeu que, apesar da decomposição avançada, Gregório Zanfirescu continuava *vivo*.

27

Descanse em paz. Apesar do que dizia a lápide, Gregório Zanfirescu não tivera um único minuto de sossego desde que fora enterrado.

Em uma reprodução grotesca do milagre de Lázaro, o assassino torturou o rabino com vida em vez de morte — uma existência a sete palmos, com vermes abrindo caminho pelas entranhas, o câncer canibalizando a carne que havia restado no túmulo. Os segundos se passavam em asfixia; dedos no ato instintivo de rasgar o forro do caixão em busca de ar... Ar que jamais preencheu os pulmões afogados nos líquidos da putrefação. Naquele sufocamento, existia a eternidade em um fôlego preso, o tórax prestes a explodir em escuridão e alívio.

Para Zanfirescu, só houve a escuridão, jamais alívio.

Com a garganta aberta exibindo um prolapso de tumores, os gritos do rabino chiavam como um pneu furado. Na ponta dos dedos, os ossos tinham ranhuras de tanto raspar a madeira; pétalas de unhas se esparramavam sobre o terno.

O horror media forças com a pressão sanguínea de Cipriano, deixando a noite mais fria em sua pele. Mesmo se conseguisse falar com o rabino, Zanfirescu não conseguiria ouvir; os tímpanos escutavam o fervilhar das larvas dançando no crânio. Uma dança que o devorava em ritmo lento, acompanhando as batidas do coração bombeado por magia.

— *Acaba logo com o sofrimento dele!* — gritou Gi Jong atrás de Cipriano, mas ele não ouviu; continuava hipnotizado, sem reagir à maré de caudas e focinhos molhados que passavam por seus pés. Embora o cheiro de morrinha fosse estonteante, o padre não conseguia registrar nada além da dor de Zanfirescu. Aqueles olhos azuis, conscientes da própria agonia, o capturaram, colocando os pelos na nuca do padre em prontidão.

Pela primeira vez, o exorcista temeu a vida após a morte. Ainda que tivesse garantias de ir ao paraíso, descobriu que Samael não precisava de um lago de fogo para torturá-lo. A asfixia interminável deixou Cipriano tremendo da cabeça aos pés, com tamanha piedade por Zanfirescu que ignorou Júlia desmaiando ao lado.

— *Porra, Cipriano, faz alguma coisa!* — Gi Jong sacudiu os ombros do padre e quebrou o transe. — Toma, acaba com isso! — O chinês enfiou a mão na cintura do exorcista e puxou o mosquete de marfim com que havia lhe presenteado horas atrás.

Desnorteado, Cipriano pegou a pistola mágica e encarou o gatilho. Não podia dar paz ao rabino antes de procurar pistas deixadas por Samael.

— Não posso... — murmurou Cipriano, em choque. — Tenho que revistar o corpo. — Ele jogou a arma no chão e inclinou-se sobre o cadáver. Ao tocar no terno, a carne macia de Zanfirescu cedeu por baixo da roupa como uma fruta madura. O cheiro de podridão o engolfou em uma nuvem tóxica; o ar trazia partículas do rabino ao seu sistema. Cipriano imaginou as células de Zanfirescu entrando pelo nariz, invadindo a corrente sanguínea, espalhando a mesma maldição em suas veias. O pânico abria uma represa de suor que se misturava à chuva. Seu coração se confundia com o reverberar dos trovões.

Júlia desmaiada, Gi Jong de um lado para outro xingando em mandarim, puxando os cabelos. Cipriano nunca tinha visto aflição no rosto do chinês. Acelerou a busca e revirou os bolsos do terno.

Zanfirescu agarrou seu pulso, reunindo as últimas forças dos músculos degenerados. Encarou o padre com oceanos gêmeos e tentou implorar, mas no lugar de palavras vieram larvas brancas e gordurosas.

Deus Todo-Poderoso, sei que você não vai com a minha cara, mas preciso ajudar esse coitado! Me dê um sinal, faça eu encontrar alguma coisa, uma pista negligenciada por esse filho da puta assassino, orou Cipriano enquanto o celular começava a tocar no bolso. Era informação demais: telefone vibrando, o rabino em agonia, Júlia desacordada, Gi Jong pressionando pelo tiro de misericórdia. À beira de um colapso nervoso, Cipriano segurou a cabeça do rabino e improvisou um exorcismo.

— *Exsurgat Deus et dissipentur inimici eius: et fugiant qui oderunt eum a facie eius.* — Os dedos de Cipriano afundaram no crânio de Zanfirescu, que tinha a consistência de uma jaca podre. — *Sicut deficit fumus, deficiant; sicut fluit cera a facie ignis, sic pereant peccatores a facie Dei...* — Sabia que era uma tentativa desesperada; o rabino era judeu, jamais responderia ao ritual católico. — *Iudica, Domine, nocentes me; expugna impugnantes me.* — Se o cadáver estivesse possuído por um *Dibuk*, o nome de Cristo não teria nenhuma autoridade sobre ele. — *Confundantur et revereantur...*

— Isso não vai funcionar! — gritou Gi Jong. — Atira nele!

Cipriano exorcizava em latim porque não conhecia nenhum feitiço necromântico capaz de desfazer aquela atrocidade. O rabino apertava seus pulsos com dedos esqueléticos, deixando vergões na pele; o toque era frio, molhado, fétido. O celular no bolso voltou a vibrar — quem era o *arrombado* que estava ligando em uma hora dessas?

— Cipriano, sai daí AGORA! — berrou Gi Jong. O chinês estava com a pistola mágica na mão. — Anda, deixa eu terminar isso!

O exorcista afastou-se, olhando as mãos sujas de terra e chorume. Caminhou lentamente para trás, mal registrando o chinês apontando a arma.

Gi Jong enfiou o dedo no gatilho afiado e pressionou; a pele se rompeu, a arma nutriu-se do sangue, carregando forças arcanas que brilharam nos arabescos do cano.

Um grito saiu do mosquete — o lamento da banshee aprisionada no marfim. Era um uivo de tamanha tristeza que pesou no peito de Cipriano, provocando lágrimas. Um cone de som ondulou no ar e atingiu Zanfirescu no rosto. As feições do rabino começaram a tremular como um matagal ao vento. A pele se desfolhou em camadas de nervos, gordura, músculo, até chegar aos ossos.

Com o grito fantasmagórico da banshee ressonando pelo esqueleto, a metade superior do corpo *explodiu* em uma chuva de vísceras. O sangue preto emplastou a madeira. O que um dia havia sido um homem se reduziu a pedaços colados no caixão.

Cipriano soltou o ar preso na garganta. O rabino finalmente encontrara a paz. Respirou aliviado, sentindo o desespero diminuir.

Até que os pedaços de Zanfirescu começaram a se mexer.

— Merda... — murmurou Gi Jong.

Filetes de carne ganharam vida e se arrastavam para fora do caixão como vermes. Cipriano intuiu que a consciência do rabino ainda estava *ali*, aprisionada em cada parte do corpo, sem responder ao cérebro que já não existia.

Aturdido, sentindo o mundo se fechar, Cipriano desabou de joelhos na lama. Não sabia o que fazer. Sequer encontrava palavras para iniciar uma oração. Fosse lá o que fosse o assassino, não era um inimigo com o qual conseguiria lidar. Não havia um protocolo para uma situação daquelas em nenhum dos manuais do Vaticano.

O telefone insistia vibrando no bolso.

Cipriano pegou o aparelho sem se dar conta. Ao ler o nome no identificador de chamadas, levantou-se em um salto.

JÚLIA CASA.

O padre enregelou-se da cabeça aos pés... e atendeu.

— Acho que subestimei você e Júlia. — A voz era limpa, jovial, tão melódica quanto a de um querubim. — Vocês me obrigaram a improvisar.

— Como conseguiu esse número? — Cipriano viu os pedaços do rabino andando como minhocas, caindo pelas bordas do caixão com um som molhado.

— Eu sei tudo sobre você, Cipriano. Sei sobre a Trapaça, sobre a recusa em assumir seu papel messiânico na Igreja. Eu te considero um adversário à altura — disse Samael. — Talvez até lhe poupe quando começar o Apocalipse. Como messias, vou precisar de apóstolos. Você daria um bom intercessor. Gosto de santos rebeldes.

— Seu filho da puta! — gritou Cipriano. — Isso é entre nós dois. Júlia não tem nada a ver com isso. Se machucar alguém da família dela...

— Vai fazer o quê? — interrompeu Samael. — Mandar o Core atirar no golem? Acha que estou aqui sentado na casa da Júlia esperando a polícia? O que você está ouvindo é apenas um eco em uma caverna. Não vai conseguir me encontrar.

— Que merda você fez com o Zanfirescu? — A voz de Cipriano desafinou de desespero. Ele olhou para as vísceras conscientes no túmulo.

Samael ficou quieto por um instante, como se estivesse hesitando.

— Ora, que surpresa! Presumo que encontrou meu experimento espiritual com o rabino antes do planejado.

— De que porra você tá falando? — vociferou Cipriano.

— Sabe por que as pessoas pecam, Cipriano? O inferno é irreal demais para ser temido. Ninguém se imagina queimando vivo. Sofrem no máximo um acidente no fogão... mas asfixia? Ah, qualquer pessoa já passou por isso em uma piscina. Uma vida eterna sufocando é bem intimidadora, não acha?

— Santana e Verônica eram corruptos, Ítalo era um pervertido, mas Zanfirescu é inocente. — Cipriano notou Gi Jong parado na beira do túmulo.

— Inocente? — Samael deixou a raiva transparecer em um leve toque de ironia. — Um informante do Mossad a favor de torturar crianças palestinas é inocente?

— Fala logo o que você quer! — gritou Cipriano, enquanto o chinês catava os pedaços do rabino e jogava de volta no caixão.

— Quero que você mate Júlia.

— *Como é?* — Cipriano quase largou o telefone. Os dedos tremiam.

— Ela atrapalhou minha pregação e o mundo precisa de um messias como eu. As pessoas estão cansadas do silêncio do seu Cristo. Eu vou ser um deus palpável, vou ouvir suas orações para punir os corruptos...

— Acha mesmo que eles vão te adorar, te amar? — interrompeu Cipriano.

— Amor? — Samael gargalhou. — Não, Cipriano... não pretendo dar a outra face. Eu me contento com o medo. O terror é o combustível da fé, e a fé alimenta os deuses.

— Não basta meia dúzia de fanáticos para te tornar uma divindade, não é assim que funciona. Você dá no máximo um Inri Cristo, um meme de internet!

— Com meu evangelho viralizando na rede? Já viu quantos o Isis recruta pelo Twitter? Quantos jovens dispostos a morrer por um Alá que jamais viram? Já viu como os imbecis veneram políticos que os escravizam? — Samael suspirou. — Sugiro que olhe seu celular antes de tomar uma decisão.

Cipriano afastou a tela e viu que tinha uma mensagem. Antes de abri-la, reparou em Gi Jong escarrando nos restos imortais do rabino. Em vez de saliva, uma gota de magma incandescente atingiu os restos de Zanfirescu e provocou uma combustão espontânea. O cheiro de carne queimada subiu em uma fumaça preta.

Rezando para que a imolação encerrasse o sofrimento do rabino, Cipriano clicou no ícone de envelope e baixou o arquivo. Era de um número desconhecido. O símbolo de carregamento convertia os segundos em décadas. Quando a imagem estabilizou, viu que era uma fotografia de Júlia. Ela sorria para a câmera, mas não foi esse detalhe que fez o peito do exorcista galopar.

Ela estava com a filha no colo.

— Esse número é o da casa da Júlia. Se não matá-la, serei criativo no sofrimento da filha. Pode confirmar o número com a sua parceira, se estiver duvidando — ameaçou Samael. — Quero que filme a execução e poste no YouTube. Não me importa se vai explodir os miolos dela ou matá-la de algum jeito bíblico. Você tem um minuto para fazer sua escolha.

O padre sentiu as tripas enforcarem os órgãos. A náusea subiu em um calafrio.

Olhou novamente a foto, como se a situação pudesse ser uma miragem, mas Mariana continuava no celular, o sorriso feliz e desfalcado. Ela devia ter no máximo sete anos, tão jovem que os dentes não tinham se renovado.

Quase inconsciente do que fazia, Cipriano pegou o mosquete no chão, correu de volta e aproximou-se de Júlia. Encarou a parceira desmaiada, alheia à arma mágica que estava prestes e arrancar a carne de seus ossos.

— Cinquenta segundos — disse Samael. — Eu vou ascender aos céus, Cipriano. E quando isso acontecer, vou destronar seu messias e obrigá-lo a se desculpar por ter abandonado os homens. Por exigir de sua criação a coragem que ele mesmo não tem.

Cipriano continuava paralisado, o medo petrificando os nervos. Estivera enganado o tempo inteiro sobre o caso. Samael não estava apenas pregando em nome de Deus. Ele queria fazer parte da Santa Trindade.

Ele queria *ser* Deus.

— Quarenta segundos... Um Cristo que assiste com indiferença enquanto pessoas morrem de fome, políticos saem impunes de seus crimes. Por que alguém evitaria o pecado em um mundo em que os pecadores estão no topo da cadeia alimentar?

Cipriano tentava relembrar os conceitos que havia aprendido na Sociedade de São Tomé. Os deuses se materializavam no plano espiritual, onde passado, presente e futuro fluíam simultaneamente. Nasciam quando uma religião conseguia adoradores para dar vida à sua divindade. Depois, essa mesma divindade — manifestada nos primórdios do tempo — criava os fiéis em um paradoxo teológico.

Cipriano ligou a câmera do celular e apontou o cano da arma para a cabeça de Júlia. Gi Jong olhava a situação, tentando entender, incrédulo demais para sair da inércia.

— Trinta segundos... Não deter o mal quando se tem poder para fazê-lo é ser um messias de amor, de justiça? Se estivesse diante de um pedófilo abusando de uma criança, você o deteria, Cipriano? Se você, uma criatura falha, não hesitaria em fazer o certo, por que seu messias se mantém imparcial? Um megalomaníaco que prefere ser pendurado em uma cruz a ter que castigar seus assassinos? Isso não é amor, é covardia!

As religiões tinham levado séculos para se formar, pois não havia imprensa e telecomunicações, mas agora, em tempos de internet, havia a possibilidade de um Deus surgir em tempo recorde. Cipriano *sabia* disso.

E Samael também.

— Vinte segundos. Já decidiu?

Caso matasse Júlia, talvez salvasse a menina, mas não mudava o fato de que Samael poderia se tornar uma divindade com as chaves do paraíso em mãos. Um Deus psicótico que afundaria o planeta em escuridão, puniria a humanidade conforme a conveniência. Imaginou um campo de tortura repleto de cidadãos pendurados por anzóis, legiões desfigurando o rosto com pedaços de telha. Precisava encontrá-lo e matá-lo antes que se tornasse indestrutível.

— Quinze segundos. Acho que a menina vai ser enterrada viva. Tique-taque...

Se Samael poupasse a menina, Cipriano carregaria a morte de Júlia na consciência — e não tinha garantias de que ele cumpriria a palavra; Samael podia matar a garota de qualquer jeito. Aquele teatro era um exercício de sadismo, uma demonstração de ego. O merdinha queria se divertir, colocá-lo de joelhos.

— Dez segundos, Cipriano. Renuncie a Cristo, torne-se meu santo. Eu fecharei o inferno, libertarei os caídos, os injustiçados. Todos terão uma segunda chance, inclusive sua mãe. Gostaria de vê-la, Cipriano? Como seu novo Senhor, eu poderia redimi-la, voltar o tempo e torná-la uma mãe de verdade. Não é tentador?

Cipriano teve um vislumbre de como seria uma infância normal, sem sátiros ou orgias de carne mutante, sem torturas. Sim, era tentador, mas o preço seria alto.

A mãe ou uma filha inocente?

Cipriano pressionou levemente o dedo no gatilho. Sentiu a lâmina abrir um corte sutil. Encarou Gi Jong, que devolveu o olhar, confuso, os olhos refletindo as chamas mágicas que resistiam à chuva.

O exorcista não conseguia parar de pensar na garotinha apodrecendo sob a terra, com os vermes brincando de casinha em sua carne.

— Cinco segundos... Vai me ajudar a matar seu messias? Quatro, três...

Cipriano fechou os olhos, desejando a cegueira diante da responsabilidade. Na escuridão agitada de sua mente, visualizou os céus vermelhos, as ruas tingidas de sangue e cinzas. No lugar onde existia o Cristo Redentor, viu Samael assentado em um trono, se divertindo em punir a criação com chuvas de enxofre. Igrejas incendiadas cobriam a cidade de fuligem, enquanto profetas anunciavam o armagedom em um engarrafamento que se perdia no horizonte. Movidas pelo pânico, as pessoas queriam fugir da cidade, fugir dos demônios que sobrevoavam os céus.

Fugir do Juízo Final.

Cipriano prendeu a respiração. Sentiu o vácuo endurecer o peito como um bloco de concreto. A vitória do filho da puta significava o fim do mundo, uma era de trevas como a raça humana jamais testemunhou. Perto de Samael, Hitler e Stálin seriam crianças brincando em uma fazenda de formigas. Nem a morte seria respeitada, já que o assassino podia trancá-la e deixar que os cadáveres apodrecessem insepultos.

Tremendo a ponto de os dentes se chocarem como castanholas, Cipriano soltou o ar em um suspiro, aproximou o telefone dos lábios e fez a escolha mais difícil de sua vida.

— Vai se foder!

SEXTA-FEIRA

28

As mentiras mais convincentes eram contadas diante do espelho. Com um cigarro nos lábios, trancado no banheiro da casa de Júlia, Cipriano encarava o reflexo sem conseguir reconhecer um ser humano. Tentava se convencer de que se importava com Mariana, apesar de insensível ao peso da escolha que havia feito. Sentia-se péssimo, monstruoso por não sentir absolutamente *nada*.

Ele conhecia a menina apenas por foto. Imaginá-la morta tinha a hipocrisia de um status de Facebook em homenagem às vítimas de uma tragédia. Era a mesma indiferença de quando arriscou a alma para salvar o filho de um político das garras de Astarth; soubera que tinha o controle da situação, não houvera sacrifício verdadeiro no ato.

Jogou a guimba no vaso e entrou no chuveiro para que a água aquecesse a frieza do coração. Enquanto tentava limpar a consciência com sabonete, a ducha espantou a fadiga, e, ao despertá-lo, a certeza de que era um filho da puta o atingiu com um murro.

Estava cada vez mais parecido com sua mãe.

Salomé Cipriano dizia que a vida era superestimada, que o valor de uma pessoa deveria ser medido por suas contribuições à humanidade, que a maioria saía e entrava do mundo sem qualquer relevância. Quem lamentava a violência na África o fazia em um gesto de autossatisfação, um acalento ao ego, uma ilusão de superioridade moral, do contrário teria atravessado o globo em vez de depositar dinheiro em uma conta da Cruz Vermelha.

Altruísmo verdadeiro exigia risco. Abnegação sem sofrimento era mentira.

Havia certa verdade naquela filosofia perversa, embora o deixasse enojado. Lutou a vida inteira para reprimir a sociopatia em seus genes, porém, a loucura dos Cipriano ressonava pelo sangue. Ele só conseguia pensar em capturar Samael, em vê-lo sofrer, em queimá-lo em uma fogueira. Isso o deixava puto. Sempre se julgou superior à mãe, mas descobriu que havia herdado mais do que o gosto por rock progressivo.

A mera comparação com Salomé o fez ranger os dentes. Cerrou o punho até ficar vermelho como um pimentão, então socou o ladrilho. Depois deu outro golpe, e mais um, como se a dor física pudesse encadear alguma dor emocional.

Samael havia cumprido a promessa.

A garota tinha desaparecido.

A única pista era a terra revolvida no jardim — local onde provavelmente surgira o golem que capturara Mariana. O telefone de casa, de onde Samael fez a ligação, continuava fora do gancho. A empregada, dona Antônia, foi encontrada com o pescoço quebrado. Estava agora no IML, aguardando a chegada de seus parentes.

Ao terminar o banho e ir ao espelho, Cipriano vestiu as roupas de um ex-namorado de Júlia: camiseta, blazer de couro, calça e sapatos — tudo preto, na cor da noite, ciclo de atividade dos pesadelos que viviam no Rio de Janeiro. Naquele momento, não conseguia ver diferença entre si mesmo e os monstros que combatia.

Cipriano apagou a ligação de Samael, retirou o chip do celular e jogou fora no vaso, tomando o cuidado de despachá-lo aos esgotos. Manteve a agenda de contatos gravada no aparelho, mas encaixou um novo cartão nanosim. Não podia correr o risco de ser rastreado por Samael através do número. Por precaução, também desligou o GPS.

Refletindo sobre a conversa com o assassino, finalmente entendeu o triângulo invertido na cena do crime. No ocultismo, o símbolo representava a Santa Trindade — Deus, Cristo e o Espírito Santo. O fato de o triângulo estar de cabeça para baixo significava uma queda rumo ao mundo dos homens, uma imperfeição em sua geometria. O messias era essa parte imperfeita e Samael achava que podia substituí-lo.

Frustrado por não ter percebido isso antes, Cipriano saiu do banheiro para a confusão na sala. Às seis da manhã, policiais civis entravam e saíam para renovar a cafeína nas veias. Carregavam xícaras, transitando pelos cômodos, conforme o delegado Silveira conversava com Júlia:

— O pessoal da antissequestro grampeou seu celular e o convencional — disse Silveira, devolvendo o smartphone a Júlia. — Se o sequestrador ligar, precisamos de ao menos um minuto para rastrear a origem da chamada. Não importa o que acontecer, mantenha esse telefone ligado.

Ela permanecia em choque, alternando fúria e desespero, sentada em uma cadeira na cozinha cobrindo o rosto com as mãos quando as lágrimas ficavam incontroláveis. O chefe explicou que ela precisava sair do caso, que não tinha condições emocionais de continuar, mas, pelos berros de Júlia, os argumentos não eram convincentes.

— CADÊ ELA? POR QUE NÃO TÁ PROCURANDO A MARIANA?

— SAI DAQUI, SILVEIRA!

— VAI FAZER SEU TRABALHO, VAI PROCURAR MINHA CODORNINHA!

Um dos peritos coletava digitais no telefone usado por Samael. Embora tivesse três viaturas em frente à casa e vinte policiais revistando os cômodos, o silêncio não seria maior em um cemitério.

A analogia fúnebre fez Cipriano se encostar ao pórtico do corredor, sentindo o peso da responsabilidade ancorar seus passos. O remorso da omissão espremia o peito para expulsar o fato de que havia escolhido a morte da menina. Contudo, a covardia era uma amante vingativa sussurrando as consequências de largá-la; se contasse a Júlia, teria que assumir para si mesmo que priorizava a localização do assassino em vez da vítima. Mas o que poderia ter escolhido? De que adiantaria Mariana sobreviver em um mundo que em breve estaria mergulhado em trevas? Um planeta afogado em sangue, enquanto Samael usava ossos para erguer um trono?

Cipriano sabia que Samael não poderia aprisionar a alma de Mariana no próprio corpo devido ao sangue de sua família. Ela não agonizaria no túmulo como Zanfirescu. Teria uma morte definitiva, ainda que sofresse antes do fim.

Como se isso fosse consolo. Imaginou Mariana amordaçada em um porão fétido, retalhada por um maníaco. A ideia deixou um gosto amargo em sua boca.

Se pelo menos estivesse ali com Gi Jong, encontraria apoio para a revelação que estava prestes a fazer a Júlia, mas o chinês foi embora com a moeda encontrada na autópsia. Cipriano pediu que ele investigasse a origem das moedas no mercado ilegal. Já fazia algumas horas, mas imaginava que o fuso horário ajudaria na busca; do outro lado do globo o dia só estaria acabando agora. Os antiquários deviam estar fechando as portas e recebendo o telefonema de um colecionador lendário.

Sem pistas do paradeiro da menina, Cipriano tinha tempo de sobra para se remoer. Tivera sorte até o momento. Com exceção de Gi Jong, ninguém sabia sobre a escolha que precisara fazer.

Cipriano viu Silveira dando um comprimido à inspetora. Após entregar a ela o calmante, o delegado se aproximou do exorcista. Um espectro de nicotina o seguia.

— Ela quer conversar com você — disse Silveira. — A sós.

Cipriano assentiu. Fechou a porta da cozinha, trancou, e foi encontrar Júlia.

Uma demão de tristeza cobria o rosto dela. Algumas linhas de expressão seriam permanentes. Os dreadlocks estavam desalinhados depois de ela tentar arrancá-los.

Sozinhos no cômodo, Cipriano puxou uma cadeira e sentou-se. Júlia o encarou com olhos injetados e a voz saiu mais baixa do que um sussurro:

— Eu sei o que eu vi. — Ela fez um esgar. — Aquele rabino não estava morto, estava? — As íris de metal brilhavam. — Fala! Chega de fazer rodeios!

— Tá tudo bem aí? — Silveira berrou atrás da porta.

— Tá sim! — gritou Cipriano. Acendeu um cigarro, pegou um copo na pia e usou de cinzeiro, então tirou os óculos para olhar nos olhos dela. — Eu não sou o tipo de padre que reza missas. — Ele prendeu o cigarro entre os dentes, retirou as luvas e mostrou as cicatrizes nas mãos. — São stigmatas, sabe o que é?

— As marcas da crucificação. O que essa merda tem a ver com a minha filha? O que é esse Samael? Anda, responde!

— Tudo a ver. — Cipriano recolou as luvas, depois prosseguiu: — Eu pertenço a uma organização secreta da Igreja: a Sociedade de São Tomé. Nós pesquisamos eventos paranormais e recrutamos gente com habilidades muito específicas. Sou um santo católico. Posso fazer milagres. Esse poder está na minha família há gerações, mas eu não sou a única porra sobrenatural andando por aí. Tudo o que você já viu em filmes, como vampiros, demônios, fantasmas... todas essas merdas são *reais*. — Cipriano bateu com o indicador na mesa como se apontasse um mapa. — O mal com M maiúsculo não é uma metáfora sobre a natureza humana; ele está por aí, coexistindo conosco em um plano dimensional diferente, parasitando vícios, sussurrando desejos nos ouvidos de quem tá a fim de fazer merda.

Cipriano esperou ela digerir o que tinha acabado de escutar. Júlia não demonstrou nenhum ceticismo, ou talvez o calmante houvesse tirado sua vontade de retrucar. Cipriano aproveitou e contou sobre a Trapaça, sobre o passado de sua família, sobre Torquemada e todas as entidades que se escondiam nas sombras do Rio de Janeiro. Omitiu apenas a verdade sobre Gi Jong porque o chinês apreciava discrição.

— Eu não sei por que, mas acredito — disse ela. — Eu também tenho poderes.

— Você é uma orixá — afirmou Cipriano. — O Vaticano te colocou no caso porque quer te ver na organização. Meu chefe quer analisar você em campo.

Júlia ficou estática, olhos arregalados, a boca fazendo um círculo em silêncio.

— Você é descendente de Ogum, Deus africano da forja, da guerra e da tecnologia. Seu antepassado era um ferreiro, um rei angolano chamado Ogum Abdemi. Suas habilidades com mecânica e estratégia de batalha eram tão brilhantes que as tribos começaram a venerá-lo. É assim que os deuses nascem: da crença das pessoas. Samael conhece esse fenômeno e está tentando reproduzir na internet. Quer tomar o lugar de Cristo.

— Isso é maluquice. — Júlia se levantou, as mãos nas têmporas massageando a cabeça como se pudesse amaciar o cérebro para absorver a informação.

— Não, não é — respondeu Cipriano. — Nunca reparou que os deuses têm falhas humanas? Que se você não agradar eles, sempre tem um Umbral, um Inferno, um Tártaro? Isso acontece porque eles são um reflexo *nosso*. O autoritarismo dos céus nasce na Terra. Venere um deus de crueldade e ele permanecerá cruel. Se Deus tivesse autonomia, eu jamais teria conseguido a Trapaça. Ele foi obrigado a obedecer a um dogma imposto por seus próprios adoradores.

Se Júlia era uma orixá, não se sentia assim; as dores pareciam miseravelmente humanas. Lembrava-se de Mariana no carpete, há alguns dias, desmontando o video game. Mariana na maternidade apertando seus dedos, olhando para um mundo novo, um mundo que agora parecia sombrio demais para uma criança. Cada memória causava uma pontada no peito, revirava o estômago, enchia os olhos de calor, até que a pressão explodia em lágrimas. Júlia recomeçou a chorar e encostou a cabeça na porta da geladeira, mas isso não impediu que Cipriano continuasse.

— Como explica os testes de tiro com nota dez na Academia de Polícia sem jamais ter treinado antes?

— Como sabe disso? — murmurou ela ao mesmo tempo que batia com a cabeça no refrigerador. Doeu, doeu muito, mas ajudava a nublar as memórias, o cheiro de Mariana, sua voz, sua risada; aquilo ocupava as sinapses, sobrecarregava os nervos com outro tipo de dor; tudo para fazer o desespero sumir, dar trégua ao luto.

— Está na sua ficha. — Cipriano não reagiu, mesmo quando Júlia bateu com mais força na geladeira. — O Vaticano te vigia desde pequena. Você é uma semideusa da guerra, lutar está na sua natureza, assim como a facilidade para o manuseio de armas. — Ele se levantou e agarrou o pulso de Júlia para impedi-la.

— Me solta! — gritou ela, se virando.

Cipriano pressionou o cigarro contra a pele negra; Júlia tentou puxar o braço, mas ele insistiu, deixando a fumaça subir até apagá-lo.

Em vez de gritar, Júlia emudeceu.

Onde deveria existir a queimadura, havia um ponto que brilhava como metal incandescente. Um círculo de fogo tão perfeito quanto uma moeda.

— Deusa da forja — insistiu Cipriano. — Essa é a verdade e há um ponto positivo: santos e orixás não podem ter a alma tocada sem permissão, nem mesmo por outros deuses. Isso significa que Samael não vai poder fazer com sua filha o que fez com o rabino. Mariana também descende de Ogum.

— E você acha que isso *vai me animar*? — Descontrolada, Júlia foi para cima de Cipriano, de punhos fechados. — Esse tal de Torquemada me colocou no caso. Vocês envolveram a minha filha nessa merda sem me consultar!

— Fica calm...

Antes que o padre concluísse, Júlia o agarrou pelo pescoço e o ergueu do chão. Nas tatuagens do braço, as linhas se tornaram veios de magma, enquanto a pele se convertia em metal. Ela o encarou com olhos negros, fitando-o através de códigos binários. Uma máquina de guerra agindo por instinto, um computador programado para destruir. Cipriano tentou afastar os dedos de Júlia, mas foi como tentar mover vigas de um prédio. O pomo de adão parecia que ia implodir.

— Tem certeza de que tá tudo bem? — gritou Silveira novamente, atrás da porta.

Júlia viu a carne transmutada em ferro até a linha dos cotovelos.

— Melhor... ninguém... te ver... assim... — falou Cipriano, engasgando.

Ela afrouxou a pressão.

Cipriano bateu de costas na parede, massageando a garganta enquanto tossia. Quando a crise passou, disse:

— Me espancar não vai te ajudar a achar sua filha. Você é uma deusa da guerra e da tecnologia. Seja a porra da orixá que você precisa ser!

O remédio de Silveira devia estar agindo sobre o desespero de Júlia; a armadura de ferro orgânico retrocedeu aos poros como macarrão em um escorredor que funcionava ao contrário. Os olhos voltaram à brancura.

Júlia fechou as pálpebras e lembrou-se de quando era adolescente.

Aos dezessete anos, teve um cachorro vira-lata chamado Pudim. Ela amava aquele bicho mais do que qualquer coisa, mas descobriu que ele sofria de um câncer no cotovelo. O veterinário disse que a região apresentava muitos nervos e tendões, que seria perda de tempo insistir em uma solução — assim como muitos policiais pensavam em relação ao sequestro de Mariana. O médico recomendou amputação, mas isso condenaria o cão a uma vida infeliz. Pudim nunca mais correria no Aterro do Flamengo, jamais teria impulso para subir no sofá e dormir no colo de Júlia.

Ela fez um escândalo tão grande que assustou o cirurgião.

Cuidando ela mesma do câncer, em casa, removeu o tumor aos poucos, soltando um pedacinho a cada dia, com cortes milimétricos de um bisturi que roubou na clínica veterinária. Embora a dor do cachorro não fosse insuportável, Pudim chorava baixinho enquanto Júlia extraía aquela coisa maligna. Durante as cirurgias amadoras, ela ficou isenta de qualquer emoção, mesmo consciente do risco que o animal corria.

Pudim viveu mais oito anos.

Ela precisava fazer a mesma coisa agora. Empurrar seu amor por Mariana, trancá-lo em um porão escuro de sua mente. Não importava o quanto doesse; manter distância dos sentimentos era a única chance de encontrá-la. Podia ficar desesperada como mãe, ou focar-se como uma policial brigando com o relógio. As primeiras vinte e quatro horas em casos de desaparecimento eram essenciais e já havia perdido seis remoendo-se em autopiedade.

— Tudo bem — disse Júlia, fungando. — Qual é o plano?

Meio em pé, meio agachado, Cipriano foi até a cadeira e se sentou. Após outro acesso de tosse, acendeu um cigarro.

— Dom Quaresma. É a única pista que temos.

Júlia sentia o calmante organizar os pensamentos. Em uma situação normal, estaria lenta, dopada, mas a adrenalina ajudou a compensar.

— Vamos supor que esse cardeal financiou a experiência que criou Samael — disse Cipriano. — Em algum momento, a mãe do garoto conseguiu fugir, se desmaterializar e vazar do laboratório. Por que anos mais tarde Samael voltaria para destruir tudo com os meteoros? Pelo nível de poder que demonstrou até agora, não seria mais seguro manter-se no anonimato? E como caralhos um fóssil conseguiria criar alguém assim, praticamente um deus?

— Não me interessa. Só quero saber por que Samael sequestrou minha filha. — A voz de Júlia embargou. — Ela não é um líder religioso.

Cipriano sentiu a verdade escalando o esôfago como um sobrevivente em uma caverna. *Porque escolhi sua filha em vez de você.* Mas antes que cedesse à pressão, foi interrompido pelo telefone.

Era Gi Jong, com uma voz sonolenta.

— Eu ia ligar pra você mais tarde, mas achei que era importante.

— O que descobriu? — Cipriano ergueu-se da cadeira. Júlia tentou perguntar quem era, mas ele colocou o indicador nos lábios.

— Rastreei suas moedas — falou Jong após um bocejo. — Precisei cobrar alguns favores, mas descobri que houve venda desses objetos em duas ocasiões. A mais recente foi uma negociação anônima, feita pela internet, há cerca de quatro anos. As moedas saíram do Rio de Janeiro. Não consegui informações sobre o vendedor, mas ele ganhou uma fortuna. Foi tudo pago em bitcoins. Infelizmente não dá para rastrear.

Cipriano imaginou Samael anunciando o produto em um fórum da deep web. O filho da puta era esperto; usara moedas virtuais.

— E a outra venda? — questionou o exorcista.

— Essa foi há mais tempo, dezoito anos atrás. As moedas percorreram o mercado ilegal junto com alguns objetos estranhos.

— Estranhos em que sentido? — Cipriano passou a mão nos cabelos.

— Antiguidades de natureza sexual. — Jong deu uma risada. — Brinquedinhos de tortura. Coisa fina, com mais de três mil anos. Todas elas vendidas por um homem que usava um anel de ouro bem chamativo, segundo meus informantes.

— Um anel de ordenação?

— Isso — confirmou Jong.

— Dom Quaresma Adetto — disse Cipriano, olhando para Júlia. — E o que mais?

— Meus contatos disseram que, apesar do sobrenome italiano, esse cardeal disse que cresceu na Argentina. Tinha sotaque castelhano.

— Castelhano? — Cipriano sentiu um vórtice frio na barriga que se espalhou em ondas até a nuca.

— Sim, por quê?

— Puta que pariu... — O exorcista entendeu por que o nome do cardeal lhe soara familiar. A mente trabalhou rápido, fazendo um jogo de palavras, embora ele não conseguisse acreditar que tivesse sido tão estúpido.

Dom Quaresma Adetto não era argentino.

Era espanhol.

Seu nome era um anagrama para Tomás de Torquemada.

29

Há seis séculos Tomás de Torquemada lutava para reintegrar a Santa Madre Igreja ao Estado. A civilização ocidental foi erguida sobre o pilar da moralidade cristã e estava ameaçada pela arrogância de secularistas. Recuperar a influência do catolicismo no mundo seria a única chance de salvá-lo. Jamais imaginou que a Europa aceitaria heresias como aborto, casamento entre pederastas e imigração dos malditos sarracenos.

Quando foi o confessor da rainha Isabel, no reino de Castela, fez um belo trabalho mantendo sua religião pura, livre de judeus, iluministas e muçulmanos convertidos. A hegemonia do Cordeiro precisava ser restaurada, mesmo que para isso ele precisasse antecipar o Apocalipse.

O novo Papa era incapaz de entender que o cristianismo era a única salvação diante da praga islâmica. Sua tolerância e sua negação da existência do inferno não passavam de manobras políticas inúteis, enquanto terroristas expandiam o califado de Maomé. Torquemada testemunhara a tomada da Península Ibérica pelos muçulmanos e não veria acontecer de novo, sobretudo em todo o Ocidente. Chegava o momento da batalha santa, de separar os ímpios dos escolhidos — do *Jyhad*, como os árabes diziam.

Com guerra se fazia a paz; somente através da dor o ser humano despertava suas maiores virtudes. A tecnologia e o capitalismo tinham mimado a humanidade. O conforto criara distrações, gerara criaturas sem a necessidade de um Criador. Mas ele era a prova viva de que existia um Deus. Um testemunho da ressurreição e da vida eterna.

Nu, diante do espelho, enquanto tingia os cabelos de loiro, Torquemada observava as cicatrizes que tributaram sua imortalidade. Queloides e suturas marcavam o mapa do tesouro em suas veias. Abaixo de cada incisão, um implante arcano motorizado por alquimia. O coração fora substituído por um engenho cujas engrenagens bombeavam sangue e poções mágicas. Os pulmões sugavam e expeliam oxigênio através de válvulas; com um comando mental, podia alternar respiração pulmonar e branquial, garantindo que jamais se afogasse.

Ele torturara bruxas com imersão e não desejava passar pelo mesmo terror.

Quando se tornou regente da Inquisição, seviciou dezenas de alquimistas para arrancar seus segredos. Cada um lhe forneceu uma parte da fórmula de Nicolas Flamel, o homem que conseguiu estender a vida além dos limites da carne.

Mas não sem algumas inconveniências, claro.

Quando um órgão falhava, Torquemada precisava trocá-lo por uma versão mecânica. Encomendava um novo aparelho de um engenheiro anão na Noruega. Um constructo encantado por magia, indetectável.

Torquemada terminou de tingir os cabelos, fez a barba e vestiu as roupas deselegantes que comprara em um brechó. Os óculos escuros completaram o disfarce. Saiu do banheiro em um posto de gasolina e pegou um táxi. Já tinha se livrado de todos os cartões de crédito e do celular. Pagaria em dinheiro vivo, para evitar rastros.

A mentira sobre dom Quaresma Adetto não duraria muito tempo. Cedo ou tarde, seu pupilo descobriria que se tratava de uma biografia falsa. Torquemada mudara o nome para enganar o Vaticano enquanto financiava o projeto na Biodome.

Ao escolher Júlia e Cipriano para a investigação, imaginou que a divindade da dupla seria suficiente para deter o menino, mas o garoto estava fora de controle. O rapaz podia ter proporcionado uma nova chance ao mundo, uma reaproximação da humanidade com os dogmas da Igreja. Os homens cultivavam tendências autodestrutivas e precisavam temer uma força maior para não ceder aos impulsos primitivos. Livre-arbítrio levava à discórdia e a discórdia levava à guerra. Torquemada pretendia salvar o pecador de si mesmo, unificar as nações em nome de Deus.

Mesmo que para isso precisasse criar seu próprio messias.

No dia em que conheceu o garoto Judas Cipriano, Torquemada viu na Trapaça uma oportunidade de levar o pupilo à liderança da Igreja. Queria convertê-lo em um papa para que seus milagres fossem divulgados na mídia, fazendo com que o catolicismo voltasse a ser o maior poder político da Terra.

Contudo, Cipriano era um rebelde por natureza, um santo pecador que nutria paixão por transformistas. Se quisesse moldar um messias aos seus propósitos, teria que arranjar alguém que pudesse ser preparado desde a infância.

A oportunidade surgira dezoito anos antes, na Universidade de Belém, em Israel.

Às margens do Mar Morto, o impacto de um morteiro lançado pelo Hamas revelou vestígios de uma tumba, mas o sepulcro era apenas a ponta do iceberg.

Encontraram uma rede de túneis que levava às ruas soterradas de uma cidade.

Uma cidade de tempos bíblicos.

A Universidade Católica de Belém notificou o Vaticano, e Torquemada foi enviado para investigar. Liderando a escavação, o inquisidor usou uma identidade falsa para assumir o setor de arqueologia da faculdade. Com uma ordem assinada pelo papado, Torquemada obrigou os acadêmicos a assinarem um termo de sigilo que, caso fosse quebrado, resultaria em processos impagáveis.

Sob o deserto árido, Torquemada encontrou uma cidade rica e abastada. Moedas de bronze — as mesmas encontradas na autópsia de Santana — preenchiam urnas de uma beleza artística inestimável. Porém, não foram as relíquias que chamaram sua atenção.

Em uma câmara subterrânea, onde outrora ficava um palácio, encontraram objetos de tortura erótica. A equipe catalogou aparelhos que estimulavam a próstata e dilaceravam as entranhas dos usuários. Máscaras de cerâmica que mantinham os lábios de crianças abertos para atos de felação. Ilustrações nas paredes mostravam que a devassidão daquele povo desconhecia limites. Torquemada ainda se lembrava de uma pintura chocante, mostrando um homem esfolado vivo, cujas terminações nervosas ampliavam o toque sensual de mulheres que o bolinavam. Um filete de esperma escapava de seu membro enrijecido enquanto lhe arrancavam a pele.

Mas nenhuma daquelas pinturas era tão terrível quanto o fóssil.

Acorrentado a uma cama, encontraram um corpo mumificado, o rosto oculto sob um elmo parafusado às têmporas. Os ferimentos no corpo sugeriam fendas que serviam para penetrações sexuais; os cortes simulavam vaginas intencionalmente. O prisioneiro tinha dois sexos, embora a aparência sugerisse um homem.

Um homem com asas.

Torquemada logo entendeu que não estava em uma ruína qualquer.

Estava nas ruínas de Sodoma e Gomorra.

A múmia era um dos anjos enviados por Deus.

Segundo as Escrituras, o Senhor enviou dois emissários celestiais às cidades, mas os habitantes tentaram estuprá-los. Pelo visto, a Bíblia omitiu o fato de que um deles foi capturado e violentado das formas mais indizíveis.

O fóssil carregava tatuagens no idioma celestial, confirmando as suspeitas do inquisidor. A língua dos anjos possuía uma caligrafia que só podia ser compreendida por sentidos além da visão, pois a complexidade das letras usava geometria de planos matemáticos superiores, linhas que se manifestavam além das três dimensões.

O subterrâneo havia preservado o fóssil e, apesar de o material genético estar incompleto, parte de seu DNA continuava intacta. Em posse das unhas do anjo, Torquemada criou o messias que tanto havia esperado. Uma criança meio humana, meio anjo — um nephilim.

Com o poder do paraíso percorrendo as veias, a criança seria ensinada, teria o caráter moldado no intuito de recriar um catolicismo de punição. Cristo dera a outra face e tudo o que conseguira foi ser pendurado em uma cruz.

Havia limite até mesmo para o amor de Deus.

Torquemada vendeu algumas das moedas e relíquias no mercado ilegal. Ao acumular uma pequena fortuna, procurou um país onde a biotecnologia ainda não tivesse regulações sobre clonagem e onde uma criança mestiça pudesse passar despercebida em meio ao povo miscigenado.

A Biodome Brasil aceitou o patrocínio sem muita relutância.

Torquemada coletou amostras do fóssil em Israel e enviou ao laboratório, depois viajou a um monastério no interior da Itália e convenceu uma freira com voto de silêncio a gerar a criança. Não foi muito difícil. Qual católica não se sentiria honrada em gestar a segunda vinda do Filho de Deus?

Ironicamente, a freira se chamava Maria.

Após completar as lacunas no DNA angelical com material humano, os cientistas inseminaram o zigoto na noviça. Maria permaneceu trancada no laboratório, em observação. Já na primeira semana, o embrião manifestou poderes sobrenaturais.

Torquemada percebeu que o menino apresentava consciência, mesmo sem o sistema nervoso completo — sua alma antecedia a carne. Meses depois, o inquisidor estabeleceu um código de comunicação com o feto: um chute na barriga da mãe significa *sim*. Dois chutes significavam *não*. Mesmo no útero, a criança percebia o mundo através dos sentidos da mãe. Podia ouvir, sentir e ver tudo ao redor.

Torquemada aproveitou o fenômeno e iniciou o treinamento do menino.

Obrigou Maria a assistir horas intermináveis de vídeos sobre guerra, tortura e pornografia pesada, e a criança entendeu que os homens eram animais quando ficavam afastados de seu Criador. Torturou o bebê psicologicamente na intenção de torná-lo implacável na hora de julgar os pecadores. Não se catequizava alguém sem um pouco de martírio.

Torquemada garantiu que a ingenuidade do menino fosse extirpada. Seu caráter deveria ser forjado em aço, para que pudesse exercer a liderança da Igreja em um futuro próximo. Ensinou ao garoto diversas ciências, afinal os ateus tentariam desmoralizar um messias inculto. O menino precisava conhecer profundamente genética, biologia e medicina para confrontar os secularistas quando fosse desafiado. Hereges deveriam ser humilhados em público.

A lavagem cerebral durava vinte e quatro horas por dia. Vídeos e áudios de doutrinação saíam dos telões no laboratório em um volume insuportável. Com tamanha carga sensorial transmitida, Maria ficou completamente insana. No oitavo mês de gravidez, torturada à exaustão, ela conversava com o filho. Ensinava sobre a Bíblia, selecionava versículos convenientes para lhe mostrar o amor de Cristo.

Torquemada só percebeu a traição no dia da fuga.

Maria explicou ao filho sobre casos de arrebatamento nas Escrituras, e convenceu a criança de que poderia fazer o mesmo milagre para escapar do cárcere. A mãe foi teletransportada do laboratório, mas Torquemada a encontrou dez dias depois, vivendo sob a proteção de prostitutas na Vila Mimosa.

Uma vez recapturada pelos seguranças da Biodome, ele garantiu que o resto da gestação ocorresse sem imprevistos. Manteve a mãe em coma induzido, alimentada por via intravenosa, até o dia do parto.

Após a cesariana, Maria foi dispensada de seu papel com uma injeção letal.

O inquisidor batizou a criança de Yeshua, o nome judaico de Cristo.

Torquemada ensinou ao garoto sobre os falsos profetas, sobre as seitas pentecostais que deturpavam os versículos da Santa Madre Igreja. As lições vinham acompanhadas de golpes de palmatória para estimular o ódio do menino às blasfêmias.

Conforme Yeshua crescia, a severidade dos castigos aumentava na intenção de demonstrar o que os pecadores fariam com ele, se soubessem de sua natureza divina. Yeshua aprendeu a fazer seus primeiros milagres sob pressão. Em seu sétimo aniversário, ganhou um cachorrinho de presente. Torquemada vazou os olhos do filhote e disse que deveria curá-lo como Jesus fizera ao cego.

E o menino recuperou o filhotinho.

Durante toda a infância, Torquemada tomou cuidado para que nenhuma clemência germinasse no coração do menino.

Funcionou, mas não da maneira como havia planejado.

Aos doze anos — a mesma idade em que Cristo tomou consciência de sua natureza —, Yeshua decidiu ir embora e começar seu ministério. Ele rejeitou o nome de batismo e se autodenominou Samael, o anjo da morte. Disse que Jesus era um messias fraco a ser substituído.

Yeshua pegou algumas das moedas encontradas em Sodoma e Gomorra e partiu, deixando Torquemada desamparado. O que poderia fazer? Era apenas um homem, não tinha como deter uma força nascida do fogo celestial.

Yeshua jamais ficaria satisfeito em ser apenas um papa. Ele queria o trono dos Céus. Matando os líderes clericais mais famosos, estava desafiando Cristo para um confronto. Em breve, sua pregação on-line criaria novos convertidos e ele se tornaria tão onipotente quanto o Pai.

Essa reflexão causava uma imensa dor em Torquemada. Havia criado o assassino de Deus. Na intenção de salvar a Igreja, tudo o que conseguiu foi condená-la.

O inquisidor estava abandonando o país, seu messias, sua amada Igreja. Não lhe restava mais nada além de vingança contra um mundo afundado em iniquidade. Gostaria de ver o nephilim uma última vez, dizer que sua parte humana viera de um filamento genético de um fio de cabelo.

Dizer a Yeshua que era seu pai.

30

O elitismo da cidade se manifestava além das fronteiras no túnel Santa Bárbara. Os bem-nascidos não gostavam de dividir o ar com quem mantinha a segurança de seu sono. Após a carteirada em um recepcionista arrogante, Júlia, Cipriano e Silveira foram obrigados a tomar o elevador de serviço no hotel em que Torquemada estava hospedado. O gerente — um almofadinha que devia ilustrar o verbete "pau no cu" da Wikipédia — se recusou a dar informações sobre o hóspede, mas o delegado convenceu o sujeito após mandá-lo fazer acrobacias anatômicas com o próprio pênis.

Conforme subiam à cobertura, Silveira andava de um lado para outro, tentando domar os cabelos arrepiados pelo estresse.

— É melhor aquele gerente *de merda* rezar pro suspeito não ter encerrado a conta — vociferou Silveira. — Tentei fazer tudo na maciota, mas se o cara tiver metido o pé, vou trazer a *porra de uma Swat* e interditar *essa caralha de hotel*!

— Não adianta enfartar — disse Cipriano. — Entramos na encolha. Ele tá aqui.

Na verdade, a afirmação era apenas seu desejo projetado. As chances de Torquemada continuar no prédio eram remotas. O inquisidor não atravessara os séculos sendo estúpido, sempre fora escorregadio, adaptável; devia ter fugido logo após o encontro na Igreja da Penha, quando Cipriano perguntou sobre o cardeal Quaresma. O arquivo enviado pelo aplicativo foi apenas uma cortina de fumaça, um álibi para que Cipriano não desconfiasse.

Como pupilo do espanhol, Cipriano não conseguia administrar sentimentos tão conflitantes. Não queria algemar seu mentor; ele foi o mais próximo de um pai que já tivera. Torquemada o salvou da fúria de sua família, limpou suas feridas naquela noite, no estábulo do sítio. Mais do que isso: Torquemada lhe ofereceu abrigo, uma vida, um propósito.

Cipriano lhe devia uma chance de tentar se explicar.

Por outro lado, ele podia ter condenado a filha de sua parceira à morte.

— Como você tá? — Cipriano perguntou a Júlia, que olhava os números dos andares. Ela permaneceu quieta, a expressão dura e distante, mas não como a de alguém drogado de ansiolíticos; havia uma *mudança*, uma ebulição por baixo daquela ilusória apatia.

As portas se abriram na cobertura, no vigésimo segundo andar. Silveira foi na frente, os passos ressonando por um corredor revestido de mármore com cerca de trinta metros de comprimento. Os outros se espalharam à procura do apartamento.

— É ali. — Silveira apontou para a porta do número 2208, no final do corredor, na extremidade oposta em que ficavam os elevadores. Naquele andar, só havia suítes de cobertura, com opulentos jardins suspensos.

Com uma mão no bolso, tocando o cramunhão na garrafa, Cipriano esperava detectar energias sobrenaturais. Com a outra verificava o telefone toda hora, esperando que Torquemada respondesse à mensagem que tinha enviado. Pedira para que ele se entregasse pacificamente porque desconfiava da calmaria de Júlia. Ela parecia prestes a explodir na primeira oportunidade de culpar alguém.

E o inquisidor seria um ótimo alvo de carne.

Júlia ficou perto do elevador. O olhar sereno contrastava com a artéria avolumada no pescoço. Os malares saltados denotavam um ranger de dentes, a vontade de machucar alguma coisa viva, alguma coisa que gritasse.

— Você tá de boas, tem certeza? — Cipriano voltou a questionar.

— Sim — ela respondeu em um tom seco. — Você disse que eu sou uma deusa. Tô treinando para ficar indiferente quando pedem minha ajuda.

Ela imaginou Mariana sozinha, abandonada em um cativeiro escuro. Devia ter ficado por perto, mas preferiu se envolver em uma conspiração arquitetada por um inquisidor de seiscentos anos. Se isso significava ser uma orixá, sentia-se uma divindade relapsa, que cedo ou tarde deixaria seus filhos de santo na mão.

Sem compreender a conversa, Silveira ajeitou o terno para recuperar um pouco da respeitabilidade, e foi até a porta. Tocou a campainha. Passaram-se quase dois minutos sem que ninguém atendesse. Cipriano fez sinal para que o delegado tentasse outra vez.

— Dom Quaresma Adetto? — Silveira bateu na porta e se inclinou para o olho mágico. — Aqui é a Polícia Civil. Precisamos conversar.

Nada. Apenas o ruído do ar-condicionado no corredor. Silveira ergueu a mão para bater com mais força, mas veio uma resposta de dentro do apartamento.

O barulho de vidro estilhaçando.

Apesar de estarem no vigésimo segundo andar, Silveira imaginou que o suspeito tentaria escapar pela varanda envidraçada na cobertura, onde havia os jardins suspensos.

— O puto tá fugindo. — Ele empunhou a arma. — Vou arrombar! — O delegado tomou distância para chutar.

E a porta se abriu... lentamente.

Cipriano e Júlia se aproximaram. Àquela hora da manhã, o quarto tinha certa claridade, embora as persianas cerradas impedissem a identificação de detalhes. Silveira ameaçou empurrar a porta, mas parou.

Um zunido crescia no apartamento.

— Que porra é essa? — indagou Silveira, com a mão no cabo do revólver. Era o ruído de uma colmeia derrubada de uma árvore. Ele deu uma espiada de leve; em uma parte visível da parede, partículas de sombras se projetavam, sementes de escuridão girando.

No bolso de Cipriano, Capenga começou a dar chifradas na garrafa.

— Silveira... — O padre não teve tempo de alertar o amigo.

Um enxame de insetos explodiu através da fresta, tomando o corredor com uma nuvem de ferrões e asas. Gafanhotos do tamanho de ratazanas, com exoesqueletos negros manchados de púrpura e caudas de escorpião.

— *Volta, volta!* — gritou Cipriano.

Silveira sentiu a textura sedosa de uma das criaturas. Dominado pela repulsa, reagindo por instinto, tentou correr e levou múltiplas ferroadas no rosto.

— Ai, porra! — Silveira esfregou a vermelhidão de uma das picadas.

Cipriano viu os gafanhotos voarem pelo corredor e ficou rente à parede, como se pudesse ficar tão fino quanto papel. Silveira ergueu a arma, indeciso entre correr e atirar feito um idiota em um bolsão de insetos.

— Silveira! — gritou Júlia, avançando no meio do turbilhão. Ela agarrou um gafanhoto e levou uma picada na mão. Esmagou a carapaça e acabou com o bicho; houve um estalo quitinoso, seguido por um esguicho de sangue... que se transformou em lama entre seus dedos.

Júlia se lembrou da conversa com Álvaro sobre a autópsia de Santana. Picadas de inseto, barbitúricos...

— Ele tá aqui! — Cipriano berrou, tentando suplantar o ruído do enxame.

O exorcista se desvencilhava, mas os insetos os cercaram em um redemoinho. Foi surpreendido por uma picada e um rio frio percorreu vales minúsculos em sua pele. Atordoado pelos insetos, Silveira notou os cabelos do pescoço se eriçarem; o toque de uma mão fantasmagórica acariciou sua nuca. Estava prestes a acreditar que os gafanhotos eram fruto de sua imaginação quando aconteceu algo mais impressionante: ele viu o corredor se *deteriorar*. As paredes racharam, envelheceram. Musgo infiltrou-se nas rupturas, espalhando borras de miasma escuro.

— Silveira, pra cá, porra! — gritou Cipriano, começando a recuar para o elevador.

O delegado foi dominado pela presença oculta no apartamento. Algo tão maligno que sua existência irradiava corrupção. A própria luz intimidou-se; lâmpadas no corredor recolheram a claridade, como se as trevas a empurrasse de volta à fiação.

Silveira se debatia. Calombos cresciam na sua testa, nos braços e nas mãos.

— *Sai daí!* — Cipriano puxou o mosquete mágico da cintura. Júlia olhou surpresa para a arma exótica.

Enquanto o delegado tentava recuar, os insetos se reuniram em um cone e voltaram para dentro da suíte. A porta se fechou, como se um vendaval a tivesse batido, embora não houvesse corrente de ar.

— Caralho! — Silveira tentava desembaçar as lágrimas, o rosto intumescido. — Em que merda você me enfiou, Cipriano? Que caralho foi isso? — gritou o delegado enquanto se coçava todo.

Fazendo o sinal da cruz, Silveira tomou a frente e ergueu a arma para a fechadura. Apontou o cano e colocou a mão na maçaneta.

Júlia sacou o revólver e assumiu posição de tiro, andando de costas para perto do elevador. O delegado mal conseguia enxergar; cada ferroada despontava um beliscão, um ponto de dor que umedecia seus olhos.

Uma sombra surgiu por baixo do vão da porta.

Antes de girar a maçaneta, Silveira ouviu um estalo, seguido de uma dor terrível na boca do estômago. Olhou para baixo, sem acreditar que no que estava testemunhando.

Atravessada na madeira, havia a metade de uma espada.

Cravada em sua barriga.

Silveira tentou falar, mas a garganta sufocou em um gosto ferroso. Os outros não conseguiam ver. De pé, bloqueando a visão da lâmina, impedindo que os outros entendessem o que ocorria, o delegado cambaleava como um bêbado que não conseguia encontrar as chaves do apartamento.

— Silveira? — Cipriano deu dois passos, indeciso entre fugir e resgatar o colega.

Mas o delegado não podia responder. As palavras se afogaram em um gorgolejo. A espada girou, devastando as tripas de Silveira. O prolapso em sua barriga desabrochou uma flor de carne e gordura. O vermelho sarapintou a parede, e os intestinos desenroscaram no chão feito cordas embebidas em sebo.

— Puta que pariu! — gritou Júlia.

A porta rachou ao meio quando a espada traçou um rasgo para cima. Silveira foi cortado do estômago ao pescoço. Seus órgãos caíram enquanto as duas metades da barriga se desconectavam como dois amantes separados pela guerra.

220

Júlia correu e apertou o botão do elevador, então agachou-se para fazer mira. Enquanto Silveira caía no chão, ela atirou contra a porta. Lascas voaram para todo lado e os hóspedes começaram a surgir nas soleiras com seus robes de seda e cuecas Calvin Klein.

— Entra todo mundo, *porra!* — gritou Cipriano aos curiosos. — Sai daqui!

A porta do 2208 foi estraçalhada… e o horror que havia por trás revelou-se. Alto e musculoso, espada na mão, com um elmo que parecia um instrumento de tortura. Insetos saíam de rostos gravados na carne da criatura como tatuagens em 3-D.

Agora Júlia *sabia* que o golem era mais do que uma metáfora. Seu corpo estremeceu. Cipriano ficou enregelado até o tutano dos ossos e o coração trovejou, a língua tão seca quanto o leito de um rio nordestino.

— Não dá pra exorcizar uma porra dessas… — murmurou Cipriano de olhos esbugalhados, fitando a imensa criatura que lhes encarava através do capacete sem viseira. De algum jeito, *sabia* que a coisa podia vê-los.

Júlia ficou lívida, apavorada demais para apertar o gatilho novamente. Observou o demônio atravessar a soleira e arrebentar as paredes com as asas. A criatura obstruiu o corredor com sua envergadura monstruosa e foi na direção deles; as asas negras se arrastavam no concreto, cuspindo pó e desnudando a estrutura que havia por baixo.

Júlia saiu do transe e disparou. O coice do revólver ressonou nos ombros destreinados. Três cápsulas atingiram o peito do monstro, fazendo rombos do tamanho de moedas de um real. Júlia *viu* lama escorrer, agitando os insetos que saíam da criatura.

O constructo nem estremeceu. A carne nascida do barro cicatrizava como uma cratera em erosão, preenchendo o vácuo com argila.

Os vizinhos começaram a berrar, trancando-se nos apartamentos. Houve um reboliço de choros e orações atrás das portas.

O golem prosseguia. Outros tiros explodiam sua carne, sem abalá-lo.

Júlia estava hipnotizada pela incrível visão. A coragem de dez anos de carreira reduzida àquele instante de terror. O golem marchava com a imponência de um colosso grego. Duzentos quilos de músculo e arrogância. As sandálias de ferro batiam no pavimento com um clangor.

— Vem logo! — gritou Cipriano, enquanto apertava o botão do elevador freneticamente.

O monstro gritou, erguendo a espada com a selvageria de um bárbaro; a voz soou como uma legião infernal: vozes de crianças, de velhos, de mulheres — tudo misturado em uma amálgama arrepiante. Júlia sentia as cordas da sanidade prestes a arrebentar. O cérebro embebido em adrenalina reagia aos acontecimentos sem racionalizar o que os olhos traduziam. A respiração pesada da criatura empesteou a atmosfera. Um cheiro nauseabundo revirou o estômago de Júlia e Cipriano. O hálito frio da besta exalava decomposição.

— Vamos pela escada — falou Cipriano.

— O elevador tá quase aqui! — retrucou Júlia. Vinte e dois andares a pé seria maluquice. A criatura os alcançaria antes de chegarem à metade do caminho. Precisavam interpor uma barreira entre eles e o monstro. O bicho não podia ser tão forte a ponto de arrebentar o aço da porta do elevador.

Ou será que podia?

O elevador chegou. As portas se abriram com lentidão incalculável.

A fera gritava de raiva, ou talvez satisfação. Júlia e Cipriano entraram no cubículo espelhado, espremendo-se pela porta que se abria. Cipriano empurrou Júlia para o fundo da cabine e apertou o botão *Garagem*.

Ela jamais esqueceria aquela visão.

As portas do elevador se fechando, e Silveira, pai de três filhos, eviscerado no chão, deixado para trás. Os olhos vazios encaravam Júlia com um olhar acusatório. O olhar de um homem que jamais veria a esposa de novo, que jamais levaria as crianças à escola, que vencera o alcoolismo sozinho, e que em trinta anos de carreira jamais aceitara propina, quando vários colegas de trabalho haviam enriquecido ilicitamente.

As portas do elevador se fecharam.

E Júlia sentiu-se culpada, descendo ao lugar em que merecia estar.

Ao inferno.

31

Com a consciência depositada no golem através do fôlego de vida, Samael imaginava-se banhado nas vísceras de Júlia. Ficou inebriado pela sensação de poder. Articular aquele corpo indestrutível, sentir o medíocre impacto do chumbo contra o barro — tudo aquilo o deixava viciado. O constructo sempre proporcionava prazer.

Gostou de cortar a barriga do delegado, de sentir os dedos poderosos envoltos no cabo da espada. O cheiro de sangue o excitava. Isso era melhor do que video game. Era como pilotar um robô gigante, conectado por uma interface neural. Sentia os insetos se remexendo em suas entranhas como extensões de sua consciência...

Ele enfiou a espada na divisa da porta do elevador e abriu-a como se fosse uma lata de sardinha. Então colocou a cabeça na escuridão e observou a cabine descer.

O fosso era duplo e largo. Emparelhava o elevador social com o de serviço. Não conseguiria voar naquele espaço, mas podia descer pelas paredes, ainda que lentamente. Não tinha medo de que escapassem. Podia rastreá-los a qualquer momento, mesmo sem o GPS ligado. Em tempos de internet, bastou um aplicativo para localizar o número de Júlia por triangulação de antenas. Como Samael imaginou que aconteceria, uma mãe desesperada por notícias da filha jamais desligaria o telefone.

Ele recolheu as asas para dentro das costas do golem. Depois de desmanchá-las com um ruído molhado, reaproveitou cada molécula de terra e aumentou a massa muscular. Nos joelhos e cotovelos, criou articulações que podiam se movimentar em duas direções, e reconfigurou ventosas na sola dos pés e nas mãos do constructo. As sandálias de metal desapareceram, calcinadas em fogo celestial. O pó de ferro escorreu entre os dedos.

Então, o golem se inclinou e saltou na escuridão.

*

O elevador estremeceu com um baque no teto. Júlia olhou para cima. A pressão que empurrava seu estômago para o peito não era causada pela descida; era o medo alertando que o monstro continuava a persegui-los. Não conseguia pensar em uma saída para a situação. Ao fechar os olhos, só enxergava o rosto de Silveira morto.

Pensa, pensa!

Aquela porra tinha vindo de algum recanto do inferno. As asas negras, o elmo, as almas gravadas na carne, tudo uma prova inquestionável de que estivera errada e Cipriano certo.

Um grito.

Um urro gutural — nem animalesco nem humano — ecoou no poço do elevador, derramando mais um pouco de gelo líquido na espinha de Cipriano.

A aberração uivava seu cântico de guerra. Pela primeira vez na vida, o padre não sabia o que fazer; décadas de exorcismo fizeram-no acreditar que tinha visto de tudo, que nada mais seria capaz de impressioná-lo. Se usasse a Trapaça, demoraria para captar a fé dos fiéis, e a dor dos estigmas o deixaria inútil por um tempo. Se o golem invadisse o elevador antes de invocar um milagre, ele e Júlia estariam mortos.

Júlia tentava se lembrar do treinamento, mas nos manuais da polícia não existia um parágrafo específico para lidar com o impossível, com o diabo ou com aquela coisa gritando lá fora.

Outro clangor metálico. O teto do elevador estufou. Calos de aço cediam sob a pressão de repetidos golpes de espada.

— Ele vai entrar — murmurou Cipriano, mais para si do que para Júlia.

Aconteceu uma mudança súbita, similar ao que ocorrera no corredor: o ar da cabine tornou-se mais frio. As luzes diminuíram, como se acuadas pela escuridão do monstro. A presença do golem estava corrompendo tudo ao redor, irradiando malevolência da mesma forma que uma tempestade carregava o ar com ozônio.

Os golpes de espada continuavam incessantes.

As trevas no elevador adquiriram um aspecto *vivo*. Júlia teve a impressão de que cairia dentro da própria sombra, como se fosse um buraco. Tremia, tentando não perder o controle. Toda a lógica que regera sua vida entrava em xeque diante da criatura, diante do fato de ser uma espécie de *tecnorixá*.

Cipriano apontou o mosquete e acidentalmente fitou-se no espelho.

E quase gritou.

Seu reflexo havia *mudado*. O rosto, embora ainda reconhecível, apodrecia tomado de vasos intumescidos. Na pele cinza, vermes rompiam a carne. Os olhos brancos, sem íris, eram tão desprovidos de vida quanto os de um cadáver. Ele tateou a face freneticamente e notou que o reflexo de Júlia parecia igualmente moribundo.

Samael estava projetando aquelas alucinações em sua mente.

O barbitúrico injetado pelos insetos corria em suas veias.

A espada rasgou o teto. O aço da cabine ganiu, escancarando uma fenda cheia de farpas. Cipriano livrou-se do transe e encarou a criatura pelo rombo.

Outro golpe. A fenda se arregaçou, mas não o suficiente para permitir a entrada do golem. Júlia prendeu o ar nos pulmões, o coração batendo tão forte que rivalizava com o rangido do aço.

Samael parou de golpear e colocou o rosto na abertura.

O elmo começou a se reconfigurar. As duas engrenagens que ladeavam o crânio giraram e ecoaram sons de correntes e mecanismos misturados ao ruído de carne e ossos sendo refeitos. Júlia sentiu nojo. Teve vontade de fechar os olhos porque tinha certeza de que não estava preparada para testemunhar o que viria em seguida, mas a curiosidade mórbida foi mais forte.

O elmo abriu a sessão frontal e uma das mil faces do demônio apareceu.

Era o rosto cadavérico do Apóstolo Santana. Um rosto que sorria, lambendo com satisfação o anzol pendurado em sua boca.

Sem hesitar, Cipriano ergueu a arma e disparou.

Um cone de som concentrado atingiu a boca da criatura e cavou um túnel de argila; pedaços de gengiva e dentes voaram. Um fragmento da mandíbula ricocheteou no espelho e se espatifou em lama. Para surpresa de Cipriano, o demônio sentiu o disparo; ele retirou a cabeça do buraco, desaparecendo do campo de visão.

É isso! O crânio é mais frágil!

O grito de banshee disparado pela arma quase deixou Júlia surda. Um assobio irritante latejava nos tímpanos, mas ainda ouvia os urros do monstro. O elevador se inclinou para a esquerda, mudando o centro de gravidade, como se cedesse ao peso do golem.

— Merda, o que vem agora? — indagou Cipriano.

O espelho atrás de Júlia explodiu. A parede de metal foi rasgada, trazendo um braço cinzento que tentou agarrá-la. Ela se virou com a arma em punho e sentiu a garra da manopla de Samael lhe resvalar a testa. A unha de ferro cortou seu supercílio.

Júlia deu um passo para trás e viu o demônio através da fenda aberta pelo golpe. O elmo novamente selado.

— PECADORES! — A legião de vozes evoluiu de uma frase para um rosnado. Júlia encostou-se à parede contrária, encarando o golem com olhos vitrificados. A dor no corte da sobrancelha foi suplantada pelo terror.

Cipriano apontou a arma, mas Samael desapareceu da linha de fogo com velocidade felina. O padre girou, sentindo que o monstro se movia em torno da cabine feito uma aranha. Escutava uma sucção no metal, como se ventosas estivessem grudando na lataria, e ficou no centro do elevador, apontando a arma na direção do ruído.

A descida durava uma eternidade. Júlia aproveitou para carregar o revólver. E foi nesse instante que o chão implodiu. Duas mãos emergiram do pavimento e agarraram os pés de Cipriano. Dedos tão fortes quanto um torno puxaram o padre e suas pernas se esfolaram nas cerdas pontiagudas do buraco, deixando novelos de carne enroscados no aço frio.

— *Ajuda aqui, porra!* — gritou Cipriano.

Tremendo, Júlia deixou a arma cair. As cápsulas rolaram de um lado para outro e ela agachou-se para pegá-las. Não conseguia raciocinar direito com tantos gritos; nunca foi preparada para uma situação como aquela.

Com um arrancão, Cipriano foi puxado novamente e bateu com a pelve no chão do elevador. O corpo ficou entalado. Só havia abertura para as pernas. Uma bola de dor começou a comprimir o ventre. Ele sentiu vontade de urinar e defecar ao mesmo tempo. Os músculos ficaram leves como balões de hélio.

Júlia desistiu do revólver e pegou a arma estranha que Cipriano deixara cair. As mãos de Samael surgiram nos buracos e começaram a rasgar o metal, tentando abrir caminho para puxar o restante do corpo do padre.

— Porra, Júlia, atira logo! — gritou o exorcista.

Enfiando a arma no buraco, no espaço entre Cipriano e o chão do elevador, Júlia apontou para a cabeça do demônio. Seu dedo cortou-se na lâmina no gatilho.

O grito da banshee equivaleu a um tiro à queima roupa.

O ar ondulou e rachou o elmo da criatura. Páginas de ferro se abriram em um livro que narrava pesadelos; o rosto do golem sofria mutações incessantes, como se o capacete fosse a única contenção capaz de estabilizar suas feições. O disparo abriu uma caverna de lama na cara do golem. Ele continuava vivo, mas largou Cipriano, recolhendo as mãos através da abertura.

O padre ergueu-se, cambaleante. Ignorando a dor, arrastou-se para dentro da cabine, antes que as pernas fossem esmagadas no fundo do poço. O elevador atingiu o subsolo e o golem ficou preso. Júlia e Cipriano ouviam os gritos do monstro. Pela fenda no chão, surgiu uma maré de barro que espirrava e salpicava as paredes. O elevador se abriu.

Eles saíram de costas e observaram a erupção castanha que fluía pelo buraco. As portas do elevador voltaram a se fechar. Exaustos de medo, sentiam-se pesados, incapazes de um movimento sequer. Não conseguiam fazer nada além de arfar e dizer algumas poucas palavras.

226

— Ele morreu? — perguntou Júlia.

— Mandamos o capeta pro inferno! — disse Cipriano, entre dentes.

Ambos riram do trocadilho, mas era um riso histérico, sem nenhum humor. Quando a adrenalina baixasse, provavelmente entrariam em choque.

— Vamos sair daqui — disse Júlia.

Cipriano mancou com a ajuda da colega. O sangue das esfoladuras se acumulava na bainha da calça, mas não era grave. Eles entraram na viatura e cantaram pneus, deixando os hóspedes sem resposta para um cadáver e um elevador destruído. Os jornalistas chegariam, perguntando sobre o monstro que alguém tinha visto no vigésimo segundo andar.

— Tiro, porrada e bomba não vão adiantar contra aquela coisa — disse Cipriano, no carona. — Vamos precisar do Gi Jong! Toca pra Copacabana.

Ele pegou o celular e começou a discar. Pegando a praia de Botafogo, Júlia perguntou:

— Mas em que ele pode ajudar?

O padre devolveu o olhar.

— Armas, armas mágicas grandes pra caralho!

32

Samael sentiu uma pontada atravessar sua cabeça no instante em que a imagem do elevador se desvaneceu. Com uma enxaqueca que lhe atingiu em um pico de dor insuportável, ele começou a desfalecer.

A conexão com o constructo foi interrompida abruptamente. Já não enxergava pelos olhos do golem. Viu o porão e seus apóstolos sumindo em um véu de inconsciência.

A névoa do fôlego de vida retornou para seus pulmões quando ele finalmente desmaiou.

33

Se não fosse pelo entorpecimento do barbitúrico em suas veias, os gritos de Cipriano ecoariam nos céus de Copacabana. Dezoito andares acima de uma pastelaria, esquina com a Barata Ribeiro, ele permitia que o autômato aracnídeo usasse pinças para costurar suas pernas. Ervas mágicas forçavam o crescimento da pele nas bordas do ferimento enquanto Júlia projetava a mente na internet em busca do celular de Torquemada. Tinha esperanças de que o inquisidor a levasse a Samael.

Por hora, a dupla estava em segurança. O apartamento de Gi Jong era o Forte Knox da magia; alarmes arcanos formavam uma malha invisível, interligando cada relíquia de poder guardada na casa. A arca da aliança de Moisés servia de mesinha de centro, como se fosse um item de decoração rústica.

Sentada no sofá, ao lado de uma carabina que pegara no porta-malas da viatura, Júlia estava *dentro* do Google Maps; caminhava em ruas digitais, virava esquinas de pixels, seguia o rastro do Uber que Torquemada havia tomado na igreja da Penha, mas a linha vermelha do histórico de viagem terminava em um posto de gasolina na avenida Brasil.

Inutilmente, Júlia procurava qualquer coisa que pudesse ajudar a encontrar sua filha. Se é que Mariana *ainda* estava viva. Essa mera possibilidade congelou o seu peito. Permitiu que o medo percorresse os canais lacrimais, deixando o rosto mais quente do que o celular entre os dedos. Com uma angústia fria nas mãos, segurava o aparelho como um náufrago em meio à tormenta. O telefone era *real*, um objeto palpável, um souvenir de realidade em meio ao pesadelo dos últimos dias.

— Merda! Não tem porra nenhuma aqui! — Ela caminhava no mapa como um monstro gigante em uma cidade bidimensional. — Nada útil! — O rastro de Torquemada desaparecia no posto de gasolina. Ele devia ter destruído o chip do celular antes de fugir.

Júlia pôs a cabeça entre os joelhos, tomada por uma súbita queda de pressão. A angústia formigava nos membros, o rosto suava frio, apesar do calor das lágrimas. O corte no supercílio voltou a sangrar, deixando uma mancha escarlate no band-aid.

Ela respirou fundo, inalando e soltando o ar, enquanto Cipriano terminava o tratamento. O padre se levantou para testar os curativos e caminhou até a varanda envidraçada.

Na cozinha, denunciando sua presença no retinir da porcelana, Gi Jong preparava chá com biscoitos. O sorriso cordial do chinês disfarçava o aborrecimento. Ele não gostava de ser envolvido nas guerras da Inquisição. Era um negociante de arte arcana, não um guerreiro.

Júlia fungou e ergueu o rosto ao desconectar-se do ciberespaço. Os olhos passaram de negros para brancos, as íris desfizeram os códigos binários e assumiram o mesmo tom cinzento de metal.

— Vamos encontrar sua filha — disse Cipriano, incapaz de encarar a parceira. Observou o movimento na rua lá embaixo, na esperança de ver Mariana sã e salva, procurando o caminho de casa.

Júlia ergueu os olhos injetados e retrucou:

— Você não tem certeza! Ninguém tem mais certeza de *porra nenhuma*! — Ela se ergueu no sofá. — Minha filha tá lá fora com a porra de um psicopata sobrenatural!

Cipriano não respondeu. Não havia o que dizer.

Júlia andava de um lado para outro. O apartamento era mais um antiquário do que um lar. Relíquias mágicas de inúmeras épocas e culturas, exibidas em caixas de vidro blindado, se espalhavam pela decoração. As mais importantes, o chinês guardava em uma cabine de escapismo que havia pertencido ao ilusionista Harry Houdini — pelo menos era o que dizia a etiqueta.

Cipriano mirou os céus carregados daquela manhã, esperando um sinal de Deus. No horizonte cinzento, o oceano refletia o clima; galeões de nuvens velejavam em uma regata em direção ao núcleo do firmamento. Uma tempestade também se formava dentro do padre. Afinal, seu mentor traíra trinta e cinco anos de amizade para criar um novo messias.

— Queria poder dizer que tudo vai ficar bem... — falou Cipriano, encarando a janela com um olhar vazio. — Mas não sei se vai.

Júlia tentou falar, mas a voz se afogou em um soluço. A imagem de Mariana agonizando em um caixão, devorada pelas mesmas larvas que saíram do cadáver reanimado de Gregório Zanfirescu, não saía de sua cabeça. Desabou no sofá, a força das pernas roubada para alimentar os espasmos nos ombros, até que seu pranto foi interrompido pela aproximação de Gi Jong.

Apesar do ar-condicionado, ela sentiu a temperatura aumentar quando o chinês parou na sua frente. Ele colocou um bule de porcelana na mesa de centro junto com uma bandeja de biscoitos caseiros, embora ninguém tivesse fome.

— Tome o chá — disse o chinês. — Vai te desintoxicar da ferroada do inseto. É um pouco amargo, mas os biscoitos tornam suportável.

Ela não conseguia pensar em comida. O medo e a confusão se anovelavam em uma bola em seu estômago e agora queriam sair. Enquanto o ácido ia e voltava em sua garganta, Júlia revivia o assassinato de Silveira, o desaparecimento de Mariana. Como poderia explicar aqueles eventos aos seus superiores? Em pouco tempo o celular estaria tocando. O Secretário de Segurança exigiria respostas e ela não tinha nenhuma.

Mas Cipriano deveria ter.

— Por que Torquemada fez isso? — perguntou Júlia, quase em um sussurro.

Cipriano acendeu um cigarro.

— Quando conheci Torquemada, ele queria me colocar na liderança da Igreja. Um santo uniria o mundo, traria poder político ao papa. — Ele soltou fumaça pelo nariz. — Só que eu nunca quis. Ele desistiu de mim, mas acho que não desistiu de encontrar um messias. Acho que Samael veio ocupar o cargo que eu rejeitei.

— Aquela *coisa*... Aquela porra não é o Samael, é?

— É uma projeção, um títere. — Cipriano saiu da janela e sentou-se no sofá. — O processo é complicado, mas em termos leigos, ele consegue gerar vida do barro. O idioma celestial nas mensagens deixadas nas cenas dos crimes só deixa duas possibilidades: ou Samael é um anjo ou um demônio.

— E como você sabe disso? — questionou Júlia.

— Somente entidades que habitaram o paraíso sabem essa língua. Não é algo que pode ser aprendido, já nasce com você.

— Como a Biodome conseguiu a porra de um anjo ou de um demônio? — Júlia enxugou os olhos e tirou o casaco. O apartamento estava ficando quente.

— As moedas vieram de uma escavação em uma área entre a Jordânia e Israel, próxima ao Mar Morto. Essa é a provável localização de Sodoma e Gomorra. — Cipriano tragou o filtro, depois pegou o bule e derramou chá na xícara. — Torquemada também encontrou objetos de tortura sexual no sítio arqueológico, um indício de que os relatos bíblicos não são apenas histórias. Deus enviou dois anjos até lá. Os moradores de Sodoma tentaram estuprar eles. Não é difícil fazer essa conexão...

— Você tá especulando — interrompeu Júlia. — Mesmo que eles tivessem encontrado um anjo, como sabe que ele poderia se reproduzir com uma mulher? Eles são criaturas espirituais, não são?

— Acha que o anjo Gabriel encontrou Maria para bater papo? — Cipriano ironizou. — Jesus nasceu como qualquer outra criança. As escrituras foram feitas por humanos, e humanos não são confiáveis. — Cipriano tomou o chá em um gole só, fazendo cara feia. — Existem livros apócrifos com versões diferentes para as mesmas lendas. Histórias que você jamais vai ouvir na missa de domingo.

— Aonde você quer chegar exatamente? — Júlia também tomou o chá.

— Acho que o tal fóssil era de um anjo capturado pelos sodomitas e Torquemada conseguiu clonar através da Biodome. — Cipriano esmagou o cigarro dentro da xícara. Gi Jong o encarou em tom de reprovação, mas continuou quieto. — O laboratório trabalhava com cruzamento de espécies, certo? Eles devem ter inseminado a mulher que aparece no vídeo que você encontrou na Biodome — completou.

— Um nephilim? — interveio Gi Jong.

— Uma criatura meio humana, meio anjo explicaria os poderes de Samael. Explicaria a capacidade de falar no idioma celestial, as reproduções de milagres nos assassinatos — teorizou Cipriano, massageando a nuca. Sentia a tensão dos minutos passados diminuindo as chances de encontrar Mariana. Gi Jong se levantou para separar algumas armas mágicas, colocando tudo em uma bolsa de couro.

— Isso não ajuda em nada a encontrar minha filha — disse Júlia.

Cipriano sentiu o ímpeto de contar a verdade, de dizer que era culpa *dele*, que fizera a escolha pela morte da menina... Mas acovardou-se. Em vez de assumir a responsabilidade, lembrou-se de que ainda tinha a fotografia da criança e se levantou novamente para ir à sacada. Puxou o celular do bolso.

Apesar de ter deletado o registro de ligação de Samael, a foto enviada pelo nephilim continuava na galeria. Clicou na imagem para apagar. O dedo tremeu, relutante em confirmar "sim" para eliminar a foto. Sentia que se fizesse isso estaria obliterando Mariana, assumindo sua morte.

Olhou a felicidade da garota no colo da mãe, as bochechas gordinhas, os olhos castanhos e amendoados, o sorriso banguela... E, de repente, foi tomado por um calafrio de esperança. As pupilas do padre se dilataram, e uma tempestade de novas conexões fertilizou seu cérebro com memórias. Cipriano recordou-se dos seus dentes quebrados, do sabor férreo do sangue inundando a língua quando era garoto. O gosto manteve nuances metálicas e evoluiu para o sabor de platina, então vieram odores de antisséptico, de flúor, dos restos de gesso na moldura de uma prótese — tudo isso ocorreu em uma fração de tempo que suavizou as rugas de preocupação em sua testa.

Júlia notou a mudança nas feições do parceiro, mas não conseguiu decifrar o vinco que se formou nos lábios do exorcista.

— Sua filha já perdeu os dentes de leite, certo? — ele perguntou.

— Que porra de pergunta é essa? — devolveu Júlia.

Com o sorriso de um jogador de pôquer que tinha acabado de tirar uma mão perfeita, Cipriano declarou:

— Conheço alguém que vai encontrar sua filha.

34

Como Fada do Dente e traficante de sonhos, Fê Érica podia realizar todos os desejos dos clientes, desde que pagassem à vista. Sempre chegava cedo ao consultório para preparar a arcadina. Àquela hora da manhã, embalava o pó mágico para distribuí-lo entre os usuários de Hi-Brazil. As fadas operárias ajudavam a colocar a droga em pequenos frascos que fariam a alegria dos magos do eixo Rio-São Paulo.

Como não havia nenhum mortal por perto, ela mantinha a forma feérica. Triturava os dentes de leite e os engolia. Após passar pelas enzimas mágicas de seu estômago, a gosma se transformava na matéria-prima da imaginação.

Quando terminava a segunda remessa, o celular na bancada tocou. Érica foi atender e colocou no viva-voz:

— Madrugou hoje, Cipriano? — Ela derramou pó em um frasco e lacrou a tampa.

— Preciso de ajuda — disse Cipriano. — Quero que localize uma criança pra mim.

— Tô ocupada. — Ela guardou o frasco em uma caixa. — Pode ser outra hora?

— É urgente! Não tô falando de uma criança normal.

— Seja mais específico. — Érica ficou intrigada. — Preciso do nome, idade...

— O nome é Mariana Abdemi. Tem sete anos, e é uma orixá.

— Não sei se estou te entendendo.

— Caralho! Não tenho tempo pra explicar agora! Preciso que procure uma garota que deve ter pedido às fadas algum computador ou video game. Não deve ser muito difícil, porra!

— Pode demorar um pouco — disse Érica.

— Tempo é uma coisa que eu não tenho.

— Preciso de uma hora, no mínimo.

— Não dá pra ser mais rápido? — Cipriano fez um resumo da situação e completou: — É caso de vida ou morte!

— Vou ver o que consigo fazer.

— Me liga assim que souber de alguma coisa. — Cipriano encerrou a ligação.

Usando o idioma feérico, a fada-rainha colocou o telefone na bancada e chamou suas operárias, que formaram uma espiral no meio do consultório. As paredes desapareceram para dar lugar à superfície da colmeia. O cheiro de dentes podres empesteou o ar quando o fosso das lágrimas surgiu no centro da sala.

— Umbigo, Alfinete, Farinha! Chamem todo mundo! Temos trabalho a fazer!

Depois de ouvir os detalhes, as operárias mergulharam no fosso e começaram a revirá-lo em busca de um dente que pertencesse a Mariana — a menina-orixá que havia pedido para que sua mãe tivesse mais tempo de brincar com ela.

35

— Essa dentista é o quê? — indagou Júlia, como se não tivesse descoberto estranhezas o suficiente nos últimos dias.

— Ué, por que o espanto? — Cipriano deu de ombros — Acabamos de derrubar um golem, você é uma orixá da tecnologia. Qual é o problema com uma fada do dente?

Júlia massageou as têmporas, imaginando a profundidade da toca do coelho. Havia se enfiado em um País das Maravilhas sombrio, habitado por inquisidores imortais, santos católicos com pinta de roqueiros e psicopatas que nasciam de fósseis angelicais. Bem ou mal, as reviravoltas lhe ajudavam a esquecer o desespero. Precisava colocar os neurônios no lugar, montar uma estratégia para chegar ao cativeiro. Se essa tal fada dentista realmente pudesse encontrar sua filha, Samael estaria lá, esperando os dois com um constructo de barro.

— Tá... tudo bem. Como vamos chegar em Samael sem que ele perceba? — perguntou ela, olhando para o celular do padre. A ligação de Érica demorava uma eternidade, embora só tivessem se passado dois minutos.

— No ritual de Betzael, parte da consciência do conjurador fica no constructo. Precisamos manter Samael distraído, obrigar ele a se focar no golem.

— E como vamos fazer isso? — Júlia colocou a carabina nas costas.

Com um sorriso maroto no canto dos lábios, o exorcista encarou Júlia, que leu a expressão com a clareza de uma legenda.

— Pode esquecer!

— Samael vai vir atrás de nós. — Cipriano ajeitou o mosquete mágico no bolso do terno. — Você pode servir de boi de piranha.

— E você quer que eu coloque meu rabo na reta? — Júlia virou-se bruscamente para o padre. — Tá de sacanagem!

— Olha, não temos muito tempo. Assim que Samael se recuperar, vai criar um novo constructo. Ele vai vir pra cima da gente. Se sobreviver por tempo suficiente, posso matar ele no esconderijo assim que Érica me passar o endereço.

— É a minha filha que tá lá, Cipriano! *Eu* vou!

— Seu envolvimento emocional pode cagar tudo!

Cipriano sentia-se desconfortável com a ideia de enviar Júlia, uma pessoa sem experiência de campo no sobrenatural, ao cativeiro de Samael. Nessas condições, enfrentar um nephilim com complexo de Deus não parecia coragem; parecia suicídio.

— Nem fodendo você...

Subitamente, Gi Jong gritou:

— Ele tá aqui!

Júlia e Cipriano se calaram. Os corações iniciaram um solo de tambores. Olharam as janelas.

Nenhum sinal de Samael.

— Acho que você tá vendo coisas — disse Júlia para Gi Jong.

— Vai por mim. Se ele diz que tá vendo é porque está lá — retrucou Cipriano.

Na rua lá embaixo, a chuva voltou a desabar, obrigando os mendigos a se aglomerarem sob as marquises dos pontos de ônibus.

Cipriano ligou novamente para Érica e começou a gritar no telefone:

— Érica, preciso do endereço *agora.*

— Eu falei que ia demorar um pouco!

— Eu não tenho mais tempo!

— Ele está se aproximando — disse Jong. — Vocês têm que sair daqui!

— Cipriano... — chamou Júlia, olhando para as janelas.

— O que é? — O exorcista seguiu o olhar da parceira, sem tirar a boca do telefone.

— Tem alguma coisa voando pra cá! E não é um urubu!

Uma sombra batia as asas contra o véu da tempestade.

O golem.

Mesmo de longe, eles notaram que a nova criação de Samael era maior do que suas versões anteriores. Ainda na linha com Érica, Cipriano gritou:

— Érica, me dá logo esse endereço, porra!

Os nervos do exorcista pareciam eletrificados. A respiração acelerou-se ao se lembrar do ataque no hotel. A ideia de encarar o golem transformou os ossos de Cipriano em um encanamento cheio de água gelada.

O golem avançava no meio da chuva, empunhando sua espada como um anjo vingador anunciando o dilúvio. Gi Jong pegou um pequeno tambor chinês no arsenal mágico — o objeto tinha duas cordas nas laterais do bumbo que se conectavam a duas esferas de madeira.

— Que merda é essa? — perguntou Júlia.

Segurando no cabo, Gi Jong começou a girar o tambor de um lado para outro: as esferas amarradas nas cordas faziam elipses e batiam no couro. Cada percussão correspondia a um trovão nos céus.

A abóbada celestial foi tomada por uma única nuvem, que pareceu recobrir todo o planeta. A eletricidade rasgava o firmamento enquanto Gi Jong aumentava a força da percussão. Respondendo ao compasso das batidas, um relâmpago desceu das nuvens em direção a Samael. O golem se esquivou com uma manobra aérea e continuou avançando, chegando cada vez mais perto da varanda de vidro.

Gi Jong continuou batucando enquanto relâmpagos caíam, tentando acertar o constructo. Até que um dos raios desceu sobre Samael. Houve um clarão cegante. Eles fecharam os olhos e, quando reabriram, o golem tinha desaparecido.

— Chupa, seu escroto! — gritou Júlia.

Mas Cipriano não compartilhava da sensação de vitória. Ele recuou da janela, pegando a bolsa de couro com as armas. O cramunhão de garrafa rebelou-se no cárcere de vidro. Sentiu o ar engrossar; uma mudança de pressão estalou em seus ouvidos.

— Tarde demais... — disse o exorcista.

Vindo por trás de um prédio mais alto que havia usado para se esconder no momento do relâmpago, o constructo deu um voo rasante e estilhaçou a vidraça do apartamento.

O golem surgiu com a imponência de um deus que descia dos céus para aterrorizar os fiéis. A pele grossa e cinzenta tinha aspecto de rocha viva; parecia deixá-lo maior dentro do apartamento. Músculos formavam cordilheiras gêmeas ao lado do pescoço, e sua respiração gélida escapava pelas fendas do elmo, exalando odor de morte.

Resistindo à vontade de ajoelhar-se e implorar pela vida diante daquele ídolo medonho, Cipriano e Júlia encostaram-se à parede. O cramunhão de garrafa parecia que ia explodir sob as oscilações mágicas que emanavam da criatura.

— Esse lugar é solo neutro! — advertiu Gi Jong, ficando entre eles e o golem. — Essa guerra não é minha.

— Agora é! — disse o golem, erguendo a espada. Ele avançou como se o chinês fosse apenas um verme a ser esmagado. A lâmina zuniu prestes a cortá-lo ao meio.

— *Não!* — gritou Cipriano, lembrando-se de Silveira morrendo no corredor.

Mas, para surpresa de todos, Gi Jong nem tentou se esquivar.

O chinês aparou o golpe, espalmando as mãos nas laterais da espada, como se tivesse matado uma mosca. Gi Jong era três vezes menor do que a criatura, e ainda assim a espada não conseguia avançar um único centímetro. As veias do monstro pulavam em antebraços da espessura de árvores, mas Gi Jong permaneceu tão firme quanto uma bigorna diante do martelo.

— Cipriano, sai pela cabine — disse o chinês, sem demonstrar esforço na voz.

O exorcista saiu da paralisia e pegou o tambor mágico no chão. Puxou Júlia pelo braço enquanto ela olhava para trás, incapaz de entender como aquele baixinho havia defendido o golpe.

— Você também. — Gi Jong olhou para Júlia. — Eu seguro ele aqui.

O golem colocou todo o seu peso na arma e Gi Jong ofereceu resistência. O chinês começou a andar para a frente, empurrando o constructo sem dificuldade. O golem fincou os pés no chão de mármore, deixando um rastro que se abria em vergões de rocha.

Conforme era arrastado, o monstro percebeu que o rosto do chinês sofria algum tipo de metamorfose: os olhos queimavam em um tom de verde, escamas desenhavam-se na pele amarelada. Gi Jong exalava expirações profundas e cada fôlego provocava um trovão na tempestade que se formava lá fora.

— O que é você? — perguntou o golem.

Gi Jong acelerou. Logo estava correndo, impulsionando a criatura contra a vidraça quebrada. Samael concentrou todos os seus músculos para frear, mas foi inútil.

Olhando por cima do ombro, Júlia seguiu Cipriano em direção a um armário preto e estreito, no canto da sala, que já tinha pertencido a Harry Houdini. O exorcista desencaixou as prateleiras e jogou tudo no chão.

— O que Jong vai fazer? — perguntou Júlia, enquanto o padre manuseava o cadeado aberto na porta do guarda-roupa, tentando se lembrar da senha.

A resposta veio quando Gi Jong espremeu Samael contra a mureta da varanda. O concreto rachou em uma teia, apesar da espessura.

— Entra aí! — gritou Cipriano. — Ele vai ficar bem.

O exorcista girou a combinação certa, empurrou Júlia para dentro do armário e se espremeu com ela na cabine. Antes de fechar as portas, viram Gi Jong e Samael atravessando o muro da sacada.

Assim que Cipriano fechou o guarda-roupa, Júlia foi engolfada por uma escuridão intensa. Não via nenhuma claridade atravessando as frestas da porta.

Aquilo era mais que uma mera ausência de luz; eram trevas absolutas, que deixaram seu senso espacial enlouquecido. Havia um frio escavando a medula de seus ossos. O lugar parecia muito maior do que a cabine, como se as paredes do armário estivessem a quilômetros de distância.

De alguma forma, sabia que estavam *em movimento*, mergulhando na escuridão de um trem fantasma. Era uma experiência sobrenatural; apesar de sentir o chão em seus pés, teve a sensação de que caía por um túnel, tragada em um vácuo que empurrava suas vísceras contra o peito.

Então, em uma fração de segundo, tudo acabou. Cipriano arrombou a porta do armário com um chute, mas já não estavam no apartamento de Gi Jong. Saíram da cabine de escapismo para um quarto imundo, cheio de objetos espalhados no carpete: caixas de pizza forradas com vermes, fitas vhs no chão e outras bugigangas — o quarto de Cipriano.

— Mas que lu... — Júlia não conseguiu completar a frase; tinha atravessado o espelho, tomado a pílula vermelha.

— Vamos sair daqui — disse Cipriano, como se viajar em um portal dimensional fosse coisa rotineira. — Precisamos ficar em movimento até a Érica ligar. — O exorcista correu para outro cômodo, tirando um molho de chaves do casaco.

— Precisamos localizar o cativeiro antes que Samael venha atrás de nós — disse Júlia. — Você tem carro?

— Gi Jong vai distrair ele por um tempo. E não, não tenho carro. Vamos ter que roubar um. — Ele abriu a porta da sala e desceu as escadas do prédio correndo.

Júlia o seguiu até a rua. Pela visão dos Arcos da Lapa, intuiu que estavam no centro da cidade. Uma viagem de vinte minutos reduzida a instantes. O padre andava rápido, procurando um carro que tivesse as chaves na ignição, mas no Rio de Janeiro essa possibilidade era menor do que a de ganhar na Mega-Sena.

Cipriano se encostou em uma picape preta, colocou a bolsa de couro no chão e tirou do bolso o mesmo canivete que tinha usado no cemitério. O objeto transformou-se na aranha mecânica e encaixou-se na fechadura da porta, destrancando o automóvel.

Júlia ia perguntar de novo o que era aquilo, mas desistiu. Depois de fugir de um nephilim em uma cabine do *Doctor Who*, nenhuma esquisitice lhe impressionaria. Sentou-se no volante, e Cipriano foi no banco do carona. O canivete fez uma ligação direta com suas pinças mágicas.

Eles se entreolharam por um segundo e Cipriano encorajou:

— Alguma ideia de como vamos nos livrar daquele filho da puta?

Caindo em alta velocidade, atracado com Samael no meio de uma chuva de concreto, Gi Jong abandonou a forma humana; eletricidade pulsava por baixo da carne, como se as veias carregassem a força dos relâmpagos.

E de fato carregavam.

Em uma fração de segundo, ele esticou-se em uma forma serpentina e dezenas de braços brotaram das laterais de seu corpo. Com um movimento invertebrado, Gi Jong enroscou-se no golem que batia as asas, interrompendo a queda.

Ele era o dragão celestial dos contos chineses, o Senhor das Tempestades. Sua respiração engrossava as nuvens nos céus. Os gritos ressonavam na abóbada celeste, intensificando o rufar dos trovões.

Os mendigos na rua olhavam para os dois sem acreditar no que viam. O dragão e o constructo voavam para cima, alcançando as nuvens. O golem soltou a espada e cravou as garras da manopla nas escamas de Gi Jong. O dragão urrou de dor e um relâmpago transformou o céu em uma supernova, cegando os transeuntes na Barata Ribeiro.

Gi Jong era enorme; vinte metros de músculos que se enrolavam contra o golem, espremendo costelas com um abraço de jiboia. A cabeça draconiana sorria; presas de metal que emanavam sinapses de energia. O golem sentia uma pressão insuportável no tórax, e a constrição tornava a respiração quase impossível. Mesmo com músculos tão duros quanto ferro, ele sabia que a criatura ia quebrá-lo ao meio; podia ouvir a carne de barro rachando.

Continuou batendo as asas enquanto a metrópole ia encolhendo, até desaparecer no manto cinzento das nuvens. Agora, os dois se encontravam acima de um mar leitoso, onde o sol emitia o brilho de uma gema incandescente.

Tentou outro golpe com as garras da manopla, mas o dragão deu mais uma volta em seu corpo, enlaçando sua mão livre. Não conseguia se soltar; os braços estavam imobilizados, espremidos ao lado do corpo.

Gi Jong o encarou com seus olhos de esmeralda.

— Para um messias, você é bem patético. — A voz era grave; cada sílaba causava uma estática nas nuvens abaixo. — Você não é nada, só um verme. — Ele abriu a boca e a língua ardeu em uma fornalha de chamas azuis.

A constrição tornou-se mais forte e Samael sentiu parte da argila do golem se pulverizar. Um gosto de barro subiu pela garganta; tinha que sair dali, mas o pânico não lhe deixava raciocinar. Nunca havia enfrentando alguém tão poderoso. Acostumado a lidar com os mortais, era a primeira vez que experimentava o medo verdadeiro.

O dragão preparou um bote, esticando o pescoço acima da cabeça da presa. Os dentes brilharam contra a luz do sol; um cintilar de guilhotinas prestes a decapitar o condenado. Cedendo aos instintos de sua verdadeira natureza, Gi Jong atacou: as presas se fecharam em um estalo de metal contra metal, arrancando faíscas do elmo.

Ele cerrou a mandíbula para dilacerar o oponente, mas ficou surpreso quando percebeu que havia mordido apenas o elmo. Olhou, tentando desvendar o truque, mas o constructo já havia se dissolvido em uma coluna de barro sem vida.

Dentro do carro, seguindo o fluxo do trânsito, ouvindo o barulho da chuva no teto do automóvel, Júlia e Cipriano debatiam.

— Tenta falar com a Érica — disse ela, manobrando em meio aos carros na avenida Mem de Sá.

— Tô tentando, cacete! — retrucou Cipriano. — Tá dando fora de área.

— Precisamos sair do engarrafamento. O trânsito deve estar melhor descendo para a Zona Norte.

— Samael deve ter nos achado rastreando o seu celular, Júlia. — Cipriano rediscou o número de Érica em desespero. — Desliga essa porra!

— Se eu sou a isca para o golem, Samael precisa me encontrar — rebateu Júlia. — Melhor deixar ligado até você achar o cativeiro.

— Eu só preciso de uma imagem para chegar até o filho da puta. Posso me teletransportar, mas você tem que manter Samael distraído.

— Você pode se teletransportar?

— É uma longa história. — Cipriano puxou o resto de arcadina que havia guardado na carteira. — Caralho, atende essa porra, Érica! — vociferou, olhando para o telefone.

Sem consultá-lo, Júlia seguiu por uma rua para chegar à avenida Rio Branco.

— O que tu tá fazendo?

— Vou pegar a Brasil no sentido contrário. — Júlia buzinou para os carros — Acho melhor irmos para a Cidade Universitária.

— Mas que merda tu tá falando? — Cipriano ficou com a cara vermelha de raiva. — O que vamos fazer no Fundão?

— Lá vamos ter espaço pra manobrar. Não tem trânsito a essa hora da manhã. — Júlia acelerou quando viu uma brecha entre os carros.

— Merda! — praguejou Cipriano, resignado. Não gostava da ideia de ficar dando voltas no campus da universidade; era a mesma coisa que um roedor correndo em uma gaiola giratória, mas por fim aceitou o plano de Júlia.

Como ratos, eles seguiram para a armadilha.

Rodeado por seus apóstolos-zumbis, Samael fitava o vazio. Um intruso que invadisse o porão pensaria que ele estava em estado catatônico, mas seria um erro: sua consciência dividira-se em duas partes. Enquanto o verdadeiro Eu usava um aplicativo de smartphone para rastrear o número de Júlia, outra parte de sua consciência pairava no fôlego de vida.

Dotado de percepção extracorpórea, Samael desceu ao topo de um morro próximo, em um terreno baldio acima do nível da favela. Penetrou no solo e começou a conjurar outro golem.

Nas estruturas que ditavam a forma do barro, partículas começaram a se rearranjar em um jogo de palavras, e a matéria respondeu à edição: uma coluna de lama se ergueu do solo, cada grão de terra ganhou vida.

Depois de ameaçar o rabino, Samael aprendera o encantamento de Betzael, mas conseguiu aprimorá-lo; convertia cada raiz em um nervo artificial, cada "osso" do golem era de puro minério bruto.

Trabalhou no fantoche com a habilidade de um artesão: músculos de argila ganharam definição, minério se acumulou nas extremidades, o couro cabeludo transpirou metal celestial incandescente, envolvendo o crânio, e parafusos do tamanho de dedos afundaram no rosto e giraram até se enroscarem nos tendões de raízes.

Mecanismos se entranharam na carne ilusória até formar o elmo negro do constructo. Por baixo da máscara de ferro, um rosto em constante metamorfose se escondia. Farpas metálicas saíram da mão esquerda e cobriram o antebraço. Depois, o metal se modelou em uma manopla medieval. Em uma coluna de chamas, uma espada de arcanjo brotou da mão direita e sandálias do mesmo metal sagrado nasceram sob os pés.

O constructo estava quase totalmente manifestado. Faltava o toque final.

Dezenas de rostos em agonia brotaram ao longo do corpo do golem. No tórax, emulou as feições de Santana, Verônica, Ítalo e Zanfirescu.

Samael não podia criar seres com alma — talvez esse fosse um atributo exclusivo de Deus —, porém era capaz de simular formas de vida mais simples. Ele materializou insetos em câmaras musculares desenhadas com esse propósito. No organismo dos gafanhotos se inflaram glândulas que injetavam ureia e ácido malônico no canal do ferrão. Quando misturadas, essas substâncias criavam um poderoso barbitúrico.

Alçando aos céus com asas negras, o constructo foi na direção dos pecadores.

Depois de ser derrotado no elevador, Samael decidiu limitar as sensações físicas quando estava no golem. Dessa vez, teve o cuidado de manter o elo psíquico em nível superficial — assim não registraria as dores no corpo do títere, caso ele fosse destruído.

Estava impressionado com o fantoche que havia gerado. Era maior, mais ágil, com três metros de altura. Os braços movimentavam músculos capazes de esfacelar ossos humanos como se fossem de papel. As costas do verdadeiro Eu captavam o bater das asas, como se fosse um amputado sentindo um membro fantasma.

Perseguiu os pecadores por quase uma hora e viu a picape entrar no campus da UFRJ. Então acelerou o voo, descendo como uma águia que caçava camundongos.

36

Tudo havia começado em uma noite de tempestade e acabaria naquele dia, em meio a outro dilúvio. Acima da copa das árvores, os céus estalavam com sinapses de fogo, como se as nuvens fossem cérebros de deuses que conspiravam o Armagedom.

O terreno da UFRJ era um imenso bosque cortado por avenidas — quase um autódromo que intercalava pistas com faixas de grama. Os edifícios da faculdade ficavam distantes uns dos outros e ônibus gratuitos circulavam para levar os estudantes às aulas, mas naquela manhã de inverno a chuva deixou a maioria sob o edredom.

Cipriano olhava o celular, esperando a ligação de Érica. O relógio no canto da tela convertia minutos em séculos. O desespero o fez pensar em usar a Trapaça, mas não sabia se a santidade incluía adivinhações ou clarividência. Se recorresse aos estigmas, os ferimentos o deixariam inútil. Precisaria de todos os seus reflex...

O telefone tocou e Cipriano quase pulou no banco com o susto.

— Alô! — Ele atendeu no primeiro toque, transpirando apesar da ventania que entrava pela janela do carro.

— Umbigo achou o endereço! — disse a fada. — Travessa Monteiro Lobato, número 17. Fica perto da Leopoldina.

— Valeu, Érica! — Cipriano encerrou a ligação e acessou o Google Street View.

Enquanto o padre digitava o endereço, Júlia parou o automóvel abruptamente.

O telefone caiu das mãos dele, no espaço entre o banco e o painel.

— O que foi? — perguntou Cipriano, depois de quase ter batido o rosto no porta-luvas.

Com os olhos vidrados, Júlia encarava o retrovisor. O padre olhou para trás e viu uma sombra nos céus. Algo com asas enormes, que descia tão rápido quanto um falcão em um voo rasante.

O golem.

— *Pisa fundo!* — gritou Cipriano.

O golem se aproximava com a fúria de um míssil balístico. O cramunhão dava chifradas e aquecia o vidro de aguardente, aumentando a vibração no bolso do padre conforme o constructo agigantava-se no para-brisa traseiro.

— Cipriano, pega as armas! — disse Júlia, tentando administrar o pânico.

— Rezar não vai adiantar porra nenhuma com aquele desgraçado!

Graças ao clima, a manhã se converteu em noite. As sombras acentuavam-se entre as árvores do campus. A chuva criava uma atmosfera de apocalipse bíblico, e Samael era o arcanjo que soprava a última trombeta.

O padre abriu a bolsa que Gi Jong havia lhe emprestado e puxou um revólver com um dragão pintado no cano. Era Tiamat, a arma com sopro de dragões.

— Tá na hora de partir pra ignorância — disse Cipriano, conferindo as balas no revólver.

— É melhor colocar o cinto — sugeriu Júlia, girando a chave na ignição.

Cipriano agachou-se para recuperar o celular. Pelo retrovisor, Júlia viu o golem próximo, voando na altura do asfalto. Ele urrou e sua voz múltipla espalhou-se no ar.

Júlia quase quebrou a chave na ignição.

— Anda, merda! — A policial tremia quando deu partida e pisou fundo. Os pneus gritaram, deslizando pelo asfalto escorregadio. — Tenta acertar ele!

Cipriano colocou metade do tronco para fora pela janela e ficou quase entalado na abertura do vidro devido à barriga saliente. Decidiu que pararia de beber se Deus lhe tirasse daquela enrascada.

A criatura voava a cerca de meio metro do solo, a um pouco mais de vinte metros do para-choque traseiro.

— Atira logo! — berrou Júlia.

Cipriano tentava achar uma posição cômoda para mirar, mas posicionar a arma naquelas condições era difícil. O carro ganhou velocidade após mudar a marcha e a ventania jogava a chuva em seus olhos.

O golem estava embaçado, e mesmo assim Cipriano teve a impressão de vê-lo sorrir com o elmo aberto. O capacete se fechou, iniciando a reconfiguração do rosto.

Júlia engatou a quinta e o padre engatilhou a Tiamat. A arma cuspiu o sopro de um dragão invernal; um cone de gelo que soava com o rugido de um tornado. O golem esquivou-se, deixando uma trilha de estalagmites no asfalto. Um carro que vinha atrás deslizou na superfície branca e bateu em uma árvore.

— Que porra de arma é essa? — Júlia derrapou em uma rua, passando em frente ao hospital universitário.

— Só dirige! — esbravejou o exorcista. — Não dá tempo de explicar. — Cipriano engatilhava o trabuco novamente.

Júlia dirigia feito uma louca, mergulhando nas profundezas do campus. O carro ganhava velocidade, aumentando a vantagem sobre o golem. As árvores que margeavam a pista se transformaram em borrões. A chuva dava a impressão de que o mundo estava atrás de uma lente desfocada. Alguns motoristas olharam para o constructo e derraparam.

Cipriano sabia que os civis filmariam a criatura para postar na internet. Já imaginava o próprio futuro, trabalhando de camelô na rua Uruguaiana. O Vaticano não perdoaria essa.

O padre saiu da janela e recuperou o celular. Júlia olhou rapidamente para trás, tentando localizar o monstro, e não conseguiu enxergar nada. Perguntava-se onde o golem estaria quando ouviu o ruído de asas.

Cipriano fechou o aplicativo de mapas e digitou o endereço no Google Earth. Precisava de uma imagem do esconderijo de Samael para se teletransportar.

O carro sacudiu.

Houve um impacto na porta do carona e a janela do passageiro estilhaçou--se. O carro derrapou para o lado esquerdo, como se tivesse sido acertado pela trombada de um veículo maior.

Não era outro carro.

Era o golem.

A criatura voava paralela ao carro, a uns sete metros de distância da porta do carona. A silhueta musculosa brilhava envolta em uma aura de chuva.

Júlia acelerou o máximo que podia, mas o monstro emparelhava com facilidade. As asas de Samael pareciam toldos que sacudiam ao vento.

— Tenta achar uma saída para a avenida Brasil! — disse o padre, colocando a Tiamat no banco. Os dedos suados empapavam suas luvas.

— Não! A Brasil deve tá toda engarrafada. Nossa melhor chance é ficar dando voltas no campus!

O golem arremessou-se uma vez mais na direção da porta. Um estrondo e a carroceria se deformou do lado de Cipriano. O carro deslizou na pista, mas Júlia segurou o volante, forçando-o na direção contrária. Os pneus cantavam ao derrapar no asfalto molhado. A picape atravessou uma faixa de grama entre duas pistas e foi parar em uma rua paralela, na contramão. Júlia se desviou de um Chevette, o susto atrapalhando seus reflexos; a picape arrastou no meio-fio e então ela conseguiu voltar para o meio da estrada, que por sorte permanecia vazia.

Cipriano colocou a Tiamat na janela, mas antes que pudesse efetuar o disparo, Samael chocou-se contra o veículo. A porta se soltou na pista com uma sinfonia de metal agonizante. Faíscas pularam no asfalto. Cipriano quase caiu, mas se segurou a tempo no encosto do banco.

O veículo ameaçou derrapar na pista molhada. Júlia agarrava o volante enlouquecido. Por fim, o carro voltou à posição e arrancou. O golem fez um arco no ar, voando para o outro lado, se posicionando a poucos metros da janela do motorista.

Júlia sabia que ele estava ali, mas não ousava encará-lo; ficaria sem reação diante daquele elmo aterrorizante.

O golem jogou-se de ombros, erguendo o carro em duas rodas. O automóvel desceu e quicou sobre os pneus, quase capotando. Houve um ruído quando o monstro investiu mais uma vez; a janela do motorista se converteu em um enxame de vidro. Júlia não se cortou, mas os cacos esparramaram-se pelo colo.

Cipriano mirou, mas não podia atirar do banco do carona sem acertar a parceira. Então pegou novamente o celular, que já tinha carregado a imagem. Viu o telhado de uma casa velha, em um beco que terminava em um terreno baldio.

— Te achei, filho da puta!

Pegaram uma reta de ligação com a avenida Brasil. Precisavam abrir espaço para despistá-lo. O motor reclamava pelo esforço. Cipriano desembalou a arcadina e cheirou, rezando para que a dosagem fosse suficiente para realizar um último desejo.

Samael subiu, desaparecendo de vista. Júlia olhou para os lados e pelo retrovisor. O teto afundou. A criatura havia pousado sobre o veículo e asas gargulescas cobriram o carro pelos dois lados.

A lataria começou a ranger.

O constructo utilizava as asas para esmagar as laterais. As membranas pressionavam a carroceria como se fosse um tubo de creme dental. A porta do motorista começou a inchar para dentro. Júlia mantinha a direção com toda a força, a borracha do volante deslizando em suas mãos.

O para-brisa frontal estourou, o capô enviesou-se para cima. Ajoelhado no teto do automóvel, Samael gritava como se quisesse suplantar a fúria da tempestade.

Começando a sentir os efeitos da arcadina, Cipriano não podia atirar. Júlia ziguezagueava o veículo na tentativa de derrubar a criatura. O padre largou a Tiamat e pegou o tambor chinês que Gi Jong havia usado, mas os movimentos bruscos do carro o atrapalhavam.

Samael cravou a manopla e estabilizou-se. Cipriano arregalou os olhos ao ver as garras dilacerando o forro do teto. As asas comprimiram o aço e uma farpa de metal soltou-se da porta, beliscando Júlia.

— Anda logo com essa porra de teletransporte! — gritou para Cipriano.

— Tô tentando!

Mais pressão.

O eixo das rodas dianteiras começou a se contrair. Um dos pneus perdia lentamente o contato com o solo; o carro foi forçado a ir para a direita, vomitando faíscas no asfalto conforme partes da carroceria tocavam o chão. O som do metal ressonava nos ossos de Cipriano e Júlia não conseguia impedir a direção que o automóvel estava tomando.

— *Merda! Merda! Merda!* — praguejou a policial.

Conforme a compressão das asas se intensificava, a velocidade do carro caía vertiginosamente. Júlia quase não tinha mais controle sobre o veículo. A picape dirigia-se para um posto de gasolina. Cipriano ajudou a puxar o volante.

— Segura essa porra com força! — ele berrou.

— Não adianta! — protestou Júlia.

Naquela velocidade, uma colisão seria morte instantânea. Cipriano começou a tocar o tambor. Júlia olhou-o de soslaio.

Um trovão silenciou o barulho da chuva.

E um relâmpago desceu dos céus.

Por um instante, o mundo tornou-se um clarão. Júlia sentiu todos os pelos do corpo se arrepiarem. As obturações vibraram, deixando um gosto metálico na boca. Quando voltou a enxergar, olhando para o buraco no teto, percebeu o impossível.

O relâmpago serpenteava dos céus e atingia a picape em um raio contínuo. A descarga concentrava-se na superfície do carro, deixando a cabine quase ilesa em um fenômeno da Gaiola de Faraday. O relâmpago fincado no elmo cozinhava o rosto do golem, liberando um cheiro horrível de queimado.

O golem cobriu-se de bolhas e a pele calcinada exalava vapores enquanto as asas se fundiam ao aço da viatura. Cipriano olhou através do buraco feito pelas garras do golem e viu que ele continuava de pé. Ferido, mas em condições de combate.

— Esse filho da puta não morre! — berrou Júlia.

O teto do carro foi trespassado pela espada de Samael. Ele gritava enquanto rasgava a lataria. Cipriano e Júlia estremeceram. O elmo do constructo estava em brasa.

Incrédula, Júlia alternava os olhos entre o buraco e uma árvore que se aproximava. Tinha uma única opção, por mais suicida que fosse.

Ela fechou os olhos. Um calafrio percorreu sua espinha e o medo se afastou; havia uma certeza, uma coragem, que, embora reconhecesse, não entendia a origem.

Com uma voz serena, carregada de autoconfiança, ela perguntou a Cipriano:

— Uma orixá pode morrer num acidente de trânsito?

Ele compreendeu as intenções de Júlia e decidiu que não tinha mais escolha. Tinha que se teletransportar. Invocando o glamour em sua corrente sanguínea, Cipriano fechou os olhos.

Samael levantou a espada para o golpe de misericórdia.

Houve um aumento de pressão. O ar na cabine ficou pesado, deixando a atmosfera espessa feito um air bag invisível. Júlia prendeu o cinto.

A espada de Samael desceu.

Cipriano desmaterializou-se.

Júlia pisou no freio com toda força. A noventa por hora, em uma pista molhada, a freada equivalia a um atestado de óbito. A inércia violenta fez a picape capotar furiosamente.

Com as asas fundidas ao carro, Samael embolou-se na lataria e foi esmagado repetidas vezes enquanto o teto encontrava o asfalto. Ele se misturou em uma orgia de ferragens cortantes, asas quebradas e argila derretida.

O veículo capotou deixando pedaços de sucata ao longo do caminho. Júlia viu o mundo girar em um espetáculo de faíscas. Cacos de vidro voaram pela cabine. Fragmentos de plástico, maçanetas, isqueiro, lascas de volante — tudo misturado em um turbilhão. Ela bateu o rosto contra o painel enquanto a lama do golem misturava-se às ferragens. O carro rodava, rodava, até que parou com as rodas para cima.

Um odor forte de gasolina preenchia o ar. A escuridão começou a nascer por trás dos olhos de Júlia. A doce inconsciência foi se tornando cada vez mais irresistível...

Até ela perceber que estava pegando fogo.

37

Na sala do casarão de Samael, o ar deslocou-se com um ribombar surdo. Partículas de poeira formaram uma nebulosa ao redor de um furo na tapeçaria da realidade. Baratas fugiram para a escuridão, pressentindo a chegada de um invasor.

Uma coluna vertebral materializou-se no chão, envergando os anéis como um grande verme branco. Filamentos de cálcio começaram a brotar e a se entrelaçar no formato de um esqueleto. Ossos recobriram-se com uma rede de nervos e veias.

Cipriano renascia no covil de Samael. Enquanto suas moléculas se reorganizavam, a consciência pairava no aposento. Sem as limitações da carne, viu as paredes cercadas de pinturas velhas nas quais os deuses castigavam pecadores. Uma das obras retratava o dragão da Babilônia coroado com potestades; cada cabeça representando um pecado. Intuitivamente, achou que aquela imagem servira para alimentar as fantasias do menino. Era uma referência para os muitos rostos do constructo.

Os músculos de Cipriano foram revestidos de pele, depois vieram as roupas.

Suando frio, ele conteve a náusea; o ambiente girava em um carrossel. Aos poucos, os sentidos se adaptaram, e ele se levantou.

O casarão tinha a quietude de um túmulo assombrado. O mesmo silêncio que antecedia a aparição de um fantasma. Os tendões do padre se retesaram quando os relâmpagos projetaram sombras nos móveis. O ar fedorento, carregado de uma tensão sobrenatural, indicava um vórtice de poder místico cujo epicentro era o anfitrião.

Cipriano imaginou que se um sensitivo entrasse ali, seus nervos ficariam tão agitados quanto o ponteiro de um contador Geiger em Chernobyl. A aura de malevolência oprimia seu peito com uma mão de gelo. O cheiro de morte entranhara-se em cada parede, no couro do sofá, na madeira da estante.

O lugar era enorme. Teria que vasculhar cômodo por cômodo silenciosamente. Sacou a Tiamat e segurou a lanterna na outra mão, varrendo o chão empoeirado.

Na urgência do teletransporte, teve medo de que a dosagem de arcadina fosse suficiente para um desejo sem falhas. Não tomara as precauções a fim de garantir uma materialização segura. Por um momento, ficou paranoico, com medo de que os órgãos estivessem fora do lugar. E se a reorganização molecular tivesse causado imperfeições?

Calma! Tranquilidade, sem pânico, porra!

Tentou regular a respiração. Inspirou fundo, soltando o ar devagar, repetidas vezes. Não sentia dor. Isso era bom. Ele deu um passo. Depois mais um. Não notou anomalias na coordenação motora. Os músculos trabalhavam sem resistência.

Sem danos neurológicos. Menos mal.

Agora precisava passar um pente-fino nos cômodos, encontrar Mariana. Depois acharia Samael para acertar um sopro de dragão em sua cabeça. Nada de planos mirabolantes. Uma execução rápida a fim de não dar chance de o nephilim reagir.

Começaria pelas portas trancadas. A garota devia estar em algum quarto, amordaçada... ou em um caixão.

A cena no cemitério, com o zumbi de Zanfirescu asfixiando pela eternidade, retornou à sua mente, mas ele espantou a lembrança. Se a garota era uma orixá, Samael não poderia tocar em sua alma, aprisionar seu espírito no próprio corpo.

Embora ainda pudesse torturá-la de formas hediondas.

Cipriano tateou o bolso em busca do canivete autômato, mas descobriu que o havia esquecido no banco do carona. Filtrando o excesso de luz da lanterna com a mão, vasculhou a sala. As janelas bloqueadas com papel tornavam a tarefa lenta. A casa era um sepulcro envolto em sombras, mofo e decomposição. Jogou a luz em um corredor escuro. O pavimento ali era diferente; a madeira desaparecia em uma sessão de cerâmica. O cheiro azedo era mais intenso naquela direção... Cheiro de comida podre.

Furtivamente, o exorcista varreu as paredes com a lanterna, esperando encontrar Samael a qualquer momento. A respiração ressonava em seus ouvidos, o coração batendo com tanta força que emudecia o ritmo da chuva no telhado.

Um relâmpago fulgurou sua luz através das persianas de jornal velho e iluminou a cozinha. O lugar era uma prova da insanidade do morador: vermes fervilhavam na bancada da pia, havia copos e pratos povoados por baratas e as moscas zuniam com tamanha fúria que disputavam com o rugido dos trovões.

Com uma paciência que deixaria Jó ansioso, Cipriano começou a verificar os cômodos. Capenga não reagia em seu bolso. O toque da Tiamat em sua mão era gélido. Na verdade, os nervos irradiavam a temperatura para a arma, em vez do contrário. O medo crescia a cada segundo.

Tirou os sapatos e ficou descalço para amortecer o som dos passos. Espiou as escadas que levavam ao andar superior. Os quartos deviam ficar lá em cima, e, levando em conta que ainda não havia esbarrado com Samael em nenhum outro cômodo, imaginou que estivesse em um deles.

Conferiu as balas da Tiamat no tambor e puxou o cão sem fazer barulho.

Decidido a não correr riscos, explorou a casa vagarosamente, abrindo portas e verificando se Mariana estava em algum armário. No segundo andar, achou um quarto com o fluxograma de manchetes sobre líderes religiosos e bonecos aterrorizantes organizados em uma estante.

Se as casas tivessem o poder de absorver as lembranças ruins, o esconderijo de Samael seria um museu para as crueldades mais abjetas. Cipriano cambaleou para trás quando as pernas falharam. A respiração acelerou-se. Resistindo ao terror, tornou a descer as escadas.

Ao chegar na metade dos degraus, apontou a lanterna e o ângulo privilegiado fez a luz atingir o pavimento marcado por ranhuras que faziam uma elipse. Os arranhões terminavam em um arco conectado à lateral da estante.

Uma passagem secreta?

Ele terminou de descer e chegou perto das prateleiras, procurando algum mecanismo entre os livros. As lombadas revelavam os interesses de Samael: história das religiões, mitologia universal, dicionário hebraico-português, agnosticismo, práticas satânicas medievais, ficção com temática divina, cabala, demonologia, mitos babilônicos, biografia de Zoroastro, textos sagrados, ficção científica... Uma miscelânea de conhecimento absorvida pelas fantasias psicóticas do garoto, mas nenhuma alavanca ou interruptor. Os livros eram verdadeiros; não havia lombadas ocas que escondessem um fundo falso.

Cipriano tentou empurrá-la com o ombro, mas sentiu uma dor tão lancinante que tudo escureceu por um segundo. Esperou o fôlego voltar ao normal e, sem alternativa, usou a Trapaça para movê-la.

Recebeu uma chibatada nas costas e mordeu o lábio com tanta força que sangrou. Começou a levantar a estante sem fazer barulho, como Cristo removendo a pedra da própria tumba. As prateleiras rangiam sob o peso dos livros, flutuando para o lado com uma lentidão angustiante. Quando viu o alçapão que havia por baixo, girou a estante, aterrissando com a suavidade de um lenço.

Cipriano caiu de joelhos e deitou no chão enquanto a chaga em suas costas cicatrizava. Assim que a ardência cessou, ajoelhou-se e puxou o ferrolho cuida-dosamente. As dobradiças ganiram.

Ele entreabriu o alçapão; um ar quente, com cheiro de putrefação, atravessou as narinas até deixar um gosto azedo em sua boca.

O cramunhão de garrafa entrou em frenesi em seu bolso.

A expectativa secou a garganta de Cipriano, e abriu o alçapão um pouco mais.

Luzes apagadas. A escuridão adquiriu vida; milhares de moscas explodiram para fora, como se as trevas se estilhaçassem em cacos. Cipriano não conseguia enxergar a escada, pois os degraus desapareciam em um negrume predatório.

Suas pernas se recusavam a se mexer. Dar um passo era tão difícil quanto carregar o mundo nas costas. Agora que havia chegado o momento, sentiu a responsabilidade do que estava prestes a fazer; matar o descendente de um arcanjo. Uma criança que poderia ter usado seus dons para curar o câncer, para salvar o mundo.

Com relutância, Cipriano desceu o primeiro degrau. Os tremores de ansiedade faziam as pálpebras se contraírem em um tique espasmódico. O ar continuava imóvel, um silêncio sobrenatural quebrado somente pelas asas dos insetos. Seu coração explodia nos tímpanos. Desceu um passo de cada vez, tocando os degraus com a ponta do pé, depois com o calcanhar.

Se tivesse ângulo para atirar, Cipriano poderia arriscar um disparo, mas se não atingisse Samael, daria tempo para uma reação. Preferiu descer um pouco mais. A garganta apertava, deixando uma fina entrada de ar.

Lembrou-se da agonia de Teodomiro Santana, de Verônica retalhando o próprio rosto... Samael *não merecia* viver. Firmou a mão no cabo ensanguentado da Tiamat.

Então um par de mãos saiu do vão entre os degraus da escada e dedos envolveram os tornozelos de Cipriano. Um puxão o fez cair para a frente, com a testa na quina de um degrau. O impacto esvaziou seus pulmões. Fagulhas saltavam em seu olhar atordoado enquanto rolava, sentindo pontos de dor explodirem em cada parte do corpo.

Ele parou no chão frio de terra, com o porão ainda girando. Uma sombra surgiu e a lâmpada nua no teto se acendeu, dando forma ao vulto.

— Olá, Cipriano — disse Samael, assomando sobre ele, tão inalcançável quanto o Deus para quem o exorcista pretendia orar naquele momento.

Porém, antes que iniciasse uma prece, o nephilim pisou em seu rosto.

38

Júlia ardia em um inferno com cheiro de gasolina. As chamas lamberam as roupas da policial, que só conseguia gritar de desespero. Imaginou as bolhas na pele, o cabelo encrespando, os dentes enegrecidos...

Mas não sentia dor.

O fogo dançava nela sem feri-la e, por um instante, achou que estava morta, convertida em um fantasma que testemunhava a própria carbonização.

Deusa da forja, da tecnologia e da guerra, ela lembrou.

Olhou pelo retrovisor e não acreditou no que viu. Sua pele havia se transformado em metal. O reflexo no espelho mostrava um monólito de ferro orgânico, com olhos negros marcados por códigos digitais.

Deusa da forja, da guerra e da tecnologia.

Um grito bestial despertou Júlia do transe.

Ela olhou para baixo e viu um dos anjos do inferno.

Preso nas ferragens, embaixo do carro, a parte superior do golem de Samael podia ser vista através do teto fendido. Ele babava argila. O elmo estilhaçado liberava o rosto e entes demoníacos se alternavam nas feições mutantes. A única constante naquela quimera eram os olhos tomados de ódio, que encaravam Júlia a menos de quarenta centímetros.

Por sorte, os braços do constructo estavam imobilizados, as juntas dos cotovelos pressionadas contra o asfalto sob o peso da carroceria, e as asas mescladas às entranhas do automóvel.

Júlia sentiu o odor de gasolina mais intenso enquanto chamas crepitavam em outros pontos da carroceria. Precisava sair dali. Soltou a fivela do cinto e caiu em posição de flexão sobre o tórax musculoso da criatura, aparente através do rasgo no teto. O contato com a pele grossa do constructo foi frio, ligeiramente úmido — horrível sob todos os aspectos. Samael esticou o pescoço para morder o rosto de Júlia, as mandíbulas em metamorfose ficaram a poucos centímetros, batendo no ar com estalidos secos.

Ela agradeceu pela porta arrancada ao seu lado e arrastou-se para fora. Cambaleante, contornou o carro e seguiu.

O golem sacudia-se com tanta força que a picape balançava.

As chamas aumentaram. O combustível queimado chegou às narinas de Júlia. Ela deu a volta e pegou a carabina tombada perto do retrovisor. Apesar de quente, a arma não queimava sua mão.

O tamborilar da água contra as ferragens fazia um ritmo hipnótico.

Júlia ergueu a carabina, mas quase não se aguentava de pé. Caminhou tropegamente. O incêndio aumentou, apesar da chuva, e o tanque de gasolina explodiu, envolvendo o veículo em uma labareda. Então houve outra explosão, mais intensa que a anterior, e fragmentos voaram pelos ares, mas o carro continuava balançando; o constructo queria se soltar.

Esse desgraçado não morre nunca!

Júlia mirou e descarregou a arma na aberração. As balas faziam rombos enormes, mas os órgãos vitais pareciam decorativos, pois o golem continuava se mexendo.

Precisava mantê-lo ali, ganhar tempo para que Cipriano matasse Samael.

Ela varreu o ambiente à procura de um esconderijo. Um matagal estendia-se à esquerda, desaparecendo no horizonte. No meio da vegetação, erguia-se um dos muitos prédios inacabados da universidade. A instalação não tinha luz ou janelas, apenas um esqueleto de tijolos nus, apesar do estilo moderno de arquitetura.

Houve outra explosão. Misturado aos gritos do monstro, o som de metal destroçado. O golem se libertaria a qualquer segundo.

Voltando a ser apenas carne, Júlia entrou no matagal.

O constructo libertou-se das ferragens. A chuva aliviou as queimaduras, mas as asas continuavam presas ao carro. Forçou o corpo para trás e as membranas romperam os ligamentos nas costas.

O golem caiu de joelhos, a pele soltando fumaça.

Comandando a própria carne, Samael acelerou a cicatrização. O fogo atingira a couraça profundamente, e o esqueleto de minério começou a reestruturação. Cada estalo das fraturas trazia imagens do padre e da policial. Imagens de sangue e de tortura, de esmagamento de ossos, de vísceras espalhadas... mas ele não podia ceder à violência insensata com o exorcista.

Tinha planos para Cipriano. Planos muito maiores.

*

O suor atrapalhava a visão de Júlia. Aos tropeços, fugia pelo matagal com a carabina pendurada no ombro. O corpo era movido mais por instinto de sobrevivência do que pelos músculos. Mal conseguia focar a visão, de tanto estresse.

A vegetação se movia. O golem continuava em seu encalço.

Ela teve vontade de pegar a arma e atirar, mas seria idiotice; o som dos disparos denunciaria sua posição. Continuou a fugir enquanto o mato úmido colava nas roupas queimadas.

Atrás dela, os ramos se partiam conforme o constructo avançava.

Júlia chegou em uma clareira onde se erguia a construção que tinha visto lá da pista. O prédio tinha dois pavimentos pré-construídos em um estilo moderno, cheio de ângulos. O segundo andar projetava-se para fora em relação ao primeiro. Havia vergalhões, areia, brita — tudo empilhado em frente à entrada escura.

Ela foi engolfada pela escuridão ao entrar no edifício. A luz natural não chegava naquele trecho e os céus nublados pioravam a desorientação. Sentiu-se em uma armadilha, como se Samael tivesse lhe empurrado às portas do inferno.

As sombras criavam formas ameaçadoras.

Vinte metros atrás, o matagal agitou-se.

Júlia precisava se posicionar em um lugar estratégico que lhe desse vantagem para atirar. Havia cheiro de mofo, urina e fezes. O prédio devia estar ocupado por mendigos ou viciados em crack. Como não detectou nenhuma presença, avançou.

No teto, as infiltrações deixavam a chuva despencar em filetes. Poças d'água borbulhavam em tons prateados. Lixo se acumulava por toda parte.

— Pra... ci-cima. — Ela arquejou. O prédio era um retângulo enorme. Na parede do fundo, no outro extremo, um facho de claridade mostrou o início de uma escada que levava ao segundo andar. Várias passagens margeavam o corredor.

O crepitar na vegetação tornou-se mais alto.

Júlia olhou a laje inacabada. Perto da escada, havia um buraco no teto, acima, no pavimento superior. A luz cinzenta da manhã tornava a abertura um círculo cor de chumbo. As bordas estavam rodeadas por lascas de reboco e vergalhões afiados.

Um grito nas trevas... O golem estava perto.

Júlia observou a fenda no teto com interesse. Ficaria posicionada na beirada da abertura, deitada no segundo andar. O golem seria um alvo fácil.

E se não desse certo?

Merda, para de pensar assim, vai dar certo!

E se não der?

Tinha que arriscar.

Se errasse os tiros, acabaria morta.

Merda!

Fugir não era mais uma opção; o uivo do golem ecoava nas sombras. Empunhou a carabina e subiu a escada correndo.

Júlia agora também tinha um plano.

Cipriano descolou as pálpebras com dificuldade. O esforço dividiu a crisálida que havia coagulado sobre o olho esquerdo. O ferimento na testa provocou uma careta de dor, rachando o bálsamo de sangue em seu rosto.

A luz de uma lâmpada solitária atravessou a retina e trouxe a imagem desfocada de suas pernas nuas, que seguiam como estradas gêmeas rumo aos pés, e, mais além, o barro no solo do porão. Demorou alguns instantes para registrar a dormência nas mãos, até que se deu conta de que os pulsos tinham sido amarrados em uma ripa de madeira que passava atrás de sua nuca, na horizontal.

— Você seria o décimo terceiro, mas acho que teremos uma pequena mudança de planos — disse Samael, que colocava uma câmera sobre um tripé. — Ainda faltam oito falsos profetas, enquanto você, Cipriano, será a cereja do bolo.

Conforme a consciência do exorcista retornava, o olho bom registrava o cenário. Suas mãos estavam roxas devido à má circulação. A corda de náilon estriava a pele com vergões. Tentou mexer os dedos, e o formigamento subiu pelo antebraço e atingiu os ombros em uma corrente elétrica.

— O mundo precisa saber qual de nós dois é o melhor, não percebe? Vou registrar o nosso apocalipse particular.

Cipriano estava de pé, ainda grogue, com o cérebro reiniciando as sinapses em busca de compreensão, mas percebeu os calcanhares atados em uma haste vertical que emergia de um bloco de concreto.

— Agora precisamos cumprir o ritual — disse Samael. — Os devotos na internet esperam um final de proporções bíblicas.

O exorcista focou a visão em seu captor e ficou chocado. Se Samael tivesse asas e chifres, não seria tão impactante. Ele parecia o tipo de rapaz que toda família gostaria de ter como genro. A beleza inocente, os cachos escuros de um querubim. Poderia ser um galã juvenil de *Malhação* ou um protagonista de algum romance de John Green. No entanto, os olhos herdados de Torquemada roubavam essa primeira impressão. O tom cinzento era frio, tão ameaçador quanto o fio de uma navalha.

Cipriano viu Samael apertar um botão na câmera e uma led vermelha se acendeu perto da lente.

— Vamos começar. — Samael sorriu, segurando dois objetos que o exorcista conhecia intimamente.

Cipriano só se deu conta de que estava preso em uma cruz quando o garoto se aproximou.

Ele carregava uma marreta e um prego.

Deitada de bruços no segundo andar, Júlia aguardava na borda da laje com o cano da carabina encaixado entre dois vergalhões. A posição era uma estratégia clássica: o atirador, em um terreno elevado em relação ao alvo, mirava na diagonal inferior, com uma visão ampla do campo de batalha.

As sombras não permitiam que Júlia discernisse detalhes, mas pouco importava; reconheceria a silhueta de Samael.

E por falar no diabo...

Uma sombra apareceu recortada contra a luz de uma passagem em arco; o constructo parecia *esticado*, os membros fundidos às trevas do edifício. Júlia prendeu a respiração. O ar nos pulmões parecia mais denso do que xarope. Naquele silêncio sepulcral, o som das goteiras era cristalino. Conseguia ouvir o cascalho farfalhando nos pés do monstro conforme ele se esgueirava.

O golem moveu a cabeça de um lado para outro, falando com sua voz múltipla:

— Você seria o décimo terceiro, mas acho que teremos uma pequena mudança de planos.

Júlia piscou, tentando desfazer a gota de sangue que escorria para dentro do olho. O golem se virou para a esquerda, fitando um ponto fixo no monte de entulho. *De que merda ele tá falando?*, pensou.

A barriga de Júlia se contraiu, cada tendão do corpo retesado ao extremo. O golem diminuiu a distância com cautela, mas não olhou para cima em nenhum momento. Mantinha toda a atenção em um ponto fixo a seus pés.

— Ainda faltam oito falsos profetas, enquanto você, Cipriano, será a cereja do bolo — disse o golem em um monólogo esquizofrênico.

Júlia intuiu que Samael não tivesse visto o padre se teletransportar de dentro do carro. Devia estar pensando que Cipriano estava ali com ela, escondido.

— O mundo precisa saber qual de nós dois é o melhor, não percebe? Vou registrar o nosso apocalipse particular.

Ela lutava contra os tremores, mas um exército de insetos invisíveis marchava por sua pele, arrepiando o couro cabeludo. O constructo deu mais alguns passos. O trajeto desde a entrada não levara mais do que dez segundos, mas pareceu uma eternidade para Júlia.

Samael estava a quatro metros.

— Agora precisamos cumprir o ritual. Os devotos na internet esperam um final de proporções bíblicas.

Nos tímpanos de Júlia, o coração batucava um chamado de guerra. Cada batimento parecia ressonar pelos ossos e se espalhar pelas vigas do prédio. Ela firmou os cotovelos e mirou na cabeça.

— Vamos começar — disse o golem.

Com certeza!, Júlia pensou ao apertar o gatilho.

Uma sequência de flashes salpicou a escuridão. Os projéteis — doze deles — atingiram o elmo partido de Samael. O constructo estremeceu e caiu para trás com um baque úmido. Braços e pernas estrebuchavam em uma convulsão epilética.

Ela continuou com o dedo no gatilho, crivando o inimigo impiedosamente; ferimentos se abriam no tórax, espirrando barro.

Morre, filho de uma puta, morre!

Ela afrouxou o dedo no gatilho. A fumaça de pólvora misturou-se à poeira levantada do chão. Um silêncio pairou no ar. Júlia largou a arma e desceu. Uma onda de alívio a contagiou enquanto corria pelas escadas. Chegou ao lado do cadáver e agachou-se para vê-lo.

O títere de Samael estava caído, o crânio aberto em uma massa esponjosa.

O constructo entrou em colapso: a natureza tentava devolver a terra ao solo. A carne gestava mutações catastróficas. Tumores cresciam e estouravam. O rosto derreteu e reconfigurou-se em uma série de transmutações. Da têmpora direita, emergiu um braço de criança. No peito, brotou o rosto de uma mulher; ela mal havia se formado quando surgiu a cabeça de um monstro. As mãos contraíram-se em bolos de carne, que em seguida se desmancharam em barro. A pélvis inchou e se abriu em uma boca, com um olho verde no fundo da garganta.

As metamorfoses continuaram, imprevisíveis, até que o constructo tornou-se uma massa pulsante. O cataclismo evocava dedos, olhos, bocas, órgãos — que surgiam e mergulhavam naquele organismo instável.

Diante das transformações, Júlia teve vontade de rir, mas a bloqueou; seria uma gargalhada que cruzaria as fronteiras da sanidade. Uma gargalhada que vinha reprimindo desde que ouvira as histórias de Cipriano.

A massa cessou as mutações. Reduzira-se a um monte de terra preta e úmida.

A chuva ecoava lá fora.

Júlia cutucou o corpo com a ponta do pé. Pelo volume, concluiu que Samael usara uma quantidade maciça de lama. Quando se preparava para ir embora, sentiu uma mão agarrar seu calcanhar.

O golem se reerguia em uma coluna de barro.

39

Samael havia matado dois coelhos com uma cajadada só. Enquanto parte de sua mente divertia-se com Júlia, a outra observava Cipriano na cruz. Quando evoluísse à condição de messias, poderia torturar toda a humanidade desse jeito: simultaneamente. Seria uma era de imenso prazer; transformaria o planeta em seu parque de diversões.

Viu o padre tentando focar a visão. Ele devia ter fraturado o crânio, pois escorria sangue pelo nariz e ouvidos. Samael esperava que ele resistisse à crucificação. Vinha preparando aquele momento há meses, quando postaria na internet o martírio do falso messias que recusou o chamado da Igreja.

A câmera estava gravando, mas não era um streaming ao vivo. Precisava completar a morte de doze apóstolos fariseus antes de exibir Cipriano como um troféu. Escrever seu próprio evangelho no YouTube exigia disciplina, uma ordem simbólica em que o padre representava o falso messias.

— Quero ver a Trapaça! — Samael gritou no tom de um treinador.

Cipriano sentia o próprio sangue descendo pela garganta em goles nauseantes. Tentou se libertar da cruz, mas foi um esforço inútil.

— Vai se foder! — gritou Cipriano, sem conseguir disfarçar o medo. — Se quiser me matar, me dá logo um tiro na cabeça. Não vou usar Trapaça porra nenhuma!

Samael chegou perto do pulso direito de Cipriano.

— Ah, vai sim! — O garoto riu. — Tenho meus recursos para convencê-lo. — Samael colocou o cravo de ferro na boca e agarrou a mão direita de Cipriano. O exorcista fechou as mãos em uma patética tentativa de resistência.

— Cara, não faz isso, por favor! — Cipriano arquejou em desespero, relembrando sua infância. Samael encaixou o prego na palma da mão, por entre os dedos. — Por favor, não faz...

A primeira martelada fez o cravo afundar na pele e raspar os nervos sensíveis que havia por baixo. A dor foi tão inimaginável que Cipriano não conseguiu gritar, a voz se escondeu em um chiado de agonia.

As marteladas seguintes cravaram o prego na madeira atrás. As veias no antebraço de Cipriano avolumaram-se no esforço de escapar do martírio, contudo, o simples movimento causou outra explosão de sofrimento tão intensa que Cipriano desmaiou.

Dedos de barro comprimiram o tornozelo de Júlia com a força de alicates. Ela tentou puxar o pé, mas o golem apertou mais, e varizes na canela da policial explodiram sob a pressão.

Na poça de argila, brotou um braço que se conectava a um ombro, que por sua vez deu origem ao torso. A cabeça forjava pesadelos em barro, encarando a policial com um cacho de olhos.

O golem renasceu em um estado semissólido e ergueu Júlia de cabeça para baixo, como se fosse tão leve quanto um urso de pelúcia. Ela tentou se libertar com socos e chutes que afundavam na carne pastosa.

O golem caminhava em direção a uma pilastra enquanto a vítima se debatia. Torrões de lama caíam conforme o golem se movia e se solidificava. Um novo elmo escorria do couro cabeludo para em seguida selar-se em um engenho de metal.

Samael segurou os pés de Júlia e a pendulou no ar como um pedreiro prestes a demolir uma pilastra de cimento, então a usou de marreta contra a coluna chapiscada. O impacto nas costelas de Júlia expulsou o ar dos pulmões com tanta brutalidade que ela tossiu. Alguma coisa dentro dela trincou; a agonia se espalhou preenchendo cada membro, músculo, osso. A policial cuspiu sangue, engasgou. Concentrava toda a consciência que lhe restava no esforço de respirar, mas os pulmões se negavam a inflar. Um silvo tocava as cordas vocais em um desafino de desespero.

O constructo a usou de tacape outra vez.

Dessa vez Júlia sentiu o estrondo, mas não houve dor; escutou o som de metal encontrando metal, uma vibração nas vértebras de sua espinha. O golpe descascou o reboco da pilastra, eviscerando os vergalhões.

Júlia imaginou que a ausência de dor significava a presença da morte, mas, no entanto, percebeu que o golem a soltou no chão. Caída sobre os entulhos, Júlia viu o fantoche recuar. Ele inclinou a cabeça como um cachorro curioso encarando um brinquedo.

Recuperando um pouco do fôlego, Júlia compreendeu o ruído do segundo golpe.

Ela havia se transformado novamente em um monólito de metal orgânico, como se o corpo aceitasse a divindade que a mente vinha negando desde que Cipriano lhe contara sobre a sua origem.

Deusa da guerra, da forja e da tecnologia.

— O que diabos você é? — o golem indagou com milhares de vozes amedrontadas.

Júlia começou a rir. A risada de insanidade que reprimira até então evoluiu para uma gargalhada, um escárnio que lhe fez aceitar os absurdos dos últimos dias.

— Você não é um messias, Samael — Júlia disse entre dentes, as narinas dilatadas de ódio. — É só um bostinha, um nephilim brincando de Deus.

Dominada por uma confiança que não conseguia entender, ela se levantou do chão, encarou o algoz, e completou:

— Mas eu sou a porra de uma Deusa *de verdade!*

A orixá descendente de Ogum ergueu a mão direita e a cerrou em um punho. Respondendo ao comando, o metal no elmo de Samael se contraiu; uma prensa industrial invisível que esmagou o crânio do golem.

O constructo começou a se debater, tentando arrancar o capacete. A máscara que sempre parecera um instrumento de tortura finalmente cumpria seu propósito; os ossos de minério se quebravam, fazendo um dueto com o ganir do elmo retorcido.

Os olhos cinzentos de Júlia ficaram incandescentes e as linhas de suas tatuagens brilharam como rios minúsculos de lava. Então o ferro do elmo começou a se alastrar como uma armadura viva pelo corpo do golem.

Júlia sentia um arrepio, uma fúria gelada idêntica à que sentira anos atrás, quando deu uma chave de braço em Débora, sua nêmese do colegial. O constructo ficou coberto de metal da cabeça aos pés, uma estátua de ferro, completamente imóvel. Júlia imaginou Mariana sozinha no escuro de um cativeiro, e sua ira passou de gelada para quente, tão escaldante quanto aço temperado na bigorna de um ferreiro.

A estátua de metal aqueceu até ficar em brasa. Júlia ordenou que o minério bruto se curvasse diante de sua deusa. E ele aceitou a submissão. Derretidos pelo calor de um vulcão, a armadura de Samael começou a se envergar. Mãos, pulsos, cotovelos, coxas, joelhos — todas as juntas foram dobradas para dentro, repetidas vezes. Um origami de metal que quebrava o golem em pedaços.

Por fim, o que um dia foi o títere de Samael tornou-se uma esfera de metal retorcido, que soltava vapor. Júlia se aproximou da bola de metal, mas não havia vida ali. Então pegou o celular no bolso e o esmagou. Não precisava mais dele para localizar Cipriano.

Afinal, ela também era a *porra* da Deusa da tecnologia.

40

Para Cipriano, nascimento e morte eram irmãos que compartilhavam o mesmo gosto por lágrimas e dor. Há quarenta e seis anos, chegara ao mundo vestido com trapos de placenta vermelha, estrangulado pela forca que o unia ao útero da mãe. Agora, flutuando na inconsciência, sairia do mesmo jeito: sufocando em um mar de sangue.

À mercê do cérebro que perdia oxigênio para o sangramento da crucificação, Cipriano visualizava memórias da infância ou um vislumbre do inferno — não sabia diferenciar.

Ele era um menino sentado na cozinha. Na bancada, uma TV em preto e branco usava uma palha de aço para sintonizar a luta entre Spectreman e um macaco loiro que se comunicava por libras. Em pouco tempo, o herói japonês deu lugar ao palhaço Bozo, que finalizaria o programa às cinco e sessenta.

Entre uma cara feia e outra — pois, se chorasse, levaria um soco — Cipriano apertava um boneco Falcon, enquanto Barrabás, seu pai, retirava o curativo da tatuagem que havia feito no filho. Era uma tradição do clã; os membros recebiam o símbolo nas costas para intimidar criaturas sobrenaturais. Andar com o estigma dos Cipriano era um alerta implícito que dizia: *nós somos os fodedores, nunca os que se fodem.*

Aos dez anos, havia chegado a vez de o garoto receber a marca.

Salomé esmagava um bife de alcatra com um martelo. O aroma de feijão e louro enchia a casa de uma falsa normalidade. A cozinha brilhava como nova; panelas e talheres reluziam sob a luz amarelada da lâmpada. Mamãe sabia a posição de cada objeto e colocá-los fora de lugar, ainda que um milímetro, significava uma surra com fivela de cinto ou vinte e quatro horas trancado em um baú. Cipriano ficara de castigo na caixa de madeira tantas vezes que os bichos-papões nas trevas se tornaram amigos.

264

Papai e mamãe cultivavam a própria horta. Aderiram à cultura hippie para manter as aparências e evitar amizade com os vizinhos, um casal de fazendeiros conservadores cujo filho assumira o nome de Jocasta aos dezoito anos. Barrabás usava bigode e costeletas de motoqueiro. Um sujeito musculoso, tatuado. Quando arranjava briga em um boteco, só precisava ficar em pé para desencorajar o oponente.

— Já acabou? — perguntou Salomé a Barrabás, enquanto esmurrava o filé.

— Terminei — disse o pai, ao colocar um plástico na tatuagem. — Acho que foi meu melhor trabalho.

Ele se levantou da cadeira e deu um beijo de língua na esposa. Salomé retribuiu com uma apalpada nas calças dele.

— Hora da primeira aula, moleque — disse Barrabás, virando-se para o filho. — Aguenta firme, todos já passamos por isso. — Ele mostrou as cicatrizes nas mãos e saiu.

Cipriano não frequentava outras casas de família, mas desconfiava que o show erótico entre os pais não devia ser normal. Salomé poderia ter o homem que desejasse. Além da beleza estonteante, tinha a personalidade indomável, um furacão que desafiaria a masculinidade de qualquer conquistador barato. Barrabás representava o oposto; submisso, e de uma feiura tão ofensiva que a reação de qualquer pessoa ao vê-lo seria erguer as mãos e repreendê-lo em nome de Jesus.

Cipriano deu um sorriso ao imaginar o pai sendo exorcizado.

— Qual é a graça? — perguntou Salomé enquanto pegava batatas na geladeira. — Quero rir também.

— Nada não — respondeu o garoto. Não ousaria contar o que passava em sua cabeça. Na família, menções ao cristianismo tinham peso de blasfêmia.

— Tem certeza de que não é nada?

O garoto assentiu. A paranoia da mãe atingia níveis inacreditáveis. Um mero sussurro na mesa de jantar podia se transformar em conspiração. Salomé guardava armas por toda a casa, e tinha planos de fuga traçados para cada contingência.

A mania de perseguição estava no sangue.

São Cipriano, o ancestral da família, fora caçado pelos cristãos antes de sua falsa conversão. Ao contrário do que contavam as histórias, jamais abandonou o lado obscuro do paganismo. Seu livro, o verdadeiro *Capa-de-ferro* — um grimório contendo feitiços e sua autobiografia —, continuava no clã. São Cipriano também fora o primeiro homem a portar o Evangelho Arcano da necromancia, e usara esse conhecimento em si mesmo para provocar um estado cataléptico, similar à morte. Disso tirou a ideia que resultou na Trapaça.

Usando magia necromântica para ressuscitar os mortos, são Cipriano conseguiu um séquito de fiéis e foi acusado de bruxaria pela Inquisição. Ao simular a própria morte, seus seguidores pressionaram a Igreja, que foi enganada e reconheceu os milagres do feiticeiro, canonizando-o. Mas são Cipriano continuava vivo, e foi transformado em uma aberração dogmática, um santo em vida, divinizado pela adoração daqueles que oravam em seu nome. Era um parasita que canalizava a fé das pessoas para os próprios interesses.

E, como todo santo, ele também podia fazer milagres.

O mesmo dom continuou na família de Judas Cipriano. Embora o padre não entendesse a santidade, sabia que milagres funcionavam como a antiga magia antes do Ragnarok: não existiam fórmulas ou palavras cabalísticas, apenas a intenção de suspender as leis naturais para atender a um propósito específico. No fim das contas, um santo intercessor não era muito diferente de um semideus; sua capacidade de interferir no mundo também era alimentada pela fé dos devotos.

Infelizmente, quanto maior o milagre desejado, maior a violência dos stigmata.

— Vamos começar, fedelho. — Salomé jogou algumas batatas no óleo quente. — A Trapaça tá no seu sangue e vai te trazer inimigos. Vou te ensinar a sobreviver.

Cipriano ajeitou-se na cadeira, curioso. Largou o soldado de plástico na bancada e prestou atenção na mãe. Salomé abaixou a TV e silenciou a Vovó Mafalda, que sorria com um estúpido nariz em forma de morango.

— A Igreja é o inimigo. Quando não consegue nos converter, nos caça e nos mata. A Inquisição nunca deixou de existir, só mudou de nome. — Ela pegou o martelo de cozinha e repousou na bancada. — Agora presta atenção e olha pra mim. — Salomé apontou os dedos para os próprios olhos. — A Trapaça exige sacrifício. Você precisa ser martirizado para usar o poder.

Cipriano fez uma expressão confusa e Salomé encarou o filho duramente.

— O stigmata causa dor, e quanto mais você se acostumar a ela, mais milagres poderá realizar. O único limite é a lançada que Cristo levou. Jamais chegue a esse ponto, entendeu? É a única chaga que não podemos cicatrizar.

— Tá bom — disse o menino. — Nada de lançadas!

Salomé aumentou as chamas sob a panela de óleo.

— Hoje você vai fazer seu primeiro milagre, coisa pequena, nada importante. Já ouviu falar de Sadraque, Mesaque e Abednego?

— Não.

— Tá na Bíblia. — Salomé fez uma expressão de nojo. — Foram três rapazes obrigados a entrar em uma fornalha. Eles não se queimaram porque tinham *fé*. O milagre salvou eles das chamas. Quero que você faça a mesma coisa. — Salomé apontou para a panela. — Quero que acredite em si mesmo e pegue aquelas batatas *sem se queimar*.

— O quê? Que batatas?

— Você sabe, não se finja de retardado! — vociferou Salomé, olhando para a fritura. — Você pode pegar elas sem se queimar. Você tem a Trapaça no sangue, usa!

O garoto ameaçou chorar, mas não havia clemência nos olhos da mamãe, que brilhavam no mesmo azul das chamas de gás. Aquele azul não tinha nenhuma associação com o mar; guardava o terror que geraria em Cipriano uma fobia por fogões.

— Engole a porra de choro! Só vou falar mais uma vez: pegue a porra das batatas. — Salomé agarrou o martelo de cozinha.

— Não! — teimou o menino.

Salomé empunhou o martelo e agarrou o filho pelos cabelos. Cipriano começou a se debater e gritar.

— Paaaaaai! Me ajuda aqui! — Tentou se agarrar na bancada, mas a liberdade escorregou no suor em suas mãos.

— Última chance, pivete! — Salomé enrolou os dedos nas raízes dos cabelos e puxou com força. — Mete logo a mão na panela!

— Eu não quero a Trapaça! Foda-se são Cipriano! *Foda-se você!* — Ele cuspiu.

Enfurecida, Salomé lambeu a saliva nos lábios.

— Que criança de boca suja. — Ela apertou o martelo. — Vamos corrigir isso. E golpeou.

O metal atingiu a boca do filho e fez um som dez vezes mais alto do que quando dentes se chocavam em um beijo. Houve uma explosão de luzes na cabeça de Cipriano, um líquido quente escorreu dos lábios — pedaços de um sorriso que só seria recuperado com uma dentadura.

Então vieram as trevas, uma paz que escondia agitação por baixo, como a luta mortal entre insetos em uma floresta silenciosa. Ao abrir os olhos novamente, o garoto ficou alternando entre a consciência e o sono.

Viu os pés sendo arrastados pelo chão da varanda, a porta do estábulo se abrindo, uma cruz em tamanho natural que se erguia entre tufos de feno... Papai confeccionava uma coroa de espinhos usando o caule de uma rosa, mamãe carregava pregos. Depois disso, Cipriano só se lembrava do metal atravessando a palma de sua mão, da dificuldade em respirar, como se tivesse uma bigorna no peito. Foram seis horas treinando o martírio dos santos. Minutos que se convertiam em eternidades de agonia.

Minutos de...

Dor.

Cipriano abriu os olhos. Uma luz amarela feria a íris com um brilho cálido, provocando lágrimas. Já não sufocava no próprio sangue e concluiu que havia morrido; estava além de qualquer sofrimento.

Mas a luz vinha de uma lâmpada nua no teto do porão de Samael. Tentou se mexer e sentiu uma dor insuportável. Cuspiu um coágulo de sangue no chão.

Então viu os pés pregados sobre um bloco de concreto.

— Então, Cipriano? Preparado para me mostrar a Trapaça? — Samael estava sentado em uma cadeira ao lado da câmera. A lâmpada de sódio fazia um cone no nephilim e escurecia tudo em volta.

Cipriano tentou se mover, mas os pregos enterravam dentes de ferro. As cordas tinham sido removidas, fazendo com que o peso do corpo incendiasse as escarificações. O metal ardia friamente, percorrendo os braços. Seus dedos tremiam enquanto a ponta do cravo esbarrava em tendões, causando tanta agonia que os olhos alternavam trevas e luzes coloridas.

Como um mártir que transcendia o suplício, Cipriano experimentava um novo estado de percepção: captava cada batida no peito, cada ranger de dentes quando mordia o lábio. A língua seca decifrava o sabor de refeições antigas; gosto de frango, cerveja, e o sabor ferroso do sangue que escorria por sua nudez.

Com cuidado, tentou deslizar a mão furada *através* do prego. O estômago embrulhou. Cada milímetro foi um grito, uma lágrima, uma maldição rosnada entre dentes. O suor colava-se ao corpo. As veias intumescidas bombeavam adrenalina, os músculos desenhavam-se sob a pele.

— Você não vai conseguir. — Samael sorriu. — A única maneira de sair dessa cruz é me enfrentando com a Trapaça.

— Vai tomar no cu! — Cipriano vociferou.

Samael levantou-se da cadeira, sacudiu a cabeça em negativa e declarou:

— Já que não quer lutar por sua vida, terá que lutar por outra.

O nephilim foi até a parede e apertou um interruptor. Uma segunda lâmpada se acendeu nos fundos do porão, em um recuo atrás da escada. Havia uma cortina vermelha que cruzava o aposento de lado a lado.

— Um messias autêntico precisa compartilhar a carne e o sangue com seus apóstolos — disse o nephilim ao abrir as cortinas.

Atrás havia doze apóstolos ao redor de uma mesa. Reanimados pelo mesmo poder que agira no rabino Zanfirescu, os cadáveres estavam presos com arame farpado, pulsos unidos em uma paródia de oração. As órbitas vazias, povoadas por vermes, procuravam o alimento, sem enxergar a oferenda viva sobre a mesa.

Mas Cipriano enxergava.

Servindo como um holocausto a ser sacrificado naquela ceia, ele viu Mariana.

41

Um nephilim versus um santo. Um homem versus um garoto, ambos ungidos pelo poder celestial que carregavam nas veias. Igualmente nus, Samael e Cipriano se encaravam sob as luzes do porão — holofotes no palco em que a morte de Mariana seria decidida.

O nephilim foi até uma estante e mexeu em uma caixa de ferramentas. Retirou um alicate e um estilete e rodeou os apóstolos, libertando um por um dos arames farpados nos pulsos. Os cadáveres se agitaram, tentando se levantar de onde seus joelhos tinham sido parafusados.

— Eu vou te matar, Samael — Cipriano ameaçou em uma voz cansada. — E vou gostar de fazer isso.

Samael desembainhou a lâmina do estilete.

— Meus apóstolos estão famintos. — O garoto chegou perto de Mariana, que estava amarrada e amordaçada sobre a mesa. — Será que a fome deles é suficiente? — Samael subiu a manga da jaqueta de couro que a menina vestia, um casaco que a engolia por muitos números. — Calma, vai doer só um pouquinho.

Ele fez um corte no pulso de Mariana e ela chorou baixinho quando o sangue começou a fluir.

Os apóstolos zumbis farejaram o ar, mirando a oferenda com olhos que já não existiam. Esticaram as mãos apodrecidas, mas as pernas chumbadas no chão impediam que tocassem a ceia que seu messias havia preparado.

Um deles tateou os joelhos e começou a escavar a própria carne com dedos ansiosos. A fome continuava sendo uma necessidade mais poderosa do que o instinto de autopreservação.

Samael fechou as cortinas, deixando que a imaginação de Cipriano completasse o possível desfecho.

Ele não tinha mais escolha.

Teria que usar a Trapaça.

Samael abriu os braços, parodiando a crucificação de seu hóspede. Os olhos cinzentos ficaram dourados, queimando o fogo celestial. Cipriano sentiu uma câimbra subir as pernas e, ao olhar para baixo, viu uma onda de minério branco aderindo à sua pele como trepadeiras.

Ao perceber que Samael estava tentando transformá-lo em uma estátua de sal, Cipriano compreendeu que o nephilim não queria apenas filmar a Trapaça.

Ele queria um duelo.

Cipriano respirou fundo e se imaginou acima das nuvens, um satélite que captava as orações dirigidas ao seu ancestral. A fé de milhares de devotos do santo feiticeiro da Antioquia carregou as hemácias em seu sangue beatificado.

Samael sorria enquanto a camada de sal espalhava-se pela carne do inimigo, fechando-se ao redor do rosto para asfixiá-lo. Quando Cipriano abriu os olhos novamente, as retinas tinham desaparecido, dando lugar ao branco de alguém em transe. O sal parou de avançar sobre o padre, depois rachou até se desintegrar em uma nuvem de pó. Por baixo, a carne do exorcista mostrava os vergões do açoite. A pele se dividia sob a chibata de romanos invisíveis.

Samael tentou reiniciar o milagre, mas, antes que pudesse, Cipriano usou a Trapaça e fez os vasos capilares do nephilim se romperem. Como Cristo angustiado no jardim do Getsemâni, Samael transpirava sangue. Veias e artérias fizeram emergir ilhas de hemorragia em um oceano de suor, e o garoto caiu de joelhos, a pele tomada por hematomas. Samael tentou falar, mas engasgou com alguma coisa e começou a asfixiar, a face enrubescendo. Quando estava prestes a desmaiar, tossiu com tanta força que expeliu algo no chão.

Era uma moeda idêntica à que havia colocado em Santana.

O garoto olhou surpreso para Cipriano e ergueu a mão espalmada na direção do padre, como um pastor evangélico abençoando a congregação.

— Seque, seque como uma maldita figueira! — murmurou Samael, deixando que a raiva se tornasse as muletas pelas quais voltou a se erguer.

A maldição rebelou as células de Cipriano. O padre olhou para o tórax talhado pelas chibatadas e testemunhou os cabelos do peito ficarem grisalhos, a pele se enrugar, os músculos se atrofiando. Sentia o peso da velhice nas juntas, a espinha envergando sob o fardo do tempo, e os cabelos caindo em tufos. Percebeu quando cataratas turvaram sua visão e imaginou Sansão cego, humilhado pelos filisteus.

E como o antigo herói dos hebreus ele invocou as forças divinas uma última vez para derrubar o inimigo.

Medindo o poder celestial com o nephilim, Cipriano fez a própria musculatura inchar, revertendo a maldição. Os cabelos voltaram a crescer, a carne se esticou sobre tendões tão grossos quanto raízes de árvores ancestrais.

O braço horizontal da cruz rachou de ponta a ponta, afrouxando os pregos. Ao ver a madeira rachando, a criança mimada que Samael vinha trancando dentro de si ressurgiu, fazendo-o se sentir terrivelmente só e desprotegido.

Apesar de ser um inimigo poderoso, Cipriano percebeu que um detalhe havia escapado a Samael. Ele era metade anjo. E quando um pecador clamava a Deus, os anjos dobravam os joelhos diante do homem.

Movido por um ódio cego, o exorcista cerrou os dentes e deixou que os stigmatas viessem com toda a fúria dos torturadores de Cristo. Chicotes invisíveis começaram a acertá-lo impiedosamente. Em seu último ato de escárnio à divindade de Samael, Cipriano levantou um dedo médio para o nephilim e gritou:

— OLHA PRA MIM! — Cipriano trincou os dentes quando recebeu uma chibatada no ombro. — UM ANJO DEVE DOBRAR OS JOELHOS DIANTE DE SEU MESSIAS!

Deixou a essência que percorria suas veias escoar como uma enchente, e um pulso de energia abençoada espalhou-se pela cidade, em um surto de fenômenos.

— Não, não, não — disse Samael, testemunhando a testa do padre ser marcada por uma coroa de espinhos. O sangue verteu pela face de Cipriano em uma máscara de martírio.

O padre ouvia uma multidão gritando em sua cabeça. Preces de todas as partes do mundo imploravam resposta. E ele atendeu a cada pedido de clemência ignorado por Deus.

Uma ventania sobrenatural percorreu o Rio de Janeiro. No Instituto Benjamin Constant, após serem acariciados por uma brisa, trinta cegos enxergaram as cores do mundo pela primeira vez. Um marido bêbado que espancava a esposa na Baixada Fluminense pegou fogo como uma salsa ardente. No hospital do câncer, na Penha, a ala infantil sofreu uma remissão espontânea que fez médicos e enfermeiras chorarem. Na Ilha do Governador, pescadores que dependiam do mar para alimentar as famílias saíram da baía com redes que multiplicavam seus peixes.

— Para! — gritou Samael. — Você não vai me vencer! — No entanto, o corpo do nephilim se encheu de escaras que coçavam como as de Verônica. Não podia se deixar humilhar por um primata. Não compreendia como um humano podia derrotá-lo, e isso o fez desistir de qualquer dignidade. Ele se levantou e foi para cima de Cipriano, agarrando o padre pelo pescoço para estrangulá-lo. — Eu sou o messias, você não entende? Pare agora e serei misericordioso!

Cipriano sentiu os pregos se cravarem nos pulsos pela segunda vez naquele dia, mas a laceração de nervos e ossos mal foi registrada; agora sabia o que significava a expressão de êxtase no rosto dos mártires nas pinturas religiosas. Eles não sentiam agonia — a percepção alterada atingia um nível superior de consciência, permitindo que enxergasse o mundo atrás do mundo, as trombetas dos querubins anunciando uma gloriosa recepção.

Cipriano percebia cada milagre distribuído pela Trapaça.

Viu um casal abraçado ao filho autista, que retribuiu o gesto pela primeira vez. Testemunhou o momento em que um viúvo recebeu a notícia da ressurreição da esposa. Ouviu a queda das cadeiras de rodas que foram abandonadas por um time de basquete paraolímpico. Nos subúrbios, uma criança com leucemia correu ao quarto dos pais para contar que um anjo havia devolvido seus cabelos.

Ele sabia que ia morrer. O esforço rompia artérias importantes. Aos poucos, perderia as funções básicas, mas ainda guardava um último trunfo.

— Você não é o messias, *não é!* — gritou Samael, tomado pela ira. Os tendões no antebraço se estufavam no esforço de quebrar o pescoço do padre. — Eu sou o filho de Deus!

Com um sorriso nos lábios, sentindo pregos invisíveis atravessarem os pés outra vez, Cipriano reuniu tudo o que ainda restava de suas forças e se lembrou de Jesus pedindo para que o incrédulo são Tomé colocasse o dedo em suas feridas, após a ressurreição.

Jesus não sentiu dor em suas escaras abertas.

Nem Cipriano.

Puxando as mãos *através* das cabeças dos pregos, ele se libertou da cruz e abraçou Samael. Os músculos retesados pelo açoite se tornaram tão rígidos quanto cabos de aço.

— Me larga! — Samael tentou se livrar, o rosto vermelho, olhos vitrificados em crise psicótica. — *Me larga!* — Por baixo daquela arrogância só existia um menino mimado, um valentão de colégio achando que o mundo era um pátio no qual poderia torturar a humanidade.

Mesmo com tendões danificados, Cipriano enrolou os dedos nos cabelos do menino, contraindo as falanges com tanta raiva que quase rasgou o couro cabeludo. Samael deu um grito ridiculamente infantil, mas o exorcista não se importou; com um puxão, trouxe o rosto de nephilim perto o suficiente para dar-lhe um beijo.

— Se fodeu, zé ruela — murmurou Cipriano, deixando escapar um último sorriso.

Samael sentiu alguma coisa rasgar suas costas e secionar uma vértebra na espinha. Houve um estalo no cérebro, uma moleza que desarmou as pernas do nephilim. Ele tentou falar, mas as palavras se converteram em bolhas de sangue... sangue espesso, sangue arterial, que pingou em Cipriano e formou uma mancha, como vinho se misturando à água.

Ainda agarrado ao garoto, Cipriano sentiu os pulmões chiarem. O ar condensou-se em sua garganta, iniciando uma lenta asfixia por afogamento. De olhos arregalados, Samael encostou a cabeça no peito do padre. A centelha da vida apagou-se, transformando o ódio em uma expressão de incredulidade e surpresa.

A lança de Cristo, o último estigma da crucificação, havia trespassado as costas do nephilim na diagonal para atingir Judas Cipriano.

42

As dobradiças na escotilha do porão de Samael brilharam em tons de laranja e derreteram, semeando a escada com lava. O alçapão implodiu quando um pé de metal espatifou a madeira feito bagaço de cana.

Júlia desceu o primeiro degrau. Sob a luminosidade indireta da lâmpada na adega, a pele metálica lhe dava o aspecto de uma estátua de bronze. Nos olhos negros, tomados por códigos binários, lia gráficos no canto superior da visão. Sua mente consultava duas abas abertas no navegador. A primeira mostrava o endereço de Samael no Google Maps. A outra exibia a planta do casarão registrado na prefeitura.

Ela nem perdeu tempo revistando os cômodos superiores. O porão seria a escolha mais óbvia para o cativeiro de Mariana. Com os sentidos em alerta, espreitava a penumbra, tentando captar algum sinal que denunciasse a presença de Samael. Cada passo em direção às trevas subterrâneas causava um solavanco no coração, um estrondo de ansiedade em encontrar sua filha sã e salva.

Conforme a esperança crescia, ela recuava ao passado, buscando conforto em memórias. Já não se encontrava totalmente ali no porão de Samael, mas em sua casa, no Méier, jogando video game ao lado de Mariana. A ansiedade de abraçá-la deu novas texturas às recordações. As cores do passado eram mais agradáveis do que o tom sombrio daquele subterrâneo.

Nas últimas quarenta e oito horas, uma série de eventos abalara os alicerces de sua racionalidade. Júlia suportou cada fenômeno, cada morte, cada detalhe absurdo da conspiração na Biodome.

Mas não suportaria o assassinato de Mariana.

Parou no fim da escada. O cheiro de decomposição impregnava cada molécula de ar. Por baixo havia odor de ferro, o aroma enjoativo de sangue. Ao terminar de descer a escada, ela seguiu o facho da lâmpada e virou à esquerda.

Encontrou um banho vermelho protagonizado por Cipriano e Samael.

O exorcista estava encostado em uma cruz, abraçado ao garoto. A nudez da dupla tinha algo que se esperaria de uma pintura religiosa, como se o padre fosse um messias acalentando o discípulo que dormia em seu peito.

Ela se aproximou, temendo que um novo golem surgisse da escuridão represada pelo cone de luz que iluminava a cena. A antiga Júlia estaria desesperada para checar seu parceiro torturado, mas agora, tomada pela urgência de salvar a filha, agia com a mesma frieza do ferro que revestia sua carne.

Nas costas de Samael havia uma fenda por onde um pedaço da espinha vertebral podia ser visto. Quando Júlia ia verificar se ele estava realmente morto, ouviu algo atrás dela.

Virou-se em um sobressalto, preparada para reagir, mas só encontrou uma cortina fracamente iluminada na parede dos fundos, em um recuo atrás da escadaria.

Júlia tirou uma lanterna do que havia sobrado de sua calça jeans e chegou perto da cortina, então puxou e acendeu a luz. Doze apóstolos zumbis faziam a última ceia. Os cadáveres a ignoravam, entretidos demais em compartilhar a carne e o sangue de seu messias.

Exceto pelo fato de que o messias deles estava caído por cima de Cipriano.

Júlia chegou mais perto. Os cadáveres mantinham as órbitas vazias fixas no alimento. Em alguidares de barro, havia rins, intestinos, um fígado, um baço e um casaco recheado com ossos e vísceras ainda fumegantes.

Um casaco que fez a mente de Júlia se quebrar, apesar da pele de metal.

Aquela era a boladona, a jaqueta que havia emprestado a Mariana.

EPÍLOGO

UM ANO DEPOIS

Junho

Um ano após o funeral secreto de Mariana, Cipriano ainda não tinha recuperado totalmente os movimentos das mãos. Apesar da fisioterapia e do tratamento mágico com as ervas de Gi Jong, a crucificação era diferente da que sofria na Trapaça; não havia uma regeneração instantânea.

Mas Cipriano não podia reclamar de ter saído do caso com uma infecção por tétano; se o corpo do nephilim não tivesse bloqueado a lança, estaria morto. O último estigma não atingira nenhum órgão vital, ficando preso entre duas costelas.

Graças às cicatrizes, ele jamais esqueceria seus erros.

Naquele fim de tarde de inverno, o céu estava limpo e fresco. Cipriano empurrava Júlia em uma cadeira de rodas. Ela desfrutava do passeio em silêncio, em eterno choque pela morte da filha. O médico dizia que estava consciente, sem nenhuma catatonia. Apenas se recusava a falar com ele.

Há meses ela não emitia uma sílaba.

Antes de Cipriano colocá-la no caso Santana, Júlia tinha uma carreira promissora e uma família. Agora, não tinha nada, somente o passado.

Os psiquiatras disseram que confrontá-la com os acontecimentos seria essencial para sua recuperação, e Cipriano reunia forças para tocar no assunto. Contudo, voltar àquelas lembranças era mais difícil do que enfrentar um exército de golens.

Enquanto passeavam pelo jardim da clínica, o exorcista revia os fatos com nitidez tortuosa. Havia sido suspenso por tempo indeterminado de suas atividades na Sociedade de São Tomé. O Vaticano considerava o incidente Samael um fracasso e avaliava a possibilidade de expulsá-lo da organização.

A Igreja tinha motivos de sobra para isso.

Ele causara danos colaterais irreparáveis: uma criança morta, um delegado assassinado, fora um padre pedófilo, um pastor e uma médium famosa, cujas mortes levantavam mais perguntas do que respostas.

Um morador de Copacabana filmara o golem e Gi Jong lutando nos céus da cidade. O vídeo foi parar no YouTube. Vinte pessoas no hotel em que Torquemada havia se hospedado alegavam ter visto a mesma criatura de elmo negro. O Vaticano gastou uma fortuna para desacreditar essas histórias. Precisaram subornar peritos e articular desinformação generalizada pela internet. Policiais envolvidos no caso Santana foram aposentados prematuramente, com uma gorda e sigilosa pensão.

A Igreja chegou a comprar um grande jornal carioca com o intuito de forjar notícias. Para o público em geral, houve um vazamento de gás tóxico no hotel. Supostamente, os hóspedes foram vítimas de alucinações químicas, mas nem todos engoliram essa versão.

Nos blogs conspiracionistas teorias despontavam de forma viral — o que ajudou a converter o incidente em paranoia. No final das contas, o tempo se encarregaria de transformar o vídeo em uma fraude, não muito diferente das autópsias de alienígenas e aparições de chupa-cabras. Em uma era de tecnologia e ceticismo, monstros continuariam fruto de manipulação de imagens nas mãos de internautas em busca de polêmica.

Convenientemente, o morador de Copacabana, autor do vídeo, ganhou um histórico forjado de esquizofrenia e um currículo com manipulação digital de filmes.

A Igreja tinha seus meios.

— Aqui é agradável, né? — comentou Cipriano, ao olhar para as árvores que cintilavam sob a luz crepuscular. Vários pacientes perambulavam com suas famílias. Alguns falavam com interlocutores imaginários.

A imprensa tentara vasculhar as incongruências sobre o surto de milagres causado pela Trapaça. Os pastores pentecostais da TV se apropriaram de cada cura ocorrida naquela noite. Nem mesmo o governador do Rio de Janeiro teve acesso às informações sobre o que realmente havia acontecido. A Igreja apagou todos os arquivos sobre Cipriano, e seu emprego como comediante ateu em um bar da Lapa derrubou as teorias levantadas pelos tabloides. Para todos os efeitos, ele não passava de um fantasma. Um espírito solitário que só tinha Júlia para dividir a verdade.

— Eu não vou desistir de você, ouviu? Sei que está aí, em algum lugar.

Sem resposta.

Júlia escutava o mundo ao redor com clareza absoluta. Só não queria responder, pois isso implicaria em participar do mundo real, e o mundo real era um lugar cruel demais para se viver. Preferira existir em seu reino, onde Mariana jamais havia morrido. Em sua realidade particular, a filha continuava jogando video game, intocada pela crueldade do destino.

Por um instante, Cipriano achou ter visto um sorriso no rosto de Júlia.

E viu uma centelha de esperança.

Julho

Reunidos em Hi-Brazil, o Concílio das Sombras aguardava as explicações de Gi Jong, que fora encarregado de mediar os conflitos entre os sobrenaturais e o Vaticano. Onze criaturas mágicas observavam.

— Senhores, a situação é bastante delicada — disse Gi Jong, enquanto retirava da maleta um grosso relatório. — Esse documento prova que um nephilim tentou usurpar o trono do Paraíso. Imagino que isso criaria problemas tanto para os humanos quanto para o povo da magia. Não é desejável para nenhum de nós que a ordem cósmica seja alterada.

— Por acaso está tentando salvar a pele de Cipriano? — indagou Jezebel ao passar os olhos pelo documento. — Isso não muda o fato de ele ter arriscado nossa sociedade com sua incompetência para conter a situação.

— Esses documentos mostram que Tomás de Torquemada foi o verdadeiro responsável — explicou Gi Jong. — O incidente Samael não foi culpa de Cipriano.

Na porta da sala, guarnecendo a reunião, Narciso resmungou:

— Aquele padreco safado tem que ir pra vala!

Jezebel dirigiu um olhar reprovador ao gárgula. Narciso silenciou-se; estava ali apenas para garantir a segurança.

— Cipriano é humano. Não responde às leis feéricas — disse Gi Jong. — Cipriano me expôs aos mortais e nem por isso eu quero vê-lo morto.

— Ele é usuário de magia — argumentou Jezebel. — Deve ser punido como tal.

— Se matarem um inquisidor, vocês vão transgredir o tratado de paz com a Igreja. E o Vaticano não tem interesse em gerar nenhum tipo de conflito. — Ele retirou outro dossiê da maleta. — Ninguém se beneficiaria. Contudo, existem males que vêm para o bem.

Gi Jong pediu que Narciso entregasse cópias a cada participante e continuou:

— O incidente Samael mostrou que a Igreja precisa de uma resposta mais rápida. Cada sobrenatural que se revela é uma ameaça à segurança da sociedade secular e ao povo feérico. Ninguém aqui deseja uma guerra entre nossas espécies, certo?

Dom Sebastião levantou as garras retorcidas e perguntou em uma voz tumular:

— O que estás a propor? — Quando o morto-vivo falava, o fraque elisabetano soltava poeira e baratas andavam nos babados de sua camisa. — Seja transparente.

Gi Jong encarou a criatura, tentando suportar sua aparência repelente.

— Desde a Segunda Guerra, o Vaticano vem tentando aprovar uma medida. O papa Pio XII sempre disse que inquisidores não eram suficientes para lidar com ameaças de grande porte. Algumas entidades não podem ser contidas com exorcismos. Isso requer que a Igreja saiba lidar com elas de forma mais agressiva. Nos últimos anos, Tomás de Torquemada formulou esse protocolo. — O chinês abriu o dossiê. — Esse documento contém a ficha de sobrenaturais que poderiam ser treinados.

Jezebel folheou sua cópia, fitou os convidados com um sorriso e comentou:

— A Igreja aprovou isso?

— Depois do estrago feito por Samael, liberaram o financiamento para levar a proposta adiante.

Jezebel leu uma página e encarou o dragão.

— O que a ficha de Narciso tá fazendo aqui?

— Segundo o relatório de Cipriano, o gárgula derrotou um saci na arena. — Gi Jong apoiou as mãos na mesa. — Acho que se encaixa perfeitamente no projeto.

— Ô! Que parada é essa aí com meu nome? — disse Narciso, se encaminhando para a mesa. — Que bagulho é esse aí?

Gi Jong colocou as mãos nos ombros de Narciso e explicou:

— Acho que trabalhar como leão de chácara está muito aquém de seu potencial.

Agosto

— Jogo de PC aqui na minha mão só vinte reais! — gritou Cipriano, tentando elevar a voz acima do falatório na rua Uruguaiana. Os camelôs disputavam os fregueses que nadavam em um mar de carne, aparelhos eletrônicos e roupas falsificadas.

O Vaticano suspendera seu salário e ele precisou arranjar um novo jeito de ganhar a vida. Os bicos como comediante não pagavam as contas.

— Aqui na mão, qualquer jogo! Faço por quinze pratas.

Apesar do calor, o trabalho no camelódromo não era ruim. Ele havia esquecido que o contato humano podia ser agradável. Passava o dia sentado, negociando video games com nerds e executivos do centro da cidade.

Alguém que o tivesse conhecido em outra época teria dificuldade para reconhecê-lo; usava coque samurai e uma barba grisalha. Os clientes o chamavam de "Barba" e adoravam ouvir suas histórias cabeludas.

— Tem algum jogo sobre caçar monstros? — falou alguém atrás de Cipriano.

Ele se virou e viu um padre baixinho, de óculos. Não conhecia o sujeito, mas teve uma suspeita de quem o enviara.

— Padre Rafael — se apresentou o baixinho.

— Sociedade de São Tomé? — Cipriano estendeu a mão com uma mistura de alegria e vergonha; nem em seus piores dias imaginou estar ali, tentando vender jogos piratas para um agente secreto do Vaticano. — O que faz aqui? — Sentiu-se humilhado pelo terno italiano do jesuíta. Cipriano usava chinelos, bermuda jeans e uma camiseta desbotada.

— Precisamos ter uma conversa — disse o padre Rafael, olhando para os trajes do colega sem conseguir esconder um sorriso debochado. — Onde fica seu... escritório?

Cipriano levou o padre ao box que tinha alugado. A "barraca do Barba" pertencia a Gi Jong, que fizera um preço amigável em consideração aos velhos tempos.

— Girino, vai dar um rolé! — ordenou Cipriano ao único funcionário; um garoto de quinze anos que havia contratado por indicação de Fê Érica. O menino, que tinha uma história triste de abandono, saiu feliz em morcegar por alguns minutos.

— Então? — perguntou Cipriano. — O que veio fazer aqui?

— O trabalho aqui paga bem? — O padre Rafael pegou um jogo no balcão.

— Paga melhor do que a Igreja. Não é ruim.

— Não sente falta dos velhos tempos? Da adrenalina?

— Não muito. — Cipriano cofiou a barba por um instante e olhou para as cicatrizes nos pés. — Dói menos, isso eu posso te garantir.

— Preciso de um favor seu. — Padre Rafael abriu a maleta e retirou um arquivo de papelão. — Gostaria que me indicasse alguns sobrenaturais. De preferência, aqueles que possam ser *controlados*.

— E por que eu faria isso? O que ganho em troca?

— Uma promoção. — Padre Rafael sorriu e entregou o arquivo a Cipriano. — Estou voltando para Roma, vim só de passagem. A Igreja vai precisar de alguém para implantar o projeto aqui. Você é o que tem mais experiência.

— Projeto? — Cipriano pegou o arquivo, meio desconfiado. — O Vaticano quer que eu volte? — Ele folheou e viu a ficha de várias criaturas que viviam no Rio de Janeiro. O arquivo sobre Júlia estava incluído.

— Leia a proposta e depois ligue para o papa. — Padre Rafael entregou um cartão de visitas a Cipriano. — Esse é o número pessoal dele. Pode ligar quando quiser.

O padre deu as costas e saiu sem despedidas. Enquanto se misturava à multidão, Cipriano abriu o documento na primeira página:

Projeto L.E.N.D.A.S.
Liga Especializada em Neutralização e Detenção de Ameaças Sobrenaturais

NOTA DO AUTOR

Tomei a liberdade poética de juntar as duas figuras históricas de são Cipriano e lhes dar a aparência de Alan Moore.

Agradecimentos

Embora eu tenha imaginado cada situação desta história, ela jamais chegaria a este resultado se não fosse um trabalho em equipe. Gostaria de agradecer à Increasy por acreditar no original e à Vivian Lacerda Marreiro, por ser minha primeira leitora crítica, cujos puxões de orelha me colocaram no caminho certo. Um agradecimento especial à minha editora Beatriz D'Oliveira, que esmiuçou cada linha e palavra deste romance até torná-lo muito melhor do que era. Sua dedicação a este projeto foi mais apaixonada do que a minha.

Como diria Narciso: é nóis!

ESTA OBRA FOI COMPOSTA PELA VERBA EDITORIAL EM CAPITOLINA REGULAR
E IMPRESSA EM OFSETE PELA RR DONNELLEY SOBRE PAPEL PÓLEN SOFT DA
SUZANO PAPEL E CELULOSE PARA A EDITORA SCHWARCZ EM MAIO DE 2018

A marca FSC® é a garantia de que a madeira utilizada na fabricação do papel deste livro provém de florestas que foram gerenciadas de maneira ambientalmente correta, socialmente justa e economicamente viável, além de outras fontes de origem controlada.